退下,让孤来

油爆香菇 著

上册

青岛出版集团 | 青岛出版社

图书在版编目（CIP）数据

退下，让孤来 / 油爆香菇著. -- 青岛 ：青岛出版社, 2025. -- ISBN 978-7-5736-2741-4

Ⅰ. I247.5

中国国家版本馆CIP数据核字第2024B5T380号

TUIXIA, RANG GU LAI

书　　名	退下，让孤来
作　　者	油爆香菇
出版发行	青岛出版社（青岛市崂山区海尔路182号）
本社网址	http://www.qdpub.com
邮购电话	18613853563
责任编辑	李文峰
特约编辑	王羽飞
校　　对	王子璠
装帧设计	梁　霞
照　　排	梁　霞
印　　刷	三河市良远印务有限公司
出版日期	2025年2月第1版　2025年2月第1次印刷
开　　本	16开（710mm×980mm）
印　　张	35.5
字　　数	645千
书　　号	ISBN 978-7-5736-2741-4
定　　价	69.80元（全2册）

编校印装质量、盗版监督服务电话 4006532017　0532-68068050

目录

上册

第一章	发配路上脱身	1
第二章	文心花押印,一品上上	18
第三章	雨夜混战,亡国之耻	36
第四章	身世迷云,祈善旧仇	56
第五章	拐走那个拍花子的	74
第六章	沈幼梨重拾旧业	92
第七章	以一池之水而望江潮	109
第八章	月华三两,赌我天命	126
第九章	当垆卖酒,翟氏少年	143
第十章	是谁偷了我的大宝贝?	161
第十一章	祈元良聘猫媳,沈幼梨『掉马甲』	178
第十二章	疑则弑主,信则替死	196
第十三章	法外狂徒欲劫『生辰纲』	214
第十四章	城门失火,殃及池鱼	231
第十五章	斩草除根,端了那个土匪窝	249
第十六章	林下之风,唤你『林风』如何?	267

I

目录

下册

第十七章　糟了，土匪竟是我自己　285

第十八章　携手共赴奔小康村　302

第十九章　养猪大户，发家致富　320

第二十章　买奴隶，建部曲　337

第二十一章　奴隶狸力，『毒蜘蛛』　353

第二十二章　褚曜收徒，人定胜天　370

第二十三章　自己选的天命，跪着也认了　387

第二十四章　山雨欲来风满楼　404

第二十五章　四个人劫税银也离谱儿啊　422

第二十六章　狂野奔放的文心文士　439

第二十七章　孝城危机　455

第二十八章　有仇报仇，有怨报怨　471

第二十九章　真谭曲，假祈善　487

第三十章　高山流水遇知音　506

第三十一章　夜袭，火烧敌营　522

第三十二章　营救孝城　537

II

第一章
发配路上脱身

"别装死,快起来!"

昏沉间,沈棠感觉有人踢了自己一脚,而且对方踢了还不够,还骂骂咧咧。

谁踢我?沈棠吃痛,蜷缩起小腿,虚弱地睁开双眼。

眼前的世界仿佛被人撤去了那层欲盖弥彰的薄纱,从模糊变为高清,几欲炸裂的疼痛让她倒吸一口冷气,愣怔地看着眼前陌生的一切。

"我昨晚不是跟谁在拼酒来着?"貌似她喝到后半程时,编辑还打来电话催稿,她只得撑着醉意去拿画笔……更多的事她怎么也想不起来了,但她可以肯定,绝对不该是眼前这样!

沈棠暗暗狠掐自己一把,直到清晰的刺痛从那片肌肤传来,打碎了她的侥幸。看到自己那双陌生的手,她脑子里蹦出一个念头——她不在原来的世界了!

"只是不知是喝酒喝死了还是熬夜赶稿猝死了?"她越想脑袋越疼,好似有小人拿着锤子在她脑袋里不断敲打,疼得她急忙停下回忆。

"快点儿吃,吃完了好上路。"

她正捂着头缓和刺痛,头顶的阳光被一道高大的人影挡住。来人穿着一双沾着黑褐色泥巴的草鞋,随手丢来一个巴掌大小、表面焦黑粗糙的饼子。饼子落在她裙摆外的泥地上。那人也不管沾了泥的饼子沈棠会不会吃,径自给下一个人发。

下一秒,她身边闪电般探来一只手,抓起那个饼子后又缩了回去。

沈棠慢了一拍,只得狐疑地看过去。抢饼的是一个蓬头垢面的女人,正双手拿着饼用力地往嘴里塞,活像饿死鬼投胎。

生怕沈棠会抢回去，女人连饼子上沾的泥巴都不拍，不一会儿就将不大的饼子全部塞进了嘴里，末了还意犹未尽般地舔食手指上的饼渣。

　　也不知这人几日没清理了，本该乌黑亮丽的长发生油打结，暴露在外的发缝细看还堆积着一层泛黄的黏腻之物，仔细一嗅，还能嗅到从她身上传来的古怪的腥臭味——有点儿像闷了三五周的臭袜子和石楠花放一块儿捣出的汁水的味道。她唯一拿得出手的，便是那脏污也掩不住的标致的五官。

　　沈棠好脾气地跟她讲理："女士，那是我的饼。"

　　女人却似聋了般，不理睬沈棠，兀自回味饼子的味道。

　　沈棠这时注意到女人吮吸过的指节与手的其他部位颜色差了几个度，喉头不受控制地痉挛滚动了一轮。

　　沈棠没有洁癖，但近距离遭受这种视觉冲击，还是下意识地生理不适。

　　余光瞥见沈棠的脸色有变化，女人担心这傻子会发疯打自己，屁股往反方向挪了挪。

　　这不动还好，一动连带沈棠也有了拉扯感。沈棠低头看向腰间拉扯感的源头——一条极粗的麻绳。就是这根麻绳像拴着几只蚂蚱，将她跟那个女人，以及其他蓬头垢面、年龄不一的女人串联在一块儿。

　　沈棠抬头环顾，目光所及皆是身穿粗麻囚服、满面疲倦的老弱妇孺，男女皆有。另有十来个青壮年穿着较为统一，腰间挂佩刀，放哨的放哨，盯人的盯人。

　　他们的视线在扫过身材姣好的年轻女犯时，会多停顿一会儿。

　　这……这……这是一大家子犯了事儿被拉去刑场"注销户口簿"？

　　不过也有可能是在发配的路上。

　　两者的区别不外乎是早死还是晚死。

　　"咕噜咕噜"……饥肠辘辘的"五脏庙"不合时宜地开始作祟，声响大得连其他人都能听到。

　　沈棠抬手捂着微微绞痛的肚子。饥饿让她不断分泌口水，但她越吞咽口水，饥饿感越明显，强烈到无法忽视的程度。

　　沈棠皱眉，只能通过转移注意力来减轻饥饿感。在她的视线范围内，有个犯人吃得太急，加之饼子干燥，噎住了。他不断捶打胸口试图把哽在喉间的饼子咽下去，脸逐渐发青。

　　所有人都见怪不怪，既没人上前拍背，也没人递水。

　　他艰难地蹬着腿想爬向官差装扮的人，用尽全力伸出右手求救。可直到他咽气，右手无力地落下，后者也没有救人的意思。

那个官差装扮的人踹了两脚发现那人真咽气了,咕哝了句:"晦气!"随后他抽出腰间的匕首,弯腰将那人右耳附近的面皮割了下来,随手丢入脏污的布袋里。

"该上路了!"

"麻利点儿!"

"起来,别让老子给你们上鞭子!"

囚犯们重新戴上沉重的枷锁。

女犯的枷锁小,约莫三十五斤,男犯的枷锁大了不止一号,重量没八十斤也有五十斤。

那十几个穿着统一的青壮年一边催促,一边用脚踢踹反应不及的囚犯,若是踢踹后还不起来,就直接上鞭子,力道极大,一鞭子下去犯人身上就是一道一指宽的血痕,看得人触目惊心。

沈棠默默地埋头走着,努力找寻这具身体的记忆。

结果很不幸,她除了知道自己叫沈棠,有个叫"幼梨"的笔名,靠画画吃饭,怕编辑催稿,其他记忆一概模糊!

她偷瞄了下犯人还有看守犯人的官差,暗叹:晦气,这算地狱开局了吧?

甭管啥开局,小命最要紧,她是选择中途逃跑,还是选择跟着队伍到目的地后再伺机逃跑?

目前看来,哪个选项都不乐观。

一行人顶着烈日赶路,中途又有几个犯人晕死过去,直到晚霞晕染天际,才被准许原地休息过夜。

官差们聚在一起搭火堆,从行囊里取出肉干放在陶瓮中烹煮,再撒上一点儿盐巴就是一锅肉汤。

沈棠这次反应快,保住了饼子。

她一屁股坐在地上,细细地咀嚼着干硬冰凉的饼子,用口水将其软化得差不多了才吞咽,注意力则放在低声交谈的官差们身上。尽管他们闲谈的内容很碎,但她勉强也能拼凑出一部分情报。

这些犯人是一家的,姓龚,族中老小甚至仆从、婢女都没能逃掉,通通被抓,被分为三批押往目的地。男的去边陲充军当苦力,女的被送去孝城教坊。

沈棠所处的队伍是第二批,以龚府的女眷居多,其中还有辈分最高的老封君、几位风华正茂的少夫人、年轻貌美的妾室、年纪不一的子嗣,剩下的则是伺候的仆从、婢女。

她估摸着自己不是婢女就是小姐,因为她也就十一二岁的样子。

男子黥面刺字，女子墨刑耳后。

若犯人在半道咽气，便割下写着字的面皮或者耳朵当作证据。

她抬手一摸，果然摸到左耳耳后有一片已经结痂的血块。

皓月暗淡，群星稀疏。

夜幕犹如一方浓稠到难以化开的墨，寂寥深沉。

犯人们顶着烈日戴枷徒步一整天，不管是身体还是精神都被压榨到了极限，那小小的发馊、发臭的饼子也成了人间美味。

他们吃完往地上一躺，空地上没多久便响起此起彼伏的鼾声。

官差们围着篝火取出酒囊，喝起了小酒。

陶瓮中的肉干已经煮软，再撒上香料，催发浓郁霸道的香气。

对这群身体虚弱、许久没吃过一顿饱饭的犯人而言，这香气有着近乎致命的吸引力。

沈棠耳尖，听到其他人喉结滚动咽口水的"咕咚"声，以及五脏庙打雷的"咕隆"声，低头摸了摸自个儿干瘪的肚子，垂眸暗叹——她也饿。

"想喝？"一名官差从陶瓮里舀了碗汤，稍稍吹凉正准备喝，余光注意到或明或暗的热切的眼神，眼珠一转，顿时不怀好意地扫了眼，笑道，"这肉汤贵得很，想喝呢，得拿东西换。"

犯人们顿时安静下来。

沈棠闻言掀起眼皮，唇角微抿，黑眸深处闪过愠怒。

她只是没了记忆，不代表变成了傻子，男人的意思她懂——这些前途未卜、即将被没入教坊的女犯，身上哪怕藏有银钱也被搜刮干净了，还能用什么东西换肉汤？答案呼之欲出。

那名官差说完，眼神轻浮地扫过一众女犯，仿佛看戏一样欣赏她们脸上或迟疑或悲愤的表情。

另一名官差笑着一拍他的后脑勺儿，笑骂道："你也不撒泡尿照照自己够不够资格爬她们的榻，这些可都是龚氏的贵人。"他故意将"贵人"二字拖得老长。

"贵人？哪门子的贵人？"那名官差摸着后脑勺儿，故意提高声音叫嚷，"去教坊伺候贵人的人？"

"就是！"第三名官差趁着酒意也来凑热闹，"教坊不是有银子就能去消遣的地儿？兄弟几个又不是出不起银子。就算一人出不起，就凑一凑，买不起一夜就买个半夜，你来半炷香的时间，我来半炷香的时间……"

"老三,你瞧不起谁呢?谁半炷香的时间谁是孙子!"

"早晚得开张,在这里开张还是去了教坊再开张有差别吗?"

面对这般奇耻大辱,男犯们敢怒不敢言,稍有姿色的女犯更是人人自危,面如灰土。

见他们越说越不像话,为首的官差出来制止:"你们几个消停些!越发不像话!待差事结束,爱去哪家教坊找花娘寻乐子都行,何必盯着这几个?打起精神把人盯住了!上头吩咐了,他们中的哪一个逃了,谁都得吃不了兜着走!"

一众官差骤然息声。

其中一个人咕哝:"他们一个个被碎了文心、裂了武胆,拿什么逃?"

文心?武胆?沈棠敏锐地捕捉到这两个词。

毫无预兆,一阵尖锐到无法忽视的刺痛从她的脑海深处传来。

她又听那名官差谄媚地小声奉承为首的官差:"龚氏这些犯人,不管以前多风光,都是以前了。虽然咱们兄弟几个只是末流公士,但您可是三等簪袅。"

其他官差也道:"就是就是,头儿,这些犯人不是女流就是被废了的,如何逃得走?"

末流公士?三等簪袅?这些又是什么东西?沈棠眉峰聚拢,牙关紧咬,忍着一阵强过一阵的刺痛,不知不觉额头上已经布满细密的冷汗,面色青白。

虽然她已经非常克制,但细颤的动作还是惊动了身边的犯人。

先前抢饼子的女人掀起眼皮瞥了眼沈棠,见沈棠以手撑额,一副痛苦难忍的模样,鼻子轻哼,转身背对沈棠,咕哝一声:"疯子……"

不知过了多久,刺痛像是跨过了某个临界点,"轰"的一声,如潮水般退去。沈棠如蒙大赦,轻喘一声,眼神迷茫恍惚。

待她神思恢复清明,脑中多了段残破零碎的陌生的记忆。她闭眼整理——两百年前,天下将定,夜中星陨如雨,有一颗贼星格外不同,散发着诡异耀眼的紫光,渲染整个天幕。

这场陨星雨不仅扭转了战争的局面,让距离登顶仅有一步之遥的霸主饮恨,也迅速地改变了这个世界。

自此群龙无首,各地诸侯拥兵自重,天下重归乱世,尔后分裂百国征战不休,民不聊生。

这时有人发现身体发生了奇妙的变化——修文习武便能吸收天地之气聚拢于丹府,淬炼己身。

丹府又分文、武,若能将天地之气凝化成丹,便成了"文心""武胆",二者各有千秋。

　　随着这些人前赴后继的探索，这种力量逐渐有了系统的分类：文心分九品，出口成"真"，无中生有，排兵布阵，谈笑间决胜千里；武胆有二十等，一夫当关，万夫莫开，千军万马里也能杀个七进七出。

　　公士、簪袅都属于武胆，分别为末流和三等。最高等级的武胆为二十等彻侯。自天降贼星，拥有彻侯级别的武胆的仅有三人，无一不是力拔山兮气盖世的英豪，镇守一国的擎天柱！

　　沈棠整理好这些陌生的记忆，表情逐渐转为无语。因为她刚刚猜测自己是几品文心或者几等武胆，哪怕被废了也比普通人体质好点儿，兴许能用来逃跑，谁知刚起这一念头，脑中便跳出一行信息绝了她的奢望——她是女的，在这个世界里，女性的身体犹如破了口的袋子，虽能感悟天地之气，却无法聚拢于丹府，自然没有所谓"文心""武胆"。

　　沈棠在内心大喊：凭什么？！那颗破陨石也搞性别歧视吗？

　　她刚在内心质问完，便听到为首的官差语气严肃地敲打下属。

　　"你们几个莽夫懂什么？"为首的官差虽然被拍马屁拍得浑身舒畅，但也没飘飘然，"龚氏是被抄家了，但又不是所有人都被抓了，听说还有个五大夫在外逃亡，若是碰上……哼！"

　　三等簪袅能将他们这群末流公士打得哭爹喊娘找不到北，而五大夫属于九等，打簪袅就是爷爷打孙子。若那名五大夫来劫人，他们怕是逃命都来不及……

　　当然，这个可能性不大。

　　众人心领神会，同时心有戚戚焉。

　　因为这个小插曲，他们只得收起淫心，不敢造次。

　　周遭寂静得只剩虫鸣，沈棠正生无可恋呢，敏锐地察觉腰间的麻绳有了动静，紧跟着是一颗小石子被丢出去的滚动声。

　　一名听到动静的官差走过来，低喝警告："干什么呢？"

　　白天抢沈棠的饼子的女人咽了咽口水，问："郎君那儿可还有肉汤？"

　　假寐的沈棠眉梢一颤。

　　女人的话让那名官差先是愣了下，旋即心领神会，一只手不老实地摸上女人细软的腰肢，眼神放肆地上下打量她："赶巧，还留了一碗，娘子要不要去尝一尝？"

　　女人又问："可还有饼？"

　　官差佯装迟疑，那只手却在女人的腰上徘徊流连，趁女人被吸引注意力，停在腰窝处的手用力一掐。

女人口中溢出一声娇呼。

那声轻呼软绵绵的，跟羽毛般挠动心尖，听得人耳根发热、尾椎生麻。

"嗤——小娘子这嗓子听得人魂儿都要飞了，若去了教坊，不消几日就能跻身头牌……"官差松了手劲儿，"饼子嘛，有是有，但得看娘子伺候得如何。"

虽说这女人现在很邋遢，周身还萦绕着倒人胃口的异味，但发配路上条件艰苦，大热天的谁不是一身馊臭？再加上这名官差许久没碰女人，有人自荐枕席正合他意。

思及此，他不由得暗笑：难怪同僚都喜欢押解女犯的活儿，合着不只赏银丰厚，活儿轻松，路上还有此等艳福。

谁知女人抬手覆上他的手背，在他不解的目光中轻轻地拿开了他的手。

"你这是什么意思？"

官差刚要发火，女人却不紧不慢地道："奴家已经是生育过一子一女的妇人，论姿色，如何能与那些鲜嫩的小丫头相比？奴家担心伺候不周到，不若……"说着，她把视线转向沈棠的方向。

官差一听就明白了，嗤笑道："好毒的妇人！她伺候，你喝汤、吃饼？"

"郎君有所不知，这丫头是奴家生养的。"

"你生养的？"他明显不信——哪有生母会为了一碗肉汤、一个饼，亲手将女儿推到男人怀里糟蹋的？

"先头那位郎君说得对，事情走到这一步，入教坊受欺凌是迟早的事。与其让这丫头清白的身子便宜哪个贱民，一辈子留遗憾，倒不如请郎君帮个忙，您若满意，她在路上也能少吃点儿苦。"女人一番唱念做打，看似情真意切，不知情的人还以为她是什么慈母。

官差被女人这番话说得晕乎乎的：还有这等妙事？自个儿不仅能享了艳福，还做了好人好事积阴德？

沈棠想：你礼貌吗？你一个至多二十岁的女人，怎么生出一个十一二岁的女儿？想当老鸨害她就直说，居然还厚着脸皮给她当妈！

再也装不下去，沈棠装作慢悠悠地醒来，用那双乌黑的眼睛直勾勾地看着女人。

视线在二人间游走，官差问道："她怎么不与你亲近？"

女人说："这孩子生来有脑疾，时而疯癫时而呆傻，一直被精心伺候着，也生得一身细皮嫩肉，伺候人是没问题的。"

"她怎么姓沈不姓龚？"

这些女犯不是哪个都能沾手的，官差出于谨慎，看了眼沈棠耳后的刺字：不姓龚，年纪又小，应该只是个婢女。

谁知女人紧跟着狡辩："她是奴家被纳入龚府前与亡夫所生的长女，自然随亡夫的姓。主家念其孤苦无依，便发了善心，允奴家将其接入府中抚养。"

官差思忖，既然不是重要女犯，要了便要了，他选择沈棠，至于这女人……离孝城还远，机会有的是。

他也"守诺"，真给了女人一碗带着余温的肉汤和一个饼子。

跟一起守夜的同僚打过招呼，他便拉着沈棠去远处的小坡背面。

夜色黑沉，隐约只能看到一道模糊的黑影。

留下守夜的官差打趣："忙完了让哥们儿也乐乐，别想着吃独食啊。"

"这是自然，有好处忘了谁也不能忘了兄弟。"

沈棠垂在身侧的手指蜷了蜷，思绪活络开来：若这会儿她拒绝，惹恼了这些官差，局面怕是无法收拾，可若是私下……对她而言反倒是个极佳的机会，一个末流公士可比一群好对付得多。

尽管没有完整的记忆，但直觉告诉沈棠，末流公士就是弱者！

她眼神微动，又默默地垂下眼睑，努力演好一个有脑疾的痴傻儿。

沈棠被带走的时候，女人正"咕嘟咕嘟"地喝肉汤，抬起头恰好撞上一双幽深的眸，仿佛能一眼看穿她的灵魂，让她无处遁形。

女人被看得汗毛乍起，低骂道："疯子。"

小坡后面是一片野草地，草丛齐腰，茂密闷热。

因为沈棠"天生有脑疾"，官差也不怕她会跑。

他半跪在地上，猴儿急地低头去解裤腰带。

"呃——"

眼前似有黑影晃过，官差还未反应过来那是什么，脖子就被一根粗麻绳从前往后死死地勒住。

他如何想得到沈棠会突然发难？但他再不济也是末流公士，对付个试图逃跑的女犯还不简单？他当即催动武胆，双臂肉眼可见地膨胀了数圈，肌肉硬如岩石，充满爆炸性力量。

这力量足有五石，能轻松地砸碎她的脑袋，拧断她的手脚，捏碎她浑身上下的骨头。

官差不费吹灰之力地挣断粗麻绳，侧身出手，迅如闪电，准备一举擒下沈棠。

却不料沈棠出拳更快，几乎出了残影，又快又狠又准，直接击中他的下巴。

抓住空隙，沈棠又发狠整个人压制上去，一只手反手禁锢住其手腕，另一只手扼在其喉间。

沈棠出手没有丁点儿迟疑，两阵骨裂声几乎同时响起。

看着脑袋以诡异的角度歪斜的官差，精神放松下来的沈棠有一瞬间的不真实感。

她翻身爬到一旁：这也……太不禁打了吧……

虽说沈棠占了偷袭的便利，可这一切未免顺利得过了头。

事已至此，她无暇多想，抓紧时间在官差身上搜索了一番，将有价值的东西和食物搜刮干净，撒腿往反方向逃。

脱身要紧，一旦被发现追上，摆在她面前的就只有两条路：要么她一人干掉所有官差，包括那个深浅不知的三等簪袅，直觉告诉她这条路不太乐观；要么她被打废了抓回去，等待她的下场，怕是生不如死。

至于那个女人——回头寻个机会去孝城教坊，她登门拜访！

沈棠冲着一个方向咬牙狂奔，连被地上的碎石磨破了脚心也顾不上管。

没想到她逃了没半炷香的时间，身后隐约出现马蹄声，还在迅速地靠近。

马蹄声？等等，发配的队伍没车马，这马蹄声是怎么来的？还未思索出来者是敌还是路人，强烈的危机感从背后蔓延至全身，沈棠不假思索地往右侧一个翻滚，刚站定便看到一支箭矢深深地没入她方才所经的地面。

沈棠循着箭矢飞来的方向看去，赫然是骑着马、一脸杀气的官差首领。

沈棠暗道：晦气！

"守夜的怎么就你一个人？"就在方才官差首领巡查一圈回来，发现此处站岗守夜的下属少了一个。

"他啊，有女犯找他，这会儿正在温柔乡里呢。"下属指了指小坡方向，挤眉弄眼地明示上司——这种事在发配的路上并不少见。

犯人想少吃苦，要么上头有人点名照顾，要么有亲属给钱打点，要是二者都没有，那只能用自己的身体当资本贿赂官差。龚氏被抄家发配，以往的同僚、门生自个儿都自身难保，哪有精力照拂他们？女犯便只剩下一条路可走。

要不说这是份美差呢。

官差首领自然也知道这个，问道："他去多久了？"

"才一会儿。"

"哼，擅离职守！"

"不过以那小子的速度，差不多也该结束了，他速度快，费不了多少时间。"

听到这话，官差首领唇角动了动，似乎想笑又硬生生忍了下来，故作严肃地板起脸："待他回来告诉他——守夜再加一个时辰！"

结果那名守夜的下属等了一阵也没见人回来：难不成那小子真从哪儿求来了有用的偏方，治好他的隐疾了？

那名下属坐不住了，见犯人一个个睡得像死猪般沉，也不怕他们趁机逃跑，便悄悄地起身，循着沈棠他们的方向而去。

直至靠近小坡，他隐约生出不祥的预感：此处的动静太不正常了，既没有让人耳热的喘息声，也没有让人精神亢奋的拍打声，有的只是虫鸣与夜风吹拂野草时的嘈杂合奏。

"老周？老周你在……"他压下那份不安，快步上前拨开茂密的野草丛，同时呼唤同僚的名字，但很快声音戛然而止。

他低头看向自己踩到的东西——一条手臂！

借着昏暗的夜色，他勉强认出那具脖颈诡异地扭曲着的男尸正是他口中的"老周"！

"死……死人了！"

他的惊叫声引来了官差首领。

人已经死透，但尸体温热柔软如生人，并未冰凉多少，可见死去没一会儿。

官差首领又检查了老周被拧断的脖子以及手腕，看痕迹应该是被人瞬间杀死，其手劲极为惊人，而且尸体有武胆运行的痕迹却连个像样的反抗都没有就被夺走了性命，凶手的实力必然在末流公士之上。

"那名女犯呢？她的尸体找到了吗？"见尸体被搜刮干净，官差首领似乎想到了什么。

下属回答："没……没发现她，就只有老周。"

人死了，女犯不见了？有人劫囚？官差首领生出这个猜测后，脸"唰"的一下黑了下来。

"你且回去，盯好那些犯人！若有可疑之人直接杀了！"

"是！"

官差首领循着沈棠留下来的痕迹一路追上去，没多久便看到黑夜中奔跑的人影。

他毫不迟疑地拈弓搭箭，箭矢离弦，冲着沈棠的后背正中而去。

他觉得这一箭射杀个女犯毫无悬念。

谁料女犯像是背后生了双眼睛，在箭矢即将命中的瞬间往右侧翻滚，惊险地避开了。

"没想到还有你这么一条漏网之鱼！"他驭马越过沈棠的头顶，收紧缰绳，马蹄稳稳地站定，堵住了她的去路。

他怒道："借着男生女相之便，混入女犯再借机逃离，龚贼打得一手好算盘！"

被抄家的男性龚氏犯人，不管年纪大小都被废了丹府，一来防止犯人有能力逃跑，二来也是防止他们日后寻仇。眼前这个犯人孤身一人，也没接应的人手，应该是以色相为饵，将人诱出，又趁其精神松懈，偷袭杀人。可末流公士再松懈，也不是一介女流能瞬间杀死的，再看伤口，他断定此人定有文心或者武胆。已知女子不可能有丹府，那么眼前的"女犯"自然是男子。

一个混入女犯队伍中的男犯这么久都没被发现，不用猜，定是龚氏犯人互相包庇，保护了"他"。

综上可知，此人在龚氏有着相当重要的地位与分量。如此重要的漏网之鱼若跑了，他如何回去交差？

电光石火间，他理出一条通顺的逻辑链。

沈棠从地上爬起来，"呸"了一声，吐掉嘴里的沙土，恰好听到官差首领那句话。什么叫她借了男生女相之便？还称呼她为"龚贼"？不要欺负她这会儿没记忆，随便给她加设定啊！

"呵，那你想怎么样？"沈棠说道，不慎扯动脸颊上的伤，细密的刺痛让她倒吸一口冷气——方才她躲避得太急，脸颊被地上的碎石磨得生疼，火辣辣的，不用摸也知道出血了，但她的目光始终锁定着敌人。

"与我回去，留你狗命。"

沈棠被他这话逗笑了："留我狗命？我看你是在说瞎话！"这人长得丑，想得倒挺美！

"既然谈不拢，那么……"官差首领没动怒，只是凝神聚气，眼底闪过一丝杀意，"枪刀剑戟，弓弩戈矛——杀！"

沈棠微愣：什么意思？这人冷不防念的什么玩意儿？

问题刚跳出脑海，下一秒她便看到官差首领手中的长弓化为十字长戟。

长戟近一丈，森冷的戟尖冲着她的面门直刺而来。

沈棠被这变故吓了一跳，歪头后仰，兔起鹘落间躲过这致命的一击。

武器这东西，一寸长一寸强。近一丈的古怪的长戟在官差首领手中被舞得滴水不漏，或横击，或直刺，沈棠却是赤手空拳。照此情形，她别说逃命，根本是给人当活靶子啊，累都能累死。

至于念了两句话就能变出武器这样将科学钉死在棺材里的设定——她可算知道这厮胯下的马是怎么来的了。这世界还能更加不科学吗？

"噗！"长戟的尖擦着她的左臂直插入土，看得她头皮发麻。方才她要是反应再慢点儿，这一击直刺绝对能将她的心脏捅个对穿！

"枪刀剑戟，弓弩……"命悬一线，她一边闪躲一边死马权当活马医地念道，看能不能变出武器——虽说这世界女性无法炼出武胆、文心，但她为什么不能是例外？

她的话未说完便被刺来的长戟打断。

官差首领嘲弄道："区区蝼蚁，不自量力！"

沈棠大怒，记忆中，似乎除了编辑还没谁能让她这么憋屈！

当长戟再次刺来，她在怒火之下徒手去抓戟尖，愤怒地一拽："够了没有！"

无名怒火在她的胸膛里灼烧，将一段突兀地浮现出来的文字来回翻炒。直觉告诉她，这段文字或许是破局的关键。

文字内容是这样的——慈母手中剑……

"慈……慈母手中……剑？"沈棠蒙了，确定是"剑"不是"线"？

还有，下半句居然是"游子身上劈"！这"慈母"火气挺大啊。

如果说第一句她还算能理解——毕竟若碰上个坑妈的儿子，脾气再好的慈母也会被逼出火气，不然何来"棍棒底下出孝子"？可下面一句简直能震撼她一整年！

一秒十八下，剑剑出暴击。

沈棠的第一反应是——"游子"死了没？

这种不正经的恐怖文学真的能破局？她对自己的直觉产生怀疑。

同样感觉离谱儿的，还有被沈棠硬生生拽下马背的官差首领——他居然被一个十岁出头的流放犯硬生生拽下了战马！

同时他也生出真正的杀心：今日不杀此贼，来日必为后患！

他秉持"不动如山，动如雷震"的准则，手臂猛然发力，收回被握住的戟尖，又以迅雷不及掩耳之势再度猛刺出去，目标正是沈棠的左眼。

谁知——他预料中的戟尖捅穿颅骨并未发生，戟尖途中受到一股几乎能将他的虎口震麻的阻力。

"铮！"戟尖与剑身相抵。

那是一柄造型朴拙、剑身雪亮的古剑，隐约有龙吟虎啸之声。

而持剑之人正是沈棠！

看到这一幕，官差首领瞳孔微缩。

二人角力，相持不下。

这也给了沈棠些许喘息的时间。

但这点儿时间，她不知道该用来吐槽"慈母手中剑"居然真能变出一柄剑，还是可怜徒手接刃的自己——作为一个专注事业的画手，在她心里，她的手绝对是比脑子还重要的身体部位！

方才怒火上来控制不住，她居然用宝贵的右手徒手去接戟尖。所幸没伤到筋骨，不然一辈子拿不起画笔，这人生还有什么乐趣？

而眼前这个伤她右手的人——她神色骤冷：今天便让她这个"慈母"，好好教一教这个好大儿！

沈棠脚下步伐一错，雪亮的剑身擦着长戟，把距离瞬间拉近。

与此同时，她口中也默念出丧心病狂的后一句：一秒十八下，剑剑出暴击。

就在她出剑的瞬间，一股无形但强大的力量从丹府汇聚到右手，不仅让她手中这柄颇有分量的长剑变得轻如鸿毛，手臂更似装了十八个超级马达，使得她每次出剑都留下残影。

果然是"一秒十八下，剑剑出暴击"，原先只能出一剑，此时能出十八剑，每一剑都直击要害！

剑影与剑芒交织成网。

按理说这都能将官差首领的脑袋扎成筛子了，可这个世界就是这么不讲科学——他将双臂交叉挡在面前，用意念化出的黑色金属护腕硬生生扛下了十八剑，毫发无损！

不，倒也不能说毫发无损，至少他的发冠、发髻是被她挑了的。

看到这一幕，沈棠险些破口大骂：这个世界还能不能好了？三等簪袅就这么棘手，那二十等彻侯岂不是要原地飞升？

官差首领神情越发专注，眉宇间愈加凝重。

待沈棠速度稍慢，他伺机出手，挥拳打出一道红色拳影。

沈棠闪避及时，拳影砸在地上炸出一个大坑。

飞扬的沙土遮挡了她的视线。待她重新看清前方，一柄雪亮的大刀正当头劈下。

她只得横剑相抗，在巨力的压迫下双膝微弯，重心下沉，硬生生接下了这一刀。

刀剑相击的"铛铛"巨鸣让人耳鸣。

官差首领说:"我倒是小瞧你了!"

他气势汹汹,步步进逼。

一番缠斗下来,双方的消耗都极大。

沈棠气息微乱,额头上不知不觉沁出了一层薄汗。须知三等簪袅的力气是末流公士的两三倍,官差首领每一次挥刀都尽了全力,奔着将她一劈两半而来,她怀疑自己的手臂已经在报废的边缘。

因为疼得厉害,她心情格外不好:"哼,分明是我高估了你。"不行就是不行,何必逞强说什么"我倒是小瞧你了",逞口舌之快!

"不过,也到此为……"官差首领不受沈棠挑衅的影响,收起怒容,拖刀迅速地逼近,却在后者身前一丈处停下,浓眉蹙起,冲着无人的空地大喝:"是谁?出来!"

沈棠闻言心惊,脊背发凉:附近还有人?

正在这时,一个磁性低沉的男声传入她的耳中。

只听那人不紧不慢地道:"牙坚而先失,舌柔而后存。柔克刚,而弱胜强。"

官差首领听完脸色铁青。

那人的话音落下,只见沈棠脚下展开一幅黑白交缠的字画,文字飞出,一一没入她的身体里。

一时间,她神清气爽,手臂不痛了,气息不乱了,消耗的力气全部回来了!

不,还有过之而无不及!她有预感,自己再出剑,那就不是十八剑而是三十六剑!

看着沈棠的气息迅速地恢复,官差首领骂娘的心思都有了,咬牙切齿地道:"妨碍公务,其罪当诛!"

男人戏谑地道:"那你不妨诛一个,让在下看看?"

官差首领仍旧不死心:"龚氏倒行逆施,而你与龚贼为伍,不怕惹祸上身?"

"龚氏为何被抄家流放,我比你清楚。谁是贼,还未可知。"

官差首领一听这话便知道自己没机会了,继续纠缠下去要面对的恐怕是沈棠与暗中的男子联手,届时小命休矣!不得已,他只能拖着刀,面对着沈棠后撤,足足退了三五丈才不甘地骑马离开。

几乎同一时间,沈棠脚下的字画散去。随着它的消失,刚刚还像打了鸡血一样的沈棠又恢复先前的状态。

危机解除，她一屁股坐到地上调整呼吸，难以置信地看着自己的双手——她居然能在地狱开局下，撑到援手到来，捡回了一条小命……大难不死，必有后福！

随手擦去热汗，沈棠一抬头便看到树后走出一个身形清瘦、嘴唇泛青的青年男子。

沈棠连忙起身向那人道谢："多谢先生救命之恩。"

青年眯眼打量了会儿沈棠，说道："道谢免了。若不是他发现了我的踪迹，还喊破，仅凭你是龚氏子嗣这一点，我就不想救人，甚至想杀你。"

沈棠嘴角的笑容逐渐凝固：刚出虎穴，又入狼窝？

沈棠稳住心神，神色镇定地直视青年，问道："先生与龚氏有仇？"

谁知青年的回答出乎她的意料。

只见这名青年把双手笼于袖中，半倚着树干，微垂眼睑，冷声说道："无仇。"

沈棠无语：没仇你凑什么热闹？碰到龚氏子嗣还想出手杀了？

许是沈棠的眼神过于一言难尽，青年被瞧得不悦，问："你这是什么眼神？"

自然是看精神病患者的眼神！沈棠内心吐槽，嘴上却道："既然无仇，先生何来这么大的恶意？"

青年哂笑："你既为龚氏子弟，岂会不知？"

说了不要给她乱加奇怪的标签啊！她长长地吸了口气，再缓缓地吐出，扯出一抹和蔼可亲的笑容："先生的救命之恩，在下铭感五内。不过有几件事情希望先生知晓。"

"你说。"

"其一，我不是龚氏子弟。"说完，沈棠便看到青年的眼中闪过一丝异色。

她也不管青年信不信，继续道："其二，先生的恶意何来我真不清楚。其三，我更不是什么龚氏子嗣……"

她分明是货真价实的女性，虽说年纪还小，身体没开始发育，并无明显的第二性征，但明眼人光看这张脸也不会认错性别啊！

青年仔细地打量沈棠的脸，似乎在斟酌她这话的真实性，好半响才颔首道："小郎君这话我信了。"

他信了才怪！她都说了自己不是男的，这厮怎么这么轴？！

青年戏谑地道："你虽说身手尚可，但这般滥用文心，一通乱打，的确不像是受过正经教育的。"

没哪个正经文士会跟武人硬碰硬。考虑到此番被发配的犯人不只有龚氏子弟，他猜测这位小郎君或许是其中一位龚氏表亲，托了男生女相的福被归为女眷，丹府这才幸免于难，没被废除。

沈棠一时间不知道该从何吐槽，只来得及抓住一个重点："你说……文心？我有文心？"

她这具身体有文心？

"你居然不知？"见她的表情不似作伪，青年诧异了。

沈棠诚恳地摇头。

青年追问："既然你不知道自己有文心，方才的言灵又是怎么回事？"

"言灵……又是什么？"

"就是'慈母手中剑，游子身上劈'那一段，你的文心言灵。"青年说着蹙起了眉峰，表情甚是古怪：以剑劈子的慈母，听着就不是啥正经言灵。

但天下之大无奇不有，许是他见识太少了。

沈棠如实说："我心里想着救命的法子，它突然就出现在我的脑子里了。"

青年觉得很离谱儿！

沈棠将话题又拐了回来："先生还没说你为何如此不喜龚氏呢。"

问题得不到解决就好比看热闹看不到后续，那种抓心挠肝的滋味可不好受。

青年瞥了眼沈棠，面无表情地道："虽无私仇，但有亡国之恨。"

一听这话，沈棠立时歇了听八卦的心：这可不是闹着玩的，若不慎将此人惹恼，他怕是要跟她拼命。

她却不知，当今百国林立，各国征伐不断，灭国、建国都是见怪不怪的常事，一代人若是活得久，人均能换两个以上国籍。

青年对故国有感情，但也没深到尽忠报国那种程度。

"那言灵呢？"沈棠也不见外，直接把青年当成免费讲解的NPC（非玩家角色）。若能从他身上直接获得答案，她何必自己东奔西跑地去打听？

青年再三确认沈棠真的什么都不知道，且问的问题都很基础，觉得回答一二也无妨。

只是她的问题基础到让人怀疑是从哪个犄角旮旯的深山里冒出来的野人，青年只得从源头开始讲述。

他的讲述比沈棠脑中浮现出的陌生的记忆完整得多。

当年坠落的贼星四分五裂，散落中原大地。世人忙着修文习武吸收天地之气，淬炼己身，除了指望"奇货可居"的商贩，没人注意它。直到有个匠人将其中一块碎石雕刻成玺印，敬献给国君。

那位国君一拿到玺印，玺印登时紫光大绽，无数奇异的文字从中飘出，其中一部分与官员的丹府融为一体。

世人此时才知，玺印中的某些文字结合特定的文心、武胆，便能发挥出不可思议的力量。

这些文字便是"言灵"。

例如青年先前说的那句"牙坚而先失，舌柔而后存，柔能克刚而弱胜强"，便是给对垒双方中的一方加持、恢复。而相同的言灵在不同人的手中效果也不同。

从此以后，贼星的碎片就成了各国国玺的标准配置。国玺蕴含的言灵直接影响这个国家的实力，若国君催动国玺，还能让其化为国之重器，镇守国之边陲。

说到这里，青年顿了下，暗中用余光看了一眼沈棠的表情，说道："重台都城被破，国玺遗失，坊间有传闻是龚氏将其藏匿私吞。不过龚氏被抄家之后，仍未找到国玺的下落……"

沈棠没在意国玺，而是重复了一遍："重台？"

随着她的话音落下，青年的表情相当精彩且复杂："就是原来的辛国，坊间有消息说要被改为'重台'。"

他以为沈棠这么问是因为流放路上消息闭塞，不知道重台就是原来的辛国，却不知她纯粹是觉得这个名字有些奇怪。

"灭国还给人改名？"

青年道："为了羞辱。"

"羞辱？"

"凡婢役于婢者，俗谓之重台，对辛国遗民而言，自然是奇耻大辱。"

何谓"凡婢役于婢者"？通俗来讲就是奴婢的奴婢，下等人中的下等人。

而亡辛国的罪人之一龚氏岂会不招辛人恨？

只要那枚国玺不现身，这场风波就不会停下。

这些也就是听个趣儿，跟沈棠没什么关系，她更关心自己的文心是啥模样。

青年建议道："不妨测一测。"

文心九品，只有知道具体的文心品阶，才能找寻适合自己的言灵。

沈棠问："如何测？"

第二章

文心花押印，一品上上

青年冲沈棠伸出右手，手心向上。

沈棠不解，迟疑了一会儿将自己的右手搭了上去，歪头问他："这样？"

青年表情漠然地看着她，眼神一言难尽，仿佛在问她：你觉得呢？

于是沈棠触电般缩回右手。

"凝气于掌心。"青年见沈棠还是一脸迷茫，不得不出声提点。

青年以为自己说得足够明白了，奈何沈棠连"气"是什么都不知道。

见沈棠半晌没动静，他只好说："你方才使用言灵时，有没有感觉有什么东西自丹府沿经脉向外游走？那就是'气'。你现在试着将它从丹府调出来，凝聚在掌心，这样会吗？"

召唤言灵这种玩意儿不是每一次都能成功的，这涉及一个熟练程度问题。他眼前这位小郎君能以文心强行抗衡三品簪袅，且言灵效果强劲，不该啥也不懂才对啊。

青年说得清楚，沈棠仔细地回忆先前那种玄妙奇怪的感觉。

气、丹府、言灵、文心……半晌过后，她隐约抓到了什么东西，引导那东西慢慢地向手心游走。

终于，一团无色的气团逐渐成形，由豌豆大小扩展至拳头大小，悬浮在她手掌心上方的一寸处。

自这股气出现，青年便微垂下眼眸，大半张脸隐没在阴影中，看不太真切神情。但沈棠肯定后者的视线落在她的手掌心上。她感觉气氛不太对劲，于是出声询问:"先生,这就是'气'?还真神奇……我是几品文心?"

青年这才回过神,给了反应:"你再将这团气提炼凝实,像我这般就好。"说着,青年伸出的右手中迅速地浮现出一团浅青色气旋,乍一看像一团薄雾,不过两个呼吸间,便转化为黏稠胶状的深青色物体,最后化为一枚婴儿拳头大小、造型奇特的深青色花押印。

见沈棠好奇,青年主动将花押印递出。

花押印造型精致,侧面刻有篆书"六品中下",底部则刻着同样字体的"祈氏元良"。

"你叫祈元良?"

如果这是名字,那么六品中下应该就是他的文心品阶了。

青年道:"祈某名善,字元良。"他一边说一边盯着沈棠的眼睛,见后者眼神干净,并无丝毫对中下品文心的轻视,略略满意,神情看着没那么疏离了。

沈棠习惯性地道:"真是个好名字。"又是"善",又是"良"的,听起来就是个好人。

祈善听后哑然。

沈棠将花押印递还,说道:"我大概知道该怎么做了。"

她学着祈善演示的办法将那团气旋向内压缩,只见气旋逐渐由无色转为乳白色胶状,再化为透明似水晶的小巧物件。

沈棠这才收了"气",急忙去看花押印的侧面。

结果……

"咦,怎么没有字?"说是这么说,但祈善的声音中听着并无诧异,好似早就料到一般。

"没有字?"沈棠递出自己的那枚花押印,疑惑地道,"侧面的确没有字,只有底部有字。"

花押印底部刻着四个篆书——"沈氏幼梨"。

"沈……幼……梨?你果真不是龚氏子弟。"因为花押印是透明的,所以辨认上面的字有些费劲儿,祈善微微眯着眼,一边看底部的字一边点评,"不过,小郎君,你这表字取得未免过于秀气了……"乍一听还以为是女子的闺名。

沈棠已经放弃解释自己是妹子这事儿了。既然在这个世界默认有文心的就是男子,她跳出来辩解,不管旁人信不信,都没什么益处。被人误解就被人误解吧,待她搞清楚自己为什么会有文心或者实力足够强大时再说,免得被当成异端人士搞死。

"祈先生，我叫沈棠。"

"棠梨叶落胭脂色，荞麦花开白雪香。"祈善露出一抹浅笑，说道，"也是个好名字。"

尽管沈棠很想说自己的名字叫"沈棠"，"幼梨"是随机弄来的笔名，没什么特殊含义，但人家这么想秀一秀肚子里的墨水，她也不能泼冷水，只能受了夸奖。

她这会儿最关心的还是自己的文心是啥品阶。

"祈先生，我这是什么品阶的文心？"

谁知祈善反问她："你想是哪种？"

沈棠道："这是何意？"

祈善径自说起别的东西："与武胆二十等不同，文心仅有九品。一品上上、二品上中、三品上下，依次至九品下下。武胆能经过后天的磨砺突破晋升，天赋高者甚至能位列彻侯，而文心生来几品便是几品。我这是六品中下文心，比上不足，比下有余。所以，你希望你是几品？"

沈棠诧然："这……还能由我所想？"

祈善道："若是旁人，自然不行，但你遇见了我，倒是能帮你这个忙。"

沈棠一头雾水。直觉告诉她，祈善话中有话。

但祈善也没解释太多，只轻描淡写地暗示了一句："稚子怀千金于闹市，并非善事。"

沈棠下意识地绷紧了神经：这文心是个啥东西，居然这么稀罕？合着高品阶文心还会招来杀身之祸。

沈棠按捺住好奇心，没有深究，只是问："几品文心都能伪装？"祈善自己都只是六品中下文心，且文心不可改，生来几品便是几品，那他肯定不可能帮人真正改动文心的品阶，就只剩伪装了。

既然如此，沈棠试探地道："那……一品上上可以吗？"

祈善差点儿被她问笑了，说道："一品上上文心为圣人品，乃虚品，只有手持国玺的诸侯能拥有，你是想找死吗？"

沈棠垂眸看了一眼自己的文心花押印，说道："那就稳妥些，伪装成九品下下好了。"

"九品下下？呵，你倒是聪明。"

待花押印的侧面浮现出"九品下下"四个篆书，沈棠把玩着这枚透明的花押印，不知该怎么处理，问："这东西怎么收回去？"

"收回去做什么？这是拿来证明身份的，即便是九品下下文心，也比普通人好。"

在这个一代人能换两个国籍的混乱年代，普通人的性命比草芥还不如，更何况沈棠还是被发配后出逃的犯人。刻在犯人耳后的字是用特殊手段弄上去的，除非割掉耳朵，否则永世难除。但有了文心花押印，再用耳饰遮盖，一般差役看到她也不敢检查，相当于她的安全有了保障。

"那个……祈先生……"沈棠欲言又止。

祈善掀了掀眼皮，说道："有什么话便直说，我不喜拐弯抹角不爽快的人。"

"那我便直说了。祈先生若方便……能让我跟随几天吗？"沈棠看似有些不好意思，"我知道自己逃犯的身份会惹来麻烦，本不该麻烦先生，可我人生地不熟，实在不知该怎么办……"

祈善能灵活运用文心，这么好的学习机会，她不把握住岂不是对不起自己？机会难得，错过这村就没这店了。

若能多多了解文心，她未来也能更好地融入这个陌生的世界。

沈棠充分利用自己年纪小又狼狈可怜的外在条件，示人以弱，试图激发祈善的同情心。

祈善的眼神里却没流露出丁点儿怜悯的意思。

他只是饶有兴趣地看着面前垂着头，看似可怜巴巴的小郎君。

一个对文心控制半懂不懂的新人就敢正面对上三等簪枭，还不落下风，哪里是落魄的"小奶狗"？分明是有着利齿、能噬人的狼狗崽子！虽说狼狗还嫩，可一旦有了底气，可是会吃人的。示人以弱？这招数骗骗旁人还行，对付他可还不够。

祈善垂下眼睑，手指把玩着挂在腰间当腰佩的深青色文心花押印。

思忖良久，他才道："倒也不是不行，不过，到了下一座镇子就得分开，不然你可会后悔的。"

沈棠诧异地问他："后悔？为何？"

祈善指着自己腰间的佩剑，反问："你猜我这把佩剑是装饰还是称手的兵器？"

沈棠没有说话。

祈善笑道："小郎君，莫要以为旁人帮你一回就是好人，我身上的麻烦可比你这个逃犯大得多。不只是我，以后看到敢只身一人在外行走的，不管是佩戴文心花押印还是武胆虎符的，都要警惕着点儿。"

沈棠眨了眨眼，用微小但能被祈善听到的声音道："祈先生未免将我看得过于单纯了。"

祈善心下嗤笑。这位小郎君的确不单纯，但要求也不过分，只是跟着而已，反正他已经帮过一回，不如再帮一回，权当是送佛送到西，结交个人。

二人在背风处搭了个篝火。

祈善双手抱剑小憩，但还未酝酿起睡意就听到沈棠的肚子"咕噜咕噜"响。

他睁眼看向沈棠。

沈棠捂着肚子尴尬地笑了笑，说道："白日戴枷徒步七八个时辰，只吃了一个发馊的饼子，这才发出不雅之声……打扰先生好眠了……"

沈棠的五脏庙闹腾不休，祈善也不好装作没听见，于是解下腰间的水囊和干粮袋子递过去，说道："先吃了垫垫。"

沈棠也没跟他客气："多谢。"

待微凉软糯的干粮滑入喉咙，滚入胃中，她才感觉强烈的饥饿感稍稍缓解。

尽管饿惨了，她也只吃了一半，剩下一半没动。

祈善有些意外，但也没说什么。

因为这个插曲，他也没了睡意，从行囊中掏出一卷用硝鞣制成的皮质卷轴，借着篝火细读起来。

沈棠隐约看到上面有"言灵"二字，被勾起好奇心，看得出神。

祈善被她用好奇又明亮的眼神盯着，无法专心，微微叹气："好奇？"

沈棠双手抱膝，不好意思地笑道："嗯，好奇！文心真的很神奇，先生可否教我？"

祈善道："你可真不客气。"

"不是先生说不喜拐弯抹角不爽快的人？"

那他也没说喜欢教人啊！

不过他手中的卷轴也不是什么稀罕物件，就是他整理出来的一些广为人知的言灵，属于谋者的必修课，沈棠去稍微大点儿的城镇书坊或者哪座书院求学也会逐渐接触到。

再者，言灵实在是种玄之又玄的东西，大多只可意会不可言传，同样一段言灵，有人能学会，但有的人一辈子都摸不到门槛。唯有适合自己或者自己能参悟的言灵，才有机会融会贯通，如臂使指。

"你自己看。"祈善大方地出借卷轴，"不懂你再问。"

沈棠好奇心爆棚地接过，刚看一行就蒙了。

祈善道："不识得上面的字？"若是如此，他也爱莫能助。

沈棠摇了摇头，说道："上面的字我认识。我只是想问一下，诸如'望梅止渴'这种……也是言灵？"

"自然是，别看它跟武胆言灵一般精练短小，但威力不容小觑，也是谋者必须掌握的几个言灵之一，若施展者文心强劲，运用得当，关键时刻甚至能左右一场战争的胜负。"

沈棠目瞪口呆："左右……战争的胜负？"

"自然，此言用之，可振一军士气。"见沈棠一脸狐疑，祈善还以为沈棠是误解言灵都很长，便道，"这段言灵原先是很长，记载于《假谲》一篇，'魏武行役，失汲道，军皆渴。乃令曰："前有大梅林，饶子，甘酸，可以解渴。"士卒闻之，口皆出水。乘此得及前源'。但被精炼后就只剩四个字了。"

沈棠微张口，一副打开了新世界大门的表情。

"那这……星罗棋布？"

祈善道："可排兵布阵，与敌博弈。"

"斩草除根？"

"可加持军士气力，消耗极大，不可轻用。"

沈棠指着卷轴又问："自投罗网？"

祈善道："多用于排兵布阵，干扰敌军，使其自乱阵脚。"

剩下的就不用多问了，看着祈善那密密麻麻的批注她就知道，每一个都是用来行军打仗的。

难怪他说自己不是啥善茬，看看这些文心言灵，再看看卷轴上面绘制的军阵阵形，沈棠便知道这位仁兄是那种以攻为守、草丛蹲人头的狂热爱好者，只差将"阴险"写在脸上了。

"祈先生，我还有一个问题。"

祈善才不信她的话……他们俩认识才多久，她三句话两句是问题，问完这个肯定还有下一个。

不过，想到沈棠的文心，他眯了眯眼，多了几分耐心："你问。"

沈棠看到后面，发现上面不仅有文心言灵，还有武胆言灵。讲真的，她不是很懂二者有什么区别，不都很能打？

"文心和武胆的具体区别在哪里？"

祈善再一次怀疑沈棠是哪个犄角旮旯出来的野人——每个问题都在他的意料之外。

祈善无奈地答道："武胆凝气于身，文心掌控于外。"

尽管沈棠很想说自己听懂了，免得被人误会智商有问题，但是她还是说："我……不是很懂，祈先生能说得更详细一些吗？"

祈善也不指望沈棠一次就听懂。

这位小郎君或许真是哪个犄角旮旯出来的野人，讲得精练、委婉就听不懂，于是祈善改用比较通俗的说辞："武胆，'武'为核心。武者，从戈止戈，征伐示威。止戈为武，以战止战。因此，大部分武胆言灵是作用于自身，淬炼身体使其强大无匹，以一敌千，多孤胆。"

沈棠若有所思地点点头："大部分武胆言灵作用于自身，这么说有小部分不是？"

"对，以言灵'一呼百应'为例，若诸侯、谋者用之，可振百人军心，但将者用之，可令百名军士披甲上马，气势凝成一股，化为尖刀精锐。若上下军心一致，则精锐愈强，无可匹敌。"

祈善已经有经验，预判了沈棠的问题，在她提问前先一步解答："某些言灵是文心、武胆通用的，这个不用好奇。"

同样的言灵在不同的人手中效果是不同的，这看个人理解和修为境界。

沈棠认真地听讲。

祈善继续道："文心与武胆不同，文心的精髓在于'谋'与'算'二字。因此，文心言灵多偏向掌控、布局，借由言灵始终掌控复杂、诡谲多变的局面。武胆二十等，等级越高则越强，于是世人认为文心也是如此，品阶越高越强。可在我看来，这是非常错误的认知。文心较量的是这里。"说着，他指了指自己的脑子。

如果脑子不够灵光，哪怕你身怀二品上中文心，也别轻易招惹不知底细的九品下下文心拥有者。

沈棠琢磨了一会儿，感觉自己好像懂了又好像没懂："武胆是一个人亲自上手干架，再强一些就是拉帮结派，带着兄弟一起去干架，文心不会轻易下场，而是当幕后大佬聘请其他打手替自己干架？"一个输出，一个辅助？

祈善听后静默了几息，面无表情地道："你要这么理解也可以。"

沈棠仔细地琢磨了一会儿，问："可这样不是很被动吗？"

"被动？"

"脑子再好使也架不住敌人拳头多。"

文心拥有者是辅助指挥角色，技能也多是如此，输出大多靠武胆拥有者。一旦文心拥有者落单被抓，岂不是要引颈就戮？

"作为成年人就不能文心、武胆两手抓，两个都要？只能二选一，修一门？"

鱼与熊掌她都想要！

祈善大概明白她的想法，说道："从过去的记载来看，倒也不是没有同时修炼出文心、武胆的例子，只是……"

"只是什么？"

祈善拨弄着篝火，淡淡地道："不是早夭、痴傻，就是能力平庸与普通人无异。"

看来文武双修这条路是她不配了。

她抱着卷轴，看得头昏眼花。上面的每个字她都认识，祈善写的心得批注她也能一眼记下，对如何修炼、如何使用却是一头雾水。

果然，空手套白狼要求不能太多。

随着时间的流逝，五脏庙又开始敲锣打鼓了，沈棠揉了揉肚子，看着卷轴上的"望梅止渴"，脑子里浮现出青口梅的模样，嘀咕："不是说文心能'无中生有'吗？你'望梅止渴'给我几个青梅不过分吧？"青梅要是多，她还能做点儿别的囤着吃。

祈善听力极佳，闻言给她泼了盆冷水："当然过分。'言灵'虽神奇，但不能给予人食物，若是能，世上饿死的百姓就不会那么多了。"不知想到什么，祈善对着篝火轻叹，"数月前在外游历，我可是看到一城的百姓……"他说到这里顿了顿，主动终止了话题。

不用他说，沈棠也能想出他的下文，不外是饿殍遍地的人间惨象。

她道："为何不能？'言灵'能化出利刃、战马、甲胄，能让一介匹夫力敌千军万马，为何就不能变出小小的青梅？同样是无中生有，怎么还搞歧视？即便真不能，那也能帮助农耕吧？"

若用文心、武胆下地干活，即便效率比不上机械化，也比普通老百姓面朝黄土背朝天好得多吧？

若可以变出食物，她觉得自己能卖梅子赚点儿盘缠。

一觉醒来，变成身无分文还在逃的犯人，她一个普普通通的宅女画手真的太难了。

如果这条路也被堵死，她只能操起老本行给人画画，不知道谁愿意找她约稿。

祈善不给予正面的回答，只道："前面的问题我回答不了，但最后一个，你日后阅历多了自会知道。"

在这礼崩乐坏的世道，谁愿意铸剑为犁，必会被群起而攻之。

小郎君的想法不是没前人尝试，也有有志之士到处游说，辅佐诸侯主张变革，但都因为种种原因失败了，下场凄惨。

想到这些令人不悦的内容，他烦躁地闭上眼小憩，还时不时能听到沈棠嘀咕"望梅止渴"。

约莫过了半刻钟，沈棠还在跟"望梅止渴"较劲儿。

祈善眼睛也不睁："学言灵需要缘分，世间言灵万千，一条不成就别浪费时间钻牛角尖了，转战他处便是。当然，也不能什么都学，贪多嚼不烂，贵精不贵多。"

"哦，我懂。"

跟着是一声清脆的"咔嚓"声和咀嚼的动静。

祈善满是疑问：剩下的一半干粮和水囊都在他这儿，沈小郎君去哪儿吃东西了？

他隐约还嗅到一股青梅的果香，猛地睁开眼看向沈棠，只见后者正盘腿坐在地上，两条腿上堆着十来颗圆溜溜的碧绿青梅，每颗看着都鲜嫩欲滴，清脆可口。

沈棠一边咀嚼一边被酸得眉头大皱，脸蛋儿皱成一团，偏偏因为太饿只能忍着咽下去。

"你……你这些青梅……哪儿来的？"祈善睁大眼睛，语气艰难，喉头滚动，吞咽了数下才找回语言能力。

沈棠眨眨眼，将酸出来的泪花逼回去，说道："青梅？哦，我一直尝试'望梅止渴'的言灵，也很努力地催动文心，但始终没有你说的效果。之后我又试了几次，结果凭空多出一颗梅子……你看，就是这样——望梅止渴！"沈棠说着还演示了一遍。

言灵落下，一颗青梅在祈善的注视下凭空出现在她的掌心上。

沈棠又咬了一口梅子，酸得差点儿五官移位，道："虽然很酸，用一次言灵也只有一个，产量低，但是能吃就好。"

毕竟是白赚来的青梅，要求不能太高。她准备多弄些，回头做成青口梅、盐渍梅子或者青梅酒，反正是无成本的买卖，即便不能大赚特赚，养活自己应该没问题。

她认真地挑了一颗又大又青、一看就很酸的梅子递给祈善："喏，祈先生要不要尝一尝？"

祈善没在第一时间接下，先是垂眸看沈棠手中的青梅，又掀起眼睑看看她脸上"空手套到肥狼"的得意笑容，眉梢狠狠地一抽，额头似有青筋若隐若现。

这位小郎君究竟知不知道……良久，祈善才叹了口气接过青梅，用袖子胡乱一擦，一口咬下去。

的确酸！不论是手感还是口感，皆与还未熟透的青梅一模一样。

见祈善的表情管理逐渐失控，沈棠笑道："若是再熟些，滋味应该会更好。不知道有没有能变出酒的言灵，若是有，酿个青梅酒藏起来，待冬日落雪，去湖心赏景、烹茶、喝酒、尝青梅，岂不快哉？"

祈善眼神复杂地看着沈棠，叹气道："你若觉得好，那便好，往后别后悔今日的鲁莽之举就好……"

沈棠啃青梅的动作顿了下来，一脸不解："祈先生这话的意思……能变出东西不算好事？我会后悔？"

"对旁人而言自然是好事，但对你，未必是好事。"他看沈棠的眼神染上了几分遗憾，仿佛她在她自己不知道的情况下丢了个大宝贝。

在沈棠开口追根究底前，他话锋突然一转："当然，若沈小郎君没什么大志向，只求两餐吃饱，有一屋遮风挡雨，这也能算好事。"

沈棠咀嚼着青梅，表面上很蒙，内心却蹙起了眉头，推测祈善为何这么说。

她试探性地问道："与我的文心有关？"

祈善惊讶于她的敏锐，点头："是有几分关系。"

沈棠一副洗耳恭听的架势，谁知祈善不配合，不打算细说。

他说什么？说龚氏藏匿的那方国玺可能在沈小郎君身上？

哪怕他对国玺没什么兴趣，可沈小郎君未必会这么想，为了避免不必要的误会，他还是装作不知道为妙。最重要的是，他怀疑沈小郎君的文心已经与国玺呼应，无意间觉醒了"诸侯之道"。

文心、武胆、国玺，三者的关系非常特殊。

国玺不仅能镇国运、御外敌，还有一种非常关键的能力，那就是"诸侯之道"。

拥有文心、武胆的诸侯手持国玺，有机会与国玺呼应，根据内心所想，随机获得一种特殊能力——诸侯选择较多的能力是"统御""亲民""拥戴"，甚至还有加持帐下文武的文心、武胆的能力，凭此能招揽不少能人异士为其所用。

沈棠的诸侯之道他不清楚，但绝对与农事相关，否则如何变出青梅？

一个拥有农事方面天赋的诸侯……光听就知道没前途了。

不过沈小郎君看着也没什么野心，只求自保，得到这个能力倒极其适合，至少饿不死。

沈棠的内心仿佛有猫在挠：她最讨厌话说一半留悬念让人猜东猜西的人。

"先生不欲详说，自有道理，照理说我不该多问，但毕竟关系到自己……"沈棠以退为进，各种旁敲侧击，"我猜，是不是我的文心出了毛病？这毛病重不重？可还能挽救？"

祈善干脆利落地回答："不能。"

据他所知，一枚国玺对应一位诸侯、一种"诸侯之道"。这种天赋能力还需要用国玺为媒介发动，除了一种情况，一般是终其一生固定不变的。哪种情况？死！非死不可改！

沈小郎君只要还活着，这枚国玺在他手中就只能是现在的能力——唯一的好处就是不愁会饿死。若沈小郎君有野心，那就惨了，开局失利，先天畸形，根本不是其他豺狼虎豹的对手。

看着脸色逐渐凝重的祈善，沈棠感觉手中的青梅都不酸了：她是不是命不久矣？

一时间，无数想法在她的脑海中闪现。

若非祈善出声拉回她的思绪，她都能想象出自己病恹恹地侧躺着写遗书的画面了。

"沈小郎君，除了'望梅止渴'的青梅，你还能变化出其他东西吗？"

沈棠摇头："我不知道，但可以试试。"

祈善抽出另一卷卷轴，指着上面一段言灵道："那你试试这段言灵。"

沈棠凑近一看，道："画地作饼，不可啖也？"

"这段言灵与'望梅止渴'类似。"

既然"望梅止渴"能化出青梅，这段言灵或许能弄出大饼。

沈棠道："但都是'不可啖也'了，画出的饼还怎么吃？倒不如精简为'画饼充饥'。"

饼子比青梅管饱。青梅固然新鲜，但这玩意儿太小还酸，沈棠就是铁打的胃也不敢多吃。她刚刚啃了二十来颗青梅，牙床就酸得麻木了。

结果沈棠试了十几遍也没动静。

她有些气馁，余光不经意间扫了眼卷轴上密密麻麻的言灵笔记，眼睛一亮。她手指一挪，在一段文字上停下："祈先生，相较于画饼，我倒觉得这一段更有意思——点石化金，以足逋赋！"

"点石化金？"

沈棠开始打她的小九九："对啊，点石成金！一小块金子能买多少斤青梅和大饼！论价值，自然是这条言灵更高，不只如此，还有什么'金屋藏娇'也能安排，就是不知道化出来是'金屋'还是'娇'。若是'娇'，这'娇'是男是女，是美是丑……？"

祈善看沈棠的眼神仿佛在看一个做白日梦的傻子，觉得这小郎君年纪不大，想得挺美。

"你不怕暴毙的话，倒是可以试试。"

沈棠满脸疑问。

祈善哂笑："言灵的价值、效果，取决于文心的消耗。文心越强，消耗越大，言灵的威力越强。若强行使用超出能力范围的言灵，失败还好说，至多虚弱一阵，一旦成功——势必会反噬施展者。例如寿命缩短、盛年早逝、病痛缠身、缠绵病榻，甚至有人七窍流血，当场暴毙。古往今来，这种惨剧比比皆是，沈小郎君可别因为一时的好奇贪婪，步了后尘。"

一颗青梅、一个饼，价值如何与金银玉石相比？一切都是有代价的。

点石成金和金屋藏娇是没指望了。沈棠固然失望，但也不敢拿自己的小命冒险。

随着时间一点一滴地流逝，墨蓝色的云被染上一圈浅浅的橘红光晕，直至夜尽天明。

当一束调皮的朝阳光辉吻上眼睑，祈善从睡梦中转醒，看了眼日头，一边困倦地揉右眼，一边咕哝："怎么才卯正？"

沈棠道："这个时间不早了。"

祈善闻声看去，只见沈小郎君坐在篝火旁烤东西。

"你昨晚一夜没睡？"

祈善看到小郎君那身粗麻囚服被露水打湿了，贴着肌肤，没有熟睡压出来的褶子。

沈棠头也不抬："没睡，昨日发生太多事情，根本睡不着。祈先生要尝一尝我的手艺吗？"说着她将手中的树杈递向祈善。

祈善这才看清沈棠手中烤着什么——三个被树杈穿成串的饼子。

饼子约有成人巴掌大，被烤至两面焦黄，散发着勾人的食物焦香。

荒郊野岭的，哪里来的饼子？不用猜都知道。

他也不跟沈棠客气："多谢。"

祈善是个讲究人，吃朝食前有"准备活动"——只见他用水囊里的清水打湿帕子，拭去脸上残余的睡意，再从行囊中取出齿木，撒上些许薄荷绿色的粉末，就着水囊中残余的水揩牙漱口。

做完清洁他才拿起烤得焦香的饼子。

"嗯？怎么是甜的？"

尽管甜味不浓，还被焦脆掩盖了大半，但仔细一尝还是能尝出来的。

沈棠揭秘："鼎镬甘如饴，求之不可得。"

祈善听后，表情立刻变得一言难尽，连嘴里的饼子也不香了。

他无奈地道："'鼎镬甘如饴'源于《正气歌》，也属于振奋士气的言灵，对文心要求极高……"

她诚心跟这些言灵过不去是吗？不管原本是啥效果，搁在沈小郎君手中都是变吃的？这让他以后如何直视"鼎镬如饴"？

"管它是什么言灵呢，在我看来，只有能让我填饱肚子的才是有用的言灵。"沈棠吹了吹滚烫的饼子，小心翼翼地尝了一小口，食物的香味在口中蔓延，顿时有种幸福爆棚的满足感，"饼子上的饴糖又不只是'鼎镬甘如饴'弄来的，我发现这句言灵对文心的消耗不小就放弃了……"

祈善眼前一黑：合着她为了一块饴糖还祸害了其他言灵？

"那你选了哪句？"

沈棠从容地伸出右手："周原膴膴，堇荼如饴。"

她说完，一块拇指大小的饴糖便出现了。

祈善倏忽皱眉："这句言灵……"

沈棠将饴糖丢进嘴里咀嚼，满足地眯起眼："这句言灵怎么了？"

"从未有人用过。"

沈棠道："什么？"

"我们现在所用的言灵，全部源自那些国玺，或者说源自那颗贼星。其上记载的言灵浩瀚如烟，不知凡几。从贼星出现到现在两百余年，愈来愈多的言灵被能人异士所用，但跟无法使用的言灵相比，仍是冰山一角。这句'周原膴膴，堇荼如饴'只是我偶然抄录的……"他觉得有意思就记下来了。

沈棠默然。

祈善问她："这句言灵效果如何？"只是变出一块饴糖？

沈棠不答反问："祈先生不是看到了？"

她的眼神过于坦荡清明，仿佛一汪能一眼看到底的清泉，祈善捏不准她有无隐瞒，但他清楚她没表面上那么单纯。

两个人不再交谈，安静地吃着朝食，将烤的几个饼子全部吃进肚子里，吃饱喝足后处理篝火。

然后两个人收拾东西准备上路。

沈棠身上那件粗麻囚服太招眼，祈善便贡献了一件干净的旧衣。

等沈小郎君换衣的工夫，他无意间踩到一片较为松软的土："咦？"

祈善蹲下身拨开野草，一探究竟。

他用手指捻起一撮疏松湿软的土细细地感知，发现它与三步外能扬灰的贫瘠沙土截然不同。

不知想到什么，他"唰"的一声抽出腰间的佩剑，冲着这片土猛地刺进去。剑身入土，初时松软易入，毫无阻碍，入土方六寸，便有些阻力，剑身被什么黏稠的东西缠上了。

他又将长剑从土中"拔"出来。

剑身上沾的泥土如实地反映出地下的情况。

祈善捻着剑锋上的泥土，口中若有所思地说道："周原膴膴，堇荼如饴……"

这句言灵的大致意思是周原土地肥沃，连堇和荼这样的苦菜也能甜蜜似饴糖。

沈小郎君的这段言灵……重点在"饴糖"呢，还是在"周原膴膴"的"膴膴"？

祈善垂下眼睑擦净剑身，收剑回鞘，仿若无事般起身，用脚上的木屐蹭了蹭那块土，掩盖剑痕。

没过一会儿，沈棠从密林里出来。

成年男子的衣裳穿在十一二岁的少女身上过于宽大，她不得不用长带子将袖子收在手腕处，由宽袖改成了窄袖，再将过长的下摆提起来，与脚腕齐平，然后用腰绳缠上腰部，将衣裳固定。这副打扮配上她那张偏女相又带着几分野性气质的俊俏脸蛋儿，倒有几分风流少年的味道。

祈善唤道："沈小郎君，走了，跟上。"

沈棠小跑几步："先生，这就来。"

随着日头高升，日光越发灼热起来。沈棠用袖子擦了擦汗："祈先生，您这儿就没有变出高头大马的言灵吗？昨晚那个三等簪袅又是刀枪剑戟又是高头大马的，代步多方便。"

祈善淡淡地问她："沈小郎君有武胆？"

沈棠摇头："这个……没有……"

"因为没武胆，所以没有马。"

这淡淡的一句话给沈棠判了"死刑"。

沈棠蔫儿了:"为什么?文心、武胆不是平等的吗?这种言灵就不能共用?"

她感觉自己的文心被鄙视了,低头看看自己两条细竹竿儿似的腿,无语凝噎。虽说脚上的伤口被简单处理过,也穿上了祈善借给她的软底草鞋,但路面崎岖,她靠两条腿去最近的村镇,还不知道要走到猴年马月……

余光瞥了一眼仿佛灵魂出窍的沈小郎君,祈善哑然失笑:"这种言灵也没共用的必要。"

"怎么会没必要?"

古代的高头大马等同于什么?等同于豪华跑车!

"一般来说,有文心的文士出行会有车马相随,何须像那群莽夫般自力更生?"

沈棠无话可说。

又走了一段路,祈善隐约听到跟在他身后的沈小郎君有气无力地说道:"风驰电掣……"

他正要惊讶沈小郎君悟性超绝,连这等为大军提升行军速度的高级言灵都会了,谁知她下一句就是:"大运摩托!"

祈善满头雾水。

二人行了几个时辰才看到人烟。

小道尽头隐约有袅袅炊烟升起。田间忙碌的疲累的身影们开始收拾农具,陆陆续续地往家走。

钱家村来了一对相貌不俗的兄弟,一人徒步在前,另一人骑着一匹近一人高的雪白骡子。那匹骡子生得可真好看,浑身上下没有一丝杂毛,脖子上挂着一枚价值不菲的赤金铃铛,每走一步都能听到清脆的"丁零"声。

二人刚出现就引起农人的注意。

年长那个一袭鸦青长袍,头戴巾帕,脚踩木屐,身形清瘦,腰佩文心花押印,应该是游学在外的年轻士子。年幼那个看着十一二岁,相貌与年长那个不像,但也是红唇齿白、灵动秀气的俊俏少年郎。

年幼那个大概祖上带着点儿番人血统,五官较常人更加立体,乍一看还以为是明艳女郎,村人一听青年对其的称呼才知道是位小郎君。

"寒舍简陋,委屈二位郎君将就一夜。"村正将二人领进偏屋里。

钱家村是一座不满百户的小村,村子里最体面、干净的房子就是村正家的。听两位郎君说想投宿,村正热情地邀请他们在自家住下,让家中婆娘将偏屋收拾干净。

祈善摸出一块碎银递给村正，麻烦他们准备几天的干粮，再烧一锅热水用以沐浴，剩下的当作谢礼。

村正笑眯眯地掂量了下碎银的分量，估算一番后，连忙说不麻烦，离去前还问要不要打点儿新鲜的草给那匹骡子吃。

听村正提起骡子，祈善表情出现了一瞬间的不自然："不用，那匹骡子并非活物，是舍弟的言灵造物。"

村正一听就懂了，神情越发恭敬。

"丁零丁零——"

熟悉的铃铛声靠近，祈善推开窗散了散屋内的浊气，抬头便看到沈棠一只手牵着骡子，另一只手抓着一把草逗弄它。

他还隐约听到沈小郎君跟那匹骡子嘀咕："摩托，你怎么不吃？尝一口嘛，我特地给你摘的。"

说起这匹叫摩托的骡子，祈善就有种提不上气的感觉：谁也没想到一句陌生的言灵——"风驰电掣，大运摩托"——居然真能变出一匹雪白的骡子！

沈小郎君开开心心地骑了上去，问他："祈先生，你要不要也弄一匹？"

祈善果断地拒绝，且不说他不会用那段言灵，即便能用还成功了，效果跟沈小郎君的也未必一样。最重要的是骡子长得再好看也只是骡子，他不骑！

"那要不要一块儿骑？"沈棠抬手遮着眼前，挡住刺眼的日头，提出另一个建议。

祈善再次拒绝——他哪怕走断腿也不会骑这匹一脸蠢相的骡子！

沈棠耸了耸肩，也不勉强。

有了代步的低配跑车（骡子），她的脚终于得到解放。待路过一株不知名但酷似芭蕉树的树木时，骡背上的她弯腰歪身，伸手折下两片芭蕉叶。

她把一片扛在肩头遮阳，把另一片递出去挡在祈善的头顶，道："祈先生！"

头顶的阳光被遮，祈善闻言扭头看去。

沈棠将那片叶子丢给他："接着！"

看着沈棠遮阳怕光的架势，他无奈地笑了笑："好男儿何惧此苦？"

"我不是惧，但老话说得好——一白遮百丑。"沈棠调整叶子的角度，扛着叶子笑道，"晒黑了肤色不匀称，有损美感。"

连年的干旱与战争，使钱家村不剩几户人家，整座村子看不到几张年轻面孔，只有老人和不谙世事的幼童。

骤然来了两张生面孔，消息从村头飞到村尾，不时有顽童到村正家门口张望。

祈善有事去找村正，一回来就听到沈棠与几个顽童玩闹的笑声。

两方人马在"打仗"。一个小童穿着一身浆洗到发白的衣裳，骑在雪白的骡子背上，手持一根枯树枝当长枪，瞧着气势汹汹。沈小郎君则徒步持棍迎敌。二人你来我往，交锋不断，打得"不可开交"。其他孩童作为"兵卒"，在一旁紧张地"观战"，时不时鼓掌大呼"将军厉害"！

祈善一开始还以为是沈棠玩心大发——毕竟沈小郎君也只是十一二岁的少年郎，即便受了发配的苦，本质还是顽劣多动的，看了一会儿才发现那名陌生的小童也有点儿意思。

他问村正："这名孩童叫什么？是村中哪户人家的？"

村正回答："不是村子里的孩子。"

"不是？"

村正叹息："听说是大户人家的孩子，只是打小就有恶疾，住在附近的庄子里养病。说是养病，实则是被人放弃了，所以下人伺候当然不会尽心，瞧着很可怜。他常常偷跑出来与村中的孩童玩耍……"

一般都是胡玩到天黑，庄子里的下人才会过来将他接回去。

祈善被勾起些许好奇心："恶疾？何处有疾？"

村正看了眼满面喜色的孩童，小心地指了指自己的脑子，道："听说是脑疾。"

说白了就是个傻子。

祈善微微诧异，正欲开口，却听几个孩童爆发出响亮的欢呼声。

原来是那名孩童一枪虚晃"骗"过沈棠，戳中了她保护的"主公"，且正中"主公"的脑门儿。

按照游戏规则，他赢了。

看了看"一命呜呼的主公"，沈棠只得"无奈"地摊了摊手，丢下武器"投降"："唉，我输了。"

赢家能获得战利品。

所谓战利品便是拇指大小的饴糖。

她拉开腰间佩囊，掏出一把无聊时制作的饴糖，一人一块分了出去，这叫"犒赏三军"，而立下大功劳的"主将"——那名稳稳地骑着骡子、挥枪颇有风范的孩童，独得三块。

其他孩子迫不及待地将饴糖放入口中，唯独那个孩子没有，只呆呆地捧着饴糖，也不知道吃。

这呆傻的模样跟他骑在骡子背上"打仗"时的意气风发完全不同。

"不吃吗?"沈棠蹲下来问孩童。

孩童摇了摇头,看着手中的饴糖犹豫了会儿,拿起其中一块递给沈棠,然后目光炯炯地看着她,似乎在期待什么。

"你喂我?"

"嗯,吃。"孩童道。

沈棠也不嫌弃小孩儿的小手脏,张口吃下他递来的饴糖,眼睛弯弯地笑着:"呀,真甜。你也尝尝?"

孩童见状才低头拿起另一块含进嘴里。

最后一块被他放进腰间褪了色的佩囊里。

那佩囊沉甸甸的。沈棠借着视角的优势,隐约看到里面装着一块精致的虎头玉璧,玉璧上还刻着小小的篆字。

其他孩童心满意足地回家,唯独那个衣裳浆洗到褪色的孩子留下来,被村正领去正屋等着。

夏日的天极其善变,天刚黑没多久,黑沉的天幕便灌下大雨。

电闪雷鸣,狂风呼啸。

沈棠正挑灯夜读,狂记言灵。

这时大门被"砰砰"拍响。

第三章

雨夜混战，亡国之耻

外头正下着滂沱大雨，天地几乎连成一片，时不时电闪雷鸣。

祈善睡下没多大会儿，便被这阵嘈杂的敲门声唤醒。他睁眼起身，整理衣襟，就要穿上木屐去开门。

沈棠先他一步开了门。

来人穿着蓑衣、戴着斗笠，神情焦急——正是钱家村的村正。

沈棠侧过身，邀请人进屋："屋外雨大，老丈先进来说话。"

村正摆手婉拒："不了，不了。"

祈善上前："老丈神情焦急，可是出事了？"

"二位郎君可有看到阿宴？"屋外风雨交加，村正的脸被雨水打湿，正滴答滴答往下淌水，他顾不上用手去抹，声音带着几分颤抖，"那孩子……只是一个没看住，就不见了！"

沈棠疑惑地道："阿宴是谁？"

"就是先前与小郎君耍闹的孩子。"

他这么一说，沈棠就知道是谁了，原来那个看着呆呆傻傻的小孩子叫"阿宴"啊。

沈棠看了眼屋外的情形，摇头道："我们一直在屋里，没看到他。他是何时不见的？"

村正道："就刚刚，至多一刻钟。"

沈棠闻言，神色肉眼可见地沉了下来。

一刻钟就是十五分钟。屋外的雨势之大连蓑衣、斗笠都挡不住,狂风呼啸,暴雨倾注,隐约还能听到山中传来野兽的嚎叫声,听着瘆人。一个孩子在这种天气失踪,怕不是被摸进村里的豺狼虎豹叼走了吧?

这也是村正最担心的。

村正道:"若是顽皮跑出去玩耍还好,怕就怕是被下山的大虫叼走……"

这几年干旱,地里收成少,税收重,还到处打仗,村民的日子过得不好,山中的野兽也过得不好,时常会下山觅食。若只是叼走村里人圈养的家畜还好,怕就怕它将孩子也给叼走了。类似的惨剧近两年在钱家村发生了三起。

祈善拿下墙上挂着的斗笠戴在头上,系好绳子,道:"老丈先别担心,我也帮忙去找找,总会找到孩子的。往好了想,或许孩子是被庄子里的下人接回去了也未可知……"

村正叹气。他也希望一切如祈善说的那样,只是虚惊一场,孩子不是失踪也不是被大虫叼走而是被接回去,但他清楚这一可能性微乎其微——阿宴不受重视,在庄子里的生活质量只是饿不死。半个月前,阿宴在村子里待了四五天才被接回去,这还是钱家村的村民偶遇庄中一个老婆子,刻意提醒的结果,而今晚的天气这么差,别指望他们会冒雨来接人。

沈棠道:"我也帮忙去找。"

祈善瞥了沈棠一眼,道:"你就算了,也不看看外头什么天气,免得他人没找到,把你也给丢了。"

村正感激祈善帮忙出力,也不赞成沈棠出去——这位小郎君稚气未脱,十一二岁的年纪,还生得清瘦。

"这些担心是多余的,我怎么会丢?再不济也比让村民摸黑去找人强。"沈棠跟村正借了一身蓑衣、一顶斗笠。

村正不放心,又递给沈棠一把砍柴的柴刀,若是倒霉碰上了大虫也能撑一撑。

"阿宴!"

大雨下得土地泥泞。

沈棠视力虽好,但时不时也会踩到水坑,行走时泥水飞溅,弄得衣裳的下摆脏污不堪。

一刻钟工夫,她将钱家村附近的田地找了一遍也没找到阿宴。其他村民同样没有收获。

时间越久,众人越没信心。

祈善问村正庄子在哪里,打算去庄子里问问——虽然阿宴被接走的可能性不大，但万一呢？

沈棠主动请缨："我也去。"

村正叹道："那便麻烦二位跑一趟了。"

钱家村的村民则往靠近深山的地方找一找——先前被大虫叼走的孩子也是这样，找了一夜没找到，最后在山脚下的草丛中找到残骸。

"言灵这么神奇，为什么没避雨功能？"

尽管穿着蓑衣、斗笠，但沈棠还是被淋成落汤鸡，冰凉的衣裳贴在肌肤上的触感让她极其不舒服，若夜风吹进蓑衣的空隙里，还会激起一片片鸡皮疙瘩。

祈善道："也许有。"谁让言灵那么多呢？

祈善接着道："即便有，也不是什么言灵都能学会的。指望世上有这么个言灵，倒不如多带点儿雨具。"

"那有没有能不被雨水打湿的照明物件？大雨天行军、走夜路啊也方便……"沈棠小跑着跟上他的脚步，也不管自己的步伐重了会溅起污水——反正衣服已经脏了，再怎么注意都一样。

祈善默然。

庄子距离钱家村不是很远。二人顺着泥泞的小道，一脚深一脚浅的，走了两刻钟才找到。

那是一座由矮墙围着的院落，隐约能看到黛瓦白墙。院内漆黑一片，并未亮灯，远看像是一团蜷缩起来的野兽黑影。

沈棠上前，抬手叩门。

此时一道雷电在云层中跳跃，照亮了半个天幕，紧随而来的便是震耳欲聋的雷声。

她担心里面听不到，由屈指叩门改为虚握拳敲门，逐渐加大力道。

就在她以为屋内无人的时候，她隐约听到有男人不耐烦的应答声："谁啊，乱敲门？"

过了一会儿，大门被打开。

开门的中年男人穿着一身偏短的褐色长袍，头扎巾帻，似乎很不满有人半夜扰人清梦，脸色不善地扫过沈棠与祈善。见二人一高一矮，年纪都不大，中年男人神情似微微放松，多了几分和善："二位是……？"

沈棠回答道："我们是在钱家村投宿的旅人，听村正说那个叫阿宴的孩子是你们庄子里的，白日在村里玩耍没回去，不久前不见了。村正担心他是被大虫叼走了，正在到处寻找。"

中年男人听了沈棠的话，神情缓和不少："哦，阿宴已经被接回来了，劳烦二位担心。"

接回来了？沈棠微微蹙了蹙眉，借着斗笠遮挡并未被注意到，很快恢复常色。

这时，祈善冲着中年男人叉手一礼，神色温和地说："府里的小郎君无事，我等也就放心了。只是这会儿天黑路窄，风雨又大，可否暂借贵府，容我兄弟二人在此避一避雨？"

中年男人听到这话，有一瞬间的迟疑，但还是侧过身让二人进来，说道："二位也是为了小儿冒雨奔波，只是避雨自然可以。只是现在太晚了，府里的下人都已睡下，无法招待二位，还望见谅。"

祈善道："这是自然，有一屋檐避雨即可。"

二人跟随中年男人进入小院。

院内种着几棵树，树干间绑着拿来晾衣的麻绳，麻绳上晾着衣裳——有七八件大人的，也有一件浆洗得发白、打着补丁的小孩儿衣物。

沈棠用余光瞥了眼，不着痕迹地收回视线。

行至廊下台阶处，祈善抬手解下斗笠，弯身将木屐并排放好，提起衣摆赤脚踩上台阶，取下挂在木柱上的水瓢，舀起廊下石盆中的雨水，冲去脚上沾着的淤泥。

沈棠也脱下木屐，下意识地去找室内用的鞋子，扫了一圈也没找到能替换的。

祈善将脏污的衣摆卷起绑在腿弯处固定好，从袖中取出专门的帕子擦净脚上的水渍，再将水瓢递给沈棠。

二人的动作不算慢，而中年男人已经脱下那双不怎么合脚、鞋底磨损的木屐，光着脚丫踩上木阶，留下几个带着泥水的湿脚印——虽说院内打扫得很干净，不少地方也铺了石子儿，但雨水一大仍会积出泥水坑，很容易弄脏脚。

看到二人一通忙碌，男人笑着出声："二位随意就好，无须这么麻烦。"

沈棠一听男人这话，两瓢冲干净脚丫子，笑着将水瓢丢进石盆里，"哐哐"两声踩上木阶。

祈善话中带上了几分严厉："幼梨，你的礼数呢？"

沈棠笑着冲祈善招手："不是说客随主便吗？阿兄就是太多礼了，还不快上来避一避雨？"

祈善深吸了一口气，似乎拿沈棠这一举动没辙，转身对中年男人致歉。

中年男人倒是好涵养，一直端着笑，连忙说了好几次"无事"，脸上也不见丁点儿不快，反而夸沈棠真性情、活泼。

祈善叹气道："可舍弟今年都十二岁了，还这般跳脱不稳重，实担心他日后要吃大亏……"

中年男人神情微微僵住："舍弟？这是一位小郎君？"

祈善点头："是啊，家中的幼弟，相貌随了家母。因其男生女相，这些年没少招来误会。"

中年男人讪笑两声，直说自己看走了眼，居然将男儿郎错认成女娇娥。说着他将二人领到偏室，让沈棠他们在这里躲雨，若雨势不减，也可以住下来凑合一夜。

中年男人忽然说道："想起东厨还温着一锅姜汤，二位要不喝点儿姜汤暖暖身？"

祈善叉手谢过中年男人。

中年男人道："二位稍待片刻。"

随着脚步声逐渐远去，沈棠收起玩世不恭的笑，神色严肃凝重："这人撒谎，满身都是破绽。不管他是不是去东厨端姜汤，我们都得小心。"

祈善道："自然要警惕。村正说阿宴有脑疾，自出生就被遗弃在庄子里不管不顾，以致下人多有怠慢，这点从院中晾晒的小儿衣裳也看得出来。此人却说阿宴是他的儿子，呵！"

沈棠在室内转了转，时不时用手指摸一把室内的摆件，捻了捻手指，见指腹干净无灰尘。

窗棂附近摆着两张整洁的书案，一大一小，又用书架当隔断将屋子划为几个不同的区域。沈棠随手拿起桌上的竹简，打开后发现是给孩童启蒙的，上面既有成人的笔迹也有小孩儿的涂鸦。

她道："打扫得还挺干净，看样子那些下人也不是完全不干活……只是这大雨天的，风雨大得能将茅屋吹上天，居然没人去把院内晾晒的衣裳收进去，就很不合理了。"

祈善淡淡地说："还有，那男人一身士人装扮，却生着一副凶相，目光凶狠，身上带着血气，更像草莽，且满口谎言——我担心下人不是不想收，而是无法去收……"或者说，没命去收。

沈棠挑眉："是土匪？"

祈善道："时局动荡，落草为寇、打家劫舍并不罕见。"不仅不罕见，甚至成了某些人唯一的谋生手段，有时候还会带着一村子人"发家致富"呢。

"如此说来，这家人是凶多吉少了。"

两个人没找到阿宴，反倒碰上一桩凶案。

沈棠倒吸一口冷气。

祈善好笑地道："沈小郎君，你是怕了？"这话说出来连他自己都不相信。

沈棠一屁股坐在席垫上，眨了眨眼，道："我可是奉公守法的良民。这等穷凶极恶、灭人满门的凶徒，我怎么会不怕？祈先生，我们现在入了狼窝，是饿狼的盘中餐……"她说着掏出了别在腰间的柴刀。

这把柴刀她用衣裳挡着，没被中年男人看到。

祈善的佩剑没带过来，二人唯一能依靠的就只有这把柴刀了。握着刀柄，她才有几分安全感。

其实她到现在也想不通，为什么要她一个安心宅在家里的宅女画手经历这么刺激的事情？虽说她杀了个官差，事后还很淡定地接受了现实，但她认为那是正当防卫，再加上这具身体残留的血脉作祟，才让她一个手不能提、肩不能扛的宅女有了如此凶悍、冷血的一面。她本人是很友善的，毕竟一个被编辑催稿、咆哮，仍敢怒不敢言的画手能有什么坏心眼儿呢？

"我们是入了狼窝，但谁是饿狼的盘中餐还未可知。"祈善从沈棠口中听到"奉公守法"四个字的时候，表情就麻木了，不客气地拆台道，"奉公守法的良民也不会当逃犯。"

谁知沈棠却说："祈先生有所不知，我有大冤。我若不明不白地死在发配路上，或者死在孝城教坊的哪张榻上，就算日后有青天大老爷把案子翻过来，发现还有我这么个无辜者，到时候斯人已逝，徒留遗憾。为了不让这一幕成真，也为了捍卫律法的公正，我得保住自己的命，当逃犯合情合理。"

祈善看着侃侃而谈的沈小郎君，感慨自己活了一把年纪，脸皮还没个毛头小子厚。

祈善正欲说什么，只见沈棠倏地收起脸上的笑容，直起身看向门外，抬手虚抵着唇示意祈善别声张。

没一会儿，沉重的脚步声愈来愈近，那名中年男人端着两碗冒着热气的姜汤过来："二位久等了。"

祈善和沈棠颔首致谢。

在中年男人的注视下，二人捧起各自的碗，垂眸将碗沿抵在唇边，作势要启唇饮下。

见二人毫不设防，中年男人心下一喜，唇角正要扬起一抹讥嘲的笑，谁知下一秒，一碗冒着热气的姜汤迎面泼来，紧跟着矮桌飞起，砸向面门。

祈善泼汤，沈棠掀桌。

然后祈善悄然退至沈棠身后，淡定从容地道："知其雄，守其雌，事不可为而身退，此为明哲保身之道也。"

"祈先生，你这'明哲保身'的言灵为何不给我？！"沈棠险些吐血。

这段言灵她不久前背过，凝气成罡，护卫周身！通俗来讲就是给自己套个盾。

祈善只给自己套也没问题，但这厮居然还悄然退至她身后，让她一个手无缚鸡之力的十一二岁宅女面对灭人满门的凶徒！实在是令人发指！

祈善淡定地道："在下体弱，不善战。"

沈棠突然想起自个儿昨晚看完言灵卷轴后对祈善的评价——以攻为守、草丛蹲人的"阴险小人"，如今看来，这个评价不全面，还得再加一条，这厮反手卖队友也相当顺手。

"你再不善战也是行过冠礼的青年啊！"

躲她身后，这是大丈夫所为？

说罢，她一脚踹向中年男人的胸口。

看着还没反应过来就被踹飞出去半丈的男人，祈善道："行过冠礼的青年踢人也踢不了这么远。"

沈棠无言以对。

中年男人倒在地上捂着胸口，脸上满是骇然，怎么也没想到沈棠一个瘦瘦小小的孩子能有这么大力气。他运力一拍地面，挺身跃起，大喝道："你们不要命，那就别怪洒家无情！"说着，他不知从何处掏出一把泛着红光的柴刀，冲沈棠兜头劈去！

男人这把柴刀有武胆加持，削铁如泥，一个照面儿就将沈棠手中的柴刀劈成两段。他见势心喜，再用蛮力握刀横劈，瞄准沈棠的脖子，唇角上扬，似乎已看到沈棠人头飞起的惨状。

谁知沈棠矮身后仰，避开接连劈来的刀锋，脚下步伐一错，每一步都很从容。

中年男人没什么章法招式，有的就是一身蛮力和那把削铁如泥的泛红柴刀，一刀接着一刀。

只要被砍中一刀，她非死即残。

看着地上被劈出的一道道裂痕，沈棠神情微凝。

祈善适时地说道："二等上造。"还是只有一身蛮力的二等上造。

沈棠抓住机会近身，屈指蓄力击向中年男人的手腕。

中年男人吃痛叫了一声，手中的柴刀被迫脱手。

她抓住机会，给他脐下三寸处狠狠地补了一脚。

这一脚不仅踢得中年男人"鸡飞蛋打"，也看得祈善下意识地倒吸冷气。祈善以袖遮面，不忍直视。

没有哪个男人能忍受这样的痛，中年男人也不例外。他惨叫着弯腰，却正中沈棠的下怀，被抓住耳朵和发髻，头撞上她上顶的膝盖。

"咚！"

祈善下意识去摸鼻骨的位置，看着都替那个中年男人疼。

就在此刻，余光捕捉到窗外有影子晃动，祈善不假思索地念道："风雨同舟，危亡共拯！"

"拯"字落下的瞬间，一道灰色光芒以无可匹敌的气势从外面破开窗户，袭向沈棠的要害，而与灰色光芒同时抵达的还有她周身骤然亮起的文字罡气。

二者相抵，气浪"轰"的一声炸开。

沈棠早已避开，看着没入地面数寸的枪刃，抬头看向窗外——暗中还有敌人！

祈善道："同伙，应是三等簪袅。"

祈善经验丰富，仅凭刚才那一枪的力道便大致判断出那个同伙的实力。他的下一句却是"沈小郎君应该应付得来"。

与没有章法的中年男人不一样，这会儿来的这个明显是个练家子。他飞跳着杀进来，手掌一招，插入地面的长枪就飞到他的手中。

他的目标却不是沈棠，他虚晃一招直逼祈善。

来人一身黑衣，身高九尺，虎背熊腰，光是站着就给人极大的气势压迫，将原先还算宽敞的屋舍衬得窄小逼仄。

祈善一副"果然如此"的表情，不急不忙地默念单字言灵，脚下文光涌动，身形微晃已退开丈余。

黑衣人还想追击，却被提着慈母剑杀来的沈棠拦下，无法脱身。

"哐当！"枪剑交锋。

祈善闪至较为安全的开阔处后，慢悠悠地补上一句："危在吾身，即施于人，故吾危则人危，人欲不危，需施援手解吾之困。"

言灵落下，文光却在沈棠的脚下亮起。

听清楚言灵的沈棠一边挡下敌人狂风骤雨般的枪刺，一边恼怒地大喊道："祈元良！你做个人吧！"

祈善是真的不当人！那段言灵乍一听没什么毛病，但翻译过来是这样的——

我要是有危险了，就将危险转嫁给别人，我危险了别人就危险了，所以那人想要安全，就不得不帮我解决危险，相当于强制性分摊危险。

"沈小郎君，一切以大局为重。"祈善闻言，居然厚着脸皮笑道，"正所谓'文心不除，武胆不灭'。此人是练家子，不会不知这道理。在下孱弱，这条命可就托付给沈小郎君了。"

沈棠无语：祈元良大兄弟，你还记得昨晚说的那句"你猜我这把佩剑是装饰还是称手的兵器"吗？这才一夜就端起文弱书生人设了？

"轰！"屋舍的房顶被剑身挑飞的灰色光芒冲开大洞。

这人力气大得出奇，至少比那个三等簪袅官差大得多，沈棠后撤数步才卸去力道，看着微微发麻的虎口，脸色微沉："祈元良，你确定他是三等簪袅？"

祈善正想说"是"，却借着未熄的油灯看到黑衣男人厚唇微启，无声说了什么。

紧跟着黑衣男人浑身气势一变，瞬间舞出数百枪影，枪身犹如灵蛇一般卷上沈棠的长剑。

祈善仔细地辨认黑衣男人的口型：兵无常势，水无常形……

祈善瞬间了悟："小心，这厮是四等不更！"

同时，一道带着点儿虚幻的黑影悄无声息地出现在沈棠视线的死角，与纠缠沈棠的黑衣男人形成前后夹击之势。

枪风袭来，沈棠好似身后长了眼，抓住垂挂的布帘垂直飞跃上了残破的悬梁，避开直袭心窝的一枪。

她刚站稳，耳边传来祈善的声音："我的天！居然还会'分身'！"

接着祈善道："星罗棋布！"

纵横交错的文字自祈善脚下延伸开来，乍看之下似一张巨大的棋盘。

棋盘出现，黑衣男人脚下一沉，膝盖轻颤，肩头仿佛有巨石压下，双腿如陷入无形的泥沼中。他大喝一声，周身武气大绽，灰色光芒与文光相撞发出刺耳的撞击声。

沈棠看着这一幕，不知该怎么帮忙——这超出她的认知范围了。

祈善看出沈棠的担心，冷肃地道："你只管打，其他的交给我，捉活的！"

成为公士、上造的门槛极低，是个武夫就能达到。三等簪袅是分水岭。从四等不更开始武者就能借兵法言灵，搁在军中大小也是个百夫长，若愿意投身豪强当部曲，更是吃喝不愁，怎么会落草为寇，沦落到要靠抢劫杀人谋生？

既然祈善说了随便打，沈棠自然也不客气。她气势如虹，将手中那柄慈母剑舞得密不透风，剑芒闪烁。

即便黑衣男人用的是长枪，占着兵器长之利，也被沈棠紧密到令人难以喘息的进攻打得左支右绌，连连后退。

"咚——"沈棠一剑刺入黑衣男人身后的墙面。

趁着沈棠拔剑的空隙，黑衣男人大喝一声，弃用长枪，凝灰色光芒于拳，一拳轰向沈棠的胸口。

沈棠连瞬息迟疑都没有，抬手迎击。

谁料这时，目标竟凭空消失！她未来得及收力，一拳将墙壁砸出大洞。

沈棠一脸疑惑：人呢？

祈善浅笑着提醒沈棠："沈小郎君，应敌之时莫要走神儿。"

"刚刚是你把人移走的？"

祈善还未回答，只听那名黑衣男人面色凝重地道："军阵言灵'移花接木'？"

各家诸侯为壮大自身、不被吞噬，大力启用某些擅长军阵、兵法言灵的士人为谋者。两百余年来，言灵被这些黑心肝的玩出花了，学习言灵也成为后来者走上仕途或为仕途添砖加瓦的必修课。

但修炼文心的难度比修炼武胆的难度大得多。一则，掌控言灵难，即便掌控了，应用效果如何又是未知数；二则，每个人的言灵效果都略有不同，阵前局势更是瞬息万变，需要根据局势改变策略，一个疏忽可能就是满盘皆输。

"没想到这穷乡僻壤也有识货的。"祈善默认黑衣男人的判断。

男人冷笑道："如此就更加留不得你们！"

"当！"又是一声巨响！

即将被长枪刺中面门的祈善不躲也不闪，唇角噙着笑，优哉游哉地看着因浑身蓄力而额头青筋暴起的黑衣男人。黑衣男人的长枪枪尖距离他仅有两尺，再近些或许就能取了祈善的命。

但就是这么点儿距离成了天堑，枪尖再难寸进。

扛下一切的沈棠咬牙切齿地道："祈元良，你够了没？傻愣愣地站着不躲一下吗？"

祈善当然不慌——不管愿不愿意，沈小郎君都要护他无恙。有了这一重保障，他很放心，时不时帮沈棠分担一下压力。

再度交锋，沈棠明显地感觉到黑衣男人与先前不同了，且不说气力、速度，光是气势就强了一大截，饶是她也被震得虎口发麻，胸口发闷。好似这人在短时间内完成了脱胎换骨一般的变化。

这时，祈善贴心地给她"讲解"："不用惊讶他的变化，这是武者最普遍的压箱底手段，短时间内逼出丹府武胆的所有潜能，使武者短时间内获得极强的提升，此时四等不更能媲美五等大夫。但时间一过他就会变得虚弱无力，任人宰割，你再撑一撑就好。"

沈棠懂了，这不就是拼命的手段吗？

"你怎么不早提醒？"

黑衣男人来势汹汹，杀意滔天，若她不清楚状况轻敌了，一个照面儿就被斩杀怎么办？

祈善笑眯眯地观察沈棠："在下见沈小郎君遇强则强，游刃有余，怕出声分了你的神。"

区区四等不更，祈善根本没放在眼里，其也不值得他上心。他更好奇这位神秘的沈小郎君：这人太有意思了！明明拥有着文心，撸起袖子跟莽夫互砍居然不落下风。四等不更这人能打，连靠着秘技短时间内将武胆提升至五等大夫的，沈小郎君也能扛。这实在违反常理。那么再往上，沈小郎君是不是也有一战之力？一个身怀国玺，有着特殊文心，且正面武力不亚于任何一个五等大夫的小郎君，还与被抄家灭族的龚氏关系密切。此等种种，让他抑制不住想要探究揭秘的冲动。

百招过后，黑衣男人气势暴跌，被沈棠用干脆利落的一剑钉在墙上，动弹不得。

"抓到活的了。"

祈善说："不，人已经死了。"

沈棠收剑的动作一顿："死了？怎么可能死？"

她把视线转移到黑衣男人身上，只见后者垂下头颅，乌黑腥浊的血液从口中溢出，真没气儿了！

祈善说："此人不是土匪，是死士，任务失败唯有一死！自尽还能有个痛快，活着可就不一定了。"

看这情形，他先前的判断是错的，这黑衣男人跟先前的二等上造不是一伙的，恐怕后者才是真土匪，意图杀人劫财却被黑衣男人抢先一步，还倒霉地碰上他们俩。

"死士？来暗杀谁？难道是阿宴？"

祈善兴致缺缺："或许是吧。"

"杀一个天生有脑疾的痴傻儿图什么？"

"沈小郎君没什么阅历，自然不知人世险恶。你怎么能保证这脑疾是真的？或许这孩子有心计,小小年纪就知道藏拙,以痴傻保护自身免受戕害……卧薪尝胆的例子可不少。"

"这……"

祈善道:"先前沈小郎君送他三块饴糖,他不肯吃,非让你先吃一块。你怎么能确定他这举动不是试探你,让你帮他试毒呢?"

沈棠心里没底,但还是道:"可他至多六岁……"

祈善道:"若是环境逼迫,莫说六岁,即便是三四岁的,也会用心机保护自己。"

沈棠无语:一个六岁的孩子心机都能这么深沉,她一个有轻微社交恐惧症的宅女还怎么混?

她道:"若真如此,阿宴的背景不简单。"

杀个小孩儿都要派出一名四等不更死士,有牌面!

理智告诉祈善,事情到这一步就可以了,不管阿宴是死是活都跟他无关,早早脱身免得惹上一身腥臊才是正理。奈何沈小郎君跟他没默契,还想帮这座宅子里的亡魂收尸。

一具具尸体被找出来拖到正堂。

摸了尸体的温度,沈棠判断这些人应该是阿宴失踪后不久,钱家村的村正喊人去找那会儿死的。

"唉,活生生十一条人命……"

祈善面无表情:"世间人命最是轻贱。现在如此,以后也如此。"

沈棠摇头:"这话不对,倘若局势安定,律法有序,无故杀人者必以性命偿还。"

祈善被沈棠的话逗笑了:"四方之地,从未有过'局势安定'之时。"现在没有,以后也不会有。

沈棠被他这话噎住了,忍不住吐槽:"祈先生有一身本事,就没想着辅佐谁,平定乱世?净说风凉话……"

祈善笑而不语。

沈棠正要去抱柴火将尸体收拾了,倏地想到什么,顿下脚步,目光转向这些尸体的手。

她看了一圈:"不太对劲。"

祈善问:"何处不对劲?"

"少了一具尸体。"

"你说阿宴？他或许还活着……"

沈棠道："不是阿宴，是别人。"还有一个人不在！

目光在十一具尸体上一一扫过，祈善思忖半晌也没发现任何疑点，索性不想了，直接问答案："少了谁？"

"一个男人。"沈棠回答完，又补充了点儿细节，"一个身高约莫七尺四寸的男人。"

"约莫七尺四寸的男人？"祈善"喃喃"一遍，脑海中倏忽闪过一道灵光，知道沈棠说的是谁了，"是了，的确少了这么一个人。"

这人或许还活着！

祈善将目光锁定在十一具尸体的手部。

这些尸体的手都很粗糙，肤色偏黑，长着许多老茧，即便是穿着绸缎的老嬷嬷也有一双常年干活的手。但这些尸体里面唯独没有一双常年执笔的手，长期执笔写字会令指节变形，变形幅度与练字时的年纪、习字时间的长短有关，这些尸体的手上并无此种特征。可他们方才待的偏室里有数座书架，窗前还有一大一小两张书案，书案上的竹简是给小孩儿启蒙用的。若被启蒙的孩童是阿宴，那么给他启蒙的人此时此刻又在哪里？

当然，只有这些还不足以证明什么，那个启蒙先生也有可能白天教孩子，晚上回自己家住。此前给二人开门的土匪有武胆却穿着一袭不怎么合身的褐色儒衫，这就有意思了。可能性比较大的猜测就是这件衣裳不是土匪的，其主人正是那位给孩子启蒙的先生。

祈善道："然后呢？找到了有什么用？"

沈棠说道："至少能知道些内情。"

祈善不由得失笑，提醒沈棠："沈小郎君可还记得自己此时的身份？且不说此事与你无关，即便与你有些干系，你这会儿被牵扯进去，一旦查起来，恐是泥牛入海，一去不返了。路见不平拔刀相助，碰到点儿事情就要管一管，这是游侠豪客的做派。"

这话虽不好听却是大实话，她这会儿就不该高调行事。

整个庄子他们都找了一遍，没有活口。没有线索，沈棠只得重新穿上蓑衣，戴上斗笠，与祈善回钱家村。

回到钱家村，二人隔着雨幕看到守在村头的村正。

恰好村正也看到他们，急忙迎上来："二位可算回来了。"

沈棠遗憾地道："我们还是没找到。"

谁知村正却说:"找到阿宴了。"

沈棠与祈善俱是诧异:"找到了?"

祈善又问:"他人呢?"

沈棠也问:"他先前跑哪儿去了?"

村正本就为阿宴的安全而开心,见两位陌生人这般热心,脸上的笑容更盛。他是专程待在村头等两位回来告知喜讯的:"阿宴先前被他的老师喊出去,那位先生说要带他离开,北上寻亲,因为出了点儿意外要立刻动身,这会儿已经上路了……"

沈棠与祈善面面相觑。

"阿宴的老师?"

"有什么事情这么急,要连夜冒雨启程?"

因为不好过多询问,村正也不知道。

沈棠问:"阿宴是自愿跟他离开的?"

村正觉得奇怪,道:"小郎君这是什么话?"

沈棠尴尬地讪笑两声。

村正又道:"放心,那位先生是好人。"那位先生即便不是好人也不会是拐子,这年头的孩子不值钱,更别说是一个有脑疾的痴傻儿,费老大劲儿拐卖他作甚?

这场暴雨丝毫没有停下的意思。

距离钱家村十几里处,一匹浑身火红的骏马顶着大雨在密林里穿梭。

马背上驮着一大一小两个人。年长的那个一头灰发,看着年纪不小了,一身月牙色儒衫,身披蓑衣,头戴斗笠。小的那个什么雨具都没有,双手死死地抓着缰绳。

这个抿着唇、一脸严肃的孩子不就是众人找了半夜的阿宴?

"驾!"

马蹄落下,泥水飞溅。红色骏马如一团火焰跃出密林,没有丝毫犹豫,一跃两丈,跨过湍急的溪流才停下。

"阿宴,可……可以了……"虚弱的声音从阿宴背后传来。

阿宴操控骏马半跪,单手搀扶虚弱的老人从马背上下来。

血水混合着雨水在老人脚下汇聚一片。老人无力地坐在地上,面色白中带青,右手始终捂着右肋下方的位置,伤口不住地有血流出。老人深呼吸了数次,缓了口气,借此压下伤口的剧痛,只是额头的青筋仍不受控制地跳动。

阿宴难过地看着老人,抬手帮老人将歪掉的斗笠扶正。

老人扯出一抹比哭还难看的笑容:"没事,所幸伤得不深,应该死不了……"

过了一会儿,老人便看到阿宴从湿漉漉的佩囊里摸出一块拇指大小,沾着血液又被雨水打湿的黏糊糊的饴糖。阿宴把饴糖递到老人嘴边，道："老师，吃。"

老人笑了笑也没拒绝。饴糖的味道实在算不上好。

老人撕下自己的衣裳袖子，拼凑成简单的绷带缠住伤口。做完这些，老人在阿宴的搀扶下站起身，自言自语道："我们先找个能避雨的地方，去补充些干粮，再去孝城……"

阿宴轻声说道："孝城？"

老人道："对，先去那里再做打算。"这次的追杀他能侥幸躲过，但下一次呢？幸运不会总光顾他，要早做准备。只是苦了阿宴这孩子，小小年纪要跟着他这个糟老头儿到处逃命。他本想将阿宴留下来，但是孩子大了有自己的主意。

阿宴点头："嗯，去孝城！"

"阿宴知道孝城在哪里吗？"

"不知道。"阿宴指着骏马，"有大红马。"

老人忍着笑道："你年纪还太小，大红马持续不了多久，强行维持会对你造成不小的负担。阿宴，将你的大红马先收起来。为师情况好一些了，咱们先找个避雨的地方应付一夜。"

阿宴用力地点点头。

沈棠醒来的时候，雨已停。

屋外满是泥泞，坑坑洼洼蓄着泥水。

村正早已将准备好的干粮给二人包上。

趁着日头还不大，祈善决定早早启程。

二人赶了一个时辰的路才碰到一个路边的茶肆，决定停下歇歇脚，喝点儿茶水喘口气。

一阵马蹄声由远及近，队伍约有百人，俱是士兵装扮，队伍后边儿还押送着几辆囚车。

祈善用余光瞥了一眼："别紧张，沈小郎君，不是寻你的，这一伙应该是庚国士兵。"

沈棠听到这些士兵跟自己无关，紧绷的神经松缓下来，抬手压低遮阳的斗笠，坐在角落里佯装喝茶，努力降低存在感："庚国的士兵……他们怎么会在这里？"

此话一出，祈善险些被茶水呛到：这位沈小郎君真是不让他失望，每一个问题都在他的意料之外。

"庚国的士兵不在这里在哪里？"

直觉告诉她，她似乎问了个愚蠢的问题。

沈棠试图挽救一下："这里不应该是重台，不，辛国吗？庚国的士兵又怎么会……"说着说着，她自己停了下来，单手捂眼，不去看祈善看傻子的眼神——她记起祈善说过重台，也就是辛国被灭，国玺疑似被龚氏藏匿的新闻，但当时她的注意力都在国玺和龚氏上，根本没想过灭辛国的势力是谁，如今看来，十有八九就是庚国。

这个问题充分暴露了沈棠的"天真无知"，所幸祈善也习惯了沈小郎君的"意料之外"，并未深究。

沈棠尴尬地道："我……不太了解这些……"

"现在了解也不晚。"祈善似笑非笑，屈指在桌面上轻敲了三下，默念言灵"法不传六耳"，淡到几乎不可见的文气涌起又消散无踪，"沈小郎君一瞧就知道是被千娇万宠养着的贵族士子，在下能理解。你还算好的，其他纨绔子弟或许更无知无畏，只会走马章台、倚红偎翠，风流潇洒，游戏人间，哪知国仇家恨、民生疾苦？"

只要她不对号入座，祈善说的就不是她。沈棠厚着脸皮道："祈先生说得是。"

祈善瞧了觉得没趣儿。

他刚刚只是一时情绪上来控制不住——庚国灭了辛国是三岁小童、田间农人都知道的事儿，眼前这个与龚氏有莫大联系的沈小郎君居然会犯浑，说不知道，他都不知道是该气还是该笑了。

沈棠心虚地低头吃茶。

"不过，辛国与庚国是一路货色，灭不灭也没什么区别，对百姓而言，不过是头顶那座大山从一个昏君变为一个暴君……"

沈棠听了这话诧异了，余光瞥了眼茶肆外的庚国士兵，见他们没有注意到这边才放心："听祈先生这话，您对被灭的辛国很有意见，可先前不是说……"

二人初见时，祈善还因为她是"龚氏子弟"而心生恶意，话里话外暗示龚氏与辛国被灭国有关，又藏匿了国玺。沈棠还以为祈善很爱故国，现在一听又不是这意思。

祈善懒懒地抬了一下眼皮："这二者并不冲突。"

见他没有谈下去的意思，沈棠只得主动岔开话题，旁敲侧击，试图知道更多这个世界的信息。她指了指头顶："庚国那位……先生对他的评价这么低？"

辛国被灭国，诸侯王昏聩是该背锅，被骂一句"昏君"不为过，但庚国实力强劲，诸侯王在位期间开疆拓土，祈善的评价居然是"暴君"？

祈善嗤笑："如果那都不算暴君，哪个诸侯王不能称'仁主'？瞧着吧，五年内暴君郑乔不死，庚国必将自取灭亡。"

沈棠八卦劲儿上来了："具体'暴'在何处？"

祈善正要细说，茶肆外的囚车里传来一声声刺耳的叫骂，没一会儿就只剩鞭抽打声和凄厉的惨叫声。沈棠透过茶肆竹帘的缝隙往外看去，隐约能看到囚车的一角"滴答滴答"淌着血。

又有一名囚犯怒骂："你们即便打死老夫，老夫也要说，郑乔，你个佞幸，让老夫衰绖舆榇、披麻戴孝，做你祖宗的梦！老子敲锣打鼓给你这个孬种奔丧！"

这位仁兄一头白发，一身横练腱子肉，说话中气十足，声如洪钟。

沈棠第一次围观这种骂人文学，觉得牛啊！

庚国士兵当然不会任由他叫骂，当即挥着鞭子打上去，随便一挥就是一道血痕。那位仁兄硬气，愣是咬住牙关，没发出一声惨叫或者求饶，反而被打得越狠他骂得越起劲。

士兵直将那人抽了个奄奄一息，喘着气冲囚车里的犯人吐了口唾沫："晦气的老东西！"

"沈小郎君方才问暴君'暴'在何处，这不就瞧见了？"祈善虚指茶肆外的方向，担心沈棠听不懂，便从头说起，"郑乔就是如今的庚国国主，五岁随生母入辛国后宫为质。据闻他自小聪慧好学，还生得一副天姿国色，十五岁便名动王都。辛国国主大喜，赐名'女娇'。"

"辛国国主是有大病吗？"

祈善道："确实有病，昏庸无能且好色，偶然盯上他国的后宫女眷，也就是郑乔的生母，巧取豪夺将人弄来，还附赠一个质子郑乔。"

"这个郑乔也可怜……"

祈善却嘲笑沈棠天真，问："你是不是以为郑乔是被强权逼迫，不得已而为之？"

"难道不是吗？"

祈善遗憾地摇头："倘若是，郑乔倒也可怜，可惜不是。他极擅借刀杀人，铲除异己，那些年害死了不少忠良之臣。得罪他的人、骂他佞幸的人，不多时就会遭殃下狱，不管是不是冤枉的都要经受破府极刑。"

何谓"破府极刑"？就是将丹府捣毁的残忍手段。丹府文心、武胆被毁是无法恢复的，即便事后翻案也无法挽回了。

郑乔还欺软怕硬，只对没什么背景或者根基弱的寒门目标下死手，不知毁了多少有前途的士人、武者。

辛国早年局势还算稳，国力不弱，即便出了一个一年三百多日不上朝，整天在后宫打转、在女人身上耕耘、暗中命人到处物色美人的昏君，百姓的日子也不算过不下去，可自郑乔出现后，辛国一日乱过一日。

之后庚国王室内乱，便想到还有一个待在他国当质子的郑乔。郑乔也有野心，不甘心现状，便以钱财与前途笼络辛国的臣子，一番运作后顺利地让辛国国主松口让他归国。

仅仅五年，庚国趁着辛国连年干旱、兵力不济的当口儿出兵偷袭，一路势如破竹直捣王城。庚国每攻下一处都会纵容士兵在那个地方烧杀劫掠，而他则对辛国旧臣百般羞辱。

"说起来，郑乔与龚氏还有渊源。"

沈棠一听头皮都麻了，这个她真不知道。

偏偏祈善还笑着说了出来："当年龚氏是支持郑乔回归庚国的主力，有意思的是龚氏被抄家，男子被发配边陲充军当苦力，女眷被送去孝城教坊，这是郑乔攻破辛国王城后下达的第一个命令。"

沈棠差点儿被那口未咽下去的茶水呛到。

"原……原来这就是龚氏被抄家的真相？"单看祈善说的内容，沈棠感觉龚氏还真算不上正派、无辜，"明知郑乔是奸佞还纵虎归山，就没想过会有被他报复的一天？"

这世上不是每个人都会知恩图报的。郑乔在辛国的遭遇完全算得上是奇耻大辱。当时他势弱不得不委曲求全，如今贵为庚国国主，一朝发达有了力量，积在心底的恨意如火山爆发，黑历史都成了亟待抹去的存在。

祈善道："这个嘛，我就不知道了。"

沈棠调侃："我还以为先生什么都知道。"

祈善故作惊讶，假兮兮地道："能得沈小郎君这般高看，在下荣幸之至。"

论厚脸皮她还是比不过祈元良，于是低头战术性吃茶。

倒是祈善，一边吃茶一边暗中观察沈棠的反应。他一直好奇，沈小郎君与龚氏究竟是什么关系？方才听到龚氏之祸的源头是郑乔，沈小郎君既没有愤慨也没有憎恶，平平淡淡，仿佛此事与其无关。

但是此事怎么可能与其无关？若说沈小郎君冷漠无情，昨夜又怎会为了个一面之缘的痴儿雨夜奔波？

此人的反应完全违背了常理。

因为庚国士兵还未离开，沈棠也不想这时候出去引起注意，便让茶肆老板添了一壶茶，二人继续在茶肆里消磨时间，顺便打听囚车上囚犯的身份。

店家胆怯地回首，偷瞧茶肆外的士兵，小声说："据说是什么御史中丞……"

沈棠不解地看向祈善："御史中丞？"

别怪她文盲，作为失忆人士，她真不知道。

祈善道："店家口中的御史中丞姓田吗？"

"似乎是姓田。那几个兵爷还骂骂咧咧什么'姓田的老东西''御史中丞又如何'之类的。"店家也不懂这些，莫说这些大官儿，即便只是看守城门的老兵也能轻而易举地弄死他们这些小老百姓，他给沈棠添了一壶茶，叹气道，"二位郎君还是别好奇了，免得丧命啊！"

辛、庚两国打仗，受影响最大的就是两国百姓了。庚国百姓稍微好点儿，除了赋税比往日重了一半，将他们压迫得无法喘息，但好歹饿不死。辛国百姓就惨了，两国的主战场在辛国，辛国百姓不仅要榨干血提供军需让辛国打仗，还要面对庚国士兵的烧杀劫掠，本以为打完仗能消停一阵，谁知道庚国国主秉持"不能亏兄弟"的原则，纵容跟他打天下的下属到处为非作歹。辛国百姓看到庚国士兵就瑟瑟发抖。

店家见两位郎君生得好看，忍不住提醒一句，免得两个后生小辈鲁莽丢了命。

"店家放心，我们有分寸的。"祈善笑着应了店家的好意，待店家去别处忙碌，脸上的笑意散尽，取而代之的是一脸阴沉："御史中丞为御史台长官，受公卿章奏，纠察百官。"

沈棠心有灵犀："如此说来那位御史中丞没少弹劾郑乔，估计也把他得罪得够呛……"

她想到刚才那段中气十足、让人充分领略语言艺术魅力的破口大骂，郑乔岂会放过这家？

祈善说："岂止是得罪那么简单？"

"那位田姓御史中丞还做了什么？"

"听说那位御史中丞性格耿直，奉法察举、无所回避，管你是公卿贵胄还是旁的什么人，被他抓住把柄就是一通弹劾，自然不会漏下郑乔。自从郑乔成为辛国国主的外宠，这位御史中丞是百官之中骂得最狠的，还曾驾马堵住郑乔上朝的路，当着百姓的面大声唾骂。"

沈棠道："一点儿面子都不给？"

祈善道："不给。这之后，都城上至百官，下至百姓，有谁不知道郑乔是靠着什么上位？对郑乔要归国，这位御史中丞也是反对最激烈的，断言若让此子归国，便是纵虎归山，后患无穷，一连十九次疏奏都是恳求辛国国主处死郑乔。"

沈棠听到这里已经猜出这位御史中丞一家的下场了，道："郑乔一朝翻身，御史中丞一家……不，全族上下都不好过吧……？"

龚氏好歹还帮过郑乔呢,也落得个死的死、发配的发配的下场,更别说这位御史中丞了。

祈善却道:"不止。"

"还有其他仇?"

"郑乔归国前,御史中丞号召弟子以及家族在朝为官的族人,一起上奏恳请辛国国主处死郑乔,而国主也一度迫于压力以及……他对郑乔也有意见,生过杀心……"

听说御令都写好了,只等发下去。只是郑乔棋高一着提前获知了情报,险而又险地将危机消弭于无形,连夜逃回了庚国。倘若收到消息再晚些,郑乔就死定了。

她该说什么好呢?

沈棠道:"这个故事告诉我们,斩草要除根,趁其病要其命,提前下手,以免夜长梦多。"

祈善听着沈棠一本正经地"吸取教训",嘴角微微一抽,但又说不出哪里不对劲。

沈棠刚呷了一口茶,却听茶肆外传来犯人泣血般的哭号声,紧跟着便是犯人带着哭腔的大骂:"欺人太甚!欺人太甚啊!郑乔,你这个佞幸,怎敢如此?!你怎敢啊?!"

沈棠扭头看向茶肆外:"又发生何事了?"

祈善起身走至茶肆门口低声打听,没一会儿寒着脸回来了,周身的气场令人生寒:"郑乔下令让辛国国主率领旧臣正式投降……"

沈棠诧异:"我以为已经投降了……"

"还差个仪式,郑乔最看重这个。"

"辛国已灭,大局已定。那名犯人被打得没了半条命都硬气地没求饶、没哭,为这么一件板上钉钉的事儿怎么哭成这样?"其中必有隐情。

祈善捏紧了垂在身侧的双手,喉头滚动,声音带着几不可察的轻颤。

他狠狠地闭紧眸子再睁开,冷静地道:"国玺久寻不得,郑乔大怒,强令辛国国主禅位给膝下唯一的公主……"

沈棠用眼神询问:然后?

又是改名"重台"羞辱,又是强迫辛国国主将位置禅让给王姬,郑乔属狐狸的啊,骚操作挺多。

祈善神情复杂,继续说道:"再由王姬行面缚衔璧之礼,袒露上身,率领百官衰绖舆榇,投降……"

第四章
身世迷云，祈善旧仇

沈棠倒吸一口凉气，这会儿才明白祈善为何脸黑：此等奇耻大辱，搁在谁身上受得了？

"战败王室率领百官投降，本就是战胜国应该享受的荣誉，想必辛国国主再不甘心也不会反抗。可这郑乔……他是疯了吗？"

祈善冷嘲："我看他是不甘心吧……"当年在辛国遭受的羞辱，郑乔要辛国十倍、百倍奉还，还要辛国被钉在历史的耻辱柱上。

沈棠气道："这也太下作了！"

仅凭一个"下作"还不足以形容郑乔的丧心病狂，沈棠只觉得这人恶毒、狭隘又恶心。

何谓面缚衔璧？简单来说就是将双手反绑在身后，口中含着一块玉——在丧葬习俗中，人们认为尸体口中含玉能防止尸体腐朽，同时也昭示死者身份的尊贵——以此形象向战胜国投降。具体实施过程中，面缚衔璧者一般要袒露上身，昭示自己没有携带任何武器，也寓意着自己就是一只"待宰的羔羊"，真正将自己的性命交托出去，要杀要剐悉听尊便。

而现在，郑乔强迫辛国国主禅位给王姬——一个没有文心、武胆的女性，同时也是辛国国主膝下唯一的女儿——让其袒身露体，大庭广众下交出降书、印绶、户册、国库。这无疑是将辛国遗民的脸面彻底踩在脚下践踏，不留一丝余地。

祈善冷笑着盯着手中的茶碗，用了莫大的自控能力才没有捏碎它，暗中深呼吸数次才平复如火山般喷涌的愤怒："在深宫中长大，只知以色侍人的外宠佞幸，你指望他的手段和胸襟有多'君子'？得不到辛国国玺，这场战争的收益对半砍，以郑乔的脾性他自然不会善罢甘休……"

又一次听到"国玺"二字，沈棠眼皮微微一颤："这种人也坐不稳江山。"

祈善先前说郑乔五年内不暴毙庚国必灭，这一"预测"都算保守了，以郑乔如今的暴戾和狠毒，能不能撑过三年都要画一个大大的问号。

郑乔还开了一个非常差劲的头——纵容帐下士兵为非作歹，烧杀劫掠。军纪与忠心，培养困难，但崩塌容易。

茶肆外，庚国士兵见茶肆老板娘生得有些标致，竟心生邪念，互相交换眼神，故意让老板娘给他们添茶。添茶过程中，士兵们有的摸摸小手，有的搂搂小腰，更过分的还噘嘴凑上去想亲两口。老板娘吓得花容失色，惊叫连连。士兵们哈哈大笑。

"兵爷……兵爷……"茶肆老板想上前帮妻子解围，却被甩了一个大耳刮子，半边脸迅速地红肿。

"滚开！扫了爷的兴，找死吗？"

"咔嚓——"

祈善循声低头看向沈棠的手。

她手中那只茶碗被她用手指捏碎了。

值得庆幸的是，沈棠没有愤怒地拍桌，也没冲杀出去，而是冷着脸道："若不能以严明的军纪约束士兵，这些为郑乔南征北战、供其驱策的利刃，迟早有一天会因为欲念得不到满足，而对郑乔心生怨恨，最后噬主。"

祈善闻言，抬头看向沈棠的眼睛。这完全是下意识的举动。

沈小郎君的眼神过于平静，平静得让人怀疑其在看一群将死的蝼蚁——这一念头浮现在心头，祈善出现了一瞬间的恍惚。他借着吃茶的动作掩盖某种微妙的情绪："只是在那之前，还不知道会有多少无辜百姓、有识之士丧命……唉，局势如此……沈小郎君，你我又能如何呢？只能当个看客罢了。"

"元良。"

祈善眉头一挑。别看沈小郎君总是一句一个"祈先生"或者"先生"，听着挺尊敬的，但哪句是发自内心的尊敬，哪句是虚伪的敷衍，他还是听得出来的，反倒是先前愤怒之下脱口而出的"祈元良"更真实一些，如今被直呼"元良"……他不觉得被冒犯甚至有些期待。

"何事？"

沈棠坐下，控制自己不去关注茶肆外的动静——那些士兵还只是揩油阶段，再加上要押送犯人，应该不会做出更过分的举动，她若跳出去打抱不平，反而会给人招祸。

于是，她只能用别的转移注意力，压下那种什么都做不了的憋屈感。

"我好奇，你究竟是谁？"

祈善知道的东西太多了。再者，他出现的时机也过于凑巧。沈棠是需要多高的幸运值，才会在地狱开局之后碰到一个什么都知道的牛人？

谁知祈善不答反问，将皮球踢了回来："回答这个问题之前，沈小郎君不该也坦白一下自己的真实身份？这样方显诚意。"

你又为何会有国玺？！只是这句话他没问出来，因为他相信，以沈小郎君的奸猾，定能听出他的未尽之语——这或许就是他们二人之间的默契。

这问题问她也没用啊，她要是拥有全部的记忆，还需要赖在祈善身边旁敲侧击地了解情况吗？

"元良以为我是谁呢？"沈棠用了个万金油话术。

踢皮球装深沉嘛，她也会！

谁知她说完，祈善这边就沉默下来，眼神复杂得她无法看透。

祈善叹道："我以为……是了，沈，你姓沈！"他不知想到了什么，豁然开朗！

沈棠一头雾水，面上却不能输："我姓沈，元良不是早就知道了吗？文心可不会骗人，除非我有元良伪装的本事。"

不过，她姓沈咋了？

下一句，祈善就让她无语了。

"如此说来，小郎君是龚骈？"

龚骈又是谁？她突然很想知道，祈善又想到了什么。

祈善仍旧说着，视线紧紧地锁定沈棠，说起了一桩绯闻："辛国国主好女色，待女子极为薄情，或许是报应，多年来膝下仅有王姬一女。可他对王姬的喜爱远不如对龚氏嫡子龚骈的喜爱。曾有好事者向他提议让龚骈成为王姬的夫婿，却被国主严厉呵斥，还遭了贬斥……于是，坊间就有传闻……"

沈棠自动补全："你的意思是辛国国主睡了龚氏家主的老婆？"

龚骈是辛国国主的孩子？

等等。沈棠倏地愣了一下，好半晌才反应过来。

她看看自己的文心，又看看眼睛里写满"我已经看穿你的秘密"的祈善，险些吐出一口老血。她有些哆嗦地问："辛国王室的姓氏是……？"

祈善道："沈。"

辛国王室姓沈？沈棠忍下吐血的冲动，勉强扯着嘴角道："虽然说出来你可能不信，但你真的想多了。"

祈善道："在下想多了？"

沈棠用力地点头："对，你想多了。"她这个"沈"跟辛国王室没一文钱干系！真的只是巧合！

沈棠接着说道："元良不觉得荒诞？如果我真是你猜测的身份，又怎会是如今的光景？"

倘若沈棠不是当事人，她还真信了——从逻辑上来说，祈善的猜测可能性很大，但问题是猜测的成立有个大前提，这具身体得是个小哥儿，而沈棠确信自己的身体没长出陌生的器官。她是货真价实的妹子！

"不说别的，如果我真是你猜测的身份，押解犯人的官差就不会轻易放过我，同行的龚氏族人也不会视我如无物……"因此她不可能是他口中的龚骋，更不可能是辛国国主留在龚氏的私生子。

即便是真的，沈棠能承认？亡国公主或者王子，焉有活路？

祈善闻言沉思。

只是他表面上很平静，沈棠也难以窥探他内心的真实想法——他究竟是被她说服了，还是固执己见？

"在下明白了。"

大兄弟，你又明白什么了？此刻她有种给祈善的天灵盖开洞的冲动。

"去，给水囊全部灌满茶水，小爷几个赶时间。"

"还有爷的……"

"这里也有……"

茶肆外响起士兵们的吆喝声。

因为押送的路线偏僻，再加上天气太热，他们的水囊早就空了。他们笑着将水囊砸在老板的脸上。

老板忍了又忍，顶着被扇得破皮红肿的脸，露出一抹难看的笑，低头弯腰将水囊捡起来揣在怀中，卑微地道："是是是，这就去。"老板说完，担心的余光仍落在妻子身上。

有个士兵见老板磨磨叽叽，一脚踹在老板的臀上，催促道："磨叽什么？还不快去！"

老板一个踉跄，差点儿一头栽到地上。

被士兵拉住的老板娘气得浑身发抖却不敢挣扎。

夫妻二人敢怒不敢言更不敢反抗的表情取悦了士兵们，嚣张的笑声伴随着老板娘恐惧的啜泣声传入每个茶客的耳中。

众人愤然，但敢怒不敢言。

连沈棠也口中默念"忍一时风平浪静"。

念到第三遍的时候，她不念了："去他的风平浪静！"

祈善没想到沈小郎君看着斯文贵气，匪气还挺重，这样的脏话也就市井流氓、不讲究的莽夫会说。见沈棠站起身，他问："沈小郎君这是要去打抱不平吗？"

沈棠道："我又不傻。"

替人出头也要讲究策略，正面出手不现实，但不代表不能来阴的。沈棠撸起袖子，调整单纯无害的表情，去帮老板的忙。

老板受宠若惊，急忙拒绝："小郎君使不得……"

沈棠道："有什么使不得的？近百个水囊，你自己要装到什么时候？我看这家茶肆就你们夫妻二人，担心你忙不过来又被刁难，趁早忙完了将他们打发掉，也算是我的一片心意……"

老板听后眼眶一热，哽咽道："多……多谢……"

夫妻二人被刁难，那种孤立无助又绝望的感觉只有自己清楚。他们也知道茶客没义务帮忙：谁不知道庚国士兵有多嚣张？烧杀劫掠，贪淫好色，无恶不作。谁都怕死。

其间也有士兵过来查看，视线几次扫过缩在角落里闷头干活的沈棠。其因年纪不大，干活利索，背影瘦小，被误以为是茶肆的小厮。那名士兵盯了会儿沈棠，感觉没什么问题就出去了。

二人合力忙碌了一刻钟，直到额头上冒出热汗才装完所有水囊，完工交差。

祈善好奇："你做了什么？"

沈棠呷了一口茶，连眉宇间都写着"心情愉悦"四个字："待会儿元良就知道了。"

祈善挑眉，猜测："投毒？"

"猜得真准。"

"你何来的毒？"话音刚落，祈善倏地想到什么，又问，"言灵？"

沈棠笑着应道："对。"

祈善深吸一口气，问："哪一句？"或者说，沈小郎君又"糟蹋"或"颠覆"了哪句言灵？

沈棠一派神秘，慢悠悠地吟道："青竹蛇儿口，黄蜂尾上针。"

祈善皱眉："这句言灵？"

这句与先前那句"周原膴膴，堇荼如饴"一样，都是没人用过的，或者说是被人判定为没有言灵研究价值的。仅从字面意思理解，毒应该是蛇毒和黄蜂针毒。

"嗯，我怕毒不死人，又加了一味药。元良不妨猜一猜，是哪一味药？"

祈善有过目不忘的能力，沈棠口中的那味药，肯定也在他抄录的言灵卷轴之中，其中能被称为药的只有……他不假思索地道："马钱子？"

"猜对了。"可惜没奖励。

说马钱子陌生，但要说鼎鼎大名的"牵机药"就懂了，"牵机药"据说就是马钱子的提取物。

祈善望向沈棠的眼神越发复杂——这位沈小郎君的"诸侯之道"，不仅与农事有关，能沃土，还能无中生有变出药材？

沈棠见他表情古怪，以为他不赞同，道："元良是不屑此道吗？"君子磊落，未必看得惯下毒手段。

祈善摇头："不是，用什么手段杀这些人并不重要，重要的是结果。"

他先前游历，途经不少败落的郡县，这些地方被强迫怀孕或者染上重病的妇女意外地多，家家户户都有白事，断肢残骸遍地可见。端看那些士兵刚才的作风，他们手上能干净？若是死了也是该死。

他接着说道："你加这么多进去，真以为别人尝不出来？"他们一尝味道不对就会吐出来。

沈棠笑道："白开水能尝出来，可给他们装的是茶水，味道有异他们也只会以为是天热的缘故。"

二人聊天的工夫，百余名士兵已经整装离开。他们占了这么多便宜只丢给茶肆老板三个铜板，还是往人脸上扔的。

偏偏老板还得忍气吞声，端着笑脸，嘴上谢赏。

沈棠见队伍没影儿了，起身伸了个懒腰："元良，走了，看热乎的好戏去。"

沈棠牵出摩托，翻身骑上。

祈善依旧步行。

二人不紧不慢地尾随。

沈棠说道："元良，投毒暗杀庚国士兵，这可是大罪。"

"既知是罪你还去做？"

沈棠毫不在意："虱子多了不愁！我一个离死仅有半步之遥的逃犯，多活一天都是赚的，身上再添一桩罪怕什么？倒是元良，你还跟着，是不怕惹祸上身吗？"

祈善掀了掀眼皮，说道："在下并非良善之人。"名字嘛，缺什么补什么。

若是盛世，看着骑在白色骡子上笑得开心的沈小郎君，祈善暗叹，那恐怕是最有利于天下的"诸侯之道"了,可惜生不逢时!

"我有一匹小摩托啊,从来也不骑……"沈棠骑在摩托背上一点儿不老实,时而引吭高歌,时而摘叶拈花。

伴随着"丁零丁零"的铃铛声,荒腔走板的调子跟着附和,歌唱者偶尔忘词就哼哼两声代替。

"有一天我心血来潮骑着去赶集……"

祈善终于忍无可忍:"沈小郎君,你这君子六艺中的'乐'是跟谁学的?"简直是误人子弟。

"不好听吗?"沈棠问得诚恳。

尽管记忆不多,但她隐约记得自己应该是个"麦霸",拿起话筒唱歌能倾倒一片的那种。

祈善用一言难尽的眼神看着沈棠。

后者眼神坦荡且自信,很明显,不仅不觉得自己唱的歌有问题,还觉得他的审美有问题。

祈善想不出沈棠哪儿来的自信,道:"有句言灵很应景——岂无山歌与村笛?"

沈棠疑惑:"什么?"

祈善忍着笑道:"呕哑嘲哳难为听。"

沈棠的拳头硬了!

"元良能安然地长这么大,全凭运气吧?"好好一个人,偏偏长了一张嘴!

"自然是凭实力。"

沈棠神色复杂。

见沈棠表情管理失控,祈善开怀大笑:"沈小郎君莫着急,你还年轻,慢慢学还有救。"

约莫过了一个时辰,祈善抬头看了眼太阳。这会儿正是一天日头最毒辣的时候,莫说押送犯人赶路,即便啥也不做只是干站着,汗水也会抑制不住地溢出来,打湿内衫。

"要不要加快速度?"

沈棠道:"靠得太近怕被发现。"

祈善道:"以那些士兵懒散懈怠的毛病,在这么大的烈阳下哪里肯继续赶路?多半会寻个阴凉地儿歇歇脚,喝茶解暑。沈小郎君往茶水里下了那么多料,在下怕去晚了看不到好戏。"

"元良此话有理,那我先行一步,看热乎戏,你不肯骑骡子就慢慢用两条腿走吧。"说完,沈棠一鞭子抽在摩托的屁股上。

摩托吃痛,撒腿狂奔,不一会儿就只能看到一个小点了。

面对沈棠幼稚的"挑衅",祈善只是笑了笑,似乎不在意,但紧跟着口中吟道:"追风蹑景。"

奋翅则能凌厉玄霄,骋足则能追风蹑景。

他身形微晃,只留残影,仿佛踩着风,每迈一步就出现在三丈开外,神情从容,姿态轻松。

沈棠一脸疑惑地看着他。

祈善从她身边掠过,带起一阵微风,一眨眼人影已经跑到几十丈外。

沈棠想呼叫裁判,告发这里有人开挂作弊!

她终究是吃了言灵经验不足的亏,骑着四条腿的摩托还是没跑过两条腿的祈善。

日头热辣,押解囚车的士兵被晒得受不了,钻到树冠茂密的小林里歇息。他们三三两两地聚在阴凉处,几辆囚车则被随意地暴露在阳光下。

囚车上的犯人不是被晒得中暑,面色青白,浑身虚软无力,便是带着严重的鞭伤。

其中又以那位御史中丞的伤势最严重。累、困、饿、渴,嗓子眼儿冒烟,御史中丞甚至感觉自己的生命力正在快速地消失。

为了折磨犯人,士兵们无所不用其极。这几辆押解犯人的囚车就是根据犯人的身高特别定制的:有些特别高,犯人只能微微踮着脚才能喘气;有些特别矮,犯人既不能站直了也不能坐下,只能维持着半蹲的姿势。不管是哪种,犯人都无法安然入眠,几日下来,不被抽鞭子也会去了半条命。

御史中丞的囚车就属于特别高的。他只能努力踮起脚才能好好喘上一口气,但维持不了多久足跟又会落下去。

严重的伤势、强烈的情绪、缺水、饥饿、困乏……种种因素加持,令他产生了严重的幻觉。

他干裂的唇微动:"水……水……水……"

就在他即将昏厥的时候,他的囚车被人踹动,摇晃的幅度让他清醒过来。

"阿爹,醒醒!"

御史中丞勉强找回几分理智,扭头看向旁边囚车中的儿子——儿子的囚车是矮款的,有伸腿的空间。

儿子表情里盛满了担心与惊讶,道:"阿爹,你看他们。"

他们？谁？御史中丞反应慢了几拍。

他循着儿子的视线看过去，只见刚刚还在树荫下避暑的士兵接二连三地出了事儿，或双手抱头打滚，或倒地全身抽搐，或呼吸急促困难，或翻白眼、口吐白沫，或牙关紧闭、面部痉挛，也有少数反应没这么严重的，但也捂着肚子跪在地上，有些更是后庭失守，丑态百出。

经验丰富如御史中丞，瞬间明白了什么，第一个念头是，这些士兵中毒了！第二个念头是，有人要劫囚！

这两个念头让他精神振奋，强烈的求生欲望从身体的深处迸发，促使他勉强打起精神。

那些士兵乱作一团。

"水里有毒！"

"有……有毒！"

"应敌，小心戒备！"

大部分士兵中毒了，只剩十来个还没来得及喝水的逃过一劫。他们拔出刀将囚车包围，神色惊慌，宛若惊弓之鸟般戒备每个方向。

几个呼吸过去，周遭风平浪静。

"丁零——"

来了！众士兵的脑海里不约而同地出现这一念头。

但奇怪的是，只闻其声，不见其人。

"人呢？在哪里？"

"孝子们，你们是在找我吗？"陌生的声音从众人身后传来。

他们惊惶地转身，只见一名面容稚嫩、身量瘦小的少年持剑而来。

少年持剑一扫，雪亮的剑锋划过。

士兵们双眼蓦地一痛，血腥染红了整个视野。

"游子身上劈！"沈棠神情冰冷如霜，提剑纵身跃下。

她提慈母剑教训"孝子"，那几名犯人则脚下一空，跌倒在地上，囚车已在几十丈开外。

御史中丞瞳孔紧缩。

"许久不见啊，田师。"

御史中丞闻声扭头，却见一名高挑的青年立在不远处。

青年将双手笼于袖中，微风吹拂发丝，独有一份美感。青年冲御史中丞微笑颔首，只是那微笑怎么看怎么虚假。

田师？御史中丞对这一称呼怔然。

祈善见此便道："贵人多忘事啊，田师。"

御史中丞的儿子搀扶着老父亲，戒备地看着祈善："这位郎君，你与家父认识？"还称呼"田师"？

御史中丞也纳闷儿：他们认识？

以御史中丞的见识，他自然看得出青年是用什么手段将他救出的，不外是以"星罗棋布"构筑战场，再以"移花接木"或者其他调兵遣将的言灵将他们几个替换出来。

说着简单，但看青年与囚车的距离，"星罗棋布"的覆盖范围有方圆百丈——在依附、归顺哪位诸侯前，仅凭自身的力量做到这种程度的文士，哪里会是寂寂无闻的角色？若他认识，一定会有印象。

"认识，自然认识。"祈善并不意外御史中丞的反应，仍旧浅笑着，"不过很可惜只有一面之缘，怕是田师记不得了。八年前，辛国特试，田师恰好担任那次的中正官。"

八年前？中正官？这两个提示让御史中丞反应过来，有点儿印象了。

所谓"特试"便是正常选拔人才活动之外，特别增设的试炼考核，中正官便是总考官，士人可以通过这个机会进入仕途。

考核的内容有三项：家庭背景、品行才能以及最重要的文心品阶。前面两项决定底线，或者说官场的门槛，而最后一项决定仕途所能达到的天花板。

御史中丞的记性很不错，他对那次选中的士子都有印象，但并不记得里面有这名青年。那这名青年应该是落选的一员？

脑中刚跳出这一猜测，御史中丞脸上闪过几分不自然——自己担任中正官，居然会漏了这么一条大鱼，实在是他的过失。

他转念一想，如今辛国都不存在了，大批辛国旧臣还被郑乔清算毒害，短短数月冤魂无数，这名青年没入仕反而是好事。

他轻拍儿子的手臂。儿子心领神会，助他起身。父子二人向祈善郑重地作了一揖："请教恩人名讳。"

祈善一一回礼："姓祈，名善，字元良。"

御史中丞口中"喃喃"："祈元良……祈？"

祈善的姓氏太少见，他隐约有点儿印象，名册上面的确有一个叫"祈善"的年少士子，彼时才十六岁，是那一批士子中年纪最小的。

御史中丞垂下眼睑，视线不着痕迹地扫向祈善腰间的文心花押印。若他记得没错，那名士子的文心品阶似乎是……

还未等他搜出那段记忆，祈善已经看穿御史中丞的小动作，主动开口："是六品中下。"

御史中丞抿唇不语，随着线索的增多，也慢慢想起一些尘封已久的细节。

这时，他的儿子看看祈善又看看父亲，插了句嘴："六品中下文心？为何没被录用？"

虽说六品中下文心属于中下品，若无意外祈善一辈子都没爬上三公九卿的可能，但有真才实学的话，谋个小官当当还是不成问题的。辛国亡国前的几年到处都缺人才，标准不高，不可能不录用祈善。

御史中丞没说话，斜了一眼，无声地警告儿子噤声。

儿子被他瞪得一抖，马上闭嘴。

儿子安静了，他才向祈善求证："恩人当时可是得罪了什么人？"

祈善被刷下来，连个偏远地方的小官都捞不着，自然不是因为文心品阶不够。

"嗯，的确得罪了。"祈善双眸微弯成月牙，承认得痛快。

"阿爹，是何人陷害恩人？"御史中丞的儿子跟父亲一个脾性，甚至比父亲更加耿直、单纯，一听祈善是因为得罪人被整错过仕途，立马怒火升腾。

谁知御史中丞不仅没回答，还暗中拧儿子上臂的肉。

"阿爹——"

"噤声！"御史中丞瞪了儿子一眼。

"那人也不算是陷害，不过是我的把柄落到他手中，我那时落选也好过出仕再被人要挟。"祈善倒是看得很开，眼底也没明显的情绪起伏，仿佛在说一件与自身无关的琐事。

"把柄？"傻儿子依旧耿直。

祈善突然笑开："嗯，伪造出身。"

御史中丞的儿子和知道一部分真相的御史中丞都沉默了。

"伪造出身"跟真正的把柄相比算是小巫见大巫。不过辛国都亡国了，彼时的"大巫"也算不了什么了。只是他们父子以及几位亲朋的性命都是人家救的，何必揭人短？

祈善问道："田师可知那人现在在何处？"

御史中丞不知想起什么，面色晦暗："在孝城……"

"孝城？"

"他现在是四宝郡郡守，其郡府在孝城。庚国的大兵压境，他暗中与郑乔勾

· 66 ·

结，里应外合拿下辛国数座要塞……若非如此，最少还能撑上五个月，兴许能等来转机……"

祈善道："反复小人，不足为奇。"

"恩人问他的下落是准备……寻仇吗？"

这时沈小郎君隐含不善的声音滚入祈善的耳朵里："我在奋勇杀敌，你在这里闲聊叙旧？"

沈棠浑身浴血，提着慈母剑过来喊人处理尸体——毁尸灭迹，免得生出其他波折——结果远远就看到祈善在跟人唠嗑，拳头都硬了。

她觉得现在最需要慈母剑教育的不是排队等投胎的"孝子"们，而是祈元良。

见沈棠回来，祈善眼底闪过一丝诧异——他知道沈棠能对付那十来个士兵，但没想到即使没有言灵加持，沈棠动作还这么快。

"在下自然是信任沈小郎君的能力，那些乌合之众岂是你的一合之敌？"面对指控，他敷衍着打发，没有一点儿诚意，视线越过沈棠落向她身后，"他们都死光了？"

她冷哼道："死光了。"

斩草除根，不留后患。沈棠手腕一抖，剑身上的鲜血顺着力道被甩到草叶上，落下点点红痕。

"那些中毒的呢？"

"似我这般善良的人，自然不会让他们继续受折磨——喉咙一剑，心脏一剑。"保证死得不能再死。

祈善与沈棠一问一答间，还用余光注意被救的几个犯人——御史中丞作为御史台长官，跟辛国世家龚氏接触也不少，倘若沈小郎君是龚骋，御史中丞不应该认不出来。

但御史中丞对沈棠这张脸并无看到熟人后该有的反应，而是有些许好奇、诧异。

一个佩戴文心花押印的少年郎，打起来却比有武胆虎符的莽夫还凶，的确值得好奇围观。

祈善心下反省：沈棠真不是龚骋？

祈善一皱眉，沈棠便猜出他心里酿着什么鬼东西，忍住翻白眼的冲动——她就知道，他先前那句"在下明白了"，明白了个寂寞。

他有这时间瞎琢磨，不如帮她填埋尸体。

谁知祈善果断地拒绝了。

他的理由也很扯淡："在下胆怯，见不得血肉模糊的尸体。"

沈棠只能撸起袖子自己干活——祈善指望不上，那几个去了半条命，还是靠着她的饼子、青梅、饴糖续命的囚犯更加指望不上。

沈棠干活的时候，祈善倚靠着树干，躲在树荫下。

祈善问："沈小郎君可有兴趣去孝城一趟？"

沈棠将拿来挖坑的刀往地上一摔，没好气地道："我去孝城做什么？自投罗网吗？再说了，那个破地方有什么好去的？"请尊重一下她逃犯的人设！

"沈小郎君就不担心其他亲眷？"

沈棠闻言迟疑——祈善这话说中了她的心思。她也不知原来的沈棠有没有亲人，倘若他们熬过了发配之苦，她可以暗中照拂一二；若亲人们熬不过去死了，她也能给人收个尸，免得暴尸荒野。

沈棠的神情变化落在祈善眼中，他的眉眼肉眼可见地愉悦了：他就料定沈棠的选择能如他所愿！

"在下看得出来，沈小郎君潜力非凡，日后或有一番建树。祈某不才，忝称名士，虽不及那些桃李天下的名儒、名师，但教沈小郎君基本的东西还是绰绰有余的……"

沈棠心中有了打算，却不说，故意道："元良那些卷轴我都记住了。"

祈善哑然失笑，抬手指了指自己的脑袋，自信地道："沈小郎君，真正珍贵的内容在这里。倘若看过言灵就能精通掌控文心，偷师也未免太简单了。"

"元良这话也有道理，可孝城这地方……"她费了那么大工夫才逃出来，结果又屁颠屁颠地跑过去，要是倒霉在孝城撞上押解她的官差，她得多尴尬，"你总得给个保证。"

"例如？"

沈棠道："例如，能改变身形样貌的言灵。"

祈善无语。

他这里还真没这玩意儿，在他的认知中也不存在这种左道旁门的言灵——天下言灵，无一不是为了权、谋、武三者所用。沈小郎君的想法为何如此奇特？

虽然没言灵，但他有别的东西。

"这是什么？"

沈棠接住他丢来的小瓶子，打开瓶子，眯眼往里面瞅，只见一瓶子黑乎乎的细腻的粉末，不知道是用来做什么的。

祈善揭晓答案："锅底灰。"

沈棠沉默。

"往脸上抹点儿，或者多跑、多晒、多流汗，七八日不沐浴、洗漱，谁认得出你？"

沈棠想象一下自己七八天光流汗不洗澡，仿佛能嗅到那股一言难尽的刺鼻的酸臭味。

"你就这个馊主意？"

"这怎么是馊主意？"祈善收敛了脸上的笑意，不带半分感情地道，"这可是经验之谈。"

沈棠微诧：经验之谈？

不过祈善明显不想纠结这点，声音又扬了上去："沈小郎君其实没必要那么担心，那些押解的官差明显渎职了，犯人逃跑他们会上报的可能性不大，最大的可能是割了另一个人的耳朵补上你的名额。因此，你不用担心会在孝城城门口看到你的通缉画像。"

即便官差不渎职糊弄，将沈棠逃跑的事情上报了，画师绘制了通缉画像，那又如何？以那些画师笔下的人像抽象程度，除非面部有非常明显的特征，否则亲妈来了都认不出，更别说是在每日都有百姓进出的城门口。沈棠身份暴露的可能性实在太小。

这一番说辞让沈棠吃了颗定心丸，沈棠说道："行，去就去。"

她"吭哧吭哧"地挖了个超大的深坑，把一具具尸体全部丢入再将土填回去，忙完已经月上中天。

祈善起了篝火，烤着沈棠用言灵化出来的饼子。

沈棠刚坐下就能吃到热乎的饼子。

"烫！"她错估饼子的温度，差点儿烫着舌头。

这种饼子没什么滋味，除了烤焦的部位有点儿焦香，其他地方都一样，让人越吃越渴，每吃两口就要配一口水，嘴里寡淡得很。她心里忍不住嘀咕怎么不能夹馅儿，例如梅菜扣肉。

不知为何，祈善今晚睡得格外早，既没有看书温读也没有练习言灵。

沈棠没有睡意，守着篝火发呆。

不知过了多久，她耳边传来草木被踩动的细微声响——有人正在小心地靠近，但无恶意，她也就不管了。

那人在不远处坐下。

沈棠借着火光一看，那人正是御史中丞的傻儿子。

御史中丞的儿子有意无意地盯着沈棠看，欲言又止，似乎想确认什么。

见他数次想张口却不知该从何说起，沈棠等得不耐烦，最后主动挑起话题：

"中丞睡下了？"

御史中丞的儿子一怔，似乎没想到沈棠会主动跟自己说话："嗯……阿爹他睡下了，只是睡得不太安稳，有点儿发烧，他这一路受的伤太多，伤口泛红。明儿得想法弄点儿草药……"说着说着，这男人微红了眼眶：父亲的身体比普通人好很多，但架不住年纪摆在那里，禁不起大的颠簸和折磨。

沈棠道："附近应该有村落，你们可以去跟村民弄点儿草药。说起来，我还没问郎君姓甚名谁，不知如何称呼？"

"在下田忠，字守义。"

"守义方才那般瞧着我作甚？"

"在下是觉得你与在下见过的一个人，除了性别，生得几乎一模一样。且听你白日与祈善先生的对话，说你是……"田忠咽下"逃犯"二字，"我便以为你与她之间有渊源。"

好的不灵坏的灵，她这是碰上以前的熟人了？

沈棠问："那人是谁？你们很熟？"

田忠连连摆手："不熟不熟，只是见过一面。论关系，她应该算是我的侄媳。"

沈棠大为震撼："侄……侄媳？"

"严格来说，也不算。"他解释道，"在下与云驰的父亲既是同窗又是同年，便认了个干亲。云驰算是我的侄子，倘若二人礼成，依关系她也该叫我一声'田叔'的。"

"云驰又是谁？"

"龚氏龚骋，字云驰。"

沈棠直呼"好家伙"！她这具身体才十一二岁啊！

"为何没有礼成？"

"大婚当日还未来得及三拜，礼未成，便有官差闯入龚府拿人，全府上下连同那位都被押解投入大牢，没两日就被发配上路。在下当时也是宾客……当真是可惜了。"说完，他叹气。他曾为龚府发配之事忙碌奔波，万万没想到只隔了几天，自己的全家也遭了殃。

沈棠问道："龚骋现在在何处？"

他苦笑："倘若好运，大概在发配的路上。倘若不好运，大概在黄泉路上。"

沈棠压下乱跳的青筋，继续旁敲侧击，套取消息："龚骋的那位新妇，又是哪一家的？"

"她出身于沈氏，只是……"

"只是什么？"

他道:"只是沈氏在龚氏被发配没两日,便被郑乔下令夷九族,实在是惨。"

夷九族……也就是说,这世上除了一个不知死没死的龚骋,沈棠目前是孤儿?

"夷九族……不知沈氏如何得罪了郑乔,居然落得这么个下场?"沈棠半晌才找回声音。

御史中丞如此跟郑乔对着干,龚氏疑似藏匿国玺,两家的下场也只是被发配而不是夷族——发配是很惨,但好歹还能苟活两日。轮到沈氏就是直接夷九族?

倘若之前的沈棠真是田忠的"侄媳",小姑娘真是倒霉呢,待在沈氏会直接被杀,嫁去龚氏会被发配送去孝城教坊,下场多半是生不如死。

谁知田忠却摇头:"这个谁也不知道。"

"不知道?"沈棠声音微扬,"怎么会不知道?田郎君再想想,例如沈氏弹劾郑乔或者沈氏断了郑乔向上爬的路径……这样的恩怨也没有?可没恩怨怎么会上来就被夷九族?"

"这也是在下疑惑的地方……"

沈氏被夷九族,与沈氏有关系的旧友、门生也努力去救过,但敢出头的人不是被申饬贬官就是被杀。郑乔对于沈氏手段之严酷,态度之强硬,使得无人敢再为沈氏出头。

田忠道:"按说沈氏一门在辛国也算不上什么大族,如何会被郑乔注意到?"

这已经是美化过的说辞了,说得直白一些,郑乔在辛国兴风作浪那些年,沈氏连在郑乔面前大喘气的资格都没有!

沈氏一门上下又是走中庸的路子,或者说本身能力有限,既不会太冒尖惹人眼红,也不会太平庸被完全忽视;既不会跟风攀附得宠的臣子红人,也不会随意得罪哪个不起眼的小官。

不管田忠怎么回忆,也不记得沈氏跟郑乔有什么冲突,偏偏只有沈氏被夷九族。

再者沈棠的态度让田忠有些在意。

于是田忠试探道:"小郎君如此在意沈氏的消息,可是与沈氏有交情?"

其实他更想问别的,例如这位小郎君是不是沈家大娘子的孪生哥哥或者弟弟,由于一些原因隐瞒了身份在民间长大?

二人实在是太相似了。

田忠一度怀疑沈棠就是那倒霉催的沈家大娘子,但看到沈棠腰间缀着的文心花押又打消了怀疑。

他笃定,这位沈小郎君即使不是沈家大娘子的胞兄或者胞弟,也跟沈氏有千丝万缕的联系。

沈棠既没点头也没摇头：虽说田忠没什么恶意，但当下这个情况，多一事不如少一事，知道的人越少她越安全。

田忠也识趣，见沈棠没有继续交流的意思便岔开话题，聊起祈善。

讲真的，他对祈善还挺感兴趣的，不知道沈棠是怎么跟祈善凑到一块儿的。他跟阿爹打听祈善的事儿，阿爹就瞪他。

沈棠叹了口气："大概是缘分吧。"

田忠诧异："偶然遇上便结伴同行？"

"这样不行吗？"

田忠道："倒也不是不行，恩人有大才，且他的文心和言灵的潜力——当世少有敌手，至少在下是这么看的。恩人日后若遇对了明主，甘愿依附臣服，文心的成长不可小觑，只是……"

"只是什么？"

上面这句可不是沈棠问的。

熟悉的男声从二人身后传来。

沈棠和田忠齐刷刷回头，就撞上一双黑沉的眸子，纷纷开启噤声模式。

田忠更是"噌"的一下站起身，双手局促地垂在身侧，羞愧得红晕从脖颈爬上脸颊：恩人是他们父子的救命恩人，自己聊天聊着失了分寸，居然背后议论恩人……

若不是怕吓到人，他都想给自己两个耳刮子：阿爹说得对，自己这张嘴真该缝起来！

田忠张口欲道歉却被祈善抬手制止。

祈善简单地打发掉田忠："方才起夜，听到田师那边隐隐有些咳嗽……"

田忠立马顺着台阶下去："阿爹不舒服？在下这就去看看。"说完，田忠脚底抹油，一溜烟跑没影了。

祈善坐到了田忠原来的位置上。

他显然听到了沈棠和田忠的对话，笑着拨弄篝火："没想到在下居然猜错了，沈小郎君不是龚氏族人，而是沈氏出身……"

话不要说得太满，直觉告诉她，祈善估计还会被"打脸"。在有确切的证据之前，她自个儿都不敢笃定自己之前是沈氏那位大娘子……

见沈棠没吭声，祈善又说："既然沈氏已被夷九族，沈小郎君在这世上也无亲眷了，这孝城不去也罢。早点儿歇息，明儿去邻近的城镇。"

"我何时说不去孝城了？"

祈善眼神错愕："你去？"

明知祈善是以退为进，沈棠依旧道："去，怎么不去？我跟着元良是为了学本事的，在如今的世道，活下去才是第一要务，其他的来日再说吧。我只是好奇，我身上有什么值得元良看重的？你似乎很想我也去孝城。可在我看来，带着个累赘上路，于你并无益处。"

祈善见沈棠戳穿了那层窗户纸，微微讶然之余，难得郑重地道："沈小郎君，你不是累赘。"

他自然是因为有所图谋才会这么做。谋者，一贯是无利不起早的黑心职业。这种精神连奸商都自叹不如。

沈棠明白他的未尽之语，笑了笑不说话。

她将祈善当成百科全书工具人，自己也被祈善当成达成某种目的的工具人。互为工具人，挺公平、公正的。

"元良，我还有一问。"

祈善道："你问。"

沈棠看着田忠离去的方向："先前田守义说了一段话，我觉得有些疑惑。他说'日后若遇对了明主，甘愿依附臣服，文心的成长不可小觑'，这是什么意思？"直觉告诉她，这里面似乎有别的深意。

"这个问题你不需要知道。"

沈棠一脸疑惑。

祈善一副用言语无法描述的复杂神情，对沈棠道："沈小郎君，文心跟文心也是不一样的，田守义这话针对大部分拥有文心、武胆的谋者、武者。可我由衷地希望，这部分人里没有你。"

这人又在跟她卖什么关子？她换了个问题："我能知道你去孝城做什么吗？好歹让我有个心理准备吧……"

毕竟祈善这厮爱卖队友，她要防备着点儿，免得怎么被坑死的都不知道。

祈善仰头看着天边的朗月，夜风吹拂发丝，掩盖了他眼中的思绪。沈棠只听到他说："为了收债。在下有一笔多年的旧债，不辞万里也要去收，哪怕只是收回点儿利息。"

沈棠心里嘀咕：收债？信了你的邪！什么旧债能让祈善萌生这么大的杀意？

夜尽天明，二人便与田氏父子他们分别。后者要去投奔亲故，待在郑乔的势力范围内迟早会送命。沈棠、祈善二人则要去孝城。

第五章
拐走那个拍花子的

前往孝城的路途并不平坦，且不说豺狼虎豹、毒虫猛兽，光是落草为寇、拦路打劫的土匪就够人发怵的。沈棠、祈善二人为了少点儿没必要的麻烦，尽可能不夜宿野外。

不过当务之急还是给沈小郎君置办两身新衣，祈善自个儿的衣裳都快不够穿了。

祈善从布庄出来时，手中多了个布包。量体裁衣是来不及了，他只能在成衣之中挑了两身与沈小郎君身量差不多的男衫——里衣、外衫皆有，再加上他借给沈小郎君那一身，三套替换着穿应该够了。

"沈小郎君，该走……"祈善正要招呼沈棠上路，天黑之前去下一座村落，可本该待在门口的沈棠不见了人影。

人呢？人生地不熟的也敢乱跑？他正准备去寻找消失的沈棠，还未迈步，余光就瞥见街对面有一抹眼熟的纯白——那匹雪白高大的骡子乖乖地伏在地上，即使往来的路人聚在那里围成一圈也没能挡住它乱甩的尾巴。

"往来的乡亲们，瞧一瞧看一看啦，刚摘的新鲜的青梅，三文钱一斤，卖完为止……"

祈善刚凑近人群，便听到熟悉的吆喝声。

只见他熟悉的沈小郎君毫无形象地一屁股坐在地上，用草绳草草地扎起头发拢成丸子，身前摊着一块布，布上堆着小山似的青梅，旁边还有一个大箩筐，筐内全是青梅。

她似乎半点儿不害臊，热情地兜售青梅。只要有人来买，她就热情地招呼，什么"郎君""娘子"，什么"哥哥""姐姐"，嘴巴像抹了蜜，一通乱喊，还不忘给青梅打广告，什么物美价廉、皮薄个大，吃了不仅能解渴解暑还能美容养颜，实在是盛夏必备的果品。

祈善站在人群里围观了会儿，发现买青梅的多是女子，每个都是三五斤地买——且不说青梅过于廉价，买到就是赚到，光让这位俊俏的小郎君喊自己一声"姐姐""娘子"也不算亏。

若非沈小郎君的年纪实在太小，态度热情，长得漂亮，眼睛也干净纯澈，看着没醍醐的心思，这条街上的男人估计能将其拖到小巷里一通暴打——没事儿撩拨这些大媳妇、小娘子做什么？逢人就喊"娘子""姐姐"，轻浮！

没多大会儿，沈棠的青梅就完全兜售出去了，几十个铜板被她装进钱袋里。她起身拍了拍屁股上的灰尘，似乎早就料到祈善在一侧，笑着问道："元良，你忙完了？"

祈善忍住翻白眼的冲动，没好气地道："忙完了。你这是做什么？"别人是当垆卖酒，沈小郎君当街售青梅？

沈棠摇了摇"当当"作响的钱袋子："没钱了啊，元良这话问的……"不知道她现在有多穷吗？

她总不能伸手跟祈善要钱吧？他们俩非亲非故的，互为工具人，谁也不欠谁，沈棠总不能还厚颜将他当作自动取款机。

在祈善复杂的目光的注视下，沈棠将筐子还给另一个摊主，从人家那里赎回抵押出去的文心花押印，重新戴回腰间，然后用新赚的钱买了点儿盐、酒，以及其他腌制的小菜。

"既知自己囊中羞涩，为何还将银钱赠予田师他们？"祈善说着将布包丢进摩托驮着的布袋里——自从发现沈棠能一天十二个时辰凝聚摩托而不疲累，摩托就被赋予了新的工作，二人的行李都丢给它驮着，省力。

两日前与田忠一行人分别时，沈棠从怀中摸出几块碎银送给他们，外加十几张饼。

"一则，那几块碎银又不是我自己赚的。"那是她从第一个被她杀的官差身上搜罗到的，用别人的遗产她不心疼，"二则，田忠他们带着伤，身无分文，即便有投靠的去处，身上啥也没有，有无这条命挨到目的地还不知道呢。"而她即使没钱也不会饿死。一番思量后，几块碎银就被她舍出去了。

沈棠作为和平时期长大的宅女画手，总是见不得人家可怜的，能帮一把就帮一把呗。

祈善似乎不信，又问："只是这个原因？"

沈棠歪头不解："不是因为这个还能因为哪个？怎么？这年头做好人好事还要被阴谋论啦？"

见沈棠的表情不似作假，祈善不知想到了什么，表情变幻莫测，看得人一头雾水。

沈棠不明所以，只得小心翼翼地道："元良？"

祈善深深地看了沈棠一眼，叹道："无事。"可他脚下一错，身形已经闪至三丈开外。

被留在原地的沈棠：什么啊！既然没事，你用言灵跑什么？净欺负她不会骑着摩托用追风蹑景！

因为实在穷得"叮当"响，沈棠只能一路走一路兜售自产的饼子、青梅、饴糖。青梅和饴糖的价格则根据当地百姓的穿着打扮浮动，打扮体面干净的多卖几文，满身补丁、蓬头垢面的少卖几文，饼子的价格则根据当地摊贩走——既然是无本买卖，她尽量不扰乱市场。

祈善对沈棠的这些考量不置可否。

当然，他内心是怎么吐槽沈棠的就不知道了。沈小郎君是他平生所见，混得最惨的文心谋者，哪怕是他最落魄的时候也没这样。可人家自己乐在其中，他也不好多说什么。

二人紧赶慢赶，终于来到四宝郡境内。

算算他们在路上花的时间，估计比龚氏第二批流放犯人的脚程还要慢。

"元良，我前不久在集市听百姓说，这四宝郡有四大宝，百姓丰衣足食……可为何……？"沈棠牵着摩托跟着祈善，左右张望。

街上空荡荡的，入眼皆是破败的景象，偶尔能看到路人也是面黄肌瘦的，仿佛一把骨头罩着个破麻袋，一阵风就能将人打得摇摆。这些路人还特胆小，若目光不经意跟沈棠、祈善这两个陌生的面孔撞上，便会瑟缩着脖子，犹如受惊吓的兔子，加快脚步闪没影。

祈善叹道："四宝郡是庚国率先攻破的郡县之一，附近六郡有三郡被劫掠一空，四宝郡尤为严重。若想恢复以往的繁荣，难啊！"

当时此地家家户户穿缟素、办丧事，耳边的哀号和啜泣声没有停下的时候。

对这般衰败的景象，祈善并不意外，谁让两国战争的战场放在了辛国呢？这片土地上的百姓注定了悲剧。

只是，待二人千辛万苦地抵达孝城，他们发现城内、城外完全是截然不同的天地。城外尸横遍野，荒地千里，夜风发出的"呜呜"声仿佛万千孤魂野鬼凑在耳侧齐声恸哭，而城内人潮涌动，歌舞升平。

反常！非常反常！沈棠忍不住东张西望，揉了揉眼睛。

确信眼前这一幕不是梦境之后，她问祈善："元良……我们没有走错地方吧？是不是不小心踏入了什么奇奇怪怪的幻境，抑或是跨过了某扇穿越的大门？它……它不对劲啊……"

她忍不住扭头看向来时的城门，只见一眼看不到头的队伍还在缓慢地蠕动前行，这些百姓大多衣衫褴褛，精神不济，城内的百姓却是红光满面，衣衫干净得体。

差异造成的视觉冲击让她怀疑人生。

祈善面无表情："哪里不对劲了？"

沈棠指了指城门的方向："你看城外，再看城内，哪里对劲了？"

见惯了荒芜萧瑟的破败场景，孝城内的繁华热闹让人忍不住想问这两番场景真的存在于同一片天空下？现实却是二者仅仅隔着一面城墙、一条护城河。

祈善闻言敛眸，不知何时唇角已带上三分讥诮，一派老成的姿态："沈小郎君啊，你还得多走走、多看看，以后便见怪不怪了。"

沈棠不满："你说我大惊小怪？"一点儿不给她面子？

"在下就是这个意思。"对，一点儿面子不给！

沈棠又想给这厮做个开颅手术了。

两个人途经一家酒肆时，祈善指了指酒肆门侧的位置，叮嘱沈棠："沈小郎君，你先在这里等着，在下去打听点儿事情，约莫一个时辰就回来。你千万守着这里，别乱跑。"

"打听事情？找你债主的下落？"见祈善没有正面回答，沈棠无所谓地摆了摆手，"要去就早点儿去、早去早回，咱们还得找晚上落脚的地方呢，我可不想睡马路边或者桥洞下……"

祈善原先复杂如烈火灼烧的心情被沈棠这番话一打岔，顿时像泄了气的皮球，什么情绪都接不上了，那一股气上不去下不来，最后在胸腔里翻滚杂糅成一团，化作一声长叹。他无奈地重复："嗯，你也是，别乱跑。"

沈棠听话地待在酒肆的门侧，目送祈善的背影消失在街尽头，直到完全看不到了，眼睛蓦地一亮——虽说来这里快一个月了，但她每天基本跟祈善同行，根本没有私人活动时间，自然也没有好好地看过这个世界。

她在原地等了会儿，转身就跟酒肆老板借了张小马扎。摩托也乖顺地伏下来陪着。

"这位小娘子如何称呼？"

约莫过了一刻钟，沈棠头顶传来故作端庄的男声。

沈棠闻声抬头，一眼便瞧见一个略显富态、五官粗糙的中年男人正直勾勾地看着她。

她抬手指了指自己，问："喊我？"到这里近一个月，她头一次听到有人喊对她的性别！以往那些百姓无一不被祈善带进了沟里。真是造孽啊，祈元良！

中年男人笑着凑近，说道："正是，正是。"

沈棠生得俊俏，十岁出头的年纪已经能看出相貌的潜力，只需养个一两年就能出栏赚钱了。她肤色白皙，气质干净，只是穿着打扮不富贵，估计也不是什么大富之家的孩子，再加上她东张西望，看什么都好奇的乡巴佬模样，一瞧就是个生嫩没经验的。这样的孩子最好拐骗。

祈善跟沈棠出现的时候，他就注意到了。他本来也没抱啥心思，毕竟沈棠身边还跟着个郎君——须知这个世界上不能惹的，其中之一就是文士装扮，戴着发冠、发簪的儒雅男性，鬼知道他们有无文心？踢上铁板就不好了——可谁让祈善离开了，只剩下落单的沈棠？

二人的口音一听就是外乡人。这么一头肥羊不宰，他啥时候能开张？只要将人拐走转移了，与她同行的郎君回来也无用。

沈棠此时乖顺地坐在小马扎上，眼神无辜，还冲男人露出笑容："有何事？"

男人笑道："是这样的，方才与你同行的郎君让我过来领你去客栈。"

沈棠问："元良让你来喊我？"

"是啊，我是芳华客栈的帮工。与你同行的郎君是不是一位穿着月白色文衫、个子高高的、比较清瘦的郎君？他说你在这家酒肆门前等着。"男人一边说一边比画了两下。

沈棠一派天真单纯的模样，男人形容一句她点一下头。

"对对对，那就是元良……可他不是说去打听点儿事情，还让我在这里等……"

男人出声打断沈棠的话："这个啊，那位郎君似乎是碰上故人了，一时间抽不开身。"

沈棠见他"不似作假"，半信半疑。

男人又问："小娘子是担心我是骗子吗？那不如我陪你在这里等那位郎君过来

吧，你一个小姑娘家，待在这街上很不安全。"

沈棠连忙摇头："不不不，不是这个意思。"说罢，她想了想，又问男人，"你在这里等着，不会耽误客栈的杂事吗？"

男人大方地摆手，爽朗地笑答："这不碍事儿，耽搁就耽搁，总不能看着你一个小娘子待在街上，很不安全的。"

他这么一说，沈棠似有动摇。

这一幕也落在往来的行人眼里。

酒肆老板抬眸瞥了一眼男人，不屑地轻哼，却没出声戳穿。其他铺子的老板也熟悉这个中年男人——这一带有名的混混儿，时常去孝城附近的村落物色相貌有潜力的男童、女童，放在家中养个两年，若是没有长歪就高价出手卖掉，一些不知情况的外乡人也是他下手的目标。他这会儿明显是瞧上这位小娘子了。

酒肆老板内心啐了一口唾沫，但仍秉持"事不关己，高高挂起"的态度——这个年头谁的生意都不好做，断人财路犹如杀人父母，他要是得罪了这种混子，也别想在孝城做生意了，多一事不如少一事，权当自己没有看到。

同时酒肆老板也内心哂笑，嘲笑沈棠单纯无脑：这男人生得一双细长狭窄的鼠眼，在沈棠没注意的时候，视线在她的脸蛋儿和衣裳上来回打量，再加上那股子轻浮劲儿，明显不正派，也只有这种不谙世事的孩子会上当，居然还跟人笑眯眯地谈话。

殊不知，沈棠有这份耐心也是有原因的，谁让他是头一个喊对她的性别的人呢？沈棠这才愿意跟对方聊两句。

他若打消心思便好，若还使坏，她再送他早登极乐。

以这男人为代表的混混儿们，见惯了形形色色的人，对人心的把控在红尘的摸爬打滚中趋于炉火纯青，只一眼就能看穿这人好不好惹，如何拿捏。男人感觉，像眼前这种单纯天真的小娘子最容易心软，他越是大方地表示"耽误工作"无所谓，为了"安全"陪着小娘子一起"等候"，小娘子就会越愧疚，愧疚之余信任感也会暴涨，放下在陌生的环境里生起的戒备心，继而落入陷阱里。

不出男人所料，小娘子敛眸，怯生生地问他："当真不碍事？"

男人坐到沈棠身边，刻意伸出双脚，将沾着乌黑的泥渍、生过冻疮的脚趾露出来，让沈棠能看到他那双磨损严重的草鞋，语气爽朗豁达地说道："不碍事儿，至多被掌柜扣几个铜板。那位郎君要是没看到你过去，应该也会过来。"

沈棠表情微变，眼神游移，似乎内心在天人交战。

男人瞧了心下窃喜。他为什么敢这么说？因为他知道祈善不会这么快回来，不担心谎言被戳穿。

他沉住气，在心里默念数字。在他数到"十五"时，乖乖地坐在小马扎上的小娘子站起身，软乎乎地道："既然元良让你来找我，我们还是快些去跟他会合，若是迟了，不仅耽误你的活儿，他又得骂我……麻烦带路。"

得手了！男人心下得意，嘴上连忙说道："这是小的应该做的，不麻烦不麻烦，小娘子折杀人了。"

"小娘子，咱们走这边。"男人伸手一指，指着祈善先前离去的方向，作势引路的同时还贴心地接过沈棠牵着摩托的绳子，又道，"芳华客栈离这里有些路，小娘子要不要骑上去？"

整个过程中，男人表现得非常得体有分寸，无形中也能增加沈棠对他"芳华客栈帮工"身份的信任感。

沈棠果然不疑有他，费劲儿、笨拙地爬上摩托的背。

男人余光瞥向摩托，一边牵着绳，一边跟沈棠闲聊："这匹瞧着不像是马？"

温顺的小娘子有问必答："摩托是一匹骡子。"

"骡子？"

男人心里暗忖这匹骡子能卖多少钱：虽然是骡子不是马，但这匹叫摩托的骡子长得好看，通体雪白，个头儿能有寻常成年男人那么高，看着就价格不菲，自己找个渠道转手卖出去，说不定能卖上高价。

此时男人牵着摩托走在前面，露给沈棠的只有后背，自然也不怕她看到自己此时的表情，脸上的得意、贪婪几乎要溢出来。

一直暗地里关心这边情况的商贩们见状，叹气的叹气，嘀咕的嘀咕——有些人找死真是拦也拦不住，落在这种混混儿手里，这位小娘子完了。

跟酒肆隔了两间店铺的地方有家肉铺。肉铺的屠夫见沈棠傻乎乎地跟混混儿走了，神情几番变化，咬咬牙，把手中的剔骨刀往砧板上一摔，抄起另一把杀猪刀。

屠夫还未踏出肉铺就被店里干活的爹娘拉住，爹娘狠狠地给他使眼色。

屠夫没挣扎，只是看着沈棠的背影渐渐地缩成一小团，最后长叹一声。

"作孽啊！"屠夫用沾着荤油的手一抹脸，压下想管闲事的心，又唾骂，"什么破世道！"不知道是骂那个混混儿还是骂自己。

调整好心态，屠夫继续回到肉铺前干活。

来买东西的客人突然说了句："那位小郎君不会有事的。"

屠夫怔住："啥？"

客人笑着重复:"那位小郎君不会有事,反倒是哄骗人的那个,性命要悬了。"

屠夫诧异地睁圆眸子,手中还握着刀,愤懑地比画道:"你这老东西说的什么鬼话?"

客人不惧,从容地笑道:"不妨做个赌?"

屠夫听客人说沈棠无事,稍稍松了口气,转念一想又觉得客人是在瞎说话:什么小郎君?被带走的分明是个俊俏的小娘子。

屠夫不满地哼道:"老不正经的东西,眼不灵光,脑袋也糊涂,净说瞎话哄骗人,是男是女都分不清。你说做赌,那我问你怎么个赌法?"

客人道:"那位小郎君半个时辰就会安全地回来。我若赢了,今日的下水你送我。"

屠夫想也不想就答应了:不过是几斤没人要的下水,这个赌不大。

这位客人屠夫熟,是被月华楼买回去的后厨杂役,每次来都会买点儿没人要的下水。屠夫见他跟月华楼的其他人不同,丝毫没有卑躬屈膝的谄媚劲儿,倒像个读书人,透着股说不出的儒雅,对他很有好感,每次称下水都会多给点儿。今日他照常又来,没想到会说胡话。

屠夫道:"俺要是赢了呢?"

客人道:"下水我多买一斤。"

屠夫没好气地道:"下水这玩意儿多卖一斤,俺能多赚几个子儿?成,赌就赌!"

过了会儿,屠夫切了半斤碎骨用荷叶包好,跟之前的下水放到一块儿,手指点着肉铺的案子,说道:"人要是能回来,这半斤也给你。"

虽说碎骨没什么肉,但也能凑合着炖锅肉汤。见这位客人瘦得快皮包骨,屠夫多少有些心软,也由衷地希望客人能赢——那位小娘子平安,算是给自己积阴德,心里也好过一些。

客人叉手一礼:"多谢。"

屠夫嘀咕:"这动作也像模像样。"

月华楼是什么地方?男人、女人寻欢作乐的地方。这位客人说是后厨做粗活的帮工,但被月华楼买回去的杂役说难听一些就是下九流中的下九流。这么个人却学读书人的范儿,没少被嘲笑。屠夫也觉得他拿架子。

不过屠夫没笑,因为这位客人气质是真的好,跟他说话舒服。

这半个时辰,屠夫等得心焦,时不时往二人消失的方向瞅,问客人:"你刚才为什么说那是位小郎君?那分明是个女娃。"

客人笑着指了指自己腰间的位置。

屠夫不解："咋了？你腰疼？"

客人道："文心花押印。"

屠夫愣怔："啥？"

客人道："那位有一枚文心花押印，虽不及寻常武者，但对付个普通人是不成问题的。"

屠夫作为普通人，即使没见过文心花押印也听说过，自然也知道拥有这东西意味着什么。

"俺怎么没瞧见？"屠夫回忆，只记得那张俊俏的脸蛋儿。

客人道："那枚文心花押印无色透明似水晶，若不刻意注意，极容易被人忽视。"

因为这时代对文心、武胆的推崇，时下流行男子外出佩戴花押印或者类似虎符的配饰。普通花押印和文心花押印辨认起来有难度，普通人很难第一时间区分出来。

隔壁铺子的掌柜一听来劲儿了，探出头"调侃"客人，言辞轻蔑："嘿，就凭你也分得出贵人才有的东西？"

又有一个来买肉的客人也附和："许是楼子里见的'贵人'多了……"

面对周遭人带着些许恶意的调侃，那位客人始终面无异色，一双历经千帆的眸子里仅剩平和。

屠夫却觉得刺耳，手里抄着剔骨刀作势赶人，一脸凶悍："去去去，别凑在这里坏了俺的生意。要不要买肉？不买肉去别的地儿站着。"

其他看客感觉没趣儿，纷纷散去。

别看屠夫干的都是脏活、累活，却是这条街上家境最好、最殷实的，说话也有分量——寻常人家逢年过节才舍得开个荤腥，屠夫家隔三岔五能吃到肉，菜里面油水很足，街坊邻里也不敢轻易得罪他。

见看热闹的人散去，屠夫才问那位客人："你刚才说的是真的？"

客人笑道："自然是真的。"

屠夫咂摸了会儿，问："你咋知道？"屠夫也挺好奇这人怎么大老远一眼就认出来那是文心花押印而不是普通的配饰。

客人屈指轻敲肉铺的案子，笑着说道："那不重要，重要的是你要输了，愿赌服输。"

"行行行，俺要是输了，那就是喜事！俺回头再去打二两老酒给你下菜……"

屠夫无所谓地摆了摆手——他干着高薪职业，不心疼那点儿"赌资"。

等待的工夫，屠夫双臂曲起撑着木案，跟客人闲聊起来："欸，俺听你说话酸得很，你是不是真念过书啊？"

客人道："略识得几个字。"

屠夫一听来了精神，一拍案子："哎呀，你也知道俺那娃儿要开蒙了……"

客人问："你想你的娃念书？"

屠夫点点头，道："也不用教多少字，又不指望俺娃能当官，俺们家这根脚哪有当贵人的命？你就教娃念几个字，不然以后跟人算账还被人坑。俺这铺子总要给娃的……"

"若你的娃有文心或者武胆呢？你供不供？文心习文，武胆练身，要吃光家底的。"

屠夫只觉得这人在揶揄他，撇了撇嘴，低头麻利地切肉："就俺们这根脚，俺娃哪里配得上？跟着俺学怎么宰肉就行……"

在屠夫的记忆里，有文心花押印或者武胆虎符的都是贵人，他们不是位高权重就是大富大贵，总而言之是人上人，这些人能飞檐走壁，也能无中生有，那可是神仙才有的手段，而自己只是泥地里打滚的平头百姓。他是屠夫，他的娃肯定也要当屠夫，其他的哪里敢奢望那么多！

客人目光平静如水地看着屠夫，见屠夫连做个白日梦畅想一下都不敢，心下不是滋味，喟叹着道了句："箕裘之业……"

屠夫不懂："啥东西？"

"子承父业的意思。"客人解释道，"良冶之子，必学为裘；良弓之子，必学为箕。"

屠夫更加不懂了，不过倒是笃定了一件事——这老东西还真识字，估计识字还不少！

于是屠夫越发迷惑：这年头谁不尊重识文断字的人？这人出去教教孩子读书识字都不至于混成这样，怎么会被月华楼买回去当后厨的杂役？

屠夫心里装着疑惑，可见客人不想多说，再加上有生意上门，只能收起多余的心思。

屠夫想着晚上带娃去找这人，多带两斤好肉，这人整天吃下水也不怕吃出病。

与此同时，混混儿也将沈棠带远了。他先是走了一段大路，等沈棠的注意力被引开，没了戒备，又建议抄近路往巷子里钻。

两个人越走越偏僻，越走越安静。

沈棠终于有了几分明显的不安，问男人："离客栈还有多远？"

男人回答："快了，快了。"

又绕了两条巷子后，沈棠再问："你确定没有走错路吗？"

男人不耐烦了，见此时距离目的地不剩几步路了，自觉有恃无恐，声音拔高数度恐吓沈棠："说是快了，小娘子如此心急作甚？"

沈棠察觉不对劲，慌道："我要回去……"

男人"嘿嘿"一笑，不肯停下："晚了！"他一脚踢开门，冲院子里道："来生意了。"

那是一座非常偏僻、肮脏的院落，院墙的缝隙爬满了杂草，隐约还能听到院内传来交谈声。

沈棠作势要爬下摩托的背逃跑。

她刚落地，还未站稳就被男人大力往院内推搡。她重心不稳，脚下狠狠地踉跄，又惶恐不安地扭头看着院中走出来的一男一女。

女的道："好生俊俏的娘子啊！赖头，你上哪儿哄骗来的？瞧瞧这细皮嫩肉的……"她说着还上手要掐沈棠的脸。

沈棠惶恐地躲开，冲着名为赖头的男人怒目而视："你……你……你不是元良喊来的？"

赖头不理沈棠，兀自回答："三两句话就乖乖地跟着俺走了，生得好看可脑子不行。"

女人身边的男人凑近打量沈棠的脸蛋儿。

沈棠怯懦地往后闪退，惶恐欲泣。

男人舔了舔唇，哼笑道："女娃要什么脑子？女人要是有脑子，俺们的生意还怎么做？晚些带她去月华楼看看，那边一直催着要好货。"

女人疑道："月华楼？那楼子里不都是小倌，要个丫头过去作甚？"

赖头和男人相视而笑，猥琐的气氛在二人间流淌，一切尽在不言中。

"你不懂，人家上门要货俺们给就行了。"

"就是，女人少管那么多。"

赖头推着沈棠的肩膀，准备将她关进一间漆黑肮脏、散发着难言恶臭的小黑屋里。

沈棠脚下错步闪开，咬牙切齿地说："你们敢卖我？"

女人嗤笑，眼神突然锐利，上手要去掐沈棠的肉，口中威胁："别说你一个小姑娘，就是天王老子家的娘子来了，俺们也能卖。老实点儿！不然有你好受的!"

沈棠绕柱闪躲,一边绕一边眼尾泛红地骂道:"你们这么干就不怕老天爷报应吗?"

见沈棠越跑越来劲儿了,三个人准备合力将她拿下,再好好毒打一顿,让她长长记性。

"报应?"赖头唾骂,"老子就是老天爷!"

"祈元良救我!"

男人道:"喊破嗓子都没人救你!"这小娘子挺会跑,跟泥鳅一样滑不唧溜。

"我好怕!"沈棠的声音带上了哭腔。

院子就那么点儿大,沈棠很快被三个人逼到死路。几乎要哭出来的小娘子瑟缩着肩膀。

可下一瞬,她脸上的惧色退去:"才怪!"她蹬墙借力旋身,长腿横扫。

一会儿后,院落内,两男一女双手被缚在身后。

三个人齐齐跪在沈棠脚下,抖得像筛糠。

"刚刚是谁说自己是老天爷来着?"沈棠用手中的棍子挑起一个人的下颌,笑着问,"是你吗?"

被点名的人脑袋摇得像拨浪鼓,一边摇一边不住地往后方闪躲,试图避开沈棠的棍子,又怕她会暴起。

他们也不知道事情为何会发展成这样子,再加上被殴打,人都傻了。

沈棠又用棍子挑起另一个人的下颌:"那是你?"

被点名的人就是哄骗沈棠过来的赖头。

"不是不是——"赖头声音带着哭腔,说话还漏风,怕得眼泪都要滋出来了。

不怪赖头这么怕,被沈棠一记蹬墙飞踢,他连疼都没咂摸过味来,上下两排牙就被踹掉四五颗,剩下的也在摇摇欲坠,牙床溢出的血糊满了半张脸。

之后的发展简直像做梦一般,他们三个大人被一个黄毛丫头制服了,毫无反抗能力!

于是才有了现在这一幕。

"也不是你?"沈棠眼尾泛笑,长棍挑着第三个人的下颌,也是三个人中唯一的女性:"那是你?"

女人毫不犹豫地出卖赖头,声音尖厉地大叫:"俺没说!俺真没说!是赖头说的!"

沈棠把视线落向赖头,眼睑微敛:"死到临头还撒谎,罪加一等!"

一听到"死"这个字眼儿，赖头登时被吓得眼泪、鼻涕齐下，跪在地上不住地给沈棠磕头求饶。

但赖头刚磕三下就被沈棠用那根晾衣棍抵住。她漠然地道："看你还有几分悔过之意，我倒是可以给你立功赎罪的机会。说——除了我，你们用这法子骗来的无辜的女子都去哪儿了？"

她查了查，院子里没其他被拐者。早知如此，她费这么大功夫做什么？

"都……都……都卖掉了……"赖头怕得舌头不受控制，说话打结。

"卖掉了？卖去哪里了？一共卖了多少人？一共卖了多少钱？一五一十地全部交代！"沈棠坐在小马扎上，左脚虚放，右脚屈起，方便拿棍子的手能搭在膝盖上。

她这一连串的审问让赖头三个欲哭无泪：这问题他们怎么回答？不回答会死，回答了会死得更快。

两个男人毫无头绪，生怕一个答错就被沈棠敲头，倒是那名女人心下有了猜测——她觉得沈棠是看多了市井话本，向往游侠仗剑天涯的日子，毛都没长齐就跑出来伸张正义。

对付这种愣头儿青也不是没法子。她泫然欲泣："小娘子误会俺们了，俺们就犯了两三次错，真没干其他伤天害理的事。"

沈棠冷笑："两三次？其中一次还让我碰上了，你们有这个运气咋不去买福利彩票？"

女人咬死这个说辞："俺们是卖了不少货……但俺们这么做也是救人啊。"她小心地用余光注意沈棠的表情，见沈棠没有动怒才继续道，"俺们卖掉的都是正经买来的货，他们的爹娘收了钱的。这世道，买人才花几个子儿？俺们只是被猪油蒙了心智才犯了大错，以后再也不骗了！"

沈棠一听笑了："救人？"

女人见沈棠能说通，登时生出希望，狡辩道："这几年打仗，谁都不好过。家里生娃多的，那么多张嘴巴要喂，怎么养啊？要是俺们不买不卖，那些娃不是没吃的饿死就是被换别家吃掉，被卖掉好歹还有去处、有口饭。"

沈棠被她这番颠倒黑白的说辞气笑了，用棍子抵着他们的喉咙，冷笑着下最后通牒："少狡辩，交代！不然这一棍子就捅进去！我的力道你们有体会，我保证这一棍子能从前捅到后，再将你们仨穿在一根棍子上。"

沈棠只稍稍用力，便在女人的喉结位置留下一道乌青的印子，疼得后者"嗷嗷"直叫。

"俺交代！俺交代！"

"少侠饶命啊！"

沈棠这才稍稍满意。

屠夫时不时张望，又看向外边的日头，越看越心焦，紧张地搓着手，唉声叹气："你说的到底灵不灵？"

谁知客人笑着将用荷叶打包好的荤物提起，往街尽头的方向一努嘴，笑道："这局我赢了。"

屠夫探出脑袋，往那个方向眯眼瞅了半天——因为工作，他天未亮就开始宰货，时间一长就把眼睛熬坏了，看稍远一些的东西就一片模糊——眯得眼睛都快抽筋了，仍未看到。

屠夫只注意到那个方向有人群骚动。

直到沈棠走近，屠夫才看清发生了什么。

只见那位俊俏的小娘子……啊，不，小郎君，骑在那匹漂亮的骡子背上，口中咀嚼着什么，慢悠悠地晃了回来。小郎君牵着一根绳，绳子捆着两男一女——三个人都被打得鼻青脸肿，走路一瘸一拐的。

不过，对于时常在这个地方做生意的人来说，这仨挨千刀的祸害化成灰大家都能认出来。

沈棠回到酒肆旁，继续坐在小马扎上等人，屈指连弹三颗啃下来的扁圆的青梅核儿。

"扑通""扑通""扑通"，三个人膝盖直接砸在地上。

那沉闷的响声听得众人头皮发麻。

沈棠指着三个人，杀气十足："通通跪着。"

三个人瑟缩着咽下痛呼，不敢有丝毫违抗。

那名客人眼底似有一丝讶色闪过——他以为沈棠会杀了意图不轨的混混儿。这又是什么阵仗？

围观的百姓凑过来看足了热闹，逐渐散去。

"小郎君缘何不直接杀了他们？"那名客人上前跟沈棠搭话。

沈棠正百无聊赖地啃青梅，一边啃一边抱怨祈善怎么还不回来，听到这话循声扭头看向来人。她指了指自己："你喊我小郎君？"

那名客人道："有何不对？"他的视线在沈棠腰间的文心花押印上停顿了一秒移开。

沈棠道："没……没有不对，兄台好眼力！"这人哪里都好，就是跟祈善一样瞎!

"为什么不杀那三个人?当然是因为杀人犯法啊。我一个遵纪守法的公民,手无缚鸡之力的画手,怎么能干那么血腥的事情?他们再该死也该交给孝城府衙处理……"

而真正的原因是那座院子太偏僻,荒无人烟,这三个人要是在那儿被杀掉,尸体暴露在外无人处理会腐烂生蛆,非常影响孝城的环境。

再者,一个画手动不动杀人影响不好。

所以她决定修身养性,遵纪守法。

客人勉强能听懂沈棠的那串吐槽,道:"若交给府衙,他们不日便能自由。"

沈棠啃青梅的动作一顿,迟疑地道:"那……我待会儿将他们拉到城外再弄死?"

以祈善对沈棠的了解,他深知沈小郎君不是会安分地守在一处的人,担心会出幺蛾子,匆匆忙忙要办的事就第一时间赶回来。

结果,人呢?那么大的沈小郎君呢?

祈善立在原地,脸微青。

祈善正想着沈棠是被拍花子的(打扮成乞丐的人贩子)带走了还是她带走了拍花子的,耳边响起一个陌生、沉稳的男声:"这位可是祈善祈郎君?"

"老丈好,在下正是祈善。"祈善收敛心焦,冲着来人叉手一礼。

礼毕,祈善直起身,暗中仔细观察来人的模样——发丝灰白,容貌苍老,满面风霜,估摸着有四五十岁,身穿一袭发黄老旧的裋褐,脚踩草鞋。仅凭这些还不足以引起祈善的好奇,让他讶然的是此人气质斯文儒雅,眉眼平和中正,一双黑眸过于澄澈,不像是这个年纪的人该有的。

他垂下眼睑,视线落在来人的双手上。那是一双有着冻疮印记的粗糙老手,正提着几包用荷叶包裹的荤物,其主人应该是长时间干粗活且家境贫寒的人。各种纷杂的信息在一瞬间从他的心头飞速地掠过,逐渐沉淀清晰。

他不动声色地问:"老丈怎知善的名字?"

来人和蔼地浅笑道:"那位沈姓小郎说的。"

祈善一听就知道是谁了,憋在胸腔里的担心随着这个消息尽数散去,又问来人:"那位小郎可有留下什么话?"

"有,说'出城办事,稍后即归'。"

祈善不知该说什么好了:沈小郎君根本不认路,此前也未来过孝城,出城能办什么事?

祈善又问:"可有说办什么事?"

来人道:"替天行道,惩恶扬善。"

祈善一脸狐疑:不是,这话怎么听着不对?

来人道:"沈郎君担心你回来找不到人,特地拜托在下在此处等候,免得祈郎君担心。"

祈善没好气地叹道:"善怎会担心他?即便要担心也是担心惹上他的宵小……"

来人不自然地微抿唇,压下会心的浅笑:不得不说,这判断还挺准。

当祈善从来人口中打听到沈棠这一个时辰的"精彩"经历,表情管理有一瞬的失控——他不过离开一个多时辰,沈小郎君就这么招人吗?只是事情已经发生,再说什么也没用。

祈善一边闲谈一边等沈棠回来。

他面上不显山露水,内心却疑窦丛生:这位老丈一副贫寒百姓装扮,可言谈举止和周身的气度反倒像是常年浸淫书香,高门大户养出来的,即使穿着发黄老旧的裋褐,双手满是干粗活的痕迹,依旧不改气韵。

说着说着,祈善聊起了言灵。

他最近钻研的军阵言灵是"自投罗网"与"困兽犹斗",前者用于排兵布阵,诱骗敌方兵力,后者多用于激发己方在局势失利时的气势,属于最后的挣扎,若抓住机会或可翻盘。

老丈听着祈善侃侃而谈,神情似有一瞬间的恍惚,不知想到了什么,嘴上道:"自投罗网,自取灭亡……祈郎君用的言灵可是'不见篱间雀,见鹞自投罗'?这不太好。"

祈善心下微诧,问道:"为何不好?"

"容易被针对。若敌方谋者的文心胜于你,只需'拔剑捎罗网,黄雀得飞飞',便能破阵。"

罗网被利剑挑破,还能困得住黄雀吗?自是天高任鸟飞,其患无穷。

"那依老丈看,如何比较好?"

"倒不如'沉水入火,自取灭亡'。"

如果说"自投罗网"还给人留了条活路,有机会"拔剑捎罗网",老丈说的言灵就是置敌方于死地的杀招,杀气腾腾。祈善有些诧异地看着老丈,这位看着和蔼,可张口就要人死。

"那依老丈看,'困兽犹斗'呢?"

老丈兴致缺缺，神情淡漠，却语出惊人："战场之上，敌死我活，若揣着'困兽犹斗'的心思，出手留有余地，恐难常胜。"

人不可貌相，这话是真的。祈善以为自己够剑走偏锋了，没想到会碰上比他还偏的，只是这位老丈……

还不待祈善有更多的想法，沈棠骑着那匹骡子"嗒嗒"地小跑过来，一跃而下，笑道："元良，久等了。"

祈善收起多余的心思，细看沈棠的衣裳和双手：干干净净的，莫非没有出人命？

"你说'替天行道，惩恶扬善'，'恶'呢？"

沈棠靠着摩托，眉飞色舞："他们啊，脚程快，这会儿估计能向孟婆要碗汤。"

祈善无奈：合着这"恶"还是复数。沈小郎君的戾气也不轻。

老丈见沈、祈二人会合，出言告辞。

祈善连忙问老丈如今住在哪里，有机会可以切磋两局。

奈何老丈婉言谢绝。

看着老丈提着几个荷叶包离开，祈善眉头紧锁，直到沈棠伸手在他眼前晃动才回过神。

"作甚？"他没好气地拍开沈棠的手。

沈棠道："你再看，人家也不会回头啊。"

祈善说："可惜了。"

沈棠摸出两块饴糖咀嚼，抬步小跑着跟上祈善的步子，好奇地追问："可惜什么？"

祈善说："此人不简单。"

沈棠还以为他要说什么呢，这不是瞎子都看得出来的？她道："丢在茫茫人海中，却一眼就能抓住人眼球的人当然不简单。瞧他的气质就不像是个普通人，不知道是家道中落还是别的变故。"

她不是没猜测过那位老丈是"小隐隐于野，大隐隐于市"的隐士，不过隐士也有隐士的格调，即便生活再清贫，也不至于吃普通百姓都嫌弃的下水，穿得寒酸，还干那么多粗重的活儿。

祈善没接话。

沈棠又问："看你们相谈甚欢，一副相见恨晚的样子，都聊了什么？"

"言灵。"

"他有文心？"

祈善垂眸："或许曾经有过。"

沈棠一脸疑惑：曾经有过，意味着现在没有了？

能让祈善这厮都看得上的，二人必是"臭味相投"。沈棠不由得好奇——那位老丈因何失去了文心？难道也跟龚氏被抄家流放一样，被强行废除丹府、碾碎文心？

祈善走着走着发现身后的脚步声不见了，一扭头，就见沈棠跑去一家正在收摊的肉铺前，跟肉铺的屠夫打听着什么。

没一会儿，沈棠跑了回来。

第六章
沈幼梨重拾旧业

沈棠故作神秘:"元良怎么不问我?不好奇那位的消息?"

祈善沉得住气,平淡地道:"幼梨不是能憋住话的人。"

沈棠日常想跳起来给祈善做个开颅手术。

"长这么一张嘴还能平安地活这么大,当真是难得。"沈棠揶揄他。

见祈善连眉头都不皱一下,她只好道:"据肉铺的屠夫说啊,那位老先生还是附近一带的'名人',本家姓褚。"

祈善问:"是哪个字?"同音的姓氏并不少。

沈棠跟屠夫特地打听过,回答道:"应该是'取我衣冠而褚之'的'褚',装衣为'褚'。"

祈善听到是这个"褚",几不可察地皱了皱眉。

只是沈棠在他身后两步远,并未察觉。

"褚……这个姓氏在辛国与庚国都少见。"

沈棠问:"在哪个国家多见?"

祈善摇摇头,对这个问题避而不谈,话锋一转道:"除了姓氏,还打听出别的吗?"

沈棠说道:"屠夫还说这位褚老先生是五年前被送到集市上廉价售卖的奴隶,当时送来了三十多个奴隶。又听说这批奴隶原先有两百多人,是准备拉到别处卖的,只是半路上发了瘟疫,死得只剩这么点儿,只能就近卖到孝城。因为染过瘟疫,这批奴隶非常廉价……"

祈善问:"五年前?确定是这个时间?"

沈棠仔细地回忆屠夫的话:"屠夫那边也记不太清楚,也可能是五年多几个月……褚老先生被月华楼当作添头打包给买走了,一直到现在。我还专程打听了月华楼是什么……"

沈棠的话还未说完,祈善便道:"是象姑馆。"

沈棠脚步一顿,眼神古怪地看着祈善的背影,嘀咕:"你怎么会知道得这么清楚?"

象姑馆是什么地方?一个男人、女人都能去寻欢作乐的地方。

祈善并未正面回答,侧首用叮嘱小孩儿的口吻道:"幼梨还没到懂这些的年纪。"

沈棠在内心吐槽:你姐姐我早成年了,谢谢!

祈善道:"这位先生在月华楼做什么?"

沈棠一脸莫名其妙地道:"肯定是在后厨当杂役啊。褚老先生一把年纪了,没力气,重活也干不了,顶多做洗盘子、刷碗、送菜什么的杂事。他这把年纪了,你说还能做什么?"

祈善赌三文钱,沈小郎君肯定想岔了。

祈善口气平淡地说道:"此人有些古怪,矛盾颇多。看得出来,他在文心言灵上的造诣并不低,至少不在我之下。这孝城还真是藏龙卧虎,有意思得很。"

沈棠诧异:"不在你之下?"

"或许还在我之上。"

沈棠迷惑了:"既有这番才能,即便沦落到被象姑馆买回去的落魄境地,也不至于在后厨做那么多杂活吧?他若想过得好些,应该没什么难度。但看他的穿着又不像。"哪怕是奴隶那也是有一技之长的奴隶。

祈善敛眸冷笑了声,道:"谁知道他是怎么想的?不过说起'褚'这个姓氏,倒是让我想起一桩旧案。"

沈棠一听这话,顿时来了精神——按照一贯的套路,所谓"旧案"十有八九跟褚老先生有千丝万缕的关系。

"什么旧案?"

祈善笑道:"天下百国,互有联姻,姻亲遍地。几年前的辛国国力强盛,周边的小国以其马首是瞻,不惜敬献本国的王姬入辛国掖庭。其中有位成为后妃的王姬就姓'褚'。"

"哦哦,然后呢?"

祈善继续给沈棠讲故事:"这位别国来的褚姓王姬刚入辛国掖庭便受到了辛国国主的宠爱,风头一时无两,连盛宠在身的郑乔都要避其锋芒。据说这位宠姬饱读诗书,宽和仁慈,不多时又有了身孕,大有入主中宫的潜力。结果她妊娠五个月滑胎,离奇暴毙。"

沈棠认真地听着每一个字,生怕错过重点:"我赌这事儿背后肯定没有那么简单。"

祈善点头道:"自然没那么简单,市井流言纷纷,有说宠姬与侍卫苟且被国主发现的,也有传闻说宠姬腹中的胎儿其实是郑乔的。而就在这之后不久,郑乔归国,辛国出兵灭了这位宠姬的故国。据说灭国的时候,辛国国主还暗中下令屠城,将那个小国的王公勋贵好一顿折腾……看辛国国主的态度,估摸那些市井流言有几分真。当然,也有可能是郑乔使诈,为了归国顺利谋害嫁祸了这位宠姬。"

沈棠默然:这难道就是传说中的"风水轮流转"?辛国也干过灭国屠城的事儿,折腾人家王室,不给战俘一点儿尊严,现在轮到郑乔灭杀辛国,不仅复制辛国曾经的操作,还玩出了新花样,让辛国的王姬裸身献降。这叫"青出于蓝而胜于蓝"啊。

沈棠猜测道:"元良的意思是这位褚老先生有可能是那个小国的王室成员?"

"这不好说,有可能是,也有可能不是。"

被灭的那个小国最大的姓氏就是"褚",范围太大,这位褚老先生的身份不好确定,但肯定跟辛国有仇怨。

祈善缓缓地吐出一口浊气:"先不说这些。沈小郎君,我们先去下榻处安顿下来,其他的慢慢来。"

二人接下来一段时间都得在孝城消磨了。

沈棠无所谓地耸肩:"一切都听元良的。"

祈善将沈棠带到一座位置偏僻的小宅。

宅子虽小却是五脏俱全,处处透着主人的精巧心思。

宅子的主人是一对上了年纪的农家夫妇,看外表都是五十岁许。二人刚一出现,老妇人便笑着迎上来,领沈棠去她的房间。

房间邻近院落,拉开木门便能看到院中的天井。

祈善住隔壁。

待老夫妇离开,她问:"元良跟这两位认识吗?"

老夫妇跟祈善的交流透着熟稔,像是旧识。

祈善道:"认识,有五六年了吧……"

沈棠眉头一挑：不知是不是她多疑，这"五六年"让她莫名其妙地在意。

祈善对沈棠也算有一定的了解，一瞧沈棠眼神闪烁便知道其肚子里酿着坏水："那都是老皇历了，以后若有机会也许会告诉你。"言外之意，他可以说，但沈棠不能打听。

沈棠翻了个白眼，将撑着窗户的叉竿取下，那扇垂直开启的窗户便"啪"的一声合上了。

祈善隐约还听到沈小郎君嘀咕："不说便不说，谁好奇你的破事！"

他好笑地摇头："沈小郎君……尚是孩童心性啊。"

祈善感慨完，动手将行囊打开，刚收拾一半，门上映出老妇人的身影。

她抬手轻敲三下。

祈善出声："进来。"

老妇人推开门，送来盛着晚膳的矮脚食案，还有晚上用的灯油。

祈善见状连忙起身迎上前："这些事情怎么能让您来做？交给我吧。"

老妇人笑着侧身避开："祈郎君坐着就行，老婆子手脚还麻利，怎么做不得？"

她将食案放下，又将床铺铺好。

待她忙完，祈善从钱囊中取出几块大的碎银交到她手中，说道："这些是我们二人借住贵府的嚼用，还请老夫人收下。"

"这可使不得。"老妇人想也不想就把银子推回去。

如果没有眼前这名青年，他们老夫妻的尸骨都凉了四五年，哪里还能安生地住在这里？不只如此，这位郎君的前途也是一并被毁了的啊。

她道："这些钱是万万不能收的。"

谁知祈善态度坚定，将银钱推回去，道："一码归一码，老夫人若是不收，我们二人也不好意思继续心安理得地住着。"说着，他还准备将散开的行李重新打包。

祈善好说歹说，老妇人才将银钱收下。

她看着木门上映出的青年人影，幽幽长叹。

白日赶路有些疲累，沈棠沾着木枕就"呼呼"大睡，一夜无梦，不知隔壁的油灯点了一夜。

第二日，亭瞳东升。

沈棠在生理时钟的召唤下准时睁开眼。

她翻出自制的竹筒，从庭院取来干净的水，一屁股坐在廊下开始拾掇个人卫生。

祈善刚回来就看到沈小郎君坐姿豪迈，弯腰揩牙漱口。

他递上一包东西："喏，早膳，趁热吃，还热乎。"

"多谢。"沈棠用冷水泼面，残余的睡意在激灵中飞了个精光。

她叼起一块冒着热气的面饼，余光瞥见祈善在自己身侧坐了下来，张口问道："元良可知孝城的教坊在哪里？"

正欲开口的祈善一口气差点儿岔掉。

他黑着脸道："沈小郎君才多大，便想着去教坊寻欢作乐了？那可不是你该去的地方。"玩物丧志，不可取！

"元良在想什么不健康的东西？我只是想去教坊找个人，看看她的近况。"沈棠笑嘻嘻地道，"毕竟没有她的话，我大概还不会这么早就冒险出逃。不过也亏了她，我才能碰见元良。"

祈善稍一思索便知道了沈棠的意思："你要找人晦气？"多半还是找那批被流放的龚氏女眷中某人的晦气。

他出言提醒，免得沈棠莽莽撞撞阴沟里翻船："据我所知，龚氏还有个五大夫逃亡在外。他一日没落网，被流放的龚氏犯人就一日被眼线盯着。你贸然靠近，也不怕惹祸上身？"别找人晦气没成功，自己反被抓了。

"但有仇不报不是我的风格。"沈棠紧锁着眉头。她扪心自问，自个儿不算是睚眦必报的人，但也不是被人推进火坑里还笑嘻嘻不在意的傻大姐——那不是心胸豁达，是蠢！

祈善给出建议："你可以迂回着来。"

沈棠问："例如？"

祈善道："你自己想。"是沈棠报仇又不是他报仇，如果连报仇都要别人出谋划策，这仇即便能报也不够酣畅淋漓。

沈棠略微思索，摇头道："不行不行，这法子不行……"

"什么法子不行？"祈善反倒被勾起好奇心。

沈棠尴尬地移开了视线，不肯说。

倒不是那法子不够毒，而是不合适。特别是在如今这个法理不存的世道，以彼之道，还施彼身，替自己讨回公道本就合情合理——同一件事，没道理施害者对受害者做了，受害者就不能用同样的手段反击回去。这不合法，但解气！

奈何仇人是女性，沈棠自个儿也是女性，用同样的手段报复回去未免下作。

啥办法？自然是花钱找人照顾那位的"生意"。

可这个操作还存在一个问题——沈棠是个穷光蛋。教坊也不同于寻常勾栏瓦舍，均价不低，所以这一想法刚冒出头就被她否定了。

她说道："算了，让她再活个几日，待龚氏那位五大夫被抓，我再上门向她讨教。"

祈善笑着摇摇头：五大夫属于武胆第九等，哪里是那么容易被抓住的？

一晃一上午过去，沈棠无所事事。祈善的那些卷轴她翻来覆去全部背过了，再看也看不出花来。无事可做对有些多动症的她来说可太难受了。

其实不仅沈棠难受，祈善也难受："沈小郎君若是无聊，便去街上散散心。"别在他眼前晃来晃去，唉声叹气了，整个早上他被干扰得一个字都没看进去。

沈棠一听这话顿时来劲儿了：是啊，整个孝城对她而言还是陌生的，她总能找到打发时间的乐子，困在一处有什么意思？

她翻进房间里，取出自己的小金库——她沿路叫卖青梅、饼子、饴糖也攒了一笔小钱。

祈善只来得及叮嘱沈棠小心差役、别迷路，沈棠已经一阵风似的跑没影了。

"啧，还是孩童心性。"

祈善重新坐下，对着桌案出神地思索。桌案之上铺着一张满是心得笔记的卷轴，隐约还能看到"国玺""诸侯之道"几个字眼儿，以及整个孝城的城防布局。

与此同时，沈棠也牵着摩托上了街。

仅一墙之隔，墙外荒地千里，墙内却是烟火缭绕，生气勃勃，沿街每隔几步就有摊贩叫卖。

沈棠看什么都好奇，陆陆续续买了不少零碎玩意儿，不知不觉钱囊就快见底了。

"还是要想法子搞点儿钱啊……"沈棠在心里哀号。

穷成这个鬼样，她给文心谋士丢脸了，惭愧惭愧。

但一路逛下来，她也确实没看到什么好的营生。饼子、青梅、饴糖这些孝城都不缺，竞争压力大，生意也不是很好做。

沈棠牵着摩托逛了一圈，余光瞥见什么，"噌噌"地倒了回来："正光书坊？收画稿？"

她突然有个来大钱的好点子。

"掌柜。"她将摩托拴在书坊门口，小跑着进去。

掌柜正在低头打算盘，听到少年清亮的嗓音才抬头，不着痕迹地扫了一圈，又低头，继续"啪啪啪"打着算盘，淡淡地问道："客官要买什么册子？"

沈棠抬手指了指门外收画稿的牌子，上面是高价收画稿的告示。

"掌柜这里要收稿子？价格几何？"

她的话音刚落，掌柜行云流水般打算盘的手指一停，算珠与算珠碰撞的"啪啪"声戛然而止，又带着几分绵长的余韵。

他抬头，目光先是在沈棠的脸上停顿确认什么，又意味深长地笑道："客官是想卖画？"

沈棠点了点头："对对对，我想试一试。"

谁知掌柜摇头："客官，小店要的画您怕是给不了，不合适，要不去别家看看？"

"我画，掌柜您买，这还有不合适的？"

掌柜哑然失笑，又觉得沈棠是年纪太小听不懂，便换了个委婉的说辞："这活儿啊，小店一般是找年长已婚的画师，画技要求不高，能入眼即可，年纪与阅历才是最重要的。"

沈棠起初还没转过弯来，听到"年纪与阅历才是最重要的"这个提示，表情转为古怪。她眉头抽了又抽，也委婉地暗示回去："哦哦哦，原来是这个意思。掌柜的意思我懂，不过有时候年纪与阅历还真不怎么重要，在下以为知识储备以及见识更加重要。"

掌柜噎了一下："你懂？"

沈棠反问："我为什么会不懂？"她好歹也是祈善口中"走马章台，倚红偎翠，风流潇洒，游戏人间"的"纨绔子弟"，若是不懂岂不是对不起祈元良这厮给她乱加的标签？

沈棠感觉自己以前应该是吃过秘戏图这碗饭的。众所周知，她以前是名普普通通的宅女画手，靠着手艺养家糊口。在她少得可怜的记忆里，自己的业务范围应该挺广阔——从便宜的私单头像到比较昂贵的商稿约图，画过表情包，搞过同人图，甭管是长知识的还是长见闻的，都有涉猎。

论画技，她跟那些让人想献上膝盖的大神画手没的比，但混口饭吃应该没什么难度。她对自己的职业技能有着谜一般的自信。

掌柜怔了一下：难不成他看走眼了？

掌柜想到自己的这个告示挂了几日也没人来自荐，客户那边也催得紧，这会儿难得来个人，觉得不如让其试一试，反正是先交画稿再结钱，若是画得不好或者让人不满意，自己也没损失。

掌柜沉吟了数息，决定让沈棠试一试。

有些丑话要说在前头，例如结钱方式，例如画的内容要求。这次客户要的秘戏图是有具体要求的：客户是月华楼的头牌，要求以他为主角，画一套欲而不色的人像秘戏图。

沈棠暂时没注意其他内容，只听到"月华楼"三个字——这不巧了吗？月华楼可是褚老先生上班干活的单位。

"'月华楼'是这三个字？"沈棠以指为笔，蘸了点儿茶水在木案上写下"月华楼"三个字，龙飞凤舞，豪迈之气扑面而来，狂而不乱，整体看着行云流水还养眼。

掌柜眼前一亮，登时多了几分期待：字迹如此，想必画技也不俗。

"是是是，正是这家月华楼。"

整个孝城也只有这一家月华楼。

沈棠又问："人像秘戏图倒没问题，旁的要求也可以，只是我没见过那位倌儿。"

掌柜摆摆手，道："这个不用担心。"

一般情况下，画像的主人都会跟画师见上一面，名气不是非常大的还会放下身段，精心装扮一番给画师当模特，只求画得好看。要知道约画师画秘戏图可不是什么倌儿、鸨儿都能弄的，一般是勾栏瓦舍的头牌或者红牌才有这待遇，也是为了将名气打出去，一来巩固人气，二来招揽潜在的恩客，若是秘戏图卖得好，日后年纪渐长，芳华老去，也能靠这个赚点儿口粮。

总结来说，这有点儿像个人写真，姿势不是重点，重点是突出人物的美。

沈棠长知识了："那我晚些时候再来？"

掌柜道："晚些时候作甚？现在去正好。"

沈棠诧异，转头看了一眼外边的烈阳："现在？白日？"哪怕她记忆不多，也知道白天做这种事不太适合。

掌柜失笑道："那位倌儿可是红人，小娘子若是晚上再去，他没时间招待你，更遑论让你作画的时间了。那种地方实在乱得很，不适合小娘子晚间踏足，现在这个时辰最为适合。"

沈棠对此没什么疑义。

"掌柜对月华楼很熟悉？"

掌柜顺口答道："熟悉也算不上，毕竟孝城那么多勾栏瓦舍呢，哪家都合作过，只是月华楼名气大、生意好，接触多点儿。"

沈棠思索一番后，又问："若……我想买下月华楼的哪个杂役，大概要花多少钱？"

掌柜见沈棠问得认真，稍一思索便想象出一幕"幼弟妹深陷泥淖，穷画师挺身买赎"的伦理大戏，毕竟除了这种理由，正常人也不会花冤枉钱去买在这种地方干活的杂役。

"这个嘛，一般要看杂役是男是女，是老是少，条件不同，价格就不同。"招到能用的画师也算对客户有了交代，掌柜心情很愉悦，也不介意沈棠问东问西，"只是那些勾栏瓦舍的都知，除了面皮白其他都黑，要价凶得很，见不到肉不撒手，哪怕是个杂役也喊得出普通杂役三五倍的价格。"

沈棠道："也是，想从这种吃人不吐骨头的地方脱身，那真是要脱一层皮。"

她有个大胆的想法：若褚老先生愿意，她想买下他。

祈元良不知道哪天就飞了，她买下那位褚老先生不就能接祈善的班了？

她不知道褚老先生的住址，但去他上班的单位肯定能堵到人，逃得了和尚逃不了庙。

沈棠以为书坊掌柜说"孝城那么多勾栏瓦舍"中的"多"是虚词，有夸张的意思，万万没想到竟然是大实话：孝城的中心地段足足有五条长街两侧都是做这种生意的门户。

只是现在是白天，街道冷清萧瑟。

她咋舌道："这……这……这么多？"

掌柜一副见怪不怪的模样："郡府那边鼓励兴建，能不多吗？"

"郡府鼓励……兴建？"沈棠蒙了下。

掌柜领着沈棠在一家装潢崭新的楼院前停下，让沈棠在外面等，自个儿进去说明来意，没一会儿便出来了，道："正巧那位刚醒，梳妆好就能来。咱们去临街的茶肆开个雅间等着。"

茶肆雅间的摆设属于清新典雅风格。

沈棠一边等待那位倌儿，一边把玩茶案上的茶杯。作为有轻微多动症的人，她不太适应过于安静的环境。见掌柜也在发呆打发时间，她忍不住问出疑惑了好一会儿的问题："掌柜，我有疑问，不知能否解答？"

"小娘子尽管问，在下一定知无不言，言无不尽。"

沈棠就问道："郡府怎会鼓励这种生意？按理说公职官员不该避嫌吗？"郡守居然还带头发展这种产业，闻所未闻。

掌柜还以为是什么问题呢，一听是这种常识性的小问题，反而有些诧异沈棠的"单纯"。掌柜转念一想，这位小娘子生得漂亮、气质不俗，手上也没干粗活的痕迹，又有一手好画技，想必落魄前也是出身于富贵之家，家中亲眷护着不让她知道这些腌臜事也正常。思及此，掌柜看着沈棠的眼神多了几分怜悯——这位小娘子必然是生活太艰难，才会跑出门找画秘戏图的活儿。若是这单生意合作顺利，日后书坊有其他画稿的单子也可以给她留着。

掌柜呷了一口茶，长叹道："这个嘛，说来话就长了！这些年天灾多还打仗，百姓们日子过不下去啊，家中有田的不敢种，种了怕被盗匪打劫，没田的更要饿死。你说，大人都吃不饱、穿不暖，孩子一多养得起吗？"

沈棠摇摇头："自然养不起。"

掌柜道："所以啊，养不起，要不就丢了，要不就卖了。郡府那边一看这样不行啊，就说多多修建勾栏瓦舍，卖唱、卖舞、卖笑，一来多吸引外来商客，能赚钱，二来也能安顿好这些孩子，三来赋税那么重，补补空缺，不然上头逼着要交税银，郡府拿不出不就交代不了？这么一搞啊，说是什么……一举多得。"

沈棠一听这话脸色都变了，忍了又忍，只觉得恶心。她问："郡府真是这个意思？"

掌柜指着孝城中心的方向，凑近压低声音说："自然是了，告示都这么写。这些贵人怎么想的，咱们这些平民百姓能说什么？说句实话，不打仗屁事儿没有！现在这么一搅和，将儿子、女儿卖进勾栏瓦舍里反而是这些贵人的恩赐了。"

因为时局特殊以及郡府大肆鼓励，孝城其他生意都不好做，唯独勾栏瓦舍赚了个盆满钵满，每天生意都是红红火火的。

那些活不下去的百姓被逼着卖儿鬻女，卖来的钱还不够一家一个月的开销，反而饱了那些牙行和勾栏瓦舍的都知。卖孩子的人多了，都知们可选择、挑剔的范围也大了，就合起伙来压价，孩子的父母只能含泪贱卖。一个长相周正的孩子一两百文就能拉走，日后下场如何全看造化。

掌柜说完无比愤懑，又叹气，余光瞥见沈棠在出神，猛地意识到自己跟个孩子说了不该说的，当即补救："唉，这些都已经过去了。在如今这个世道能活着就很不容易啦。"

至于是忍饥挨饿、颠沛流离，还是待在勾栏瓦舍里引来送往，选择权又不在平民百姓手中。平民性命比草贱，哪有选择的余地？待在勾栏瓦舍里好歹有条命在，若老天爷开恩，给了副花容月貌，混上头牌吃香的喝辣的，哪怕年纪轻轻就死了也算"享过福"，怕就怕被暴徒残杀，或者被拉到战场上当挡箭牌，抑或兢兢业业地侍弄几亩贫瘠的农田，一年忙到头看天吃饭，到头来一家还是被活活饿死。

沈棠只觉得现实太沉重。

掌柜见沈棠露出难过的表情，想将话题岔开，问道："你猜猜，这足足五条长街的勾栏瓦舍，里边有几家男馆，几家女馆？"

沈棠哪里知道啊，随口说道："一半一半？"

掌柜摇摇头："男馆占了这个数！"

他比画了个"七"，意思是七成。

沈棠目瞪口呆。

掌柜开启自问自答模式："你肯定好奇为何如此吧？答案倒也不难猜。你可知道如今头顶上那位曾是辛国国主的'宠姬'？他有个叫'女娇'的小名儿，一横空出世就惹来无数人艳羡，民间男馆也就越来越多，生意越来越好。你看看，他如今是一国之主了，"掌柜一拍大腿，叫道，"多厉害！"

沈棠默然。

不多时，雅间外传来有节奏的敲门声。

掌柜起身开门，只见门外立着三个陌生人，两高一矮，中间那位戴着帷帽，黑纱遮面，左右还有两名身材高大、面露凶色的护卫。

不消说，中间这位就是雇主了。

那人入了雅间才将帷帽摘下，露出一张白皙精致到有些刻薄相的脸。与其说是男人，倒不如说他是略显青涩的少年。目光扫过沈棠，见没有第三人，他问掌柜："画师呢？"

沈棠举手："在这儿！"

他瞧也不瞧沈棠，兀自将怒火喷向掌柜："是给的银钱少了吗？居然找这么个生嫩的丫头片子打发我？你可知那图对我有多重要？"

掌柜没想到这位倌儿脾气这般大，但为了生意也只能弯腰讨好，替沈棠打包票："别看这位年纪小，但画技不比以前那些画师差。"

沈棠在一旁附和着点头，毕竟她曾靠这份手艺吃饭，她相信自己的职业能力！

那人闻言，仔细地打量沈棠。

此时沈棠已经站起身，腰间悬挂的文心花押印随着她的动作垂下，透明的花押印在光线的照射下隐约有七彩之色。

少年一怔，忽地改了口风："那行，便让此人试一试，若不能让我满意就换人！不过我有个要求！"

沈棠自信满满："尽管说。"

少年道："你得用我提供的笔墨纸砚作画。"

沈棠一听，觉得这是好事儿啊，当即满口应下。

天穹黑沉，繁星点点。

祈善这一天总觉得少了点儿什么。

听到隔壁重新响起"噔噔"的脚步声，他便知沈小郎君回来了，看了一眼书案上搜集到的新书，想了想，抱着它们敲响了沈棠的门。

沈棠刚打完草稿，正准备挥毫泼墨。

"稍等，这就来。"沈棠起身去开门。

"元良有事？"她说着侧身让祈善进来。

"跟朋友借了几本抄本，你看看有没有你需……"话音未落，册子也没放下，他就看到沈棠的桌上摊着的作品，惊道，"沈小郎君，这琴棋书画中的'画'又是哪位'高人'教你的？"

只见纸张上画着"人"，其有着黑色的圆大头，歪扭几笔画出的身躯活像拧在一起的麻花。"人"脑袋上顶着一坨凸起，不知道是发髻还是簪在鬓发上的花，右手抓着一柄圆扇，左手垂下……应该是一个躺在贵妃椅上努力做造型的人，该凸的凸，该凹的凹。关键是白纸上不止这么一个"人"，串联着看，人物动作从宽衣解带到爬上床榻躺好，还未画完的一幕应该是来了第二个奇怪的"人"……他莫名其妙地看出"焦灼"的气氛。

祈善实在很难昧着良心说这是画。

沈棠一听这话就不爽了——说她唱歌不行，她可以忍耐，但说她画技不行，她忍不了，那可是她曾经吃饭的技能！不能质疑她的专业！

她直接怼回去："我的画怎么就不行了？"

祈善更想反问一句：你哪里画得行？这跟三岁稚童乱涂乱画差不多。

他耿直地道："处处不行，无一处可取。"教沈小郎君画技的画师简直是误人子弟。

沈棠将画案拍得老响，怒火写在脸上，直言挑衅："祈元良，你行你来啊！"

见沈棠还死鸭子嘴硬，祈善也被挑起压抑多年的好胜心，当即一只手执笔，另一只手铺开新画纸，笔尖蘸饱墨汁，不假思索地落笔作画："沈小郎君热情盛邀，善只好献丑了。"

他寥寥几笔便将山水花鸟勾勒出来。

别看他画得简单，这里来一笔，那里来一下，让人产生"我拿笔也能画出来"的错觉，但跟沈棠的那组小人图相比，真的是云泥之别。

祈善满意地搁笔：还好，画技没倒退得太多。

沈棠哼了一声，挑衅："就这？"

祈善无语：面对这么大的差距沈小郎君还死鸭子嘴硬？

"在下虽无天赋，且这些年到处奔波，画技荒废不少，但跟沈小郎君你相比……"祈善欲言又止，未尽之意让听者自己琢磨，只要眼睛不瞎的人都看得出哪幅画更好。

鲜有人知，他少年那会儿画得更好。曾有书画大家说他的画作有了摩诘居士那句"远看山有色，近听水无声。春去花还在，人来鸟不惊"的言灵精髓。只可惜世上无"画灵""画心"，若有，他的品阶必然卓越。

谁知沈棠还死鸭子嘴硬不肯认："哼，是时候向你展现真正的画技了。"

祈善来了兴致："拭目以待。"

沈棠重新拿起那张小人图，在草稿的基础上涂涂画画，一副信心十足能让祈善刮目相看的姿态。

祈善让开位置，留给沈棠发挥的空间。

他坐在一侧看啊看，表情越发古怪：他还以为沈小郎君是准备欲扬先抑，通过前后的落差体现那手化腐朽为神奇的画技，结果还是那组小人图，只是小人图上的小人多了许多细节，可人物还是黑色圆大头，身躯、四肢还是简单的撇和捺，真要说有什么区别，大概是扑面而来的"焦灼"气氛越发浓烈了。

祈善用半刻钟时间看着沈棠画完小人的一连串动作——进门、脱衣解带、爬上床榻摆姿势、屋内来了第二个小人、一样脱衣解带、一样爬上床榻摆姿势、一样……

祈善突然抓住沈棠的手腕，制止沈棠继续画，瞠目问："你画的是什么？"

沈棠理所当然地道："秘戏图啊。"

祈善几乎失语，难以置信地瞪大眼睛，看看沈棠的脸，再看看图上串联起来仿佛能动的小人，喉咙里半晌憋不出一个字来。

祈善做梦都没想到沈小郎君画的居然是有动作的秘戏图，忍下额头青筋狂跳的感觉，一时间不知道是该说沈小郎君不思上进画秘戏图，还是说其画技太差却有勇气展示出来。

他深吸一口气，皮笑肉不笑："倘若秘戏图都是这水准，天下男女也无心于此了。"这图要意境没意境，要氛围没氛围，新婚夫妇要是看这种秘戏图当启蒙，估摸着到白发苍苍了都不知道阴阳和合为何物。

这家伙说话这么刻薄居然没被打死！她严肃地道："元良，是你欣赏不来。"

看看她挥毫泼墨，运笔如行云流水；瞧瞧这线条，这布局，这意境！若画得差，她以前怎么可能靠着作画谋生？

这下轮到祈善无言以对。

他突然发现沈小郎君不像是死鸭子嘴硬，这位神情坦荡、理直气壮，看着他的眼神还带着几分"你的审美畸形"的痛心疾首，不似明知差距还不肯认输，反倒像是……祈善脑中浮现一个荒诞的猜测：沈小郎君是差而不自知，打心眼儿里觉得自己画得好？

他旁敲侧击，结果果真如此。

他经历了漫长的无奈，不知该从何说起。

他看着沈小郎君的脑袋，面露同情，允诺道："待来日手头宽裕了，便寻良医给你多看看，早治早好，拖得久了会耽误病情！"

祈善这是拐着弯骂她脑子有病？

祈善也识趣，趁着沈棠爆发之前转移话题："沈小郎君怎么突然对秘戏图有兴趣？"说沈小郎君好色吧，人家画这样的画还觉得好看，哪家纨绔能是这审美？但说沈小郎君正经吧……哪位正经君子被人围观画秘戏图还能面不改色、毫不羞耻？

沈棠回道："我从书坊接来的活儿，帮月华楼的一位倌儿画像，人家给的报酬不低。"生活不易啊！

祈善神色越发古怪，问了个很关键的问题："书坊的掌柜没有验你的画技？"那些掌柜何时这般好说话了？

他生活困顿的时候也有去书坊接单子，一般是抄录言灵书册、代人写家书的小活儿，给人画像的报酬会丰厚一些，其中又以勾栏瓦舍出手最阔绰，也是被争相抢夺的活儿。

但这些钱也不好挣，人家出钱多，要求自然也多如牛毛。沈小郎君是怎么靠着这一手极差的画技拿到活儿的？

沈棠回答道："没有啊。"

祈善很诧异，担心沈棠遇见骗子了，便道："你将当时的场景还原一下。"

沈棠一五一十地照做。

他听完就明白是怎么回事了，全靠运气和掌柜眼瞎啊。

掌柜这关侥幸能过，那位倌儿总不会也好糊弄吧？要知道这种图画关系到他们日后的生意、名声、面子，自然是精益求精，对画师的画技要求相当苛刻。

再者，沈小郎君穷得钱囊空空，桌上的笔墨纸砚又是从哪儿来的？

沈棠不爽："这明明是我靠本事拿下的活儿，元良这么打击人未免太不仗义……"

"在下也是为了沈小郎君的小命着想，你要真拿你这些图去交差，信不信那位倌儿恼羞成怒，召来月华楼的一众打手将你拆了？"

沈棠又想跳起来给祈善做个开颅手术，但考虑到他们之间还有一点儿仅存的友谊，硬生生忍了下来。她压抑着火气道："哼，他为什么会恼羞成怒？我画得这么好……"

祈善现在真的确认了，沈小郎君的审美跟正常人的不一样。

二人大眼瞪小眼，面面相觑，谁也不肯先服软。

最后还是祈善头痛地揉着太阳穴，避开了沈棠那双信心爆棚、理直气壮的眸。他见过有自信心的，但真没见过眼前这款的：为何画技极差的沈小郎君还能如此自信？

深知沟通障碍会影响沟通效率，祈善只能选择"迂回"。他手指点着桌上沈棠的大作，语气深沉，问了个要命的问题："你画得再好，那位倌儿无法欣赏，你能拿到那笔酬劳吗？"

沈棠被一语惊醒：是啊，甲方不满意不行呀。

她用怀疑人生的眼神向祈善求证："你如何确定他跟你一样审美……欣赏不来？"

沈棠将"审美异常"四个字咽回肚子里。她倒不是怵了祈善，不敢说他，收回评价全是看了甲方的面子（报酬）。

祈善深吸一口气，皮笑肉不笑地阴阳怪气起来："世俗之人欣赏美的眼睛大多雷同。"而沈小郎君眼眶里那双眼睛实属异端。

谁知沈棠忽略祈善话中的"深意"，若有所思地点点头，神色遗憾，喟叹："其曲弥高，其和弥寡，这约莫就是'知音难觅'了。"说完，她还真情实感地摇了摇头。

祈善几近失语。

沈棠有些头痛地看着桌上的两幅画，搯着眉心："这样的话……甲方，不，倌儿那边怎么交代？你这种画我画不来啊。"

祈善问道："你跟掌柜那边签了契？"若是没有签契，直接撂挑子不干就行，至多名声受点儿损失，日后再接这种活儿比较难，但沈小郎君又不靠帮人抄抄写写画画过活，名声受损便受损，总好过硬着头皮上。

谁知沈棠却说："契约已经签过了。"她定金都已经拿了。

沈棠取出她的钱囊，"哗啦啦"倒出二十多块被剪碎的银块。

祈善看沈棠的眼神越发复杂了——谁给沈小郎君的勇气让他没这个画技就接活儿收定金的？这下完犊子了，看沈小郎君如何收场。

"这下该怎么办？"

虽说沈棠依旧认为自己画技了得——毕竟那是她曾经吃饭的本事，岂是祈善三言两语就能否定的，但有一点她也担心，不管她自认为画得多好，甲方不肯买账也不行。她迟疑地道："要不试探一下倌儿？兴许他就是世俗之外少有能发现美的'知音'！"

祈善无语：世俗之外的知音？呵呵呵，做白日梦比较快。

"实在不行……"

沈棠正想说"实在不行还是试一试，真有打手打人，最后谁打谁还不一定"，祈善同时开口道："实在不行我帮你画了交差，我们在孝城还是要低调一些，能不惹事就别惹事。"

"也行，这活儿你赚我赚都一样。不过回头还是要跟掌柜打声招呼说画师换了，总不能占你的便宜。"沈棠对此没啥意见，痛快地答应，"我跟你说说那位倌儿的相貌、神态。"

天晓得他多少年没干这活儿了，要知道即使他生活最困顿的时候他也没干过几次。他腹诽，耳朵却仔细地捕捉沈棠的描述，不错漏一处细节，同时在脑中构建布局。

谢天谢地，沈小郎君画技"迷人"，但语言组织能力不弱，条理清晰，观察细致入微，仅听她的描述祈善就能在脑海中勾勒出那位倌儿的模样、神态、特征、脾性。

祈善敏锐地捕捉到一处细节："你说那个倌儿起初对你不满意？"

沈棠严肃地纠正："一开始是不满意，但那不是我的外表太有欺骗性吗？人家大概是觉得我年纪小，画技没有其他年长的画师好，但后来不是发现了我的不凡，将活儿给我了？"

祈善道："他那是发现了你有文心。"

小倌发现沈小郎君有文心所以"不凡"，跟确认沈小郎君有画技所以"不凡"，完全是两个截然不同的概念。再说了，沈小郎君有画技这东西吗？

沈棠挥了挥手："都一样，都一样。"

祈善摇头："舞象之年的倌儿，怎会一个照面儿就认出你的花押印是文心花押印，这点不太对劲。他仅凭你有文心花押印就将这么重要的活儿交出去，都不验证画技，更不对劲。"文心花押印跟画技又没画等号。

沈棠倒是没什么怀疑："这有什么？他在月华楼大小也是个名人，接触到的人形形色色，其中哪个恩客有文心很稀奇吗？你总不会想说那个倌儿也有文心，所以认得出我？"

在这个世界待了一阵，她也知道即便拥有的是最低品阶的文心，也能凌驾于普通人之上。只要不是被废或者遭遇其他毁灭性的大灾难，有文心的人正常情况下很难沦落到做倌儿这种境地。那位倌儿的精气神看着也不像是那种人。

祈善一时想不出哪里有问题，又问："你说他的条件就是用他提供的笔墨纸砚？"

沈棠道："对。"

他揉着眉心，让沈棠将那个倌儿再描述一遍。

沈棠的两次描述一字不错，但他仍未找到疑惑的源头。

沈棠双手环胸看着他蹙眉苦思的模样，十分不解："元良，你到底在担心什么？"

祈善道："不是担心，是不喜欢未知。"或者说不喜欢身在局中却不知全局的感觉。他直觉那个倌儿有点儿问题，这点得不到解答便会一直横在心头，相当难受。

这种情况以沈棠的理解就是他强迫症发作了。

见他如此认真，沈棠便道："若他真有问题，线索或许在他特地强调的笔墨纸砚上。"

一语惊醒梦中人，祈善忽然想到什么，从那一沓纸张中抽出一张，或置于烛火上烘烤，或泼水等待印记显现。

沈棠就静静地看着他"发疯"，良久又提醒："或许跟言灵有关？"

元良，世界不一样了，这是个不讲科学的世界，不流行火烤、水泼这样的科学手段。

第七章
以一池之水而望江潮

"与言灵有关,与言灵有关……这倒是一处突破口。"祈善抱着那张纸来回踱步,"我以前听过类似的藏秘手段,用以传递消息,只是极少见,且会的人不多。"

"这么高级?"沈棠着实愣了一下。

她就是随口一说,没想到真有加密言灵。

只见祈善运转文心,凝聚文气于手掌,神色凝重。

沈棠隐隐觉得气氛不太对劲:"元良,莫不是你多心了?只是勾栏瓦舍里的伶儿……哪怕他是头牌,也很难接触到这种生僻言灵吧?退一步说,就算他能接触到,那得是什么重磅消息才配得上这档位?"

祈善用文心慢慢感知,不忘分心应对沈棠的疑问:"你以为孝城是什么地方?"

沈棠老老实实地摇头:"我不知道。"

她是真的不知道。祈善的问题明显涉及时局,但她目前对世界的认知都源于祈善、他的言灵卷轴以及一路的见闻。那只是这个世界极其有限的角落,她再怎么努力去了解,奈何接触的对象多是最底层的百姓。他们中大部分人连温饱都无法解决,不关心本地州郡长官百姓甚名谁、有何功绩,更别说天下大势了,也无从知道。他们只知世道艰难,自己快活不下去了。

沈棠的回答在祈善的意料之中,他并无失望或者其他情绪。倘若沈小郎君突然变得啥都知道,他反而要怀疑这位是扮猪吃老虎,所谋甚大。

于是他第一次跟沈棠透露了一些东西,关于这个天下大局的冰山一角。他道:

"我先前说郑乔统帅庚国，五年内必会自取灭亡，不仅仅是因为此人作风暴戾、行事阴毒，惯用不入流的手段，还有一个重要原因——他想驱虎吞狼，却是与虎谋皮。"

沈棠下意识地坐端正，洗耳恭听。

她略一思索便猜出些许："元良的意思是……曾经的辛国是'狼'，现在'狼'已死，那只'虎'就变成郑乔的心腹大患？'虎'是谁？"

沈棠想起祈善那一堆书中还有小范围的舆图，记录了西北各国的位置。辛国和庚国的位置都算不上太好，全部在大陆靠边缘的地方。不过也正是因为如此，两国避开了厮杀最激烈的大陆腹地。相较于庚国四面八方都是邻居，隔三岔五被揍的倒霉状态，辛国稍微好点儿，西北是连绵不绝的险峻的山脉，险关易守难攻。

祈善回答道："这只'虎'是十乌。"

沈棠道："十乌？"

十乌是辛国连绵山脉另一侧的蛮族势力。他们认为金乌落于此，也在此栖息、繁衍，后代不断壮大，于是自称"十乌"，简单来说就是"十只金乌的后裔"。

沈棠怀疑他们是做梦漂洋过海——想得宽，碰瓷碰到太阳头上了。因为在贼星降落之前，十乌根本不叫这个名字，他们只是偶然得知贼星蕴藏的言灵有这么个神话故事，便自抬身价登日碰瓷。

关键是这一两百年来这名号被传来传去，还真传出效果来了，外人信不信是其次，反正他们自己是信了。金乌后裔，尊贵如斯！

沈棠稍微一想便猜出部分真相："倘若十乌是'虎'……如此说来，郑乔攻下辛国并非他率领的庚国国力多么强大，而是借助了天时、地利、人和？趁着辛国遭遇天灾人祸以及政局动荡的机会，暗中与十乌那边联合，让十乌出兵骚扰，吸引辛国的兵力，庚国再出兵奇袭？"

辛国本来就内忧不断，十乌又在边境不断骚扰，辛国难免会对庚国疏于防范，最后导致了如今的局面。

祈善赞许地点了点头。

沈棠又问："但这跟孝城有什么关系？"孝城是四宝郡的郡府，与边境山脉并不相连，怎么说也跟十乌扯不上关系。

祈善道："因为四宝郡郡守的父母是十乌出身。二人因不满部落内部权力斗争，决定带着年幼的孩子远离故土，隐姓埋名，最后定居在辛国。尽管是在辛国长大，但那个孩子心里依旧念着十乌，一次偶然的机会与父母那边的部落势力联系上，成了十乌的眼线之一。"

沈棠听得瞠目，同时又好奇心爆棚，看着祈善问："这种关乎身家性命的秘密，那位郡守捂着都来不及，你怎么会知道？"

沈棠暗中用余光观察祈善的表情，见他没有特别大的情绪波动，迟疑了一息又改口："若是不方便跟我说，那我就不问了。"

祈善道："不是我不肯说，而是说来话长，不是一时半会儿能讲清楚的。你只要知道那位四宝郡郡守两面三刀，不是什么好东西，明面上是忠心郑乔的佞臣，惯会拍马屁，为了取悦郑乔不择手段，但暗地里还是为十乌办事。"然后他将走偏的话题拉了回来，"四宝郡的地理位置比较特殊，进可攻，退可守，是辛国与庚国交界的州郡，还是附近各国南下必经之路，水路、陆路皆有。也就是说，西北各国想谋大陆中原腹地，四宝郡得拿下。"

沈棠倒吸一口冷气："十乌的图谋这么大吗？"挡住他们南下的山脉都没有攻克，便想着攻下西北各国之后的路数怎么走了？不愧是敢登日碰瓷的主儿。

"他们还真敢图谋这么大，以前是白日做梦，但现在……"目光扫过低垂着头的沈棠，祈善幽幽地道，"未必不可能。辛国国玺遗失，郑乔又是暴戾之主，安抚不了民心，他手中的国玺凝聚的国气、国运恐怕维持不住山脉那边的国境屏障。十乌狼子野心，或许真能抓住这千载难逢的机会，越过那条山脉。"

孝城就是他们深埋的一步棋。

当然，即便十乌没在孝城布线，祈善也要来一趟，一则报仇，二则布局。人之一生，庸碌着活，憋屈着死，有意思吗？鹿死谁手，谁笑傲至最后，还未可知！

二人说话的工夫，原先雪白的纸上逐渐浮现出一行极淡的文字——这纸张居然真的有问题！

沈棠念道："横看成岭侧成峰？这就是加密言灵？"

"横看成岭侧成峰，远近高低各不同"，她在祈善的卷轴上看过，根据备注来看，应该是用来阴人的军阵言灵，极具迷惑性。整首言灵的重点在前半句，倘若对阵者经验少看不出门道，一个不慎就会着道儿，这是阴险之人的最爱。

不过破解的法子也简单，要点在于后半句——"不识庐山真面目，只缘身在此山中"，若反应及时，只需拉开距离，穿插迂回，兼顾己方首尾，不被对手趁机腰斩冲散，便能看清对方军阵的真面目。

除此之外，还有一个更加简单的万金油办法——用绝对武力将敌人杀穿，亦能破阵。

祈善神色凝重："看样子是。"

沈棠又问:"如何破解?"

谁知祈善反问:"我怎会知道?"他嘴上这么说,但眼神与表情明显不是这个意思。

沈棠被他问得一愣:"元良都不知道,我就更不可能知道。咱俩就这么干瞪眼?"

干瞪眼是不可能的,祈善也没这么无聊。他只是沉默地看着沈棠。

沈棠别开眼。

良久,沈棠低声道:"元良……我是不是惹麻烦了……"她的声音听着有点儿虚。

沉默在室内流淌。

祈善不说话,她就忍不住多想。她真没想到自己的运气会这么背,出去找活儿赚钱也会碰到这种事,更没想到佾儿给的画纸会藏着秘密,还是极其少见的加密言灵。

她用脚想也知道自己被卷进了未知的麻烦中,祈善跟她走得近,怕也难置身事外。

偏偏祈善还刻意隐瞒了什么……

"这也能算个麻烦?"祈善眼皮一掀,口中吐出的话却让沈棠意外,一改往日的慵懒,神情透着些许锋芒。

他慢条斯理地整理画纸,只留下沈棠画的那组小人图没动,哂笑道:"我早知孝城是一潭浑水还敢来,自然不会怕这点儿小麻烦。不怕入局,就怕连局的门都找不到。"说白了,他是来找麻烦的,不是来岁月静好的,沈棠这番遭遇反而正中他的下怀。

沈小郎君果然厉害,这才第二日,便给他这般大的惊喜!

"幼梨,早些安睡,明日来拿画。"

沈棠愣怔地看着祈善,只来得及捕捉到他离去的衣角,张口半晌不知该说什么。

知道得多就了不起吗?她忽然又似卸了浑身的力气,好吧,知道得多就是了不起!

她身体向后仰躺在木质地板上,睁着双眼,怔怔地看着头顶的梁木,出神地乱想。

她太不爽了!那股莫名其妙的心火在胸口横冲直撞,找不到发泄口,她越想越气,越气越冒火,循环往复。

终于,她腰部发力,猛地坐起身,一把抓起那张小人图,也没时间欣赏自己的得意之作,死死地盯着画纸空白的地方,闭眸回想祈善方才的做法,凝聚文气于掌心。

文气触碰纸张的瞬间,周遭的环境由清晰转为模糊,她感觉自己的意识闯入了一个非常微妙的"异空间"中——天地寂寥,阴阳交错。

就在她准备离开这个鬼地方的时候,脚下骤然亮起纵横的棋盘,远方浮现出一道模糊不清的人影。

这人是谁?沈棠刚生出这个念头,身体突然一沉,意识回到身躯中,眼前的画纸上也浮现出那句言灵:横看成岭侧成峰。

"这是什么意思?"

沈棠稳了稳心神,又一次重复这个过程。

有了心理准备,当棋盘再次出现时,她不慌不忙地看向那道黑影。她仗着视力好,隐约看到黑影是个身材高挑、清瘦的青年,身形乍一看跟祈善相似,但气质较之祈善多了几分颓靡。

他的容貌隐在暗中,也不说话,看到沈棠出现,他只是抬起右手,一挥折扇。

沈棠瞬间绷紧神经,准备抽出慈母剑。

谁知一个硕大的黑色圆盘在棋盘上方凝聚,随着青年的动作,"啪"的一声果断地落下。紧跟着喊杀声四起,棋盘两侧升起一黑一白两座雄伟的城池,棋盘上的黑、白子则化为万千小人士卒,酣战不休。看棋盘上的情形,厮杀明显进入了白热化阶段,即将分出胜负。

她现在该怎么办?沈棠茫然地眨了眨眼,试着胡乱下了一步。

对面的青年紧跟着落子。棋子落地便化为黑色小人加入厮杀。

沈棠这边的白色小人被黑色小人骑兵切割冲散,化为一团团,孤立无援。

到了这一步,结果不用多言。

几息过后,她蓦地睁开了眼,脸色在黑、白、红、青四色来回切换,半晌才忍下掀桌的冲动。她以为的加密言灵就真的只是加密言灵,二者好比保险箱和密码的关系,有了破解言灵就能破解,谁知道加密言灵是加密一方排兵布阵,设下残局,解密一方上阵破局。

沈棠双手抱胸瞪着那张小人图,几乎要将纸张瞪出火苗来。

一次不行她就再来一次!

隔壁,祈善感知到沈棠的文气涌动,提起的画笔顿了顿,滴落的墨汁在纸上洇开一小团。

回过神来的他看了眼画纸，眉峰轻蹙，忍着没有换新纸，唇角勾起一抹意味深长的浅笑。他以前也画过几次秘戏图，或直白或含蓄，男、女皆有，即使许久没动笔有些手生，不多时也找回曾经的状态，如鱼得水。

直至亭曈东升，雄鸡鸣叫，祈善伸了个懒腰，将晾干的秘戏图收起，准备交给沈棠拿去交差——幕后之人也是醉翁之意不在酒，画得如何并不重要，随便糊弄就成。

他刚拉开门，看到一道熟悉的背影："沈小郎君？"

来人正是沈棠。

祈善又问："今日起得这么早？"

沈棠听到动静扭身回头，没好气地道："我这一夜有没有睡，元良能不清楚吗？画呢？"

祈善递出画，没头没脑地说了句："布阵的是个好手。"

沈小郎君一个半路出家的半吊子若是能破阵，不知多少文心谋者要捂胸吐血。

沈棠道："你破阵了？"

祈善摇摇头："没有。"

他看看沈小郎君眼下的青黑，便知沈小郎君昨晚过得并不好，火气之旺盛连文心都跟着躁动。破不了阵是正常的，不用如此上火，年轻人该多学学他，他就很淡定。

"真没有？"摸着良心说，沈棠不相信。

面对沈小郎君的质疑，原先面无表情的祈善直接笑了，指了指沈棠手中抱着的画，阴阳怪气地说道："沈小郎君以为它们是两三笔就能画完的？画纸布下的又是相当棘手的残局……"言外之意，沈棠未免太高看他了，他哪里有时间熬夜赶画之余还抽出大把时间破解画纸上面隐藏的残局？

沈棠讪讪地摸鼻子，心虚地移开眼——这也不能怪她多疑，要怪只能怪祈善的"前科"太多，害得她多少有些"心理阴影"。她生硬地岔开话题："元良，我现在带画去书坊交差？"

"去吧，去吧。"祈善冲她挥手。

待沈棠转身他又把人喊住，叮嘱道："你去交画，回来的路上小心些。还不知幕后之人与四宝郡郡守有什么干系，谨慎为上。"没关系最好，有关系就得小心了，孝城水深，一个不慎就可能踩空淹死。

"知道啦，知道啦。"沈棠如蒙大赦，踩着风似的，眨眼就跑没影了。

祈善不过垂眸再抬眸的工夫，视线中就只剩下沈小郎君的衣角。他只得苦笑着摇了摇头，转身回屋。他没有补觉，而是坐回书案前。

书案前摊着一张干净的纸。他收敛残余的轻松，凝神郑重地抬手凝聚文气，眨眼间心神便进入了那片残局中。阴阳交错的诡秘之境，脚下的战场厮杀依旧，城池互有损伤，黑、白二军呈胶着之势。若仔细地观察战局，目前是白军隐隐占了上风。

祈善一出现，对面的人影昂首与他对视。

祈善姿态从容地微提下摆，落座，说道："无人打搅，你我继续。"

无人应答，有的只是那人挥扇落子，将白军好不容易扳回来的优势消弭于无形。

祈善不急不忙，口中从容地道出一句言灵，白子于天幕下方凝聚，棋盘上的白军听从指令行动。

黑、白二军互相杀戮的时候，沈棠骑着摩托找到昨日那家正光书坊，大老远就喊叫："掌柜，我来交差了。"

她从摩托的背上一跃而下，顺手丢出缰绳。摩托默契十足地仰脖张嘴，精准地衔住绳子，又在书坊前的空地上休息。

掌柜此时正坐在柜台后，一只手支着额头，眯眼小憩，骤听沈棠叫喊，睡意飞了个精光。

"谁？谁？"掌柜被吓了一跳，看清来人的模样，诧异地道，"小娘子这么快就完活儿了？"

沈棠有些心虚，含糊地应道："嗯嗯……"

"我看看画得如何。"掌柜不相信：短短一晚能画出多精细的画作？

月华楼那位倌儿的脾气，他多少有了解，知道此人挑剔，粗制滥造的画可入不了眼。

待他将画慢慢地展开，仅一眼就被画中人攫取了所有目光，一时间再也挪不开眼，连呼吸都无意识地放缓了。只见画纸上是一名俊秀中带着稚气的少年，只身躲在花丛中。画者没有着重刻画少年的脸，几乎将所有笔力都用在那饱满且恰到好处的红唇上，让人忍不住俯身贴近。

掌柜猛地醒过神，老脸微红，尴尬地轻咳一声，道："小娘子画功了得！"

他从事这行这么多年，也接过不少勾栏瓦舍的高价单子，接活儿的画师没有一百人也有五十人，其中不乏被人津津乐道的经典之作——有些含蓄内敛，有些热情奔放，要么是极尽香艳，要么是极尽艳俗，画师恨不得将十八般武艺都用上，使图画花团锦簇，魅力勾人。扪心自问，真正能让他这般失态的，却是一幅都没有，没想到今天让他碰到了。

他几乎迫不及待地打开了第二张。这张画也是一样的风格，看似含蓄内敛，仔细地琢磨却会发现平静表面下的欲望，好似画中躲着一只媚而不俗的妖精，一颦一笑就能勾去人的三魂七魄。

第三张是两个人，其中一个人还是那个少年，另一个人面目不清。

第四张也是两个人，却是一男一女，女人同样面目不清，背影纤瘦匀称，少年正笑着与她贴近，暧昧的氛围几乎要破开画纸，扑面而来。

掌柜喉结滚动数下，暗暗擦汗。当着沈棠的面，他也不好失态，只得佯装口渴喝茶，靠着冰凉的茶水将那股躁火压下去。

真是见了鬼，想他从事这一行业，什么天雷勾动地火的话本、秘戏图没看过，早已水火不侵，却没想到被几张一夜间匆匆完成的画像破了例。

掌柜额头上挂着的汗水越来越多，脸颊泛红。待将几张画全部欣赏完毕，他吐出一口浊气，彻底服气了——这绝对是画秘戏图的高手！

掌柜脱口而出："小娘子有没有考虑出个画集？"

这生意绝对火爆，画集瞬间卖脱销！他相信他手中这几张画一旦面世，勾栏瓦舍那些头牌怕是会打破头来预约，不差钱！

沈棠摇摇头："只干这么一回。"元良这个年轻气盛的青年整天画这种画容易虚。他看着也不太健康，还是省省吧。

掌柜闻言有些失望，还想再劝。

沈棠打断他的话："其实这不是我画的，昨晚回去画了半张被家中兄长发现，他气急了帮忙代笔。兄长性格迂腐，不会答应以此为业的。这些画，掌柜满意吗？"

"不是你画的？"

沈棠坦然地点头："嗯，这有影响吗？"

掌柜想了想："无妨，能交差就好。"那倌儿又不是指名道姓找哪个画师画图，只要作品让人满意就行，谁画的无所谓。

他只是很遗憾画集出不了了。

掌柜珍而重之地收好画，好心情地笑道："老实说，我一生阅图无数，这几幅是最让人惊艳的。连我都如此，想来那位倌儿也会满意。这些画绝对能帮他把身价再往上抬一抬！"

"掌柜何时将画交过去？"

掌柜道："怎的了？"

沈棠似害羞地笑了笑:"那位倌儿生得好,令人见之不忘,我想……"说着,她娇羞地低下头。

掌柜听明白了,讷讷地劝道:"小娘子啊,这……这勾栏瓦舍里头的人,生得再好也不可动情……毕竟都是些……"

他将剩下的话咽了回去:良家子也就罢了,可一个迎来送往的倌儿……奈何这位小娘子不听,就是垂涎那一副好皮囊!

沈棠以为这次还是跟昨日一样,便乖乖地在月华楼外等着,时不时喂摩托两块饴糖。

话说回来,为什么摩托能吃饴糖?沈棠揣着疑惑,抚摸摩托油光水滑的皮毛,越看这匹骡子越喜欢。

骡子将她手心里的饴糖舔了个干净,仍意犹未尽,用脑袋轻拱她的肚子,眼巴巴地盯着她腰间的佩囊——摩托很聪明,知道饴糖藏在哪儿。

沈棠双手托起摩托的大脸,严肃地教育:"不行,不能再吃了!你一匹骡子这么嗜甜不正常……不行就是不行,撒娇不行,舔我的脸更不行……哎哟,你别伸舌头,我不想用你的口水洗脸,你再舔小心被做成'骡'肉火烧!"

沈棠几番闪躲,摩托乘胜追击,试图用那条灵活的舌头狂舔她的脸。

掌柜从月华楼出来时,恰好看到一人一骡嬉闹,莞尔之余,不忘提醒沈棠还有正事:"小娘子,请上楼。"

沈棠和摩托同时停下。

她拍了拍摩托,示意它自己去一边儿玩。摩托心领神会,乖乖地叼着缰绳去了一旁的木桩。

沈棠道:"我进去?今天不用去茶肆的雅间里等人吗?"

掌柜道:"今日不用了。"

沈棠也未多问,跟着掌柜踏入月华楼。

若忽略室内轻扬的薄纱,漏窗上雕刻的暧昧的人像、墙壁上悬挂的美人图……以及溢散在空气中的暧昧的甜香,此地乍一看跟寻常酒楼别无二致。

白日的月华楼很安静,没有想象中的莺莺燕燕和调笑,偶尔有丫鬟端着热水上下进出,杂役用布巾拖扫桌椅、地面。一切井然有序,却又有几分难言的萧条,唯有空气中弥漫的脂粉味无声地诉说着此处昨夜的喧嚣。

沈棠起初好奇地东张西望,看了两眼就兴致缺缺地收回目光。

月华楼正厅,长相清秀的小厮已等候许久。小厮领着二人到了二楼最内侧的房间外,小心翼翼地推开那扇雕花木门,生怕动静大些会惊扰屋内的人,低声道:

"郎君就在屋内，二位请进。"

沈棠收回漫游天外的心神。

她踏入室内，最先映入眼帘的便是一面巨大的圆形屏风，屏风上绘着一幅景色辽阔的大漠落日图。沈棠微微诧异——月华楼这种地方，即便摆放屏风也该摆放美人图之类的吧？大漠落日图，与此处的氛围格格不入。

更让她诧异的是室内燃着味道清幽的香，与正厅的脂粉味截然不同，后者芳香扑鼻，但闻久了只会觉得俗不可耐，前者若一株空谷幽兰，纵使气味不浓不烈，外人也无法忽略它。

越过屏风就是那位倌儿的"闺房"。

二人只能坐在屏风前的席垫上。

"这幅画是你画的？"沈棠刚坐下，陌生的青年嗓音穿过屏风传入她的耳中。

咦，这不是昨日那个少年倌儿？她狐疑地看向掌柜。

掌柜也不知道，给她使眼色让她如实回答。

沈棠"羞赧"地支吾道："不是我画的，是我兄长画的。我昨日回去作画被他抓了个正着，训斥我小小年纪还不该接触这……这些，还未来得及告知掌柜和雇主，便代笔帮我画了……"

屏风那头安静了会儿，不多时沈棠又听到一枚棋子落下的清脆的"啪"的一声。

青年道："嗯，画得不错。"

沈棠暗暗吐槽：祈善那几幅画居然只是"画得不错"？

果然，这个世界上没有跟她审美一样的人，一时间她竟生出几分知音难觅的孤寂惆怅。

沈棠问道："雇主是满意了？"

青年道："满……"

"意"字还未说出口，青年便开始剧烈地咳嗽，一声比一声短促，动静大得让人担心他会将肺脏咳出来。

这么个身体状况，这位仁兄还坚守岗位……当真是敬业勤恳。沈棠一个不注意又开始走神儿。

过了好一会儿，沈棠听到屏风后传来昨日听过的少年声音："顾先生，可还好？"

青年声音虚软地回道："无事。"

沈棠刚拉回来的心神又开始走歪了：合着青年不是月华楼的倌儿，而是来寻乐子的客户……啧啧，这难道就是牡丹花下死，做鬼也风流？咳嗽成这个鬼样，好似半只脚准备踏进棺材里了，居然还有闲情逸致来象姑馆？

屋内着实安静了好一会儿。

半晌，青年道："小郎君误解了。"

沈棠一脸蒙：刚刚有人说话吗？

掌柜也露出同样的表情。

青年缓了口气，似笑非笑地道："有些话不一定要从口中说出来才能被人听到……"

掌柜一脸茫然。

沈棠只觉得如芒刺在背，汗毛乍起。她非常确信青年刚才的话是跟自己说的，但问题是，她没有将心里话说出来的毛病，刚才也始终闭着嘴，只在心里嘀咕两句而已……

沈棠在心里默念：你能听到我说的心里话？

屏风后的青年沉默了三息，语调奇怪地问："授你学业的先生没告诉你，谋者必须学会什么吗？"

沈棠确信青年能窥探自己的心里话，不再在心里叨叨，张口询问："什么？"

青年道："喜怒不形于色。"

屏风后又传来衣料特有的摩擦声。随着脚步声的靠近，屏风上的人影也愈来愈清晰。

沈棠恰好抬起头，目光正对上从屏风后走出的陌生的青年，隐约觉得此人的身形有些熟悉。

青年身姿挺拔，只是气色看着不怎么好，一副病态的容貌。尽管他五官生得俊朗，但架不住他两颊没多少肉，眼底泛着些许青黑，唇瓣白中微青，活像得了痨病，一副病秧子的早夭相！

沈棠打量青年的时候，青年也用那双冷淡的眸将沈棠一番审视。

不同于他一眼就能看出来的病态，眼前的少年郎生得一副男生女相的好相貌，眉宇舒朗，五官较之常人立体，乍一看带着点儿异域风貌。若让青年用一个词来形容眼前这个人，大概没有比"年少气盛"这四个字更加贴切的了。

真正字面意义上的"年少气盛"，青年离这位小郎君还有三五步距离就能感觉到其身上源源不断逸散出来的火热文气，像是一团耀眼的、无法被忽视的火球。

他揶揄地答道："在下的确是久病缠身，不过算命的说还能苟延残喘个二三十年。"

沈棠面无表情地看着青年，心中想：按照一贯的套路，这种看着下一秒就要蹬腿的人，待机时间多半会比身强体壮的家伙还要长久，毕竟祸害遗千年。糟糕，忘了这厮会读心……大兄弟，这也能听到？

青年轻咳数声："小郎君还挺幽默。"

沈棠沉默。

旁观的掌柜先用余光偷瞄沈棠那张立体、野性，但明显是女郎的侧脸，确信自己没判断错性别，暗暗想：青年是不是眼光不太好——为何连男女都能认错？

青年眉头微动，并未开口解释。

那名伯儿跟着从屏风后走出来，眼睑微垂，瞥了一眼沈棠和掌柜，冲着服侍的小厮使了个眼色。

那名小厮心领神会，将一只沉甸甸的装着银钱的钱囊递给掌柜："麻烦您清点一下。"

掌柜做了这么多年生意，经手的银钱不计其数，银钱一上手掂量一下便知差了几分几厘。袋子里面的银钱分量是没问题的，掌柜又打开钱囊数了数，笑容满面地道："没问题，没问题。"

伯儿道："既然如此，便两清了。"

按照流程，接下来应该是"送客"。

掌柜这人也识趣，拿着钱囊准备带沈棠离开。

只是不知是巧合还是怎的，屏风后传来第三种声音——一阵陌生的咳嗽声，紧跟着是咬紧牙关咽下去的闷哼痛呼，有什么重物从床榻上滚了下来。

沈棠准备起身的动作停了下来：啊，这……刚才那声音明显是男性的，似乎身体状况不太好？

她习惯性地以为来象姑馆寻欢作乐的都是主动的一方，但听刚才的动静，身体不适趴在榻上的人才是真正的顾客？这让她不禁想到一个歇后语：癞蛤蟆上青蛙——长得丑玩得花。

隐约还闻到些许血腥气息和草药特有的苦味，她不禁对深藏不露的伯儿投去钦佩的目光。

听到动静，伯儿表情不再冷漠，大步绕过屏风。

沈棠只来得及看到伯儿的一片衣角，隐隐还听到伯儿道："云驰……"

云驰？哪个"云"？哪个"驰"？姓什么？她似乎在哪里听过这个名字……

沈棠想到这些，忽然想起什么，表情逐渐僵硬扭曲，眼球游移，视线缓缓地向上，最后与盯着她的青年撞了个正着。

只看青年意味深长的眼神,她便知道自己又被偷听了。

沈棠后退半步,右手置于身后——倘若青年有不轨的举动,她立马化出慈母剑,教教"孝子"如何做人。以二人之间的距离,她有信心一剑毙命,毕竟不是哪个文心谋者都跟祈元良一样"阴险"。

青年似笑非笑地问:"小郎君缘何紧张?"

沈棠道:"因为什么,你心里没数吗?"

青年在掌柜不解的目光下,丝毫不避讳地问沈棠:"小郎君,你认识云驰小郎君?"

沈棠反问:"他姓龚?"

青年点头:"是。"

居然是龚骋!他怎么会出现在月华楼?一时间沈棠不知该从何处开始吐槽——龚氏被发配,按照官方下达的处置,男的被送去边陲充军当苦力,女的被送去孝城教坊……她将这段文字重新回忆了一遍,确信自己没记错。

沈棠把视线落向屏风的方向,目光似乎要穿透屏风,看清影影绰绰的人影:"他怎么会在这里?"

"发配之路艰苦,寻常人都难熬下来,更遑论是被废掉丹府的人,大半条命没了,眼瞧着要去阎王那儿报到,在下就把他弄了过来。"青年说这话的时候,坦荡且真诚。

"小郎君还未回答,你怎会认识龚云驰?"不待沈棠回答,他用玩笑一般的语气道,"倘若小郎君不肯回答,为了在下以及牵涉此事之人的安危,你怕是无法完好无损地回去。"

他只差说要杀人灭口了。

沈棠内心嘀咕:龚氏被发配这事谁还不知道?老子知道这个名字就得认识他?

她嘴上道:"我也是听人说起龚氏的遭遇,才知曾有过一面之缘的龚云驰也在发配之列。骤然听到熟悉的名字,自然会想确认一下。"

青年微笑着眯了眯眼,又问:"当真?"

沈棠道:"绝无虚言。"

青年蹙眉略加思索,不知信了没有。毕竟沈棠知道他能窥探内心,在这种情况下心理活动还活跃,焉知不是故意误导他的判断?

就在双方相持不下的时候,屋内传来沙哑的少年声音:"顾先生,有人来了?"

青年笑了笑，双手笼在袖子里，慵懒地道："说是跟你有一面之缘。"

过了好一会儿，一阵衣裳摩擦的动静后，那名倌儿搀扶着一名上半身裹着雪白布条的青年出来。说是青年，其实他相貌看着比那个倌儿还小，顶多十八岁的样子，或许是发配路上吃了太多苦，五官褪去了稚嫩和青涩，反而带着一股挥之不去的忧郁与虚弱。

真是要了命！沈棠现在完全不敢有心理活动。那名开着作弊器会窥探他人内心想法的人还在一侧虎视眈眈，她可不想被灭口。

龚骋也看清了沈棠的相貌，微微一怔。

青年一看龚骋的反应便知他是见过沈棠这张脸的——这位小郎君居然真没有撒谎？

"云驰，是你的熟人？"那名倌儿出言打破沉默。

龚骋摇头："不是熟人，但应该见过。"

倌儿警惕了三分，目光锐利地看着沈棠，眼神中还带着他这份职业不该有的杀意。若是换作寻常人，兴许对上这一个眼神就被吓到了。

倌儿又向龚骋求证："此人可会害你？"

龚骋想了想，又摇头："应该不会。"

倌儿被勾起些许好奇："这人是……？"

龚骋苦笑着摇摇头，抬手拍了拍倌儿的手背，示意他不用搀扶自己。

待倌儿松开手后，龚骋勉强靠自己站稳，冲着沈棠作揖行了一礼，口中道："在下龚云驰，向妻兄赔罪。"

此言一出，震惊了屋内的众人。

最受震撼的还要数沈棠本人。她险些控制不住情绪，勉强用不那么阴阳怪气的生硬的语调问他："你向我赔什么罪？"

倘若此时的沈棠能有内心活动，大概只有标准的抱头呐喊能表达她的心情。失去记忆也就罢了，还让她隔三岔五碰见自己有关系的人，先有田守义误会的"侄媳"，再有龚骋语出惊人的"妻兄"。若是换个人，兴许已经被这俩人带进沟里了。

沈棠攥着拳头，咬肌紧绷，表情阴沉得能滴出水。

在外人看来，这是沈棠隐忍内心亟待喷发怒火的外在表现，而这些怒火全是龚云驰一个人引起的。

倌儿见状，抬步上前，用身体隔开沈棠与龚骋二人，侧首问："云驰兄，这位是你的妻兄？"他知道龚骋大婚的当天全族遭难，族人或被发配流放，或没入教坊，其中自然也包括那位还未来得及三拜的新妇。听闻新妇出身的沈氏更倒霉，被郑乔下令夷九族，全族数百人的血染红了断头台。

龚骋回答道："应该是。"

沈棠突然拔高声音："龚云驰，什么叫'应该是'？！"

她简直要被这位大兄弟气笑，自个儿要迎娶进门的新妇的家中有几口人都不清楚吗？就算是包办婚姻，他也太不上心了！

沈棠并没有责问的意思，但说者无心，听者有意，这话落在龚骋耳中完全变了味道。龚骋以为沈棠这句话里每个字都透着阴阳怪气的质问，只差质问他：沈氏遭大难被夷九族而龚氏仅是发配，如今两家的关系搁在他口中居然只是"应该"，是不认这门亲戚吗？

于是，龚骋羞惭难当，勉强站稳的身躯大幅度晃了晃，险些摔倒。

青年和俏儿手疾眼快，伸手一左一右搀扶了一下。但龚骋较大幅度的动作还是扯开了伤口，鲜红的血浸透了布条。

俏儿急忙劝道："云驰兄，你冷静！"

青年道："伤上再加伤，杏林圣手来了都救不回你的小命。有什么事可以慢慢说。"

没有记忆的沈棠沉默不语。因为见鬼的剧情发展不按套路走，她此时只能靠着演技连蒙带猜，随机发挥了。

机灵的小厮早早将掌柜带了出去。清场之后，屋内只剩下沈棠四个人，有什么话可以敞开了说。

沈棠心下一转，演技上线，冷哼一声，右手负背："龚骋，念在你受了伤，我不与你计较那些细枝末节。"

龚骋目前是最了解她的身份的人，作为龚氏被抄家发配的亲身经历者，知道的情报也比祈善的小道消息更加详尽可靠。沈棠准备诈一诈，至少要清楚自己究竟是啥人、啥身份，或许还能在龚骋口中知道一些秘密。

龚骋听了沈棠的话，惨白的脸色稍稍好转，力竭地坐在席垫上，冲着沈棠拱了拱手："多谢妻兄。"

沈棠不吃他这套，态度依旧冷淡："你既然唤在下一声'妻兄'，那我问你，她人呢？"这个"她"是谁，请龚骋自行理解。

听到"妻兄"这个称呼，沈棠牙疼。

龚骋刚刚好转的脸色再次雪白。

龚骋正欲开口，一侧的俏儿道："我与顾先生救下云驰兄，在他的委托下，也第一时间派了人去那家教坊寻找弟妹,只是……只是去得晚了,那一批女眷之中并没有弟妹。说是……"

"那人在发配的路上已经没了。"青年替佰儿补齐剩下的话,又补充了一句,"一个月多的戴枷徒步,对寻常壮年男子而言尚且是九死一生,更遑论是未满金钗之年的弱女子……"

发配要面对的危险不仅是戴枷徒步,食物、饮水短缺,野兽虫豸,还有押送犯人的差役,女犯的生还概率远低于男犯的,命丧半途是意料之中的。

"如此说来,还是我无理取闹了?"沈棠利用先前情绪转变的空隙,故意负手背对着三个人,免得脸上的情绪不到位被发现破绽。

只是她的肩膀有小幅度的颤抖,数次深呼吸带动的蝴蝶骨起伏能使人窥探她的情绪变化。演戏果然需要强大的信念!

佰儿忍不住插了一句:"沈氏是被郑乔下令夷九族的,此事与云驰兄有何干系?"这话只差说沈棠就是无理取闹了。

沈棠跟龚云驰说的那几句话,句句带着刺,佰儿作为听众都觉得刺耳。

倒是青年没吱声。

沈棠冷哼一声,反问:"你是当事人?"

佰儿被问得哑口无言。

龚骋也低声制止佰儿,然后羞惭地道:"翁之,此事与我虽无关系,但与龚氏有干系……"

沈棠闭上双眸,努力地放空心神,强迫自己不去想、不去分析——有个会读心的家伙实在是太讨厌了。

佰儿如了沈棠的意,追问:"真有?"

龚骋道:"是,不然大婚岂会那般仓促?"

沈棠心中的谜团在这几句对话中逐渐清晰起来。她赌了一把,胡诌道:"若无干系,你见过哪家士族贵女不到金钗之年就出嫁的?小小年纪,嫁出去作甚?给人当童养媳吗?"

佰儿被噎得说不出来话:这个问题还真是……新妇的年纪的确是太小了。

佰儿用眼神询问龚骋。

龚骋低声解释:"当年郑乔欲归国,阿父明面上支持他,令其松懈,暗地里联络朝臣,其中便有岳父沈公。沈公与阿父合谋,阿父在前朝,沈公则动用埋在掖庭的暗线,与那时盛宠在身的褚姬联手,准备里应外合诛杀郑乔。谁知还是功亏一篑,不仅褚姬母子枉死,消息还泄露了……"

妊娠五个月的褚姬遭陷害，滑胎暴毙，故国也被暴怒的辛国国主出兵灭杀，而随同褚姬来辛国的丫鬟、仆从，帮她打理产业的部曲、门客，统共两百余人，则被贬为奴隶随意买卖。

郑乔这人睚眦必报，褚姬都是这个下场，他又岂会放过深入参与此事的沈氏？

青年心有疑虑："如此说来，沈氏一门只是协助而非主谋，缘何落得个被夷九族的下场？"毕竟主谋是龚氏而非沈氏。

龚骋摇摇头："这个就不怎么清楚了。"

若非他阿父三番五次劝说，向来低调中庸的岳父沈公也不会出面，更不会惹上郑乔，招来灭族之祸。当知道郑乔率兵打回来，阿父心知不妙，与沈公合计，准备让沈氏大娘子嫁进龚府，毕竟阿父没被供出，明面上还是郑乔的恩人，若郑乔报复沈氏，沈氏好歹能保住一缕血脉。

谁知道郑乔根本不按常理出牌。

第八章
月华三两，赌我天命

龚骋凝视着沈棠的背影，唇瓣嚅动着道："此事……对不起……"

沈氏被灭门与龚氏有着分不开的关系，龚氏本该保下沈氏一门最后的血脉，也没守住，这让生性耿直的少年面对"妻兄"内心煎熬，有着说不出的愧疚与无地自容。

"你跟我说对不起有什么用？"沈棠恍若堪堪回过神，转过身，那双似糅杂了千言万语的黑眸漠然地看着满面愧色的龚骋，"仇家是谁，我分得很清楚！迁怒于同为受害者的你有什么用？"

龚骋愣怔，氤氲的水雾裹挟着红晕自眼尾泛开。他近乎哽咽地道："多谢。"

短短两个月，他的人生发生了天翻地覆的变化，他从曾经鲜衣怒马、意气风发的世家子弟，一夕沦落为全族被发配的阶下囚，莫说去救族人，连自己这条命也是旧友保下来的。

见到沈棠，他已经做好被抓起领子暴揍、痛骂的心理准备，没想到对方并未怪罪。

"该死的是郑乔！"沈棠顿了一下，又面带杀气地补了一句，"你用不着道歉！"她最见不得别人哭，特别是年纪小还长得好看的。

这掷地有声的一句话似一柄利刃，划开龚骋这些时日内心堆积的迷茫、颓靡与抑郁——是啊，如今的庚国国主、曾经的佞幸"女娇"郑乔才是罪魁祸首、始作俑者——他那双木然、死寂的眸子有一瞬间的波动，名为"恨意"的情绪萌生出新的动力，一寸寸地向四肢百骸蔓延开来。

垂在身侧的手一点点地紧握成拳，他一字一顿地重复沈棠的话，也像是说给自己听："是，你说得对，该死的是郑乔！"

倃儿见状，悬吊的心终于落下。

龚骋被废了丹府，又经历一个多月的戴枷徒步，目睹同行的亲眷受押解的官差凌辱，或重伤不治而死，或病痛缠身而亡，或忍饥挨饿咽气……他虽活了下来，但对生活的希望已经被消磨殆尽，郁结于心，精气坍塌，再加上身体的根基被摧毁，即便用最好的药吊着也只是苟延残喘。

现在他自己肯想开，应该很快就能痊愈。

沈棠无语：普通人喊她"小娘子"，这些有文心、武胆的喊她"小郎君"，大家一致认为对方的眼睛有毛病。

许久没吱声的青年用余光扫过沈棠，似乎在思索、打量什么，问道："冒昧地问一句，郑乔下令诛杀沈氏一门，行动迅如雷霆，也未走漏风声，沈小郎君是怎么逃出来的？"

沈棠道："那时我不在，侥幸捡回一命。"

青年若有所思："哦？"

沈棠冷冷地哂笑，阴阳怪气地回击："怎么？龚氏那位五大夫能逃亡在外，我就不配走运捡回一条小命？"

这话将"阴阳怪气"四个字发挥得淋漓尽致，也在龚骋心上捅了一刀。

龚骋急忙截下青年的话，道："顾先生，沈公一门皆是忠烈，不畏强权亦不惧死，断不会像你猜的那样。"

青年脸色漆黑：龚云驰知道他猜的是哪样？难道他是怀疑眼前这位沈小郎君贪生怕死，听到风声逃得比兔子还快，弃全族于不顾，质疑其人品？肤浅！他明明是觉得眼前这位龚云驰的"妻兄"有些问题！

方才他数次提到沈氏被夷九族，那么浓烈的仇恨、数百条人命债，控制情绪再好的人也会露出破绽，此人的内心却是一片空白！这合理吗？这不合理！

倘若这人是用言灵抵御他的读心也就罢了，可这人没有调动文气，换言之，这人是刻意放空心神，不想不念，始终戒备着他，如此谨慎，岂会无鬼？

倃儿倒是注意到一个细节："龚氏那位五大夫逃亡在外？"

沈棠点头："我探听到的消息是这样的，不过这是一个月前的消息，现在不知被抓了没。"

龚骋蓦地眼睛一亮，激动地抓着倃儿道："五大夫……翁之、顾先生，那定是二叔！"

别看五大夫仅是武胆中的第九等，但龚骋那位二叔年纪尚轻，天赋又是公认的好，是年少成名的典范，还有极大的成长空间。若没有这番变故，其未来成就不下于十四等右更！

这是他这么多天来听到的最好的消息。只要他二叔还活着，未来还有希望！

沈棠不忍心给他泼冷水，想说的话在喉咙里滚了数圈，最后还是咽了回去。

"倘若没其他事情，我便不叨扰了。"那个姓顾的青年会读心，跟他身处同一片空间、呼吸同一片空气，她浑身不自在。

龚骋道："妻兄……"

沈棠按下内心蠢蠢欲动的暴力欲望，笑容十分勉强："既然三拜未成，她也香消玉殒，这个称呼便罢了吧。"

龚骋脸色"唰"的一下白了："可……"

"在下沈棠，字幼梨，随你如何称呼。"沈棠表情木然。他喊啥都行，只要不再喊"妻兄"就行。顶着张漂亮的小姑娘的脸还天天被误认为男孩儿，她太悲伤了。

龚骋舒了口气："好，幼梨。"

沈棠敷衍地行礼："告辞。"

"稍等！"龚骋勉力起身，真诚地看着沈棠道，"倘若以后有需要在下的地方，在下义不容辞。"

他本想说沈棠有麻烦可以找他——这位前任妻兄生得一副好相貌，又年幼，一人在外漂泊不知会碰见多少困难，旁的不说，吃穿用度就够头痛了。但他转念一想，自己比人家还落拓，这位前任妻兄好歹丹府完好，即便文心品阶不高也能勉强过活，反观他呢？伤员一名，还要靠旧友接济照顾。

若真碰上麻烦，谁帮谁还难说呢，于是他只能给予一个未来的承诺。

沈棠脚步一顿，脸色复杂："好，你的话我记下了。"

沈棠前脚离开，青年后脚便问："云驰，你对沈氏一门了解多少？家主一脉有多少人？"

龚骋在二人的搀扶下回到榻上躺好："顾先生问这些作甚？"

"你那位妻兄说过，这几幅画……"青年说着将那几幅让男人、女人都浮想联翩的秘戏图递给一脸茫然的龚骋，"它们都是你妻兄口中的'兄长'所画。所以，沈氏有多少子嗣？"

龚骋接过画来，毫无心理准备地打开，冲击扑面而来。下一息，手指似被火舌舔舐，吓得他连忙将画丢开，一副大受震撼的表情。

青年见龚骋反应这般大，弯腰将画卷捡起，认真地点评："这几幅画的画功相当了得。或曹衣出水，笔法刚劲，画中之人身披薄纱，飘曳婀娜，让人想入非非；或吴带当风，笔触飘逸圆润，笔下之人衣袂翩跹，湛然若神，令人不敢亵渎。假以时日，画者必成大家！"

佾儿也笑道："这几幅画是极好的。"

青年紧跟着揶揄龚骋："啧，只可惜啊，有人欣赏不来不说，还视其为洪水猛兽。"

佾儿故作诧异："怎么会？云驰有工书善画的美名，若他都欣赏不来，我等岂不是……？"

被二人你一言我一语地揶揄、挤对，龚骋哭笑不得，只得无奈地讨饶，求二人放过自己："顾先生、翁之，你们可别拿我找乐子了……"画得再好，那也是秘戏图啊！还是以他的旧友为主角的秘戏图。

尽管只是匆匆一眼，但他也看得出来画者对人物的神态抓得极准，形虽不似但神似，画者还将人物那几分神似肆意扩大。即便他知道北漠民风彪悍，旧友一向不拘小节，还是被吓到了，看那几幅画就像是看洪水猛兽。

佾儿道："总算有几分人气了。"

龚骋被救回来后，整个人都是麻木、颓丧的，说他形容枯槁、心如死灰都不为过。

遥想当年的龚云驰——呃，其实也不远，至多一两年前——胜负欲极强，时常约一群人赛马、比剑、蹴鞠，赢了高歌饮酒，输了纠缠不休，若不如他的意，他甚至敢半夜爬窗，持刀威胁再比。

龚骋愣怔了一瞬，道："让你们担心了。"

"担心是其次，你能振作起来最重要。"

青年道："时过于期，否终则泰。"

龚骋抿唇点头，道："借先生吉言。"

确认龚骋的情绪已经恢复，青年将话题拐了回去——龚骋的那位妻兄是个变数，像是一枚凭空出现的棋子，看似游离于局势之外，但谁也不能保证其会不会在关键时刻出来搅局。

此人出现的时机未免过于凑巧，他还偏偏就接了秘戏图的活儿，偏偏就碰到了被藏在月华楼养伤的龚骋，偏偏还是龚骋的前任妻兄——不，这个妻兄是真是假还有待查证。

世上哪有这么巧的事情？巧合多了，便像是有心为之。

青年屈指轻敲棋盘:"你与沈氏大娘子缔结连理,对她了解多少?对这位妻兄又了解多少?"

龚骋视线上扬,沉思了会儿,摇头,羞惭地道:"不了解。"

青年和俏儿都沉默了:倘若不是出了意外,二人直接三拜便是名正言顺的夫妻,他怎么说得出"不了解"三个字?

龚骋也觉得自己多少有些离谱儿,可是还是诚恳无比地道:"我真不了解。"

事实上,他的婚服都是临时赶制的,聘书、礼书、迎书他都没看到,纳采、问名、纳吉、纳征、请期、亲迎六礼更是能省则省,能快则快。被阿父急召回家,他才知道自己过几天要成婚成家。

他能了解什么?顶多被告知女方姓甚、行几、年岁,有个心理准备,其余的他一概不知,连人也只是大婚当天匆匆见过一面,还是敷脂粉、化浓妆的模样。他能认出妻兄与未婚妻相貌酷似,已实属不易!

俏儿了解后,佩服地拍了拍他的肩膀:素闻中原多是盲婚哑嫁,讲究"父母之命,媒妁之言",但似云驰兄这般又盲又哑的,实属少见。

青年看他的眼神也是一言难尽。

龚骋只得窘迫地支吾道:"这场大婚本就不是为了合二姓之好,只是为了避祸保下后嗣,免不了仓促一些……"说着说着,他自己都说不下去了,这哪里是"仓促一些"啊,说是过家家都不为过。

"沈大娘子夭折,但妻兄沈棠还在,沈氏一门好歹还有活口,"龚骋整理好情绪,面上闪过几丝隐忍与同情,为那位匆匆一面就生死永隔的未婚妻,"倒是不幸中的万幸。"

见龚骋对沈棠的身份已经是深信不疑的模样,青年蹙了蹙眉,暗中与俏儿交换眼色。

心照不宣的两个人达成了一致意见。

另一厢,掌柜等得望眼欲穿才等到沈棠出来,抓着沈棠的手腕将她带到角落里:"你可有得罪那几个人?"

沈棠摇摇头:"不曾得罪。"

掌柜又问:"那你认识他们?"他隐约听到什么"妻兄"……

沈棠道:"认识其中一个,不过与他也没什么交集。掌柜大可放心,不会惹麻烦的。"

书坊的掌柜暗自琢磨,觉得也是这个道理。

他将沈棠的酬劳装在钱囊里递给沈棠,叮嘱道:"你仔细清点清点。要不借你戥子称称？"

沈棠掂了掂分量，心里有数了："不用戥子。"给她戥子，她也不会用啊。

沈棠低头一块一块地数了数，正暗叹刚到手还未焐热乎的钱就要花出去，听到掌柜道："我与月华楼的都知算是相熟，帮你说两句还能省点儿。"

"啊？"

掌柜反问："你不是要赎回你弟弟还是妹妹？年纪不大的杂役，只要长得不似你这般出众，你手中这点儿银钱应该够了，兴许还能压个价。"

沈棠一脸蒙：她什么时候说过弟弟、妹妹身陷月华楼？

"要赎买的不是小孩儿，是一位老先生。"

掌柜嘴巴一秃噜将心里话说了出来："老人？老人就更便宜了，年纪越大越不值钱。"这话扎心，但是事实，年长的杂役力气没年轻人大，精力不足干活也不多，综合价值的确不如青壮年高，更不如小孩儿有潜力，因此价格是最低的。赎买的话，这点儿钱应该够了。

不巧，月华楼的都知还在睡。

掌柜直接找上月华楼的主事，屈指敲桌，开门见山："喂，生意上门，跟你买个人。"

主事抬眼看了眼来人，认出是合作多次的正光书坊的掌柜，脸色稍霁，笑容满面："哟，买谁？"

"是这位小娘子要买。"掌柜侧身将沈棠露出来。

主事看到沈棠的那张脸，眼睛亮了下：这模样若是完全长开，绝对是一棵摇钱树！

沈棠道："我要买一个在后厨干活的杂役，他姓褚，发丝灰白，看着四五十岁。"

主事收回心神，脑中略一思索便知沈棠找的人是谁："你说老褚？你要买？"

沈棠点头："嗯。"

掌柜在一旁劝说："一个上了年纪的杂役，便宜点儿卖了，你们没损失，也圆了这位小娘子一片拳拳孝心，算是行善积德嘛。"

沈棠很无语：别人天降"竹马"，她天降爷爷？

主事本想问沈棠为什么要买老褚，那个人可不讨喜，听到书坊的掌柜这话，明白了，神色中多了几分善意。

"你要买老褚？行，价格好商量。"主事主动将心理价位往低了调，"三两，你看如何？"

书坊的掌柜道:"三两?这太贵了!"

主事"噼啪噼啪"打着算盘,抽出一本厚重的泛黄的旧册子,翻开其中一页:"原本要五两,现在喊三两也是看在认识多年的面子上。喏,你看看,当年买下老褚的时候就一两二钱银子呢!"

掌柜道:"怎么会这么贵?"

主事哼道:"你当五年前是现在的行情?现在买个模样看得过去的丫头,压压价,两百文就能拿下。这行情五年前可不敢想。那时候都没打仗呢,买个人怎么说也要五两银子,好点儿的要十两、二十两!老褚那一批还是染过瘟疫的,只能贱卖,也收了一两二。"

按照勾栏瓦舍的规矩,甭管是那些挂了牌的哥儿、姐儿,还是干杂活的杂役、丫鬟,溢价三五倍是常态。若是头牌或者受欢迎的潜力股,溢价上百倍都是稀松平常的,不然赚什么钱?当年一两二钱买的老褚,现在卖最低也要四两八钱,主事就喊了三两,已经非常有良心了。

主事这么干也不全是看掌柜的面子。作为市井小民,他固然有市侩、奸诈、贪财的一面,但也有心软、善良、温厚的一面。他听到沈棠是来赎买"阿翁"的,第一反应不是趁机宰一刀,而是想象出一出感人至深的家庭伦理大戏——集齐了家道中落、血脉分离、久别重逢、共享天伦等喜闻乐见的因素。老褚这个老家伙自从被买回来后,就待在月华楼的后厨,已经干了五年,这么多年兢兢业业,没犯过错,手脚也算利索,除了寡言少语脾气怪,不合群、不巴结、不讨好,没有大毛病。现在老褚的家人找过来,想把他赎买回去好好尽孝,也算是老褚苦尽甘来,是老褚的福气。他犯不着为了一点儿小钱做缺德事,阻拦人家一家人重逢,也算是积点儿阴德了。

主事见掌柜迟疑,又道:"你也别教我为难,若收得太少,我跟上面不好交差。"

掌柜叹气,心知价格压不下去了。

一旁安静不说话的沈棠此时从钱囊里掏出几块碎银,摆在主事面前:"您称一称,看看够不够。"

主事见沈棠这般痛快,心生好感,暗自感慨:这真是个孝顺的孩子,长得漂亮还善良,老褚日后有福啊!

他收了碎银,仔细地称量后发现还有多的,又取了夹剪将银子剪下来一些,直到不多不少三两银子,收拾了剩余的还给沈棠,才取出老褚的卖身契,道:"现在还早,小娘子要不要去府衙过户?"

沈棠摇头："不了。"

掌柜没好气地道："人家的阿翁，过什么户？"

沈棠无奈：她不去过户，纯粹是因为自身也是黑户啊！先前这俩人还只是猜测褚老先生是她的爷爷，这会儿都明目张胆地说出来了。

主事一拍脑门，道："对呀，这个差点儿忘了，但回头也要抽个时间去补个良籍。"

沈棠嘴角抽了抽："嗯，我记住了。"

主事招手喊了个人："去，去后厨把老褚喊过来，就说他的孙女来接他回家享福了。"

至于被买卖的褚老先生有无意见……这不重要。

沈棠收好泛黄落着纸屑的身契，暗下决定，待她学完本事，这张身契就当是给褚老先生的补课费，归还他的自由身。老人家的吃穿用度她会负责，毕竟她也不是啥魔鬼买主。

因此，当褚老先生坐在后厨，一脸麻木地刷着昨夜堆积起来的餐盘、食案，听到这句吆喝的时候，他满是风霜的苍老的面庞扭曲了一瞬。

他似耳鸣了，抓着小厮的手再三确认："谁？什么孙女？"

负责传话的小厮笑道："你的孙女找过来要赎你离开，你的苦日子可算熬到头了。"

褚老先生一头雾水。

当他见到他素未谋面、从天而降的"孙女"时，表情险些又失控：你们管这位小郎君叫"孙女"？

主事拍了拍褚老先生的肩膀，一脸动容地感慨道："老褚啊，收拾收拾东西跟着你家娃娃走吧，别让你的家人等得太久了！"唉，如今这个世道最令人感动、最珍贵的画面，无疑就是一家团聚、共享天伦了，这一幕想想都觉得感人肺腑。

褚老先生木着脸。

沈棠同样面无表情地看着他："赎身钱我给了，你要不要跟我走？"她蓦地有些心虚，回过头来一想，未经本人允许将人买走是不太尊重褚老先生。

褚老先生道："你真要带老夫走？"

沈棠张了张口，莫名其妙地觉得自己接下来的回答应该慎重再慎重，不能草率。但她转念一想，这问题就一个选择啊：她钱都付完了，不把人带走不是亏大了吗？

于是，沈棠重重地点头："对，跟我走！"

三两银子呢！不能打水漂儿了！以往她都是白嫖祈善肚子里的墨水儿、脑子里的知识，莫说三两，她三文都没付过。

她的话音落下，现场的气氛古怪得很。

书坊的掌柜咂摸着感觉哪里不对劲。

还未等掌柜搞清楚，褚老先生先有了反应。他表情平静地点头："嗯，好，容我收拾衣物，稍待片刻。"

看着褚老先生转身回后院收拾衣物，书坊的掌柜问主事："这位老人家是不是在你们这里干活儿被打傻了？瞧着呆呆愣愣的，像是有老人病啊。这种带回去不好照顾，老遭罪了。"

主事翻白眼："咱们赚的是脏钱，但也不是没人性，不干活儿就饿两顿，犯不着打人。"除非是逃跑、偷钱这种，不打不长记性。老褚自打来了就很乖顺，咋会被打？

另一厢。

盯着龚骋将药喝完睡下，伯儿与青年一前一后离开。

当身后的木门合上，伯儿气势一变，那张精致到有些刻薄相的脸上添了几分威严。他道："没想到云驰兄也有一问三不知的一天。既然他什么都不知道，我们问了也是白问，不如自己去查。顾先生，派人盯着那个沈棠……若此人没问题最好。沈氏九族枉死，此人与云驰兄便是郑乔暴虐失民心最好的证据，日后我等出兵讨伐郑乔也名正言顺……"

青年道："倘若有问题呢？"

伯儿淡漠地道："那便除了，不留后患！"顿了顿，他又道，"还有，要留意龚氏那位五大夫的消息，一有消息就报上来。"

青年敛眸，拱手领命："是。"

青年施施然下了楼，余光不经意间瞥见一道熟悉的背影从视野里消失：那人不是疑似龚骋妻兄的小郎君？此人怎么现在才走？

青年召来杂役询问是怎么回事，沈棠逗留月华楼有何目的。

谁知那名杂役一脸羡慕地回答："您说那位小娘子？她是来赎买她的阿翁的，就是在后厨干杂活的老褚，真孝顺。"

青年闻言敛下眼睑，若有所思："你说的老褚又是谁？"

既然那人是沈氏子嗣，即使真有阿翁也命丧断头台了，又怎会在月华楼的后厨干杂活？此人身上本就疑点重重，这种时候还不忘添置下人，买个上年纪的杂役回去做什么？青年目光微黯，心思转了千万遍。

他本就细心、多疑，对此自然不会放过。

"这个……小的才来三个月，也不太清楚，就知道老褚在后厨干活儿，是个话少的怪人。"杂役回答不上来。

青年也不为难杂役："将你们主事喊来。"

月华楼外。

褚老先生怀里抱着个破旧的包裹，神情平静地看着空荡无人的街道。

沈棠站在一侧不语。

掌柜有心将空间让给这对阔别多年的爷孙好好叙旧，再加上这会儿是白天，即便是在鱼龙混杂的勾栏瓦舍，应该也不会碰到危险，便放心地提出告辞，回去看店忙生意。

目送掌柜离开，沈棠又抬头看了眼褚老先生。

褚老先生还是那副表情。

她张了张口，正愁不知道怎么找话题打破尴尬的气氛，只见摩托叼着缰绳小跑上前，脑袋冲她怀里轻顶。

沈棠下意识地接过缰绳，想到如何找话题了。

"褚老先生，回去还有好长一段路，你要不先上……骡背？"她本想说"马背"，奈何自家摩托长得再高大漂亮也是匹骡子而不是马，总不能指骡为马吧……

"褚老先生？"沈棠又轻声唤了一句。

疑似出神、心不在焉的褚老先生总算被唤醒了。

他看了眼摩托，只见摩托在看他。

他又看了看个子不及自己胸口高的小郎君，也是新一任的主家，只见主家也在看他。

被这一人一骡用相同的眼神盯着，他心情有些微妙，嘴角微动，垂首道："奴不敢。"

褚老先生自称"奴"，但他那一身气质以及眼神跟这个自称格格不入，非常违和，沈棠怎么听怎么觉得不舒服。于是她摆摆手，道："褚老先生，这个'奴'就不用了，你自称名或字都行。"

褚老先生听闻此言，神情微怔，但并未开口反驳什么，只是应了下来："是。"

"那你名什么？字什么？我姓沈，字幼梨，家中行……"交换名字是关系进一步熟络的标志之一，沈棠按照自我介绍的标准格式开口，说到排行时顿了一下——沈娘子家中行几来着？

算了，她一时想不起来，这不重要。她胡诌了个数字："行五，你唤我五郎也行。"

若喊她五娘子，她也没意见的。只是好好一个美娇娥，每每被误为俊俏郎，这个世界的人的眼神多多少少有点儿毛病。

褚老先生道："褚，褚曜，字无晦。"

"褚曜？好名字啊。'旌旗云扰，锋刃林错。扬晖吐火，曜野蔽泽'。曜者，耀也，曜煜灿烂，又字'无晦'，无暗无晦，寓意极好。"沈棠习惯性地来了一波商业夸奖，将吐槽咽了回去：祝福是好，名与字也好，只可惜现实跟祝福往往相悖，取名、取字的人希望他的人生"曜煜灿烂，无暗无晦"，结果一把年纪被买去后厨洗碗、洗盘，貌似还被废去了文心，唉，简直是惨不忍睹。

她旧事重提，指着眼神无辜的摩托："先生要不要骑？摩托可乖了，走得不颠簸。"

褚曜从沈棠手中接过摩托的缰绳，眼神示意沈棠上骡背。待她坐稳，褚曜说道："断没有主家步行而仆者骑行的，这不合规矩。"

沈棠嘀咕："哪儿有这么多规矩……"

她买老褚回来是为了接祈善的班儿，还真没打算让上了年纪的老人照顾自己，更何况这位未来还会扮演"半师"的角色。

褚曜道："不一样。"

沈棠疑惑："哪里不一样？"尊老爱幼，搁在哪里都是一样的嘛。

褚曜一只手牵着缰绳，另一只手抱着自己破旧的包裹，往街头走去，不回答"何处不一样"，反而问了个有些奇怪的问题："五郎花了多少银钱买下的？"

这是问花了多少钱买下他？沈棠神色迟疑："虽然我应该顾及先生的心情把价格往高了报，但这不诚实……主事原本打算喊价五两，但他误解了你我的关系，以为咱俩是爷孙，同情之下主动减了二两。"

却不知，正背对着她的褚曜脸上的表情有一瞬间的古怪，似怀疑又似挣扎，复杂无比，半晌也没给沈棠反应。

沈棠正怀疑他是不理人了，却听他道："所以……是三两？"

沈棠无语：五减二等于三……这道数学题有这么难，你犹豫这么老半天？自信点儿，就是三两！

"对啊，三两，应该没算错……"沈棠掰了掰手指，确信自己没算错，继而又怀疑自己找错人了——这种程度的算术题都要犹豫再犹豫，褚老先生真像祈善说的那般博学？还是祈善在诓她？

于是沈棠问了一个憋了很久的问题："元良先前说过先生有才。有才能之人，即便深陷低谷，总能想办法让自己过得好些，缘何先生不替自己赎身？还是不能赎身？"

虽说猪、牛、羊这些牲畜的下水卖得廉价，但再便宜也是要花钱去买的，多少普通百姓想吃都吃不起，可见褚曜过得清贫却不是没收入。他在孝城月华楼的后厨干了这么多年就没想过多找兼职，赚点儿小钱给自己赎身？他有文化、有能力，走到哪里都是比普通老百姓吃香的。故而沈棠百思不得其解。

"辛国被灭前，我这种罪人无法自赎。"

"可辛国已经灭了。"这种规矩自然也作废了。

谁知褚曜说了句让她费解的话："非是不愿，也非是不能。"

"啊？"既然如此，干吗不行动起来？

褚曜有些复杂也有些无奈地笑了笑，叹声带着几分沈棠琢磨不透的认命，接下来一句话又让她满头雾水，满眼疑惑。

他道："我在等五郎的三两银钱。"

等……她的三两银钱？沈棠脑瓜子转得飞快，再加上一贯天马行空的思路，脑海中浮现出无数猜测。

莫非她是传说中的天命之女？这毕竟是个科学的棺材板被钉死的世界，不科学才是科学的。但她转念一想自己倒霉催的地狱开局，不由得心下摇头自嘲想多了，还天命之女呢……根本就是一路走背运的倒霉鬼。

"这里头有什么门道吗？"沈棠努力让自己的语气听着不是那么自恋，但嘴角又忍不住上扬，"给三两银钱的人必须是我，还是是谁都行，但必须是三两银子？"

褚曜的回答出乎她的意料。他道："不知道。"

褚曜不按常理出牌，沈棠脑袋里又蹦出大大的问号，连带着声音微扬："不知道？"

"此事说来话长……我也不是很确定。"

沈棠道："我有时间听你慢慢说。"褚老先生跟祈善一个德行，一句"此事说来话长"就想强行结束话题，徒留她好奇得抓心挠肝。

"五郎真好奇？"

沈棠老老实实地承认："很好奇！"

"那此事还要从我开蒙那年说起……"褚曜摆出讲故事的架势，准备娓娓道来。

但架不住沈棠不是个会乖乖地听故事的，褚曜刚起个头，她就问："开蒙那年？发生了何事？"

虽然褚曜不似祈善那般喜欢吊人胃口，但故事的时间线也拉得太早了，难怪说来话长。

"那年没发生什么。"

沈棠沉默不语。

身后的沉默让褚曜哑然失笑，不用转头脑中也能描绘出骡背上的少年无语的神情。

褚曜轻描淡写地道："我只是在开蒙识字那年感应到天地之气，并在同一年凝聚文心。"

沈棠又问："文心几品？"

褚曜回答道："二品上中。"

沈棠闻言咋舌："这么高？"

祈善狂得二五八万才是六品中下。二品上中文心可是仅次于一品上上的存在！一品上上文心又曰圣人品，也是虚品，唯有拥有国玺的诸侯能拥有。所以二品上中文心已经是寻常人所能拥有的最高品阶文心。

拥有二品上中品阶的文心不啻斗地主手持"王炸"，褚曜又是怎么混到现在这个地步的？实在是匪夷所思。

听着沈棠话中不加掩饰的惊讶，褚曜语调黯然："高吗？是挺高……但若能选择，我倒是希望低一些，四品、五品或者九品下下都行。拥有这文心对我而言是祸非福。"

沈棠不解地道："可这不是天赋好的象征吗？"怎么会有人希望自己的天赋差一些？

褚曜苦笑一声，道："五郎，授你学业的先生没告诉你，文士的文心品阶不能代表一切吗？"

"元良说过，但我还以为这只是他个人的看法，不能代表普罗大众的观念……"

她没想到褚曜跟祈善的想法一样，难不成这是高手间的共识？

"'普罗大众'是什么？生僻言灵？"褚曜的关注点跟沈棠的关注点一样有些偏。根据语境他知道"普罗大众"是近似"芸芸众生""凡夫俗子"的意思，但的确没听过这个词。

沈棠怔了下，卡壳了："我也不知道……只是随口就说出来了。不过这不是重点。"

这的确不是重点，褚曜也没将这个细节放在心上，而是更在意沈棠口中的

"元良"："那位元良可是先前在长街之上与我有过一面之缘的青年文士？"

沈棠道："对，就是他。"

褚曜略带欣赏地道："他的确是位良师。那他有没有告诉你关于文心天赋的内容？"

文心天赋？这又是什么东西？这种乱七八糟的东西怎么那么多！沈棠一头雾水地道："文心……天赋？这个我还真不知道，元良也没提过。他只是跟我说过什么诸侯之道啊……说来也不怕先生笑话，我虽有文心，但对文心的了解真不多。偶尔有问题问元良，他总敷衍我，不是说以后讲，就是说'你不需要知道'……"她严重怀疑他就是偷懒不想回答。

褚曜道："元良兄或许是为了五郎好，有些东西了解得越多，于你以后的成长越不利……"

沈棠好奇："还有这种说法？"

褚曜道："嗯。"

沈棠抓心挠肝：那她是接着听故事还是不听啊？

褚曜帮沈棠做了决定："文心天赋具体分为两种，一种是诸侯之道，另一种是文士之道。仅从名字来看，便知这两种天赋代表的身份。诸侯之道，我想你那位先生与你讲过，我也就不多说了。我要说的是文士之道，这是少部分文心谋者特有的能力，不需要任何言灵即能发动。"

沈棠默默地记住，问："先生也有？"

褚曜沉默了会儿，道："曾经有过，只是还未来得及成长，我的文心便被'偷梁换柱'了。"

沈棠惊愕："偷梁换柱？"仅从字面意思理解，这不是……

褚曜苦笑着摇头，语出惊人："是啊，你那位先生没告诉你，文心可以被窃取吗？"

沈棠很惊讶。

祈善还真没讲过。

"我当年的二品上中文心就是这么被调换的，我在最意气风发的年纪，一夜之间跌落泥淖，再无翻身的机会。"褚曜淡淡地说着故事，仿佛它与己无关，又道，"你那位先生不跟你提文士之道，或许也有他的苦衷和考量。因为文士之道不仅是一种特殊能力，也是文士对自己探索的结果。它与文士自身是什么人、什么性格、寻求什么道有关。即便是圣人，也不会想将这种隐私晾晒在众人的目光之下吧？"

不是每个文心谋者都有文士之道，但有文士之道的，九成九会选择隐瞒。若不隐瞒，那种感觉像被剥光所有能蔽体的衣物，赤裸裸地被丢进人群里。

沈棠的神情出现了一瞬间的恍惚：她没想到文心还能这么玩儿，自己文心品阶不高，恰好又有能窃取他人文心的天赋能力，便去偷窃别人的⋯⋯

难怪褚老先生说他的二品上中文心于他而言是祸非福，这不就是"稚子怀千金于闹市"？

"这种事情⋯⋯很常见吗？"

虽然祈善和褚曜都说过文心品阶不代表一切，但高品阶文心总有其优势，更遑论是仅次于一品上上的二品上中文心！能拥有上品文心，谁愿意将就中品或者下品文心呢？偷梁换柱，不啻夺人前程、毁人人生！

"不常见。再者，窃取他人文心的文士之道也不是谁都能拥有的，更不是什么人的文心都能被'偷梁换柱'。只是我的文心恰好适合而已⋯⋯这种行为，搁在任何一个国家都是足以处死刑的重罪。"褚曜自嘲地笑了笑，"不过，若是'自愿'就无碍。"

沈棠感觉自己见了鬼，语气愤懑地道："文心品阶事关未来的前程，怎么可能会有人自愿放着二品上中文心不要，跟人互换个下品的文心？除非这人'被自愿'了。"

褚曜道："是啊，'被自愿'了。"

沈棠默然。

褚曜继续道："我自小家境不好，幼年被父母卖掉，成了褚府长子的书童，与他一道开蒙念书。那位长子不是读书的料，顽劣好动，时常让我替他应付学业。"

那位长子喜欢舞刀弄枪，但褚曜对权谋策论情有独钟，把握一切机会学得格外认真。

"没多久，我替人代笔应付课业的事情被发现了。我本以为会被逐出府，或者被痛打一顿随便发卖到哪里，谁知得了府里主人的怜惜，不仅收我为学生，还赐了'褚'姓。"

沈棠问："'偷梁换柱'的人是你的老师？"

褚曜摇头："不是他。"

沈棠道："哦，那是我冤枉好人了。"

褚曜摇头苦笑："但他也不算无辜。"

那位老师的确对褚曜尽心尽力，各方面的待遇都比照府里的嫡子，一度让那位好脾气的长子都忌妒了，连师母都暗暗怀疑褚曜是不是其在外面的"沧海遗珠"！

老师的家人都这么想，褚曜作为当事人如何看不到老师的偏爱和照顾？

直到他加冠的前一年……

褚曜跟着老师进宫赴宴，席间多喝了两杯酒，醒来就发现自己身处一间地牢里。他当亲生父亲一般敬重十余年的恩师，向他提了一个让他至今回想起来都宛若噩梦的无理要求："无晦，将你的文心给殿下！"

他看着恩师的嘴巴一张一合，从这张嘴巴里吐出的每一个字，悠远模糊得像是从天际传来，最后在他耳中组成让他感觉天塌地陷的句子，也拼凑出令他浑身血液倒流的真相：这一开始就是精心策划好的骗局。

"恩师收我为徒，确有三分真心。"

沈棠一脸晦气："是有三分真心，但剩下九十七分都是利益谋算。人家就是盯上了你的文心，留着你给那位所谓储君当待宰的羔羊。啧，被自己最信任的人出卖，滋味怎会好受？"

褚曜道："可旁人不会这么想。"例如那位受益的储君。

那位储君承诺褚曜，待文心交换完毕，他日他登上大宝，绝不会忘了褚曜的贡献，即使褚曜没了上品文心，以后也会被重用；又道褚曜被父母买卖的时候已入了贱籍，若无恩师的知遇之恩、栽培之恩，天资再好充其量也只是个有点儿小聪明的仆从，焉有如今的风光？这么想想是不是心里好受许多？所以他说褚曜应该感恩而非怨恨。

"老师也宽慰说，'偷梁换柱'并非要窃取我的文心，而是将两枚文心交换……"只是失去二品上中文心，而不是失去文心，只要文心还在，哪怕只是七品下上，也是他这个低贱出身的人没资格奢望的，他还有什么不满的？

沈棠叱骂："这是强盗之语！他怎么不把自己的文心给储君？己所不欲，勿施于人，这么多年书读到狗肚子里了吗？"

谁不知道高品阶文心比低品阶文心好？强盗就是强盗，偏偏还要冠上一个冠冕堂皇的"尽忠"理由，实在令人作呕！

那位恩师或许有几分未泯的良心，再加上褚曜的确还有用处，所以不管褚曜想学什么、看什么，恩师能答应的都答应。褚曜纵使愤恨，也不敢表露，只能默默地用功，试图挽回点儿什么。

没两年，又发生了一桩很可笑的事情。

沈棠追问："什么事情？"

褚曜表情古怪："储君与其他兄弟斗争失败，卷入'厌胜之祸'，被囚禁期间半夜如厕，掉入坑中溺毙。其党羽也被连根拔除，其中就有我那位恩师，落得个被抄家发配的结局。"

那位恩师虽然待褚曜如亲子,但一直没让他重回良籍,所以被抄家的时候他也被牵连。他作为废公子党羽,下场自然好不到哪里去,被废去丹府,充公发卖。他靠着以前积累的一些人脉,没混得太惨,反而在朋友的帮助下成了褚姬的门客,又随同褚姬来到辛国。

结果他的日子还没安生多久,褚姬倒了。

褚曜与褚姬的其他资产一起被发卖,辗转流落到了孝城,在月华楼洗了五年碗。

听完整个悲惨故事的沈棠沉默了。

一个人走霉运不稀奇,稀奇的是一直走霉运,他从弱冠被替换文心起就没顺过啊!

"先生还是没说'三两'是怎么回事。"

褚曜道:"我没说吗?"

沈棠面无表情:"你没说。"

"哦,那是我忘了说我的文士之道。"

沈棠道:"这能说?"

褚曜倒是坦然:"如何不能说?反正我的文心已失,文士之道已废,说了又如何?"

沈棠道:"挺有道理。"

褚曜颇为无奈地道:"我的文士之道是'柳暗花明',就是'山重水复疑无路,柳暗花明又一村'的'柳暗花明',不到绝境不可用,非我能掌控。至于它究竟有没有用,我也不知道。我只知道被替换文心那一晚我做了一个冗长又很清晰的梦,梦中去药店开了一张药方。"

沈棠:"……"

合着这还是不受控制的被动技能,有没有发动,发动后有没有用,一概不知,褚老先生真是惨上加惨。

沈棠追问:"什么药方?"

"人参、大黄、附子、熟地黄各五钱,辅以月华三两,可知天命,可解顽疾。"

沈棠嘴角动了动,无语凝噎:"这只是梦中的药方,老先生也信?"

这药方怕不是庸医开的。褚曜的文士之道给人的感觉很不靠谱儿,跟广告中的"图片仅供参考"一个德行。

第九章
当垆卖酒，翟氏少年

沈棠这话让褚曜脚步一顿，但很快恢复正常，脸上泛着的微微苦笑化为从容："人生在世，总要相信点儿什么才好活下去，或者自我安慰，这只是'君子藏器于身，待时而动'。"

否则，活着太难了，这一日一日地熬，熬的都是他的心血。从他加冠前一年被换了文心，做了那个梦，到后来几番颠沛流离，已有一十五载。

沈棠叹气："但这样太苦了啊。"他明明可以不用吃那么多苦，与其守着一个没有可信度的"预言"，倒不如走好当下的路。

褚曜摇头不言。

面对现实，他真没动摇过吗？自然不可能，他不过是凡夫俗子，面对看不到尽头的磨难也会动摇，还不止一次。只是每每生出动摇的苗头，他便会自行掐灭。一则，他的脾性不允许他半途而废；二则，那个梦境是他此生唯一一次使用文士之道，不看看结果以及他的天命，他如何甘心？

可知天命，可解顽疾……倘若梦中药方上的预言成真，便意味着他的人生将真正扭转，否极泰来，而非一生一世顶着贱籍在凡俗最底层的泥淖中打滚爬行。

他唯一没想到的是……

褚曜微微侧首，偷看沈棠。

五郎跟他想象中的"天命"相差甚远。他以为的"天命"，或是枭雄霸主，或是草莽义匪，或是游侠义士……那人应该生性豁达洒脱，不拘小节，不忌门第，不偏信偏听，也不会愚蠢地认为文士没了文心便一文不值，更不介意让他这样出身的"贱籍之人"大展拳脚。

奈何现实与理想总有出入。这位正骑在白色骡子背上的"天命",委实有些活泼、天真与单纯,怎么看都是个十一二岁、不谙世事的少年郎,一瞧便与他这么多年无数次推演、制订的计划不符。

沈棠没有窥视人心的能力,自然也不知道褚曜这么点儿工夫想了什么东西,独自咕哝:"人参、大黄、附子、熟地黄……这应该是'药材四宝'吧?代指四宝郡吗?"巧的是,孝城便是四宝郡郡府。

褚曜淡淡地道:"嗯。"

沈棠了悟:"那我就明白这药方怎么解读了。"

月华三两最容易理解。其明面上听着是什么奇奇怪怪的药引——按照一般药方,所谓"月华"应该是树叶或者花瓣上汲取足够太阴精华的晨露,搜集三两,作为煎熬的药引。但也能从另一个角度解释,月华可代指月华楼,三两或许有其他解释,只是褚曜认为三两指的是"三两赎身银",因此才有了他先前那句话。

但她还有一点不解:"天命为何?顽疾又是什么?仅从字面推测,我姑且认为我就是'天命',但我又不会医术,如何解得了顽疾?难道另有际遇?"

褚曜垂眸,说道:"不知。"

"真不知?"

褚曜神色如常:"不知。"

沈棠也不再多问,心里则想着:褚老先生无依无靠也挺可怜的,若他们相处得好,念在未来"半师之恩"的分儿上,她给他养老送终,反正她年轻力壮,不至于养不起一个老人。

如此一想,她简直要被自己感动,觉得不给她颁个"五好青年"奖状都说不过去。

一路无言,可沈棠有轻微的多动症,不是动手脚、动嘴巴就是内心活跃到飞起,闲下来就难受,非得找话题让人搭理自己:"先生啊……"

褚曜不似祈善,倒是很给沈棠面子,第一时间给了回应:"五郎有何吩咐?"

"呃……"沈棠愣怔了下——她其实没什么事,就是闲不住,褚曜给予回应她反而不知道该问什么了。

电光石火间想起在月华楼的遭遇,她问:"先生可知道窥探人心的言灵?"

"知道,五郎突然问这个作甚?"

沈棠想到那个顾先生就憋屈,对于她这种心理活动频繁的人来说,"顾先生"就是永远要拉进黑名单里的存在。她道:"方才在月华楼碰见个文士,读心之能好生厉害……"

"厉害？"

"我一个照面儿就被窥测，半点儿隐私都没有。"沈棠请教道，"这该如何应付？"

"人心隔肚皮。"褚曜平静无波。

沈棠"啊"了声，一时没反应过来："什么'人心隔肚皮'？"

褚曜道："抵御窥视的言灵。不过学不学意义不大，一般情况下也用不到。修习窥心言灵的文士不在少数，但能学成的寥寥无几，且每次使用都会对文心造成极大的负担。若被窥视者也是文心文士，且有一定的防备，付出的代价更大，一个不慎还有被反噬的危险。"类似的窥心言灵，他在被替换文心后也私下偷学过。

沈棠道："原来如此，怪不得那人一副短命痨病鬼的病容，让人怀疑风一吹他就会学风筝上天。只是这种言灵负担这么大，有必要滥用在我身上？还是他嫌自己寿命太长？"

负担大？沈棠真看不出来，觉得那位挺游刃有余的。

褚曜没见过沈棠口中的文士，自然无从判断，但有一点是可以肯定的——"非善类，敬而远之"。

不管那位文士是实力强大到能无视负担，还是他的文士之道就是窥心，都不是善茬。

"这个我懂，可树欲静而风不止……只希望别那么倒霉，一把火烧到我身上。"

有些事情不是她想远就远得了的，以她和龚骋的关系，那个倌儿和顾先生也不会真正对她放心，兴许还会派人暗中调查。明枪易躲，暗箭难防。

思及此，沈棠摇了摇头——她无心插手乱七八糟的事情，龚骋那边也不会出卖她，毕竟二人在某种意义上来说是一根绳子上的蚂蚱，若她被抓了，龚骋还能高枕无忧？

她作为朴实无华、遵纪守法的小老百姓，与其担心大人物的破事，倒不如多想想怎么赚钱。衣、食、住、行哪一样不要钱？待她以后过了河拆了祈善这座桥，只能与褚老先生"相依为命"，养活两张嘴的重任就落在她的肩头上了。她一个身强力壮的年轻人，总不能指望褚老先生出门洗碗养活他们俩吧？她还是得赚钱。

沈棠灵光一闪，有了主意："走，咱们去批发酒坛子。"

"酒坛子？五郎还好酒？"这倒是看不太出来，五郎长着一张颇具野性气质的面孔，只因为过于俊秀，男生女相，反倒给人一种滴酒不沾的感觉。不过好酒也不是什么大事，时下是乱世，风气豪迈，不管男女老少都能喝几杯，酒量好的能千杯不醉。

沈棠正欲回答，又卡壳了：话说，她自己的酒量如何？

"五郎，可是哪里不舒服？"见沈棠莫名其妙地走神儿，表情恍惚，褚曜将她的神思唤回。

沈棠摇摇头。记忆缺失就是这么麻烦。

她郁闷地道："没不舒服，我只是在想自己的酒量如何……我好像不太能喝。"她作为宅女画手，酒量应该好不到哪里去才对。

褚曜闻言失笑，心里暗想：也只有这个年纪的少年郎会在意这种小事，好面子又脸皮薄，生怕酒量浅会被旁人耻笑。

他委婉地宽慰："任何事情都是过犹不及，适量最佳。小酌怡情，酗酒伤身。五郎正是长个子的年纪，酒量浅些无妨，待年长再练酒量也不迟。"

沈棠总觉得他们俩的谈话不在一个频道上。

集市甫一开市，车马行人络绎不绝。有固定摊位的商贩早早搭起摊子叫卖，那些挑着担子的货郎则走街串巷。

褚曜牵着骡子在一家熟悉的酒肆前停下，不远处便是他经常买下水的肉铺。偶尔有认识的人跟他打招呼，他也颔首回应。

褚曜道："这家酒肆的酒还算地道。"还大多是口味偏甜的甜酒，应该比较符合小郎君的口味，关键是一坛酒的价格也不贵。

沈棠道："我不买酒，买酒坛。"

只买酒坛不买酒？这倒是稀奇了。褚曜不知这位五郎要作甚，但也没有细问，带着五郎去了不远处的另一家铺子，铺子做的是瓦器生意，也卖酒坛。先前那家酒肆的酒坛就是从这家进货，价格多少他心里有数。

沈棠看了货，一口气要了十只土棕色的圆肚酒坛，那酒坛圆滚滚的，坛底仅有巴掌大小。

褚曜终于按捺不住好奇心："五郎买酒坛作甚？"

"卖酒！只可惜这坛子不够精致，不然就包装成精品酒，专卖有钱人、冤大头。"

褚曜问："五郎还有酿酒的手艺？"

"没有，不过凡事都能试一试。"

褚曜笑容逐渐僵硬：试一试？

他又看着沈棠去买了一张长木凳，然后随便找了个街口坐着，把一只只酒坛子依次摆开，有几分要当垆卖酒的架势。

不过褚曜很清楚那些酒坛里面都是空的。这怎么卖酒？

沈棠从腰间的佩囊里摸出一把小刻刀。

小刻刀在她手中如臂使指，如行云流水，没一会儿她便在木板上刻下一个大大的"酒"字。

"哐当"一声，她将木牌往摊子前一立。

褚曜在一旁围观，闹不明白自家"天命"想做什么——这究竟是卖酒还是卖空气？哪怕里面装点儿水也比卖空气像样。

路人也忍不住往这边投来些许或诧异或好奇的目光——首先还是摩托的个头儿和毛色太过扎眼，其次是沈棠与褚曜二人的画风格格不入，最后才是那个简陋的酒摊子。

还有人看见沈棠、褚曜二人从瓦器铺子里出来，知道酒坛子空空，里面连水都没灌。

"小娘子，你这卖的是什么？"有路人主动上前询问。

沈棠道："我卖的是酒。"

路人指着酒坛道："但这是空的。"

"现在它是空的，但你要是买，它就是满的，一坛酒两斤三百文，不二价！"

路人一听都被气笑了：且不说这价格比酒肆的老酒还贵，即便便宜，谁会有病花三百文买一坛子空气或者水？

"小娘子，你莫不是患了癔症？"路人说完不待沈棠回答，又对褚曜道："老头儿，别陪着孙女发疯了，家中还有积蓄就去街头的药铺看看脑子，去得早兴许还能救一救。"

褚曜也看不懂五郎是什么操作，但也不打算阻拦，只想知道沈棠葫芦里到底卖什么药，啊，不，是酒坛里卖什么酒！

"小娘子，这酒怎么卖？"

沈棠坐在简易的小马扎上，双手托腮看着来来往往的行人，正想着要不要吆喝两句，一道人影遮住了头顶的阳光。

她与褚曜同时望去，待看清来人的模样后，不由得暗想：好生俊俏。

来人的确是个俊俏出色的少年郎，看外表刚过束发之年，尽管身上的布衣料子极普通，长发随意地用红绳束起，腕绑黑绳，腰系粗布，脚踩草鞋，但仍难掩周身的贵气。盖因此人肤色偏白，口齿整齐，怎么看都不是普通人家能养出来的。再看此人的相貌，鼻如悬胆，唇若涂脂，整张脸最出色的无疑是那双似笑非笑的桃花眼，明明唇角没有一丝弧度，但看那双眼总觉得少年在笑，见之可爱，顿生亲切。

褚曜看了看眼前这名十六七岁的少年，再看看自家五郎的酒摊子上摆着的空酒坛，怀疑他脑门儿上写着"冤大头"三个字。

沈棠回过神，问："你要买酒？"

少年道："不能买？"

沈棠道："能买能买，自然能买。一坛酒两斤三百文，不二价。小郎君当真要买？"

少年从钱囊里摸出一角碎银，放在木凳上，豪气十足地道："买！"

褚曜无语。

看热闹的路人也低声议论："没想到真有人傻钱多买空酒坛的。"

沈棠掂了掂那一角碎银的分量，满意地放入自己的口袋里，抬手抓来一只空酒坛。

沈棠还未有其他动作，少年伸手："小娘子，你要卖我空酒坛？"说完，他又扭头看了眼身后的某个方向，皱着脸，委屈地道，"做生意怎能如此？"

沈棠好笑地反问："我何时说要卖你空酒坛了？你这位小郎君有意思，既然担心我卖空酒坛，为何还'慷慨解囊'？不怕财酒两空？"

褚曜暗中拽了拽沈棠的衣袖，冲着少年的腰间努了努嘴。

沈棠初时不解，顺着看去却发现少年腰间挂着一枚墨色虎头玉璧，玉璧之上有暗金色花纹，仔细一瞧竟是小小的篆字。只是这枚玉璧与衣裳的颜色过于接近，她并未第一时间发现。

沈棠恍然大悟：武胆虎符，难怪不怕被骗啊，真要被骗了钱，怕是少年能当场掀了摊子，再将奸商暴打一顿，为民除害。

少年不知沈棠的心理活动，眼巴巴地看着沈棠手中的酒坛，催道："小娘子，我的酒呢？"

沈棠哼了一声，催动文心，念道："慨当以慷，忧思难忘。"

少年听到前面一句便露出微讶之色，那双水润多情的桃花眼睁得更圆了。

不只他，一侧的褚曜也变了脸色。

平静之下似有文气暗涌。

沈棠没顾上二人的反应，目光凝在酒坛的坛口，悠悠地道出下一句："何以解忧？唯有杜康！"

她的话音落下，积蓄已久的文气翻涌汇聚，她耳边只听见"淙淙"流水声，鼻子只嗅到琼浆玉液的香气。沈棠挪开右手，坛里不复空荡，取而代之的是清冽碧透的酒水。

少年不由得动了动鼻子，那双多情的桃花眼越发明亮，喊道："好酒！"

路人不知真相，只知道这个少年交了钱又喊"好酒"，叹气数声——这年头做生意的人真是越来越没有下限了，这少年郎生得标致，什么活儿不能干，给人当昧良心的酒托？

下一幕却看呆了众人。

只见少年有些急不可耐地一把抓过酒坛，仰头便喝，连酒水溅到衣襟上也毫不在意。

这坛杜康酒不似新酿的，酒水清洌碧透，味道绵长回甘，浓香扑鼻，饶是尝过不少美酒的少年也忍不住见之欢喜，一口接一口总不满足，没一会儿便喝完了整整一坛。

"咦？喝完了？"他意犹未尽地咂了咂嘴，摇晃空荡荡的酒坛，眯眼凑近，似乎不相信自己一下子就喝完了——他明明刚尝到滋味。

他抬手一摸腰间的钱囊，取出一角比先前的碎银大两圈的银块，痛快地道："小娘子，两坛！"说完，他自己先怔了一下，羞赧与醉酒的红晕顺着脖颈往白皙干净的面皮上涌，没一会儿面颊便粉若桃花。

他低头对沈棠连连道歉："罪过罪过，郎君莫怪，非是我故意认错……"

因为沈棠一直坐着，没有露出腰间的文心花押印，少年便看脸分性别，以为这是一位当垆卖酒的飒爽的小娘子。至于以文心造酒这样闻所未闻的手段，他的反应反而不大：言灵神奇，既然能化出战马、兵刃，酿酒自然也不算多稀奇。

在少年看来，这都是不足为道的小事，但认错人的性别是大事啊！他生怕自己道歉晚一秒，这位郎君就会恼羞成怒，抄起酒坛跳起来砸他的头。届时他是挨打还是不挨打？唉，两难。

若非这是一位大客户，还长着一张讨巧惹人怜爱的脸，沈棠真想劝他将眼珠子摘下来好好洗一洗：这是多眼瞎才会坚定地认为她是男的？

不过鉴于眼瞎的不止一个，她也就忍了。

沈棠硬邦邦地说："不用道歉。"

少年脸上立刻又挂上笑容，元气满满，极其自来熟地冲着沈棠抱拳："郎君大度，在下曲滇翟乐，字笑芳，敢问郎君名讳？你这酒实在是馋人得紧，想与你交个朋友。"

曲滇是何处？沈棠不由得将目光投向褚曜。

褚曜一直保持沉默，似乎揣着什么心事，与沈棠的目光撞个正着才回过神，道:"曲滇在申国。"

沈棠满头雾水:"申国又在何处?"

褚曜无奈。

面对此情形,少年也不尴尬,反而笑着抢答:"申国在东南,曲滇在申国北部。"

沈棠有些疑惑:申国在大陆的东南,而目前所在的孝城处于大陆的西北,两地相隔甚远,这少年是怎么跑来的?

少年似乎看懂了沈棠眼底透出来的疑惑,憨笑着挠了挠头,道:"我与友人约好了一起出来游学。既是游学,总在一片地方转悠有甚意思?只是没想到,游着游着便跑到了这里。"

沈棠一脸惊讶:你跟你朋友游得够远啊,一个地方在大陆的西北,另一个地方在大陆的东南,就算两点一线飞过来都要好久,更何况沿途各国还在打仗,够能跑!

"在下沈棠,字幼梨。"沈棠干巴巴地学着少年抱拳,不说籍贯纯粹是因为她也不知道自己的籍贯在哪里。

翟乐道:"幸会,幸会!"

沈棠如法炮制了两坛杜康酒。

少年翟乐心满意足地一左一右抱着酒坛,往先前看过的方向慢跑过去。

沈棠暗暗关注,却见他与另一名比他高了半个头的青年会合,将手中的一坛酒递过去。

那名青年穿着与翟乐相仿,眉宇间也有几分神似,只是气质更加冰冷。且不同于翟乐的不羁随性,他看着更加干净体面。

"喝不喝?"

青年问:"什么酒你都敢喝?"

翟乐不满地道:"先前不是你跟我打赌吗?瞧,我赌赢了,为何不敢喝?莫说是这么好的杜康酒,入孝城之前可是连一碗清酒都喝不到。你真不喝?你不喝我可独吞了。"

青年哼了一声,从翟乐手中夺走一坛酒,淡漠的眼神投过来,与沈棠的目光相撞,不避不让。

她明码标价卖酒,既没有缺斤少两也没有卖假酒,这人用这种眼神瞧着她作甚?

青年二十岁上下,与沈棠的目光短暂地触碰又错开后,不客气地拎着翟乐的衣领，将人拖进了茶肆里。

沈棠隐约还能听到翟乐的叫喊声："有话好好说，阿兄，你别拖我，我不要面子的吗？"

在他们进入茶肆前，沈棠的视线在青年的腰间一扫——这人腰间果然也悬挂着一枚配饰，却是一枚碧青色的文心花押印，只是不知道文心几品。

也难怪二人敢从东南游学到西北，一文一武，能打。

有了"酒托"少年的帮衬，往来的行人也被沈棠这一手吸引，陆陆续续来买酒，但没有翟乐那么阔绰，一买就是一坛，顶多买个一两、二两尝尝鲜。如此一来，沈棠的生意不说多好，但也绝对不差。

沈棠拍了拍腰间的文心花押印，笑容满面：看样子她也不是一直走背运，空手套白狼果然最香了。

看了看渐渐饱满的钱囊，再加上卖画赚的钱的余额，沈棠在内心算了算，应该够买几匹好布，做几身新衣了。孝城的秋天来得早，盛夏已过，要不了多久天气就该转凉了。

"先生，咱们去买布。"

沈棠买了布又自制了两坛杜康酒，满载而归。

回到熟悉的小院，沈棠刚推开院门就看到坐在廊下发呆，一副心事重重模样的祈善。她喊道："元良，这里还有多余的屋子吗？"

祈善才回过神："你可终于回……"

他顿了一下，一眼便注意到站在沈棠身后的褚曜。

巧的是褚曜也在看他。

二人的视线在空中交锋。

沈棠莫名其妙地觉得空气有些凉。她晃了晃头，将那诡异的错觉丢到脑后，面上重新端起笑容，分礼物一般将手中带回的东西瓜分一空。

祈善收回视线，这才注意到两只圆肚酒坛，打开布塞闻了闻，问："杜康酒？"

沈棠道："对啊，送你的。"

祈善笃定地道："你又用言灵造的？"

一侧的褚曜终于有了反应，眼神微动，看向祈善的目光里多了几分深渊般的凝重与冷意。

沈棠道："为何就不能是我买的？"

虽然事实就是如此，但祈善一下子就猜到，这让她不满，说得好像她多抠似的。

祈善"呵呵"两声，说出来的话字字诛心："你有钱？即便有钱，孝城哪儿来的杜康酒？即便真有杜康酒，酒坛和布塞会这么新？说吧，你又糟蹋了哪句言灵？是'不乐仕宦，惟重杜康'，还是'何以解忧？唯有杜康'？"他那些卷轴中跟杜康酒有关的言灵，似乎就这两句，但他没想到沈小郎君还真能弄出来。

沈棠心虚但很理直气壮，声音逐渐上扬："管它是什么言灵，能弄出美酒赚钱的就是好言灵。做人不就活一张嘴吗？我看这孝城的百姓还是挺爱喝酒的，反正闲着也是闲着，每天弄几坛酒当街叫卖，银钱不就有了？"她回头还能做一做青梅酒。

祈善不由得自省：虽说他日子过得也不富裕，但一路走来也没让沈小郎君哪里短缺，怎么小郎君就一心往钱眼儿里钻？青梅、大饼、饴糖卖不够，现在又准备当垆卖酒，沈小郎君这是准备长期干下去？

"我看你这生意做不长久。"祈善给沈棠泼了一盆冷水。

"无本买卖，如何做不长久？又没有租金、原料成本……"卖多少赚多少，这是多少商贩做梦都想要的。

祈善并未回答，反而掀起眼睑，视线上移，最后落在站在一侧默不作声的褚曜身上。

沈棠看着二人，不明所以："你看他作甚？"

祈善还是没回答。

反倒是褚曜张口解惑："五郎，孝城要乱，故而生意做不长久。"

"孝城要乱了？"这是沈棠说的。

"五郎？"这是看着沈棠的祈善说的。

"我家中行五，便让无晦先生喊我五郎了。"她先是回答祈善的问题，紧接着问，"孝城要乱又是怎么回事？不是说战事初定？今日街上依旧热闹，看不出快打仗的样子。"

尽管城内、城外像两个世界，如此不平衡迟早要出事情，再加上祈善先前跟她说过的郡守是个十乌的间谍，隐患爆发不过早晚的事，可她没想到会这么早，其中必有缘由。

"不过是表面平静，实则暗潮涌动。方才获悉一则消息，孝城恐成是非之地。我在考虑要不要去往别处，暂时避避风头。"祈善一直在考虑这个问题，连报仇都选择搁置，心里想着带沈小郎君离开，没想到这位小郎君倒好，反手给他拉回来一个不知底细的人，坑人都不打声招呼。

沈棠没注意祈善微妙的表情，注意力都在那则消息上。她一屁股坐在廊下，踹掉木屐，凑近道："消息？什么消息？莫非哪路叛军或者别国正义之师来讨伐郑乔了？"

祈善道："皆不是。"

沈棠问："那是什么？"

褚曜插入二人的谈话，补上祈善未说完的内容："是一则谣言，恐是祸端。"

"什么谣言这么厉害，能让孝城乱起来？"沈棠看看二人，忍不住耍起了无赖，"你们谁给我一个痛快吧！你半句、他半句地吊人胃口，我迟早要一口气提不上来……"

毫无默契的二人却心有灵犀地冒出同一个念头：沈小郎君/五郎尚是孩童心性。

祈善哑然失笑："这点儿耐心都没有？"

褚曜的眼睛里则写着"还需要磨砺"。

被倒打一耙的沈棠无语：她哪里是没有耐心啊？但是耐心也不是这么用的。你们俩多少有些大病，说话、办事儿的效率这么低！

"你自己看。"见了沈棠面上不加掩饰的委屈，祈善只得将一张画纸拿了出来，推到沈棠面前。

沈棠一眼便认出这是她接下画秘戏图任务时倌儿提供的纸张，上面赫然是一幅有些眼熟的大漠落日图，一侧还有一行整齐的字。她逐字念道："紫微出西北，保天下一统？"

她内心不断吐槽：这是谁啊？造势吹牛吹得这么大？这是只差将野心刻画在脸上告诉世人他图谋天下。天下百国，他这是要一家一家推过去吗？这要是没成功，打脸得多疼！

想起早上见过的倌儿、会读心的顾先生，以及被他们救下的龚骋，她道："这幅图我在那个倌儿的房间里瞧见过，一模一样，屏风上也是大漠落日图。这则流言莫非是他们散播的？"不然为何要指定画纸材料？要说他们与此事无关，谁信呢？

褚曜道："这则流言许久前就有了。"

祈善冷笑："不是北漠就是十乌的臭把戏，目的应该是吸引有才之人会聚西北，趁机笼络招揽，或者是为日后入主中原造势，抑或是趁机搅乱西北各国局势，方便浑水摸鱼。"

只看文字的内容，郑乔也有嫌疑。此人本就得位不正，过往又不光彩，偏偏

153

野心十足，未必没有染指天下的野心，有可能用这种手段给自己脸上贴金。不过配上这幅大漠落日图，他的嫌疑就小了，因为庚国境内并无沙漠，其反倒是在十乌、北漠二地常见。

沈棠托腮："这不就是营销吹牛吗？"

会有人上当？上了当还不远千里地跑过来凑热闹？西北各国都在打仗，例如辛国前不久被庚国所灭，境内还有不少老百姓忍受不了这样的日子揭竿而起，叛乱不断。这兵荒马乱的局势下，谁吃饱了撑的没事干满世界乱蹦跶？

刚生出这个念头，沈棠就想到方才见过的翟乐兄弟二人，默默地改了上面的吐槽内容：她得承认，还是有闲人的。

祈善哼道："不舞之鹤。"

褚曜也道："鱼质龙文。"

兔缺乌沉，光阴飞逝。

随着夕阳西落，农家小院亮起了烛火。

因为没多余的房间安置褚曜，沈棠就想将房间让出来——她随便在哪里都能将就一夜，明儿再想办法。褚曜生得消瘦，又是年长者，让人家睡隔间或者走廊都不好。

不过褚曜不赞同。

最后还是祈善让褚曜跟自己挤一挤才作罢。

这一决定，沈棠求之不得。

用过老妇人送来的晚膳，褚曜揣着满腹心事，独自去院中乘凉。

听到"哗哗"的水声，他循声看去，见角落里蜷缩着一团影子，凑近才知是沈棠，她正撸着袖子洗一木盆的青梅。

"五郎这是作甚？"

沈棠抬头，见来人是褚曜便直起上身，以手成拳轻捶弯得太久的腰，口中道："洗青梅啊。我打算做点儿青口梅，酿几坛青梅酒，待冬日白雪覆城，赏景喝酒。"

褚曜闻言垂眸，看着木盆里或沉或浮的青梅，叹气道："暴殄天物，五郎可会后悔？"

沈棠一头雾水：她怎么就暴殄天物了？

褚曜又问："那位祈善先生没阻拦你？"

沈棠不解地道："元良阻拦我作甚？"

褚曜面色渐沉，平静的表面下开始酝酿怒火，却不是冲着沈棠，而是冲着祈善去的。

沈棠不知褚曜在生气什么，但有点儿发怵——他生气的气势让她不禁想起催稿的编辑，还有板着脸的班主任。她声音减轻，示敌以弱："无晦先生，你与元良都很奇怪，先前我用言灵化出青梅，他也问我会不会后悔，说我鲁莽什么的。总该让我知道为什么要后悔吧？"

褚曜收起怒色，诧然："你不知？"

沈棠摇头："不知。"

褚曜表情一言难尽，长叹一声却又不说为什么，只道："罢了，你这情况倒也不是不行。"

有话直接说！说一半留一半是对她的慢性谋杀！

褚曜帮着沈棠将一盆青梅洗干净，二人合力才忙完腌制青口梅的初期步骤。酿青梅酒倒是方便，将洗干净的青梅放入瓦罐里，倒入适量的杜康酒就行，沈棠还往里面丢了十来块饴糖，然后密封保存，过个把月就能开罐食用。此处无冰糖，她只能用饴糖凑合了。

忙完这些杂事，沈棠抓了抓略有异味的长发，打水洗漱、沐浴，换上干净的衣裳，坐在廊下用干燥的巾帕擦拭湿润的长发。

她一边擦一边等头发晾干，脑中缓缓地浮现出白日翟乐喝酒的画面。

坐在廊下赏月、喝酒、晾头发……她觉得还挺有意境。

说干就干，她一个鹞子翻身去东厨取陶碗，默念言灵便盛满一碗杜康酒，酒香四溢。她先用鼻子轻嗅，然后仰头闭目一口闷下。

醇香的酒液滑过喉咙滚入五脏六腑，不多时，她感觉热意蔓延全身，直冲大脑。

另一厢，褚曜和祈善二人正在对弈，你一棋我一子。二人都是看似温和，实则静水深流的人。

褚曜比祈善更善剑走偏锋，棋路攻势如雷霆，给予人极大的压迫感。

不多时祈善已经有落败的苗头。

终于，原先安静得只剩落子声的房间里添了人语，褚曜问："五郎懵懂，你缘何不阻止？"

祈善被气笑了，道："善如何阻止？"

他也是之后才知道这位小郎君身上有国玺，再者，谁能想到沈小郎君诸侯之道觉醒得如此之早，如此之轻易？寻常诸侯的诸侯之道少不得祭天酬神，辅以国运才能显露。他那会儿也是惊得险些失语。

褚曜不言。

轮到祈善的回合："褚曜，褚无晦，曾经的'褚国三杰'之一。'褚国三杰'当年何等风光恣意！不过几年，一个刑场五马分尸，一个狱中悬梁自尽，一个失踪杳无音信……却没想到你一直在小小的孝城藏着。你跟着沈小郎君是觉得他能助你翻身？可惜，他的诸侯之道却……"

褚国是个很小的国家，与其说是国家，倒不如说是半个州郡。

弹丸大小的国家却人才辈出，特别是一度名扬西北各国的"褚国三杰"。三个人皆是少有的二品上中文心，年龄虽异但志向相投。倘若给三个人足够多的时间立稳脚跟，褚国或许有机会从西北各国中脱颖而出，成为强国之一。

结果可想而知。

邻国感觉到威胁，还给你时间发育？想得美，苗苗全部掐灭！

褚国国君算不上昏聩，甚至说得上仁慈大度，知道轻重利弊，但架不住后院起火，几个儿子被挑唆得斗红了眼睛。

褚曜在"褚国三杰"中年纪最小、扬名最快，同时消失得也最快。有小道消息说褚曜的文心出了问题，对年少成名的他打击太大，他意志消沉，之后一蹶不振。

"倒也不可惜，虽说失了先手，但天不绝人，焉知死棋不能柳暗花明？"褚曜眉头动了动，看着祈善，"孝城虽小，但消息并不闭塞，祈元良这个名字，老夫也是如雷贯耳。只有一事不解，老夫守在孝城是为等待天命，那你出现在龚氏被发配的路上又是为何？"

褚曜是在褚国扬名，辛国出身的祈善却不是在辛国扬名而是在别国，就在前几年，他扬的还不是什么好名声：别人是衣锦还乡，他是拉回来一串仇家，一看就知道是狠角色。

褚曜想不通，这厮不去中原强国图谋发展，跑回来西北这块贫瘠之地做什么？

若只是这样，褚曜也不好奇，既非善类，敬而远之即可，但这人跟自己的"天命"搅和到了一块儿，他不得不上心，想远也远不了。

不巧的是，祈善也是这么想的。

正当二人互相嫌弃的时候，屋外的走廊里传来一声极其响亮、沉闷的"咚"，应该是什么重物倒地的动静。

二人对视了一眼，起身拉开门，却见倒地的人是沈棠。

"幼梨！"

"五郎！"

二人哪里还顾得上其他，将一切丢到脑后，一个把脉，另一个屈指探鼻息。

然而沈棠脉象平稳中正，康健有力得很。

二人满腹疑惑。

看到还沾着些许酒液的陶碗，褚曜拿起来轻嗅："是杜康酒，五郎喝酒了？"

祈善无语：沈小郎君这是喝醉了，还是被自己用言灵化出来的酒灌倒的？

就在二人无语的时候，蜷缩在地上的沈棠突然直挺挺地坐起身，诈尸一般猛地睁开了双眸。

祈善道："酒醒了？"这么快？

看着面色正常的沈小郎君，祈善长舒了口气：刚才看到沈小郎君一动不动地蜷缩着，他还以为是被人投毒丧命了，所幸只是虚惊一场。

不过沈小郎君没理他，兀自爬起身穿好木屐。

褚曜道："左右脚穿反了，分明还醉着。"

祈善无语。

沈棠木着一张脸，左右环顾，似乎在找什么东西，半晌后盯准了院门方向。

祈善、褚曜二人初时不解，不懂沈棠要做什么。

下一秒，只见少年抬手，从空气中抓什么东西，文气涌动，化成长剑。这柄长剑足有三尺四寸，剑身仅比两指略宽，在月色下显得格外修长。若细看剑柄，便会发现上面缠绕着九条姿态各异的金龙，宝石为眼，剑身錾刻着"慈"字。

祈善和褚曜都很不解：等等，沈棠这是要作甚？！

见沈棠提剑往院门走，祈善当机立断，大喊："幼梨！"

沈棠脚步一顿，微微侧首看着祈善的方向，眉头微蹙，似乎在辨认说话的家伙是谁。

"元良啊，你怎么还不睡？"她吐字清晰，不见半点儿醉态。

"时辰还早，暂无睡意。"祈善看着沈棠那把剑，隐隐觉得头皮发麻：一个耍酒疯的醉鬼提着剑往外跑，怎么看怎么危险。

祈善接着道："幼梨，你这是喝醉了，我去东厨煮点儿醒酒汤。"

谁知沈棠木着脸道："哼。"

仅仅一个气音，祈善听出了不满。

沈棠将剑往肩上一扛："我千杯不醉！不需要什么醒酒汤，你不用煮，早些安寝吧。"

祈善无奈：这话说出来不亏心吗？沈小郎君画技不行嘴硬说自己画技超绝，酒量不行嘴硬说自己千杯不醉，往后是不是还有坑等着他？

褚曜问:"五郎,此番欲往何处?"

沈棠一听这话,眼睛亮了几度,声音里充满了活力,引颈高亢地道:"风萧萧兮易水寒,壮士一去兮不复还!吾辈自当顶天立地,横扫黑恶,为民除害!我这是要替天行道去啊!"

褚曜难得地结巴了:"前……前路危险。"孝城因为行业特色,故而无宵禁,夜间游人不少,碰到这么个醉鬼岂不是危险?

沈棠斩钉截铁地一剑挥出,那磅礴凌厉的剑气竟削铁如泥,刀切豆腐般劈开了院中的石磨,她豪迈地道:"那便不归!"

褚曜和祈善都很担心:这个醉鬼的杀伤力有点儿大,要是放出去了,岂不为祸一方?

沈棠神情正常地宽慰二人:"尔等放心,待我杀了那恶贼,取回被窃的珍宝就回来。"

被窃的珍宝?

趁着二人愣神儿的工夫,沈棠纵身轻跃,身形轻盈如羽,似展翅的大鹏,越过墙头消失不见。

祈善气得咬牙——沈小郎君竟然直接翻墙!那先前几番看院门方向作甚!

褚曜抬手推他:"追啊。"

祈善道:"你呢?"

褚曜好笑地道:"老夫文心若还在,早就出手捆人了,岂会眼睁睁地看着五郎跑出去?"

褚曜理直气壮,祈善无法反驳。

他只得引动文气,追赶跑没影的醉鬼。

奋翅则能凌厉玄霄,骐足则能追风蹑景。"追风蹑景"的速度搁在一众言灵之中也属于拔尖那一拨儿,再加上祈善精修此术,效果非凡。但这样祈善都没追上沈棠,只能看到沈小郎君灵活似猴子的背影上蹿下跳,飞檐走壁。

祈善气结:"喝醉了还这么能跑?"

沈小郎君究竟要去哪里为民除害、夺回珍宝?更让祈善担心的是,沈棠是往城中区域跑的,脚下行人渐增,人影稠密,隐约还能听到欢声笑语、商贩吆喝。若沈小郎君在这儿撒酒疯,到处捅人,他都没信心能完全拦下来。要了老命!

黑衣少年倚靠着窗户,一脸愁色地看着手中的圆肚酒坛:"何以解忧?唯有杜康……杜康啊杜康,勾人断肠!阿兄,你说我怎么不能变化出酒呢?若是能,以后能省好多买酒钱。"

这里已经没有一滴酒了，但他还没有喝过瘾，也不知道那位小郎君明日还开不开张。

翟乐的抱怨没引起阿兄半点儿反应。

他感觉没趣，正欲翻窗去夜市找酒，敏锐地听到瓦檐被踩动的动静，紧跟着一道黑影从头顶越过，"咻"的一下没影了。

他怔了下，觉得那道影子眼熟，下一秒反应过来，大叫："卖酒的站住！再来两坛！"说着，他一个纵身翻窗，溜得飞快。

他正想着要不要催动武胆追赶，谁知那位卖酒的小郎君在一家酒肆的房檐上停下，目光冰冷地盯着他。

翟乐心中拉响危机警报，不敢太靠近，双手搭成喇叭，隔空喊话："沈郎君，可还卖酒？"

沈棠提着剑，冷冷地道："暂时不卖。"

翟乐失望："那郎君这是要去哪儿？"沈郎君一袭单薄的中衣，看着像是刚沐浴出来。

"替天行道，为民除害，惩奸除恶！"短短十二个字沈棠说得铿锵有力，正气凛然。

翟乐听得羞惭——沈郎君有如此义气，自己却只想着喝酒，差点儿耽误人家的正事，惭愧惭愧。

沈棠又补充："还有夺回珍宝！"

翟乐微惊："有窃贼窃沈兄的宝贝？"

"对，当真可恶至极！"沈棠咬牙切齿，麻木的脸上多了几分怒色。

她对翟乐发出组队邀请："翟兄可愿与我同行？"

翟乐瞬间来了劲儿："愿意，愿意！"长夜漫漫，实在无趣，不如行侠仗义！

"翟兄大善！"

在祈善追上来的前几息，沈棠拎着少年的领子往城外方向跑，将被拉近的距离又一次拉开。

祈善只来得及看到沈小郎君挟持了一名无辜的少年，那名少年还叫嚷着"你别拖我"之类的话。

翟乐注意到沈棠变换了方向——原先沈棠是往城中心跑的，越靠近中心，人群越稠密，这会儿则往城外方向跑，脚下亮起的灯火稀疏，再往外就出城了。

他问为什么换方向。

沈棠面色淡定："恶贼跑了，不在那个方向。"

翟乐怒道:"那些贼人可真狡猾。"

沈棠道:"是啊,所以不能放过!"

翟乐也是疾恶如仇的性格,一路上做的打抱不平的事儿多了去,自然大力支持,又问:"我方才注意到有人追你,那可是你的仇家?"

"那不是仇家,是引导NPC!"

翟乐眨了眨眼,懵懂不解:"是北漠或者十乌异族吗?"中原人不会取"引导恩匹希"这种怪名,但看沈兄的反应,其应该是友非敌,不用担心。

拼了老命追的祈善无奈。

第十章

是谁偷了我的大宝贝？

"沈郎君，你确定那个恶贼在城外？"饶是翟乐热血上头，此时也意识到不对劲的地方——那窃贼也未免太能跑了吧？

他与沈郎君一路追赶这么久都没看到可疑的身影，而沈郎君还没有停下来的意思。

两个人继续往这个方向跑，就该跑进深山老林里了……

沈棠淡淡地道："是的，我非常确信。"

翟乐此时是丈二和尚摸不着头脑，但多多少少也对沈棠起了疑心，担心这位沈郎君是诓骗自己出来，图谋不轨！不是他自吹自擂，他这张脸真能让小娘子、小媳妇掷果盈车啊！

不过，沈郎君也是铁骨铮铮的汉子，又长得好看俊俏，有必要觊觎他的脸？

再者说，他还是武胆武者，在正常一对一的情况下，一个文士拿什么留住一个武者？

翟乐思及此，又默默地按下"沈郎君觊觎美色"的猜测，但另一个念头如附骨之疽般挥之不去——会不会是想将他勾到野外杀了？或者是野外有同党，准备联手拿下他？这一想法火速地占据上风。

这一猜测也不是没可能，要知道他们身后还跟着个"引导恩匹希"仁兄。于是，翟乐看向沈棠的眼神里多了几分暗沉，暗暗警惕沈棠冲自己突然发难，连二人何时进了山都没发现。

此时盛夏刚过，还未入秋，山林草木正茂盛。远处群山起伏，在夜幕的笼罩下，似伏在地上小憩的野兽。由于刚入山林，空气中仍弥漫着未散的燥热，还有独特的草木香，四下寂静无声。

"沈郎君，此处气氛不对。"翟乐敏锐地察觉什么，剑眉微拧，一把抓住沈棠的左臂。

沈棠仍旧木着脸，抄着剑，道："我知，可恶的窃贼就在这里！"

见沈棠只穿着寝衣跑出来，翟乐总隐隐觉得哪里不对劲。只是他自己也满身酒气，比沈棠身上还浓郁，便错过了重要线索。

二人愈靠近愈谨慎，准确来说是翟乐越发谨慎，沈棠还是老样子。

循着溪水，两个人找到藏在山中的民居。

民居依水而建，多是石头、木头、茅草堆砌起来的简陋的屋子，此时火光蔓延，将山水晕染出一抹红痕。

翟乐一瞧便知不对劲，便要出去。

这时一只手猛地压住他的脑袋，差点儿将他压趴下。他又气愤又郁闷地看向"罪魁祸首"："沈郎君，你突然来这么一下作甚？"

沈棠淡淡地反问："那你出去作甚？"

"没瞧见走水了？自然是去救人！"

沈棠哼了声，警告翟乐："你去救一窝贼？小心他们杀红眼睛，反手将你给捅了！"

一窝贼？翟乐这才发现越烧越大的火并非寻常的火焰，火光跳跃间还有人影互相厮杀，或者说是一伙人围杀一个。前者虽穿着粗布麻衣，却训练有素，三五人一组，互为犄角，配合默契。后者只有一人，但凶猛威武，面对三四十倍于己的敌人也没有怯战，抓住机会便一刀砍飞敌人的脑袋或者手臂、大腿，凶残得狠。

"那人受伤了，看样子伤得还很重……"翟乐眼睛一眨不眨地盯着那名壮汉。

外行看热闹，内行看门道。外人觉得此人杀人凶狠，气势高昂，干掉剩下的敌人也不过是时间的问题，实际上并非如此，他的气息虽浑厚，但已经接续不上了。

他伤势过重、流血过多、武胆之气耗尽，而敌人还在源源不断地增加，怎么看都处于劣势。想且战且退？也要看敌人给不给退路。

沈棠道："他就是窃我珍宝的恶贼！"

翟乐越发不解："你说那位被围攻的？"

沈棠点点头，木然的表情中多了几分几不可察的委屈，气道："偷我东西的，还不止一个！"真想杀尽天下窃贼！

翟乐见沈棠的神情不似作假，有些犯难——他挺欣赏那位的英姿，但偷窃是人品道德问题，自己跳出去救人不太好。

就在他纠结的工夫，一道赤红刀光带着爆裂之声从天而降，目标直指被围困的"窃贼"。

"十米大刀？"沈棠蹲在暗处，双手搁在膝头，仰头看着刀光落下，惊讶地道。

刀光携带着巨大的力道，将"窃贼"脚下的房屋一劈两半，留下一道半米深的刀痕。

"窃贼"在刀光出现的一瞬间便感觉到致命的威胁，不假思索，单手扼住一名敌人朝刀光的方向丢出去，自己则侧身跳开。那个倒霉的敌人在半空中爆开一大团血雾，连惨叫都没来得及发出。

随着刀光散去，一个身穿甲胄的壮汉身形快如闪电，双手持着雁翎刀杀向"窃贼"。

这一刀蓄力已久，重若千斤，仅一个照面儿，巨力便将重伤力竭的"窃贼"打飞出去六七米远，"砰"的一声巨响，砸中了附近民居的窗门。

室内的木器碎裂，扬起阵阵灰尘。

几息过后，那名"窃贼"呕出一大口血，手指颤抖地从废墟中爬了起来，浑身浴血，灰尘满身。他"呸"了一声，将混合着泥土的血沫吐出，目光凶狠地看着雁翎刀壮汉："是你？"

后者也不急着拿下他，只是似笑非笑地看着他做最后的挣扎："是我，来送你上路。"

雁翎刀壮汉说完，其他人也围了上来。

翟乐叹道："此人要完了！"

看得出来这人武胆等级不低，但武胆再强也禁不住这么高强度的激战，伤势这般重，体力和精力都跟不上。更别说这会儿还冒出来一个武胆等级同样不低，但状态全盛的追杀者。

即便翟乐跳出去也挽回不了什么。

翟乐正惋惜，谁知一缕狂风从身侧掠过，余光只来得及瞥见一道熟悉的身影在视野内消失。

翟乐心下大惊，循着狂风的方向看去，只看到沈棠迅速远去的背影——沈郎君居然不管不顾地冲杀出去了！

沈棠一挥手中的长剑，一道无形透明的剑气携着爆裂之声，劈天裂地般在雁翎刀壮汉和"窃贼"之间划下一道十数米长的剑痕。至于剑痕路径上来不及闪躲被劈开的人,她管不着。

这一变故惊动了两方人。

重伤欲倒的"窃贼"蓦地一惊,心底泛起些许喜色。他仰起头,正好看到一道雪白的身影如风般从林间冲出。

沈棠把剑锋指向雁翎刀壮汉,怒不可遏:"尔等也要觊觎吾之珍宝吗?"

看着陌生的执剑少年,"窃贼"、雁翎刀壮汉二人神色各异。前者迷惑,他已经彻底绝望,准备逼出丹府武胆的所有潜能强行提升境界,背水一战,就算是死也要多拉几个垫背的!他万万没想到,在这个紧要关头,不知从哪儿跳出一个陌生的少年郎。后者凝重,只看那道剑痕的威力便知道来人的实力不容小觑,一个不慎自己就会阴沟里翻船。

"噗——""窃贼"正欲开口却牵动伤口,喉头控制不住地痉挛,呕出了一大口污血,使得原先就沾满污浊看不清的面孔越发狼狈。

他咳嗽数声,勉强压下呕血的冲动,喘息着道:"这位小友,这是我们的私事,你莫要蹚这一趟浑水……"

雁翎刀壮汉冷哼一声,狞笑道:"学人路见不平?识相的滚开!"

沈棠仍旧木着一张脸,起初注意力被身后的"窃贼"吸引,听到雁翎刀壮汉这么说,刚刚平复的怒火"噌"的一下涨得老高,愤怒之余,眼睛圆睁:"吾便知尔等小贼心怀不轨。"

雁翎刀壮汉嫌弃沈棠前言不搭后语:"不知所谓。既然你一心求死,那便将性命留下来。"刀锋一挥,雁翎刀壮汉下令:"诛杀二人!"

话音刚落,剑锋已至眼前,雁翎刀壮汉心下大骇,根本没看清少年是怎么靠近的。雁翎刀壮汉大喝一声,催动武胆,气浪以他为中心向四面八方翻涌出去,同时他长刀一横,用刀身截住那柄剑,劈开正面袭来的剑锋。

"哐当!"刀剑相击。

赤红的刀影炸开,气浪翻滚。

雁翎刀壮汉猛地倒飞了七八步才堪堪稳住身形,手中的刀不堪重负,发出极轻的"咔嚓"声,三四条细小的裂纹浮现于刀身之上。

雁翎刀壮汉面露惊骇,而那执剑少年脸色木然,被数人围攻仍不慌不乱。

"十步杀一人。"少年郎脚下一错,似踏云乘风,在刀光剑影中穿梭自如,行云流水般划开阻拦者的喉咙,竟是一剑毙命!

火舌吞吐,喷涌的鲜血比火光更炽烈!

才两息的工夫，少年剑下已多了三缕亡魂！

少年目若点漆，红唇微抿，即使被火光将冰冷的脸庞染上几分暖色，依旧令人不寒而栗。

"滴答滴答——"剑锋上的热血顺着剑身滴落，不多时便洇湿泥地，留下点点红印。

少年冷眼看着雁翎刀壮汉："不想死的，滚！"

面对这番挑衅，雁翎刀壮汉怒极反笑，腰间武胆虎符光晕流转，赤红罡气流转全身，顷刻间化作一袭狰狞的兽头甲胄，手中的雁翎刀也化为一杆红缨钩镰枪，气势突然拔高，整个人似一团燃烧的火焰。

雁翎刀壮汉狂奔两步，一匹踩着火焰的黑马出现在他胯下，载着他如离弦之箭袭向沈棠。

"铛！"

枪刃虽落空，却几乎是贴着沈棠的眉弓留下一道细长的红痕，衬得其肌肤越发白皙。

一枪落空，后续攻击接踵而至。钩镰枪枪头一转，一侧的倒钩上挑直袭沈棠的面门，若被刺中，最轻也是头颅开裂。

"白矢！"

弓弦嗡鸣，一支墨色的羽箭破空而来，箭镞精准地击中钩镰枪的倒钩。

二者撞击发出的刺耳之声令人耳蜗剧震，耳鸣不已。

"参连！"

墨色羽箭又至，这次却是一箭接三矢，看似力道轻盈虚软，真正接触却是力重千钧，硬生生打偏了钩镰枪的方向，震得持枪者虎口发麻。

箭矢的目标不只是雁翎刀壮汉，几乎一箭一人，箭箭命中敌人的眉心、喉咙、心脏等致命处。敌人都反应不过来，便觉得浑身冰凉，有些还被带飞钉在墙上。

雁翎刀壮汉定睛一看，居然又跳出个黑衣红发绳的高挑少年，左手持着一张通体墨黑的长弓，身上并无箭囊。

那名少年于半空中飞跃落地，足尖未稳便右手一拉弓弦至满月："井仪！"

墨色罡气在他的指尖凝聚出四支羽箭，一箭阻拦雁翎刀壮汉，再次打偏其钩镰枪，另外三箭射向围攻沈棠的人。

"咻咻咻"三箭，又有三个人归西，雁翎刀壮汉看了只想破口骂娘！这俩小兔崽子都是从哪里冒出来的？

沈棠正要用手中的剑割开敌人的喉咙，却有一支墨色羽箭抢先洞穿了敌人的脑门儿，人头没了！

她猛地回头看向翟乐：这就是抢了她人头的讨厌鬼！

翟乐却没这个自觉，身形灵巧地避开追杀，足尖借力跃上房檐，借助地形与敌人周旋的同时，不时射出数箭，箭箭毙命。

他箭法极好，身形也灵活得惊人，同时还不忘叫嚷：

"沈兄，这些人都杀了吗？"

"他们怎么都追我？"

"火火火，脚好烫啊……"

叨叨的工夫他又是数箭射了出去。

他纵身一跃，踩着底下人的头蹿到另一片房顶上，单臂抓着房檐，借力改变轨迹，避开了又一次追杀，顺利地从三个人的夹击中脱身，那张嘴巴也没有闲下来："这配合看着不似土匪啊……"他跟阿兄从东南一路游历到西北，一路上碰到的恶徒没有一千也有九百，皆是散兵游勇，各自为战，能力也参差不齐，极容易被逐个击破，而这些恶徒互有配合，倒像是吃军饷的。

"想念阿兄，没文心辅助不习惯。"

"沈兄，你帮我啊，文心！文心！文心！"翟乐的嘴就没有停过。

沈棠被念叨烦了，道："你能闭嘴吗？"

余光瞥见翟乐那边的情况，她手腕轻甩，长剑脱手飞出，一剑射穿了一名举刀从背后偷袭翟乐的敌人。

"老子从不打辅助位！"她说着两指一勾，长剑似受到某种召唤，乖顺地飞回她的手中。

被喷溅的血扑了一脸的翟乐虽然听不懂"打辅助位"是什么意思，但这不妨碍他知道什么叫"辅助"。沈兄这是嫌弃他啊，他还是自力更生吧。

翟乐脸上的轻松逐渐退去，取而代之的是些许凝重——别看他与沈兄气势高昂，但敌人的数量只增不减，也不知道他们是从哪儿冒出来的，有种捅了马蜂窝的感觉。

除此之外，那雁翎刀壮汉至少也是八等公乘，武胆虎符可驱使四百士。这四百士还未出动，他显然是游刃有余，现在就是用这些不入流的杂兵消磨他们的气力，不妙啊。

翟乐暗中观察战局，同时弯弓搭箭，射飞偷袭"窃贼"的敌人。

他闪身来到"窃贼"身边，好心地搭了把手，将其从围攻中救出来。

这名"窃贼"浑身浴血，在他们来之前也不知苦战了多久，完全是靠着一股毅力死撑着。

刀柄脱手，"窃贼"瘫软在地上："多谢小友……"

"谢谢就算了，往后洗心革面就好。"

因为帮了"窃贼"，翟乐就成了一众敌人的眼中钉。看着一拨拨围攻而来的敌人，饶是他神经再大条也意识到了不对劲，问"窃贼"："这些都是什么人？哪家的死士？"

不过他更想问的是这位"窃贼"仁兄究竟窃取了什么东西，惹来这般追杀？

这位"窃贼"没回答他的问题，而是咬牙举刀砍杀敌人。

翟乐见沟通不顺，只好叹气，奉陪到底，内心则忍不住嘀咕：沈兄、自己与"窃贼"，三个人两武胆一文心，怎么看都是沈兄辅助能将赢面最大化……

"星罗棋布！"

就在翟乐一边射箭一边想着自家阿兄会不会从天而降的时候，场上突生异变！无数黑白文字如浪花翻涌，瞬息铺满整个村落，组成纵横交错的巨大的黑白棋盘。

翟乐狂喜地大叫："阿兄，你终于来了！"

来人并未给予回应。

未见其人，已闻其声。那人从容地吟道："既明且哲，以保其身，夙夜匪懈，以事一人！"

明哲保身！黑白二色文气上涌交错成茧，将伤势最重的"窃贼"护住，任由敌人刀锋乱砍也纹丝不动，紧跟着便是沈棠，最后才是翟乐。

因为这一细节，翟乐不用转头都知道来人不是阿兄。

火光冲天，武器相击，鲜血喷溅。

儒衫文士神情凝重，冷眼看着底下混乱不堪的战局，完全不知道这些人是怎么打起来的。

不过，这已经不重要了。看着歪七扭八躺了一地的尸体，祈善便知事情难以收场，为今之计只能杀光在场的所有敌人——比起变数多端的活人，死人才能守口如瓶！

他把目光又转向跟雁翎刀壮汉缠斗厮杀的沈小郎君，平静无波的脸上终于有了一丝涟漪：这个醉鬼是真的疯！酒量浅就算了，酒品还这么差！

祈善嫌弃归嫌弃，但烂摊子还是要收拾的，腰间的文心花押印光晕一闪，嘴唇轻启："三心二意。"

这句言灵一出，祈善脚下涌上两团如黏稠的液体一般的文气，一团黑，另一团白,仅仅一个呼吸的工夫,文气团便拉长至一人高,最后化为两个与祈善一模一样的"人"。

三人三心,一人负责一方。

分心多用属于文心谋者比较高级的言灵,祈善的这道言灵不仅能化一为三,还能令文气在短时间内对队友的增幅翻倍。祈善这是铁了心准备将底下这些人全部留下来,一个活口都不留!

雁翎刀壮汉无语:他费了老大功夫,千里奔袭追杀,本以为终于将目标赶到死地,进行最后的收网工作,谁知道接二连三地有人跳出来搅局。最先跑来的持剑少年虽是文心文士,但光顾着打,一点儿没有支援伙伴的意思。第二个黑衣少年箭术惊人,但毕竟年岁还小,不足为惧。而第三个一来就杀气腾腾地想下死手!

三个人联手再加上一个重伤的九等五大夫……不管怎么看,他想将目标留下是没可能了。

他咬咬牙,愤恨地看了眼被翟乐护在身后的"窃贼",堵在心口的血差点儿将自己憋死:这跟播种施肥伺候农田,眼巴巴地等到收获的季节却被跳出来的盗匪打光了稻谷有什么区别?播种老子播,施肥自己来,结果收成跟老子无关!

他内心天人交战,最后还是极其不甘心地做了撤退的决定——君子报仇,十年不晚!回头再跟这几个人算总账!

祈善第一时间发现了他的意图,以文气铸城墙拦截去路。

雁翎刀壮汉看也不看,挥刀劈裂文气城墙。

祈善唇角噙着冷笑,当然知道这种没有军伍加成的文气城墙脆弱得很,不过能拖延目标一时半刻也足够了。

果不其然,提剑的醉鬼立刻杀过来,纵身飞跃,剑锋直指雁翎刀壮汉的面门。

一个骑马用钩镰枪,另一个步战用长剑,怎么看都是沈棠吃亏。架不住沈棠比猴子还灵活,上蹿下跳,精力无限,雁翎刀壮汉的优势反而成了劣势,移动没沈棠灵活,进攻、防守都被掣肘得厉害。

最后雁翎刀壮汉实在是被惹急了,做了一个除了沈棠,其他人都不陌生的动作——催动武胆,祭出腰间悬挂的虎符!

赤红的罡气宛若怒吼的野兽,直冲夜空,气焰之盛一度压过翻涌的黑白文气。

翟乐一见这架势便暗道不妙。

祈善见沈棠没反身回撤,居然还想进攻,登时气急。指望沈小郎君跟自己"心意相通"是不可能了,祈善准备强行"移花接木"将人转走。

这一切都发生在电光石火间。

赤红的罡气冲天之后如雨点散落各处，化为一个个通体赤红、身穿红色藤甲的兵卒，乍一看足有三四百人。八等公乘，武胆虎符可驱使四百兵，通俗来说就是驱使四百小弟。

而沈棠正好冲进四百人中间。

她被围攻了。

眼看局势不好，祈善准备"移花接木"将沈棠转移出去减轻压力。

谁知局面又生变故。

那名黑衣持弓少年也祭出虎符——七等公大夫，可驾驭兵卒三百五十人。

随着黑色罡气落地化为一个个黑甲士兵，翟乐以虎符下令使他们与红甲士兵交战。

几十号人干架，硬生生打成千人大战的架势！

沈棠这边压力骤减，目光一挪：人头还是雁翎刀壮汉的最值。

她脚下一错，持剑默念："千里不留行。"

剑影密集，交织成网。她闲庭信步一般往雁翎刀壮汉跑掉的方向杀去，残影掠过，沿路的红甲兵卒皆被一剑断首。

祈善道："穷寇莫追！"

沈棠才不管："老子就追！追到他姥姥家！"

祈善无语。

"银鞍照白马，飒沓如……"沈棠毫不犹豫地抽取丹府文心内的文气，催动言灵准备追上去，结果半句下来，只剩小半文气的丹府瞬间一空，强烈的无力感蔓延全身，长剑消散，双腿一软，"啪"的一声倒地。

她，酒醒了。

疼！难受！这是沈棠的第一感觉。

头疼、手疼、腰疼、腿疼、脚疼……浑身上下无一处不疼。随着意识的清醒，仿佛这具身体的所有细胞都在敲锣打鼓地跟她抗议。她略吸一口气，浓烈的泥土味以及血腥味直冲鼻腔。她微微蹙眉，太阳穴一抽一抽地疼，睫羽微颤，缓缓睁开眼。

沈棠倒地这一幕过于意外，翟乐只来得及分心命令两名黑甲士兵去策应护卫，以免混战之时刀剑无眼伤到人。

祈善则是又好气又好笑，哪里想得到沈棠会冷不防来这么一出？

他刚一凑近便听到沈棠嘴里骂骂咧咧："老子这是在哪里？"

沈棠刚一睁开眼,便发现自己正面朝下,小半张脸埋在泥水里,沾了一脸的淤泥。她抬手一抹,手心一片血色,这才发现这哪里是什么泥水,分明是血水汇聚的"血洼"!

她勉强坐起身,抬头四顾。

火光映入她的双眸。只见山中民居在烈火中损毁大半,视线所及之处皆是残肢断臂,尸体横七竖八地铺了一地,仍有鲜血顺着伤口流淌。她料想得到,此处不久前爆发了激烈的厮杀。周遭喊杀声此时犹未绝。

这一幕让沈棠不禁怀疑自己又一次失忆了,失忆期间来到了一场小规模遭遇战的战场。

也不怪她这般想,她明明记得,自己前不久还在民宅的廊下赏月、喝酒、晾晒湿发,好不惬意快活,怎么眼睛一闭再一睁就跑到一处陌生的山坳,周围还有身穿红、黑两色铠甲的士兵在互相干仗?

唯一值得她庆幸的是,这些士兵的注意力都不在她身上,不然被盯上她可就危险了。

"沈小郎君——"这时沈棠耳边传来一个熟悉的男声。

她循声抬头,果然瞧见一张熟面孔,欣喜地道:"元良!你怎会在此?"

这简单的一句,将祈善想脱口而出的揶揄之语堵死,祈善气人不成反将自个儿憋得够呛:沈棠有什么资格问他这个问题?他三更半夜为什么会在这里,沈小郎君心里难道没一点儿数吗?

祈善露出浅笑,轻声询问沈棠:"沈小郎君可还记得你先前做了什么事情吗?"

虽然一头雾水,但直觉告诉沈棠,眼前的祈善笑得瘆人,绝对来者不善。见祈善的笑容越发"灿烂",她感觉自己的头皮有种轻微触电发麻的感觉,整个人都不自然起来。

沈棠怯生生地说:"不知道。我……我干了什么?"

"干了什么?"祈善近乎咬牙切齿,"你先是一路跑到孝城中心府衙附近,又从那处一路跑出孝城,一头钻进二十多里外的深山老林里。沈幼梨啊沈幼梨,你可真能跑啊!"

沈棠默然。

"旁人喝个酒,至多撒撒酒疯,说说疯话。你喝个酒,逮着谁就要提剑杀谁是吧?"

被劈头盖脸一通教育的沈棠茫然又无辜地眨了眨眼,后知后觉地猜出来,这一地的"杰作"有她一份功劳。

"我不是故意的……"作为宅女画手，她知道自己的酒量不怎么好，但万万没想到一碗杜康酒就能把她放倒，被放倒之后还会撒酒疯提剑杀人。看着祈善愤怒下的担心，她尴尬又羞惭，恨不得以头抢地。

祈善一肚子的气犹如被扎破的气球泄了个干净，无奈地挥了挥手，道："以后少沾酒。"

若沈小郎君喝了酒不折腾别人也就罢了，偏偏有路人遭罪，他说什么也要阻拦。

沈棠道："哦。"

失去了统帅，红甲兵卒犹如无头苍蝇，没多大会儿就被黑甲兵卒全部蚕食，喊杀声逐渐停歇。翟乐收回武胆虎符，单手拖着身受重伤的"窃贼"走到沈棠跟前，那双灼灼桃花眼闪着些许邀功般的笑意，朗声唤道："沈兄，这个窃你珍宝的小贼，我给你带来了！"

沈棠满头疑惑："啥？"

祈善面无表情地扫了一眼"窃贼"："这就是沈小郎君大晚上撒酒疯，提剑奔袭二十多里要抓的'窃贼'？"

估摸着此人也是遭了无妄之灾……嗯，也不能这么说，倘若沈小郎君没误打误撞碰见他，以那阵仗，此人必亡！思及此，祈善眼神微沉：若是一个寻常人怎会引来这种程度的追杀？八等公乘也不是田地里的大白菜，哪里都能碰见的，搁在军中大小也是能领兵三五千的将领。让这种实力的人出来追杀……

他微垂下眼睑藏起深思，隐隐猜到什么。

重伤几欲昏迷的"窃贼"被祈善这话吓得突然惊醒，厚厚一层血渍也挡不住脸上的讶异，他不知道自己何时竟然成了"窃贼"。

他确信自己没有窃走沈棠的东西，但架不住他的确身怀至宝，于是肌肉紧绷，暗中戒备。

沈棠一脸纳闷儿，问翟乐："什么窃贼？"

翟乐也被沈棠这个问题问住了，指着"窃贼"扬高声音："不是沈兄说此人窃了你的珍宝吗？"

沈棠完全不记得此事。

面对三双眼睛齐刷刷的注视，沈棠后退一步，底气不足地道："我……我先前喝醉了……"所以，醉鬼干了啥都跟她无关！

一时间，气氛尴尬得让人想原地用脚趾抠出三室一厅。

沈棠低头一看，哦，脚上的木屐还是反的。趁着无人注意这一细节，她悄悄脱下木屐重新穿好，佯装无事人。

听到这些话，"窃贼"暗暗松了口气：不是冲着他来的就好……

因为太狼狈，沈棠他们也不好这副样子回孝城，打算在野外将就一夜，顺便给重伤的"窃贼"处理伤口、清洗污渍。

因为只有一件寝衣，沈棠只能潦草地洗了把脸。此时盛夏刚过，还未入秋，空气依旧湿热沉闷，仿佛有无形的力量压着胸口，加之血污泥垢紧贴着肌肤，让沈棠浑身不适："我去劈点儿柴。"

民居里还有没烧完的柴火。

休息了一会儿，刚醒时的虚软无力已经退去，沈棠提着慈母剑劈柴。

翟乐被她忽悠去挖坑埋尸。

祈善负责照顾重伤的"窃贼"。野外条件有限，祈善只能将伤口简单地处理一下，但以九等五大夫的恢复能力，将养个七八日也能痊愈。

"多谢三位义士搭救。"

"救人一命胜造七级浮屠，路见不平拔刀相助，这是我辈应为之事，侠士客气了。"沈棠这话说得豪气，如果忽略她手中举着的烤饼，真有几分行走江湖的游侠气韵。

纵是嘴巴刻薄如祈善，这会儿也懒得吐槽沈小郎君话中的"槽点"——小郎君是"救人一命"了，但被一剑封喉的命有几条？这醉鬼自个儿都不记得。至于"路见不平"更有意思，分明是小郎君撒酒疯，一路奔袭到人家面前"拔刀相助"。

祈善觉得槽点多，"窃贼"却不这么觉得。他见沈棠这话说得坦荡自然，绷紧的心弦松下些许，眉宇舒展，整个肩膀都放松下来，抱拳许诺："大恩不言谢。来日恩人若有需要在下帮忙的地方，必效犬马之劳！"

沈棠笑道："好说，好说。"说着她将烤好的饼子分出去。

不知道是晚膳吃得少了，还是喝醉之后运动量大了，她这会儿饿得难受，有种放肆过后的空虚感。刚分完，她不顾饼子还烫，一口咬住，留下一圈整齐的齿痕。

"多谢沈兄。"翟乐一改抱膝坐地的姿势，有礼貌地接过沈棠递来的烤饼，见饼面烤得焦黄酥脆，口感微涩泛着点儿甜味，拿着饼叹道，"此情此景，若有美酒相配，岂不美哉？"

美酒？一听"酒"字，敏感的神经被触动，祈善按着隐隐作痛的太阳穴，笑里藏刀地道："小友，在下现在听不得'酒'这个字眼儿。"

一提酒，祈善就想起沈小郎君提着剑撒酒疯，自己跟在身后追的场景，这绝对是少有的噩梦！上了年纪的人，腿脚禁不起这么折腾！

翟乐看到祈善的笑容，吓得缩了缩脖子。

沈棠也心虚得暗暗冒汗。

为了打破紧张的气氛，沈棠主动转移话题，转头询问坐着调息的"窃贼"："还不知侠士姓甚名谁？"

此问一出，那名"窃贼"神情微滞，眨眼又恢复正常，若不仔细地观察还以为是错觉。

"在下复姓共叔，名武，字半步。"

共叔武？共叔半步？这名字好生古怪。

且不说"共叔"这个复姓极为罕见，光是名与字就很奇怪。六尺为半，半步则为武。取名的家长不能说不用心，就是用心的方向有些特立独行。但沈棠也没出言问什么，毕竟林子大了什么鸟都有，她还知道有人姓"王"，名"者荣耀"，或姓"古"，名"德猫宁"。

翟乐咀嚼着饼子，问道："那你可知他们为何要追杀你，还不惜派出一名八等公乘？"虽说修炼武胆比修炼文心简单，门槛也低，但不意味着八等公乘就是田地里的大白菜，事实上这已经是七成武者终其一生的天花板，再往上需要一定的天赋、日复一日地苦修以及运气。

共叔武摇了摇头："不知道。"

翟乐疑惑："不知道？"

共叔武苦笑一声，不欲多言。

祈善内心冷笑：不知道自己为何被追杀？这种敷衍的说辞也就三岁稚童会信。

所谓共叔武，根本就是个假名。根据贼星陨石的相关记载，曾有个叫太叔段的人兵败逃亡到共地，又被称为"共叔段"。随着繁衍传承，共叔段的后代逐渐又演化出段氏、共叔氏、共氏，再到大众所知的龚氏。

如此一想便明白了。共叔氏与龚氏，武与文，半步为武，礼之义理为文。因此，眼前这个共叔武根本就是龚氏逃亡在外的九等五大夫——龚文，龚义理！

祈善面色平静，好像没注意到共叔武的异常，权当自己不知道共叔武的身份，只是关心了句："贼人怕是贼心不死，迟早会卷土重来，共叔郎君可想好了对策？"

共叔武摇了摇头，憔悴的脸上泛着些许不健康的红晕——饶是九等五大夫身体再好，架不住他全身上下都是伤口，被发现踪迹后一直疲于逃命，根本没时间休养。有些伤口自行结痂愈合，只剩一条长长的红痕，有些愈合之后又崩裂，或者伤上加伤，不少伤口染了秽物发红溃烂。

祈善的问题是他此刻最担心，但也最没有办法的。半晌，他轻叹了声，道："若实在无法，也只能逃往邻国避难，或许能博得一线生机。"

"实不相瞒，在下也是前不久才从他国学成归来，那里也不平静，苛政重赋，战争频繁，赤地千里。与之相较，庚国反倒好些。"

庚国和辛国的仗已经打完了，而其他国家不是正在打就是准备打。

共叔武听了这话安静下来，表情死寂，生出一种天地浩大却无立锥之地的悲戚。

祈善大概能理解他的心情。在场的除了东南申国出身的翟乐，其余都是辛国子民，可辛国已经亡国还被改名"重台"。虽说在这个时代建国、亡国，户籍更迭是非常稀松平常的事，有识之士也不拘泥所谓"国籍"，但就是有种"老家被人端掉无家可归"的寂寥感。用"累累若丧家之犬"来形容此时筋疲力尽的共叔武非常贴切。

翟乐一心一意吃饼。

沈棠不一样，一边吃饼一边关注祈善——直觉告诉她，这厮肚子里酿着坏水！无事献殷勤，非奸即盗。

沈棠眼珠一转，与祈善的默契终于上线："共叔壮士可听过'灯下黑'一词？"

"灯下黑？自然听过。"

"那你也该听过'最危险的地方就是最安全的地方'。追杀你的人知道你逃到孝城，自然会猜测你逃亡他国，兴许还会在必经之路设伏，待你自投罗网。你倒不如什么都不做。"

"什么都不做？"

沈棠道："隐瞒身份藏起来，就在孝城。"

沈棠的这一助攻让祈善很满意。祈善接着说道："最近有一则'紫微出西北，保天下一统'的流言甚嚣尘上，四宝郡也多了许多外来的陌生的面孔，藏匿其中被发现的风险反而小。"

共叔武心下动摇得厉害。

灯下黑……留在最危险的孝城……他内心挣扎，终于还是抵不过诱惑，点头应道："嗯。"

二人一唱一和说动了共叔武。

翟乐等他们说完才开口:"要我说,沈兄你们不如想办法离开西北去东南。"

沈棠问:"去东南?东南没打仗?"

她本以为翟乐会说点儿"东南诸国局势稳定"之类的话,谁知他张口就道:"打啊,怎么不打?这会儿还有没打仗的诸侯国吗?不过东南有一点比西北好,就是那里不会动不动干旱。"

祈善听了连眼皮都懒得掀,失笑:"东南诸国多雨水是真,也的确不会动不动就干旱,但会发洪涝。某些洪涝是天灾,人力不可相抗,有些洪涝则是人为。江河上游的诸侯国把持水脉,雨季前截断河流,令下游干旱,雨季一来又大肆放水泄洪保证上游安定……"

那些诸侯国利用地理优势的手段还不止这些。据祈善所知,有个诸侯国发家致富的秘诀就是"卖水",若江河下游的诸侯国不听话、不交岁币就断水源,再不配合就特地泄洪发大水淹了下游诸国,靠着收"保护费"充裕国库。因为实在干得太过分,惹得天怒人怨,这个诸侯国被支流下游的诸侯国联合起来讨伐给灭了。

大陆各处的情况都差不多。祈善宁愿蹲在西北也不愿意跑去东南,最重要的是他是旱鸭子,讨厌水!

翟乐撇了撇嘴,似乎在沮丧自己没把家乡推荐出去,但转念一想也能理解,金窝银窝不如自家狗窝。他从小生于东南边陲,水性好,天赋佳,是狩猎、打鱼的好手,没吃过什么苦。他觉得故国再乱也比别处好,想必祈善先生也是一样的想法。

翟乐仍不死心,继续劝道:"就算不肯南下,待在庚国也不安全。要么去政局相对稳定的诸侯国,要么干脆避世而居,远离战火……阿兄说过,庚国剩余的国运至多五年。"

祈善眉头动了动:"你阿兄?"

"同宗堂兄,我们俩年纪相仿,从小玩在一处,胜似亲兄弟。他可厉害了,打算这次游历结束后就出仕。他还说庚国国主郑乔就是个性情低劣的狭隘之徒,眼高手低野心大。北漠豺狼,十乌虎豹,他还敢与虎谋皮,必将尸骨无存。我觉得阿兄说得有道理……"

祈善用余光注意共叔武的神情,见其看似走神儿,实则注意力放在众人的谈话上,开口道:"你阿兄看郑乔还看得挺准。此人德薄位尊,智小谋大,加之心胸狭隘,睚眦必报,的确没有明主之相。"

"以先生来看,何谓明主?"始终沉默的共叔武突然开了口,"是功勋卓越、开疆拓土之君?"

祈善没回答，而是转头问沈棠："沈小郎君以为呢？"

突然被点名的沈棠道："问我？"

祈善道："对，问你。"

她随口回答："人活一张嘴，我想能让百姓吃饱穿暖、生活安定才是明主吧。仓廪实而知礼节，衣食足而知荣辱。百姓生活富裕，手有余粮，人心稳定，自然国家也会安定，政局清明。明主嘛，累死累活不就是为了这效果？"

共叔武和祈善只是看着沈棠。

沈棠被二人盯着觉得心里毛毛的，只好硬着头皮道："不管是开疆拓土，还是功勋卓越，于君主而言，战绩是挺好看，但百姓能受到多少好处？不仅没好处，为了筹措军费朝廷还会加重赋税，最后负担都压在他们身上。多筹措一分军费，他们就多饿一点儿，甚至被活活饿死。你看，辛国被灭，有多少遗民怀念故国？不都是拍拍屁股继续过自己的小日子？"

假使以后庚国被灭，百姓依旧如此，兴许还会举起杯小酌两口，庆祝头顶上压着的暴君终于嗝儿屁了，他们能喘口气。

共叔武没有说话。

翟乐也没开口。

祈善摇头："如今这世道不适用。"

例如沈小郎君的诸侯之道。别家诸侯都将诸侯之道用于招贤纳士、招兵买马上，沈小郎君却用于"农事"上。种田再厉害，粮食再多，但守不住有什么用？这对人才来说没吸引力，也无法给予他们益处。粮食，那是有武力就能抢来的东西。

"元良说得也有道理，俗话说得好：种田不屯兵，自家成粮仓；屯兵不种田，处处是粮仓。自家田里种的粮食哪里有别家粮仓里的香？"沈棠考虑当下局势，表示理解。

不过，成年人为什么要做选择？自然是兵和田都要。管他天王老子，喂饱肚子再说。

沈棠道："若我日后要找哪家诸侯出仕混个工作，绝对不考虑那些拖欠薪水的、酬劳低的。"

出来工作就是为了吃饱饭，不谈理想就谈肚子。

"你想出仕？"祈善眸色深了点儿。

沈棠莫名其妙地觉得这个问题要慎重回答。她摇了摇头，道："我就是这么一说。没事给别人打工干吗？我也不是吃不饱饭……"

在这个时代，活儿干得好未必能升职加薪，但干不好绝对能连累一家老小掉脑袋，付出跟收益不成正比，跟人创业不是好选择，还不如单干。

她还能用言灵变出吃食，也许帮不了别人，但她自己饿不死。

祈善神色稍缓："如此也好。"

沈棠不解地看向祈善："什么也好？"

"努力吃饱饭，也挺好。"不止让一人吃饱，要让千万人吃饱。或许与"农事"相关的诸侯之道也能走出一条康庄大道来。这是一条前人从未走过的路，不走上一走，怎么知道真的行不通呢？

沈棠虽然不太明白祈元良肚子里又在酿什么坏水，但直觉告诉她不算坏事，便不再理会。

一旁的共叔武看看祈善，再看看沈棠，隐隐察觉什么，但又觉得自己的猜测荒诞。

篝火将灭，夜尽天明。

休养得差不多了，一行人准备进城。

沈棠、翟乐和祈善三个人还好，共叔武实在扎眼了些。天一亮，共叔武一起身，沈棠才发现这个壮汉身高居然近两米，身形魁梧，体格健硕，肩宽腰窄，四肢肌肉强劲有力，一个人抵得上她两个人！这人鹤立鸡群，丢进人群里一眼就能认出。

第十一章
祈元良聘猫媳，沈幼梨"掉马甲"

"沈郎君在瞧什么？"共叔武一早就注意到沈棠看他的眼神里有惊讶也有羡慕，憔悴的面容露出几分难得的笑意。

沈棠被抓了个正着，窘迫地收回目光。

"喀喀，我发现共叔壮士真的高。"在场的四个人就她的个头儿最低，翟乐都比她高大半个头，她跟人说话都得抬头，这让她觉得不太舒服。

她虚心求教："有什么快快长高的秘诀吗？"若有锻炼肌肉的秘籍就更棒了。这横练肌肉一看就蕴藏着强大的爆发力，普通的布衣都遮不住，看得人心生羡慕。若她有傲人的身高、一拳将人打出脑花的肌肉，天下蛮横之人见到她都要自觉地懂礼貌。

祈善无语。

翟乐不客气地笑出声。

共叔武先是错愕，旋即露出一缕松快的浅笑，看了眼沈棠腰间的文心花押印，委婉地道："沈郎君年岁还小，要再过上几年才会蹿得飞快。"

沈棠道："没有诀窍？"

"诀窍没有。"

除了极少数特例，大部分武胆武者身材比寻常男子高大，气力也更大。因为只有强大的体魄才能发挥出强大的力量，若身躯承受不住武胆带来的力量，杀敌不成反伤己身。

武胆就是最好的诀窍，可惜沈郎君是文心文士。

沈棠直接将"失望"二字写在脸上。

祈善道："沈小郎君倒是提醒我了，你的相貌与虎符要遮掩一下，免得麻烦上身。"身材反而不要紧，毕竟丢进人群里招眼的又不是共叔武一个人，只要武胆虎符通过检查，相貌不被认出来，蒙混过关并不难。这恰恰是祈善的看家本领之一。

"唯一麻烦的是这个秘术需要七日使用一次。"

共叔武道："七日一次？"

祈善惭愧："嗯，善学艺不精，仅能维持七日。七日一过你便会恢复本来面目……"

共叔武轻叹，有遗憾但无不满——自家人知自家事，他身上麻烦太大，外人沾上一点儿就是惹祸上身，有性命之忧。祈善等几位义士仗义相助，他感激都来不及。

"如此，便劳烦先生施术。"共叔武恭敬地抱拳。

祈善双眼微弯，连连摆手："举手之劳，不麻烦。"

站在一侧的沈棠挑了挑眉头：祈善帮共叔武伪装相貌和武胆虎符的，跟帮她遮掩文心花押印的，似乎是一个办法。她怎么不知道这东西还有时效限制？自打上次伪装，元良也没说过七天重新施展之类的话……若真有时效限制，他肯定会提醒她，免得露出破绽。

沈棠眼神微闪，将这些心思收拾整齐，藏到了心底：她敢打赌，元良心里绝对在酿坏水！

"先生，你能不能也帮我改一改？"翟乐看了也想凑个热闹，还是"一步登天"那种，"我想想，干脆改成二十等彻侯！回头拿着它逗一逗阿兄，不把他吓一跳！"二十等彻侯，那可是所有武者毕生追逐的目标！一夫当关，万夫莫开，何等热血！

祈善莫名其妙地想到沈小郎君当时也是开口就是"一品上上文心"，眼前这个想要"二十等彻侯"，这俩人怎么不原地飞升呢？光做白日梦！

祈善腹诽，行动上却满足了翟乐的小小心愿——待他用这枚伪装过的武胆虎符去逗他阿兄，保证他都不知道为什么被揍。

昨夜发生的事情并未影响到孝城。排队准备入城的百姓还是络绎不绝，城门守卫也是一如既往地对普通百姓吆五喝六，趾高气扬，对有文心花押印或者武胆虎符的人谄媚逢迎，竭力讨好，检查也只是走走过场。

进城之后四个人分开。

翟乐要回下榻处跟阿兄会合。昨天彻夜不归，他担心阿兄会出去找他，便跟沈棠交换了居住地点，约好时间一起出去玩。最重要的是他得清楚沈郎君什么时候出摊卖酒，好去光顾生意。

至于共叔武，因为七日时效限制，他想留在孝城就不能离祈善太远。

这时祈善又"好心"地跟他说他们隔壁的民宅能租住。

共叔武不好意思拂了人家的好意，便答应下来。

沈棠作为旁观者见证一切，越发觉得祈元良肚子里酿着坏水。

三个人回到下榻处，祈善拜托老妇人帮共叔武解决住房问题。

没一会儿，褚曜提着几个荷叶包回来，身后还跟着一个体格敦实的小孩儿。

小孩儿扎着两个冲天小鬏鬏，脸蛋儿红润，抱着一团用布包裹着的活物，它在包裹里一拱一拱的。

褚曜问沈棠："五郎可是醒酒了？"

祈善没好气地道："这会儿再不醒酒，哪敢将他带回来？这孝城都能叫他拆干净！"

褚曜揶揄道："五郎可追回珍宝了？"

沈棠臊得脸通红，支吾道："唉，那不是喝醉了吗？醉酒之话不可信，都是误会。"

祈善道："沈小郎君把'珍宝'带回来了。"

褚曜诧异地道："不是说误会吗？"

"昨晚一路追，在城外二十多里地处救回来个人。"祈善一想到昨晚的遭遇，心火重燃，语气冲了三分，"费了这么大功夫，冒着那么大风险救回来的，如何不能称一句'珍宝'？"

褚曜对祈善带回来的人生出几分好奇。

尽管昨日之前，褚曜与祈元良仅是神交，昨日才见到真人，但从以往的传闻来看，褚曜深知这厮是无利不起早的性格，虽说仇家遍地，但不喜沾手麻烦，一旦沾手必有利可图。

让他瞧瞧又是哪个倒霉催的被祈善盯上了？

褚曜没说话，但表情出卖了他的内心。

祈善一看便知，眉头跳得厉害，目光一扫，一眼注意到褚曜身后跟着的小胖墩儿，便问了一句："此子是哪家的？"

褚曜道："那家肉铺的屠夫之子。他阿爹跟我交了束脩，我总不能不管人家的儿子。反正五郎还要在孝城待一段时间，我便带过来教一教。在这个世道多学一点儿本事傍身总不会错。"

说完，他拍了拍小胖墩儿的发顶，看向沈棠，对小胖墩儿道："不要紧张，这位郎君是沈家五郎——我的主家。"

孩子局促地垂首，上前行了个不太标准的礼。这孩子看着胖，但声音意外地脆："郎君好。"

褚曜又看向祈善："这是祈元良，喊他'先生'就行。"

小胖墩儿乖顺地道："先生好。"

祈善对孩子面色好些，点头算是打过招呼，就欲进屋休息——昨晚夜宿野外，条件简陋，被蚊虫骚扰睡得不稳，这时耳边听到一声极其轻微的"喵呜"声。

祈善脚步一顿，就听到沈棠问小胖墩儿："你怀里是猫？"

似回应一般，小胖墩儿怀中的那一团活物又软软地"喵呜"了一声。

小胖墩儿也点头，小心翼翼地松开手，掀开粗布的一角，露出一只小小的、花纹似虎斑的狸猫。

猫睁着眼，眸色不是常见的琥珀黄，而是罕见的水绿，鼻子粉嫩，毛色比寻常的狸花猫浅了许多。它瞧见沈棠，又怯怯地"喵呜"了一声，往小胖墩儿怀里钻了钻。

一旁的褚曜蹙眉。

沈棠的注意力都在这只猫身上。她用手指指腹小心翼翼地拂过柔软的猫毛，问："这只猫是你家养的还是野猫？"

小胖墩儿道："家里的母猫下的。"

沈棠又问："缘何带出来？"这么小的猫崽不应该让母猫带着吗？

小胖墩儿听了，情绪低落了一瞬，低头看着猫，说道："阿爹、阿娘不让养，让丢了。"

"不让养？这猫身体不好养不活吗？"

小胖墩儿摇头，老老实实地道："不是，它身体很好，就是眼睛不好。阿爹觉得忌讳，不让养。"

一窝七只猫崽，有六只眼睛是琥珀黄的，跟母猫的眼睛的颜色一模一样，唯独这一只与众不同。屠夫担心是什么不祥的预兆，恰逢最近生意又不太景气，心里觉得不太舒服，就准备将这只猫崽扔了或者送养。

小胖墩儿便带着它，问问邻居有无愿意养的。

结果可想而知，普通百姓养自己都困难，都吃不饱，哪里还有剩饭剩菜养猫？

沈棠道："眼睛哪里不好？多漂亮。"

被奶乎乎的猫用这么一双水汪汪、清澈透明的水绿眸子看看，她心都化了。

她正欲开口说什么，却听头顶传来祈善的询问声："这只猫崽可找到主家了？"

小胖墩儿摇摇头："还未。"

沈棠敢拍着胸脯保证，在此之前从未听过祈善用这么轻柔的口气说话，仿佛声音高上一度都会惊扰到这只猫崽。她抬头，惊悚地发现祈善脸上也挂上了温柔的笑——恐怖！沈棠的表情有一瞬间的失控。

谁知她又听祈善说："如此甚好，稍待片刻，我去瞧瞧皇历，挑个日子去下聘。"

沈棠一脸疑惑：下聘？

沈棠问："你聘谁？"

祈善理所当然地道："自然是聘这只狸奴。它生得极像我以前养过的一只狸奴。"说着，他的目光自然而然地流露出几分追忆、感慨。

沈棠还是不懂：养猫就养猫，为什么还要下聘？

结果人家祈善不仅郑重其事地下聘，还翻找皇历挑了个好日子，时间就是明天，黄道吉日，宜嫁娶，他还在聘书上画了幅惟妙惟肖的猫肖像，麻烦民宅的老妇人出门买小鱼干和两袋盐。他雷厉风行，不拖泥带水，脸上也多了点儿肉眼可见的准备当"新郎官"的喜悦……

沈棠觉得这就离谱儿。

祈善忙起来不见人影，褚曜跟老妇人借了东厨，将买来的下水仔细地清洗干净。

祈善只会烤饼，所以沈棠还是第一次看到这个时代的男性下厨，本想上前帮忙，却被婉拒。

"无晦先生，不都说君子远庖厨？"

褚曜不仅会庖厨之术，还相当熟练。

褚曜用布巾擦掉手上的油脂，笑着调侃了句："这些下水碎肉都是肉铺宰杀好的，有甚远离的必要？再说，又不是大家出身，若不会庖厨的活儿，指望什么温饱？"

他现在的主家是沈小郎君。他是仆非主，要看得清自身的定位。

时下烹饪方式单一，调味品稀少，食物以水煮、烤和蒸为主，滋味寡淡。褚曜却有秘技，一堆普通百姓都嫌弃的腥臭下水，经他去腥处理，再加上他配置的调味料，味道鲜美。

"五郎，尝尝手艺。"

沈棠毫不客气地吸溜了一碗面，准确来说，是一碗粗糙版的刀削面，或者说面疙瘩。

将面粉简单地搓成团再切片，虽无筋道可言，但对于吃了这么久饼子的沈棠而言，无异于极品佳肴。

小胖墩儿也吃得一嘴油，连碗里的汤都不放过，端起来唰了个干净。

午后，小胖墩儿跟着褚曜学习，学的不是书册，而是武艺。

沈棠满是疑惑：褚曜一个前任文心文士教学生，不教擅长的老本行，跨行教授武艺？

家里的俩人，一个欢欢喜喜地准备聘狸奴，另一个在院中教导学生习武，而沈棠……又清闲下来了。

所以，当了一刻钟"咸鱼"的她猛地坐起身——太无聊了，闲下来浑身不得劲儿——没人跟她说话，也没事可干，她还不如出摊卖酒，养家糊口！

有了目标，沈棠的行动力直接爆表。

"无晦先生，我出去摆摊卖酒了。"话音刚落，她已经一溜烟儿跑没影了，活像有什么东西在她屁股后边追着。

褚曜只来得及叮嘱一句"别沾酒"，也不知道沈棠听到没有。

沈棠选了昨天的老位置卖酒，不过酒水的种类多了，不只杜康酒，还多了"葡萄美酒夜光杯"的葡萄酒，"绿蚁新醅酒"的米酒，"兰陵美酒郁金香，玉碗盛来琥珀光"的兰陵酒……其他的以后再慢慢解锁。

只是可惜，她就是个造酒的，尝不得。

"我真的太愁了。"沈棠又是长叹又是感慨，"问君能有几多愁，恰似太监上青楼。"

"扑哧——"

笑声自她头顶的阴影传来。沈棠一抬头便看到熟悉的眉眼，心下警惕：这位不是月华楼的痨病鬼顾先生吗？

"沈郎君这是……在卖酒？"

"不然呢？难不成还能是在晒太阳？"沈棠屈指敲了敲身侧的"酒"字招牌：这位不是明知故问吗？

"顾先生要买酒吗？"

"如何卖？"

沈棠道："葡萄酒一坛两斤四百五十文，其他酒一坛两斤三百文，不二价。"

顾先生爽快地交了钱，却是一大块整银。

沈棠正欲拿出戥子和小夹剪，顾先生却抬手制止沈棠的动作，目光灼灼地道："全买了！"

她心下微惊，念头还未生出，忽然想到眼前这人会读心，神情微僵，不着痕迹地收回手，淡定地道："买这么多酒，顾先生带得回去吗？"

"在下何时说要自己带回去了？这么一笔大生意，能劳烦沈郎君送一趟吗？"

沈棠道："自然能。"

顾先生微垂眼睑，神情淡漠地说道："行，那便麻烦沈郎君送去曜灵阁。"

沈棠又问："曜灵阁在何处？"

顾先生露出一抹意味深长的笑，道："教坊，孝城教坊。"

沈棠心中猛地"咯噔"一声，"来者不善"四个大字在脑海中轮番滚动，警报拉响！

尽管她内心已经戒备到了极点，但面上的笑容没有一丝丝勉强，神色如常地应道："好的，没问题。只是顾先生给的整银太重，我还得算一算有多少酒，再给顾先生送过去。"

沈棠这话纯粹是拖延的借口，能拖一时是一时。

她内心暗想：早知道出门会碰见这人，还不如蹲在家里闲得发霉呢，真晦气！

谁知顾先生见招拆招，右手随意一掐指节，心算两息便算出具体需要多少酒，让沈棠的打算彻底落空。他好似没看到沈棠的嘴角逐渐落下的弧度，说道："听闻沈郎君能以言灵化酒，技艺非凡，在下亦是好酒之人，一早就在曜灵阁备下盛酒的酒器。你亲自去一趟即可，无须再准备什么。"

沈棠这次没有刻意收敛内心活动，面上笑得温柔斯文，内心破口大骂。她相信顾先生定能收到她的"友好"信号。

谁知顾先生神情不变，眼角眉梢甚至连眼神的变化都无。

沈棠有种一拳头打到棉花上的感觉。

人家都试探到这个份儿上了，此时再找理由拖延，无疑是授人把柄，沈棠便笑道："如此甚好。"

同时她默念褚曜教的言灵"人心隔肚皮"，也不知道有没有效果——这个顾先生表情管理堪称一绝，本身又是一副病容，她实在不好判断。

沈棠只得见招拆招，若再不行——她暗暗用余光扫过顾先生的脖颈。

他的脖颈偏纤瘦，隐约能看到青色的血管。

许是久病，顾先生看着没多少肉，再加上一米八出头的身高，整个人看着就很瘦。普通人这么瘦肯定瘦得脱相，他倒好，瘦归瘦，别有一番韵味。

这么干净漂亮的脖子，一剑就能划开吧？

沈棠绽开笑容："我与先生同去，有劳。"

顾先生说道："无妨。"

二人并肩同行，却心思各异。

率先打破沉默的是顾先生。他仿佛谈心一般挑起了话茬："沈郎的天赋着实令人羡慕，这才一两日不见，竟已学会防止他人窥心。在下在沈郎这个年纪，远远不如沈郎。"

沈棠暗暗哼了一声，越发警惕：文人的嘴，骗人的鬼。顾先生嘴上说着她成功地屏蔽了他的窥心，但这话是真是假只有他自己心里清楚，鬼知道他这么说是不是为了降低她的戒备，从而达到窥心的目的？因此，她绷紧神经，不敢松懈。

可她也不是任人拿捏的软柿子。她佯装懵懂天真地求教："顾先生，我有一问。"

顾先生道："但说无妨。"

沈棠道："街上人来人往，顾先生的窥心之能是只读一人，还是众生皆读？"

顾先生问："有甚区别？"

沈棠道："少时在家中偶然听闻一个说法，说是这世上有两样东西无法直视，一为烈阳，二为人心。人心之暗，胜过深渊。世人大多面上一套，内心一套，表里如一之人罕有。他们表面上谄媚恭维，暗地里诅咒怨恨，若被当事人发现，不仅不会反省自身的行为是否妥当，还会生出新的仇恨。即使是毫无交集、擦肩而过的普通行人，见到猎奇的人或者事，也会在内心大肆评头论足一番，说这个丑得清奇，那个病得短寿。听到这些心声可太晦气了！"

沈棠嘴上说着晦气，脸上写着嫌弃。

顾先生眼睛动了动，倒是好脾性地道："那沈郎是表里如一，还是表里不一？"

沈棠蓦地收敛笑意："自是表里如一。"

"哦？这从何说起？"顾先生似乎不信。

"我这人一向是心里骂嘴上也骂，背地里骂当面也骂，这不算表里如一？"沈棠说得理直气壮。

顾先生沉吟了会儿，点头赞同："确实，想必运气也好。"若运气不好，仅凭沈郎这张嘴，他不知被套了几个麻袋。

一路上，二人间的气氛肉眼可见地火花四溅，沈棠"阴阳怪气"，顾先生"不动如山"。

终于，即将到达曜灵阁的时候，顾先生谈起了褚曜："先前沈郎从月华楼买走的杂役，姓褚，沈郎可知他的来历？"

沈棠道："买个杂役还需要了解来历？"言外之意，她不知道褚曜的身世背景。

顾先生哪里会信？虽说褚曜区区一个后厨的洗碗杂役，卖身契上连个正经大名都没有，只有一个简单的姓氏以及何年何月何日花了多少钱买下，但仅凭一些细枝末节，顾先生也知道了大概：那个叫"老褚"的杂役不是普通人，极大概率是曾经"褚国三杰"之一的褚曜！

他与翁之（倌儿）在月华楼待了好一阵，竟不知道这家象姑馆中还藏着这么一号人物，错过了倒挺可惜。

沈棠初次过来便点名要将其赎买，这里面若没有预谋，谁会相信呢？

再者，他还发现一个非常有意思的"巧合"。

于是有了他这番试探。

教坊也不只是寻花问柳的地方，还会承包宴席声乐舞蹈的外活儿，有红倌也有清倌、乐伎、舞伎、优伶。谁家逢年过节有喜事，都会出钱请这些人上门表演舞蹈戏乐，这是牌面！

因此曜灵阁生意红火，即使是在白昼，依旧有雨条烟叶、缠绵悱恻的靡靡丝竹之音绕梁。

沈棠跟在顾先生身后，步伐从容不迫，对那些在台上排舞的莺莺燕燕目不斜视，只差将"正经"二字刻在脸上。

她问："龚氏女眷……也都在这里？"

顾先生回答："一部分是。"

沈棠问："另一部分呢？"

顾先生道："路上殁了。"

沈棠无语。

顾先生似乎是曜灵阁的常客或者贵客，一进来便有花娘上前引路，将二人带到一间装潢称得上富贵的雅间。雅间占地面积极大，还有一个类似室内表演舞台的大花鼓。

二人一进屋，下人就搬来一只只空酒坛。

按照顾先生给的银钱，沈棠每一种酒都弄了一些。几乎是言灵生效的瞬间，浓烈的酒香在雅间里横冲直撞。

顾先生被勾得酒虫苏醒,也顾不上其他打算,第一时间斟了一杯。

别看顾先生一脸病相,仿佛下一秒就能撒手人寰,却是个酒瘾相当重的酒痴。

"好酒!"一杯酒饮尽,他道。

饮了酒,顾先生惨白病态的脸上添了几分红晕,看着比先前有气色得多。但即便是不通医理的人也知道这是不行的,有病就该好好将养而不是放纵酗酒。

沈棠将不赞同写在了脸上。

顾先生一心二用,喝酒的同时也没放松对沈棠的观察。

看见她脸上一闪而逝的担心,还有自她内心传来的诸多念头,顾先生心下微讶:这位沈郎可真的有意思,明知他怀着些许对其不利的目的,居然还会挥霍"善心"在他身上。他还以为这位有意思的沈郎巴不得他走在路上原地暴毙呢,毕竟其方才盯着他的脖颈,一闪而逝的杀意是那么明显。

顾先生顶着沈棠的眼神又给自己斟了一大杯酒:"当真是好酒!"

沈棠道:"酗酒伤身。"

顾先生道:"沈郎,'酗酒伤身'对普通人来说是没错的,但对在下来说酗酒方能久活。这言灵酿出来的酒丝毫不亚于大家之作。倘若在下也有这般天赋,能省好大一笔酒钱。"

这话听着可真耳熟。她道:"前不久有个人也跟我说过同样的话。这酒真这么好喝?"

顾先生诧异:"你没喝过?"

沈棠道:"喝过,昨晚。"不过昨晚的情形太惨烈,除非身边空无一人,不然她喝酒对其他人的安全是种威胁。

顾先生不知昨晚的情况,便以为是沈棠年纪太小,不懂酒的好,笑着打趣:"那是你年岁还小,不懂酒的美妙。待你年长便懂了——酒是这世上最好的良药,可治百病。"

沈棠面无表情:她非常肯定,酒肯定不能治百病,因为顾先生从刚才到现在,一人干了一坛兰陵酒,喝得这么凶都没把他脑子的病治好,可见他的话就是骗人的。

哦,她现在用了"人心隔肚皮"言灵,这厮也听不到她骂了什么,还真遗憾。

顾先生沉默。

沈棠默默垂眸,数了数酒坛的数量。

半晌,她忙活完了,道:"酒水已经备齐,顾先生慢饮。"

沈棠作势要起身离开。

谁知顾先生冷不防将酒杯放下:"沈郎,你真的是沈郎吗?"

"不然呢?我不是沈郎,还能是'顾郎'?"

"在下对此存疑。倒不是不信龚云驰,只是相较于旁人嘴里的话,在下更相信自己眼睛所见、耳朵所听!不管怎么看,沈郎出现的时间都太过凑巧。你的目的是什么?你的身份是什么?你赎买褚曜又是为了什么?他一个文心被废、前途尽毁的人,又能带给你什么?"

沈棠忍着乱跳的眉心,语气格外不善:"这些跟你有什么关系?我就是个当垆卖酒混点儿嚼用的人,顾先生有时间在我身上耗费功夫,倒不如多管管自家的一亩三分地。大漠落日图?哼,北漠的?在画纸里藏着那种信息,相较于我,顾先生的用心、动机更加耐人寻味。"

二人说话的语气都不重,声音也不大,只是雅间的气氛肃杀得很。

"郎君,舞乐来了。"雅间外传来黏腻的女声,冲散了剑拔弩张的气氛。

"进来吧。沈郎不妨也坐下来欣赏欣赏。"不知何故,顾先生声音突然和缓下来。

沈棠面色不善:"在下不好女色。"

顾先生道:"不好女色?好男色?"

沈棠道:"是,例如那位叫翁之的。"

她隐约猜出顾先生跟倌儿的关系不一般,二者不是主臣便是师徒,或者皆有。那名倌儿多半也不是什么倌儿,有复杂的来历,不然怎么跟还未落魄时是贵公子的龚骋互称"旧友"?

当着顾先生的面如此说,沈棠就是故意的,是挑衅,也是想激怒、恶心这位顾先生。

顾先生的反应却在沈棠的意料之外。

"翁之的话,不太行。"

沈棠沉默。

顾先生一本正经:"若你喜欢,回头能换一家。不过沈郎年岁还小,不该沉溺于此。"

沈棠正要说不用,雅间的木门已经被拉开。

坐在门外的是一队乐伎,年纪都在三十岁左右,搁在教坊里虽是不鲜嫩的年纪,但技艺精湛,每一场表演都能技惊四座。孝城那些附庸风雅的文人墨客都喜欢来听一曲。

除了乐伎，今日还多了一名舞伎。今日要由她表演鼓上舞。

这名舞伎长相不俗，但在曜灵阁不算拔尖。她的特殊之处在于，此人仅有一只耳朵。

沈棠看着舞伎。

舞伎看着顾先生。

顾先生看着沈棠。

舞伎口中发出一声怪叫，原先故意摆出来的温婉可人的姿态消散无踪，似疯魔一般向着沈棠冲了过去。

沈棠冷笑，毫不客气地一脚踹中她的肩头，将她踹得在地板上滑了半丈远。

顾先生故作惊讶："这舞伎是新来……"

沈棠冷冷地打断他的话："不只是新来的生面孔，她还是被发配的龚氏女眷呢！顾先生，你坐在上首欣赏龚氏被发配女子的舞姿，若你的身子骨允许，或许还能春风一度。敢问龚云驰那边就没有意见吗？"

不知何时，沈棠手中多了一柄龙纹长剑。

雪亮的剑身映出沈棠此时的表情，冷漠、肃杀、嗜血。或许连她自己也不知道自己还有这一面。

顾先生道："龚云驰当然不会有意见。"

她阴阳怪气地嘲讽，但顾先生的每个回答都在她意料之外，一拳打在棉花上的感觉可真憋屈。

沈棠冷笑道："他是没意见还是不知情？"

"不知情。即便知情想必也顾不上，因为——"顾先生将话音拖长，即使沈棠那柄剑已经渴望吻上他的喉咙，仍不慌不忙，淡定地甩出下一句，"她是沈家大娘子的陪嫁丫鬟啊。"

沈棠不语。

"沈郎，不，沈家大娘子，可还有话说？"

沈棠怔在原地，心境与脑子彻底放空。

她万万没想到会是顾先生先察觉真相。

不过，她感觉自己还能挣扎："沈家大娘子？顾先生觉得我是女子？一个有文心花押印的女子？你不觉得这个故事过于荒诞不经？市井话本都不敢这么胡编乱造！"

在没有积蓄足够强大的实力时，一个公认的不能拥有文心武胆的女子却有了文心，不管是被当作猎奇的典范还是被当作不祥的征兆，于她而言都是祸端。被祈善几个知道倒是无妨，反正她也没遮掩过，甚至猜测他们何时才能发现真相。

但眼前这位顾先生不行。若他知道了——沈棠只能送他一剑，让他早死早超生！

顾先生不急不忙地抚扇而笑，呷了一口兰陵酒："荒诞不经？贼星降世之前，谁知道会有文心、武胆，口诛笔伐能化为现实？在这个荒诞的世道，发生什么离奇事件都不算荒诞。"

沈棠冷着脸道："顾先生，你认错了。"

顾先生指着被一脚踹得现在还缓不过劲来的舞伎："你知此人为何只有一只耳朵吗？"

"没兴趣知道。"

"她在发配途中欲谋害于你，而你顺水推舟以言灵顺利脱身，她则被押解你们的差役误会是你的同谋。少了一人，差役无法跟孝城这边交接的人交代，便割了她一只耳朵冒充你的。故此，先前调查才会收到沈家大娘子已故的消息。你说，我说的话对不对？"

沈棠面无表情："无稽之谈。"

顾先生却缓和了脸色，循循诱导："不用这般戒备，在下并无恶意。你是在下这么多年来遇见的最有意思的人。若你是沈家大娘子，你我无利益冲突，我有何理由对你不利？"

沈棠冷哼道："我知道文心谋者好猜疑，越是自诩聪明的，猜疑越多。仅凭一个你口中的'陪嫁丫鬟'就断言我是沈家大娘子。这么麻烦作甚？衣裳一脱，不都知道了？在这里猜来猜去实在无聊得很，浪费时间。"

手中的剑贴着他的脖子，沈棠道："顾先生，有无胆量与我打赌？"

"赌什么？"

沈棠不说赌约内容，先说了赌注，脸上带着令人不寒而栗的冷色，一字一顿宛若判官在耳畔低喃："我若赌赢，我要你的项上人头。"

"若在下赢了呢？"

"若顾先生赢了，你有本事就来拿我的命。只是这个可能性看来不大，毕竟颈上悬剑的人是先生不是我。"沈棠展颜浅笑，"我有一事不解，不知先生可否解惑？"

顾先生眼皮颤了颤："你问。"

"其实你的读心根本不是什么言灵，而是你的文士之道吧？那位翁之知道吗？"

言灵窃听心声和文士之道读心根本就是两个截然不同的概念，前者不过是每个谋士的必修课，后者却是人人忌惮的毒瘤。

顾先生即使颈上悬剑都未变动的脸色此时"唰"的一下变得铁青，红丝从眼角开始，几乎爬满整片眼白。

看他这表情沈棠就知自己戳中了真相。

"在你我打赌前，我得清算一笔旧账。"她头也不回地将剑甩往身后。

"咚"的一声，长剑没入木板地面，正好拦住捂着肩膀想偷偷溜走的舞伎。

其他乐伎早已经被刚才的变故吓得四散逃跑。

"你去哪儿？"沈棠起身回首，淡笑着接近舞伎。

沈棠走近一步，舞伎就双手撑着地面退缩一步，先前对沈棠的恨意早已经被恐惧所取代。发配路上的恩怨浮现在心头，她哆嗦着摇头求饶："你……你放过我，我错了。"

沈棠歪头："你说你错了？"

"对……对对对——"舞伎点头如捣蒜。

"造成伤害之后再说出口的道歉，比茅坑里的蛆虫还臭。你是沈家大娘子的陪嫁丫鬟？实在可笑！那你怎么下得了手？"

舞伎一听这话，怒火一时盖住恐惧，扬声道："凭什么不能？你拿什么质问我？你真以为自己是世家勋贵出身？你又不是大娘子！你不过是个傻子，不知来历的疯子！你……你会言灵，你竟是个男的？"顿了顿，她又一扫心虚，理直气壮，"就算我是陪嫁丫鬟又如何？若不是沈大娘子嫁去龚氏，我也不会被牵连，如今低人一等……"

发配路上一个多月的经历就是噩梦！她痛苦地抱着头，脑海中不断闪现回忆。

午夜梦回时她都恨不得将那位沈家大娘子的血肉咬下来咽进肚子里。沈氏被夷九族，灭的是沈氏九族，跟她这种下人有什么关系？如果不是沈家大娘子嫁入龚氏，她就不会遭受这些！她怎么就不能报复？

再说，她报复的只是一个傻子，又不是真正的沈家大娘子，她做错了吗？

沈棠心里满是疑问。

以为胜券在握的顾先生一脸惊讶。

雅间内很安静，只剩舞伎的粗喘声。

沈棠揉了揉发胀的太阳穴，叹了一声，问顾先生："先生，刚才的赌你还参加吗？"

顾先生意兴阑珊："不了。"

沈棠道："我想也是，那就算了吧。"

顾先生起身，指着沈棠问舞伎："既然发配的路上被你陷害的人是这位沈郎，他顺利地脱身了，那么真正的沈家大娘子去了哪里？"

她又成"沈郎"了，文人变脸真是比翻书还快。

顾先生听了佾儿的命令，深入地调查沈棠的身份，除了必要的盯梢，自然也少不了追根溯源。他亲自跑来教坊，忍着头痛从无数嘈杂的心声中听到舞伶的内心，掏出了不少话。

谁知还是闹了误会。沈棠的确是在发配的队伍中，也顶着沈家大娘子的名头，却是男扮女装，疑似扮演脑子有问题的人，所以被陪嫁丫鬟迁怒报复。最后沈郎抓住机会，顺利地脱身来了孝城。逻辑的确通顺。

舞伎不肯配合回答。

沈棠一剑递上她的喉咙，拉出一条血丝："说！"

舞伎在杀气的压迫下崩溃，道出她所知的。

沈家大娘子在成婚前失踪，不知下落。之后沈棠便出现了，众人都说是沈家大娘子不慎落水撞了头，整个人痴痴傻傻，懵懂无知。婚期将近，这事儿就被压了下来。

外人不知，但贴身服侍的人怎么会认不出自家娘子？

至于沈棠的来历，舞伎哆哆嗦嗦地道："棺材……"

顾先生没听清："什么？"

"听后院看角门的仆役说，有一天晚上，送来一口很奇怪的棺材，里面躺着的人跟沈大娘子有六七分像，再打扮打扮能十足像。"

顾不得身侧还有个顾先生，沈棠急忙追问舞伎："棺材？什么棺材？何时的事情？"

舞伎吓得抱着头，抖如筛糠。

顾先生目光幽幽地看着沈棠，问出心中的疑惑："发生在你自己身上的事，你不知道？"

沈棠没好气地回应："老子被偷家了。"

"偷家？这话是何意？"顾先生被沈棠叱了一句居然没有发火，反而虚心求教。

这个反应在熟悉顾先生为人的人看来是非常不可思议的。

"我失忆了！"沈棠的坦白来得令人猝不及防。

看着顾先生因为惊愕而微微睁圆的眼睛，她自嘲地笑了笑："很惊讶，很错愕对不对？我忘了发配前所有的事！连龚云驰口中的'妻兄'身份都是他主动安给我，我顺水推舟认下的。"

顾先生一时怔住了，似乎没想到会是这般。

半晌，他问："可……为什么？"

沈棠道："为什么？你是想问我为什么要冒领身份？不为什么！纯粹是不想给自己找麻烦而已。偏生你们自作聪明！再者，我怎么知道这身份是真是假？兴许我真是他妻兄呢。"

顾先生抿着唇，陷入了沉思中。

起初他以为自己已经拨开谜团看到真相，但随着舞伎爆出来秘密，事情反而更复杂了。

沈家大娘子失踪，从龚骋的反应来看，龚氏对此事完全不知情，更不知新妇换了人。

眼前的沈郎失忆了——自己姑且信了他的说辞，那沈郎以前的身份是什么？为何他跟沈家大娘子有六七分像，还被沈氏拿来当沈家大娘子的替身嫁入龚氏？

难不成他真是沈氏流落在外的子嗣？毕竟世家贵胄表面光鲜，内里肮脏也是空穴来风。可若两族没遭遇被夷族和被流放而是顺利地结亲，新妇的身份不会被发现吗？这完全不是结亲，是结仇啊！这又不是替嫁题材的市井话本，话本里能阴错阳差巧成书，现实可真能不死不休。

瞬息之间，顾先生已经生出无数念头。

沈棠比他更加头痛：她不介意"吃瓜"，也不介意"吃瓜"吃到自己身上，但她介意吃到自己身上的"瓜"还吃不明白。

人一烦躁就容易动怒失控，她耐心尽失，直接上暴力威胁舞伎，试图用武力让舞伎冷静下来回答自己的问题。

结果自然是不行的。

这时顾先生轻拍沈棠的肩膀，道："让在下来。"

沈棠道："你能问出什么？"

顾先生道："在下有手段。"

言灵是个好东西。乱世两百年，早有走偏门的酷吏专门研究折磨人、从人嘴巴里抠出真相的言灵。

不巧，他会。再加上他那令人不喜的文士之道，某种程度上来说他是为这一行而生的，无人能在他面前撒谎——除了身边的沈郎。他还是第一次碰到不用言灵，纯粹通过控制心神防止窥心的，这无疑需要强大的自控能力。

沈棠将舞台让了出来："行，你来。"

顾先生两指捏着舞伎的下巴，看似枯瘦如柴的手却极有力道，任后者如何挣扎都挣不开，还留下了明显的指印。他迫使对方与自己对视："权衡在手，明镜当台，可以摧邪辅正，可以去伪存真。"精简起来就是"去伪存真"。

沈棠皱了皱眉：这句言灵她在祈善那边也看过，但效果是撕开敌方军阵布下的迷障，更清晰地看清敌方的动态。这位顾先生也用，但效果是问讯。

果然，相同的言灵在不同人手中有不同的见解和使用途径，效果自然也不一样。

言灵发动后，顾先生放心地询问："棺材是何时送来的？"

舞伎面无表情："大婚前半个月。"

"沈郎可是沈氏在外的子嗣？"

舞伎怔了怔，迷茫地道："不知。"

不知就是不确定了。

"棺材的来历你可知道？"

舞伎自然不知道，将"听后院看角门的仆役说，有一天晚上，送来一口很奇怪的棺材"复述了一遍。

顾先生倒是有耐心："是谁送来的？"

舞伎道："沈二爷。"

顾先生又问沈二爷是谁。

沈二爷，也就是沈家大娘子的父亲的同胞兄弟。不同于沈大爷在官场做官，沈二爷就是个醉心于古董藏品的风流名士，每天闲着没事跟人玄谈玩乐、曲水流觞、游山玩水……他的言灵十个有九个是关于玩的。

沈棠对"替嫁沈郎"是啥来历其实没多大执念，但舞伎揭露的一部分真相实在瘆人——其躺在棺材里被爱好古董文玩的沈二爷连夜送入沈府，还是一口奇怪的棺材，怎么想怎么怪异。

顾先生认认真真地"吃瓜"："难不成沈郎其实是沈二爷在外的'沧海遗珠'？一直被他养在外边，因为身体出了事情被他带回来，正巧顶了沈大娘子的缺，替嫁出去了？"

沈棠道："顾先生爱看市井话本？"话本套路这人知道得还挺清楚。

顾先生诡异地沉默了三息。

沈棠道："沈氏死绝，知情者也没了，这舞伎不过是陪嫁丫鬟，能知道多少真相？"

估计这舞伎也不是贴身伺候的，不然不可能连她是男是女都不知道。再者，她若真是贴身伺候的大丫鬟，哪里会什么花鼓鼓上舞？就算是现学现卖也来不及。兴许她原先就是沈府养的舞伎。

思及此，沈棠眉头颤了一下，仿佛抓住了什么，问："你贴身伺候沈大娘子？"

舞伎摇头："不是。"

沈棠道："说说你的经历。"

舞伎如实道出。

她是底层舞伎出身，很小便被卖了，进入沈府前被领班拿去讨好有钱的同乡，给人当外室，有了一儿一女，意外被家中的大妇发现卖掉。然后她被好心的沈家大娘子买下，留在房内伺候，偶尔给府里的贵人表演舞乐，拿赏钱。

只是她地位不高，年纪又偏大，说是丫鬟太老，说是嬷嬷太年轻，一直被其他丫鬟排斥，说是房内伺候，也只是洒扫干活儿。端茶倒水、给沈大娘子梳妆打扮这些活儿，根本轮不到她，都是贴身伺候的丫鬟做的。

"那些贴身伺候的丫鬟也陪嫁了？"

舞伎的回答在沈棠的意料之内。

她道："没有。"

陪嫁的丫鬟都是临时凑的，贴身丫鬟因为伺候不力被打死了。

沈棠冷嘲："这个理由骗鬼呢。"合着沈大娘子的消失是有预谋的，消失之前把惯用的贴身丫鬟也带走了。

舞伎摇头："不是骗，真被打死了。"

第十二章

疑则弑主，信则替死

贴身丫鬟都被打死……沈氏被夷九族……这世上最了解沈家大娘子的人都成了无法开口的死人，诸如舞伎这样的陪嫁丫鬟虽然也是房内伺候，但知道的东西绝对不多。这事儿怎么看都透着一股阴谋的气息，沈氏……不简单啊。

沈棠问道："沈氏一门真的中庸吗？"

她发现自己快不认识田忠说的"中庸"了，哪家中庸会搞得这么神神秘秘？

顾先生道："总不会是沈大娘子有意中人了，选择了逃婚，沈氏为遮丑，于是弄死贴身伺候的几个丫鬟，找不到沈大娘子，一时苦于无人顶替，便找了沈郎替嫁？不过，这男女区别也太大了，龚云驰年纪是小但也不瞎……新婚夜就蒙混不过去。"

沈棠努力压下抽搐的嘴角，语气不善："沈家大娘子跟我年纪相仿，也是十一二岁的年纪，又是养在深闺的未婚女眷，上哪儿认识外男，跟人为爱私奔？这种烂俗的寒酸书生写的话本少看。"

顾先生自觉失言：不管真相如何，沈家大娘子是死是活，这种事关女眷声誉的推测都不该乱说，于情于理都是他不对。

顾先生纠正想法，脸上的严肃散去，多了几分戏谑、探究："那位沈二爷好古董文玩，兴许是在哪里见到这口古怪的棺材，见猎心喜买了下来，命人打开后发现里面躺着个你？你不知躺了多少年岁，但面容依旧鲜活如生人。更让人惊奇的是你一息尚存，又与沈大娘子容貌相似。于是沈二爷便将棺材偷偷地运回了沈府，恰逢沈大娘子因故需要隐匿踪迹，便让你顶替出嫁？"

沈棠面无表情地听完了全程，道："你这本事不去说书可惜了。"

前一版是狗血爱情走向——富家女为爱私奔浪迹天涯，贫家子卧薪尝胆得偿所愿，兴许以后还能加入恶婆婆折磨倒贴的儿媳，欺辱儿媳本族被灭、孤苦无依的戏码。后一版更加牛，直接加入玄幻、诡异元素，千年木乃伊诈尸替嫁世家公子。她没想到这厮这么重口味。

顾先生道："在下也觉得可惜。"

沈棠默然。

顾先生似放下了戒备，与沈棠笑谈："可惜在下寿数不长，倘若寿数再长些，待天下稍定，当个说书先生也好。这些年被迫听了那么多魑魅魍魉的心声，不说出来多可惜。"

沈棠觉得这厮在白日做梦："天下稍定？定的是北漠的天下？"

顾先生避而不谈。

"那可真是完犊子。"

"沈郎不看好？"

沈棠直言不讳："听人说过北漠非善类。"

"听谁说的？"

沈棠正要说"这跟你有个屁的关系"，却听顾先生问："听祈元良说的吗？"

沈棠拧着眉心："你调查得还挺详细。"

顾先生笑了笑："沈郎这就高看在下了，毕竟是在庚国的地盘，动作也要收敛，免得被人发现。祈善祈元良这名字，在一些地方可真是无人不知，无人不晓。"

例如千金难求的秘戏图，例如同样数量的仇人。顾先生更惊奇的是这厮居然还活着。

最后八个字他说得抑扬顿挫、阴阳怪气。

沈棠仅回应："哦。"

顾先生道："沈郎怎会与他搅和在一起？"

一个褚曜就不是善茬——虽说没了文心很多地方不方便，但不是没了脑子，不影响正常出谋划策，一个恶名昭昭的祈元良，以及这位揣着文心但杀意比武胆还浓的沈郎。

三个人俱是恶人，很难不让人想歪。

沈棠终于理解祈善的痛苦，想翻白眼，道："你的问题可真多。我与你又不熟，我与谁搅和在一块儿，与你有何干系？"

顾先生道："白首如新，倾盖如故。"

沈棠无语。

顾先生也不管沈棠信不信："在下对沈郎一见如故，是担心你才这么说的。不信的话，沈郎不妨回去问问祈元良的文士之道为何。"

"你知道？"

顾先生笑而不语。

沈棠只觉得无聊至极，片刻也不想在这里待下去，起身掸了掸不存在的灰，准备告辞。

"这名舞伎如何处置？"见沈棠不给反应，顾先生"啧啧"两声，故意挑衅，"倘若沈郎并非男子而是女子，也无文心，这下场……恐生不如死。这样的仇，沈郎都能释怀吗？"

沈棠瞥了一眼神情迷茫、还处于被言灵控制状态的舞伎，又看了看顾先生，嘴角微动，只丢下一句："我杀她得赔钱。"

她跑这一趟，卖酒才赚了几个钱？

最重要的是她不杀，顾先生也会杀，还会处理得干干净净、不留把柄，她何苦自己动手溅一身血？

为何她笃定能"借刀杀人"？因为她说出了顾先生的文士之道，舞伎在一旁听得清楚，仅凭这点舞伎就活不了。

"能与祈元良混在一起，果真不是善类。"

顾先生离开曜灵阁后不久，舞伎投井自尽。

月华楼。

倌儿正在阅读一摞厚厚的信件，见顾先生回来也没收起，毫不避讳："顾先生可查到了什么？那个沈棠有无问题？"

顾先生道："查了查，没什么问题。"

倌儿暗自诧异：当真是巧合？

不过顾先生都这么说了，他也不多深究。沈棠这人没问题最好，正好能多个北漠出兵庚国的理由。待庚国乱象增多，自顾不暇的时候，便是北漠出兵的最好时机。

"先生辛苦了，下去歇歇吧。"

"是。"顾先生行了一礼，离开。

回到房间里顾先生才露出另一副面孔，一个人打开棋谱："该去会会祈元良……"

与此同时，沈棠也回到了民宅。

褚曜还在教学生。

祈善这厮正坐在廊下低头编竹篾，身侧还放着一堆碎布和针线。

她回想自己前不久的遭遇，心累。

她一屁股坐下，重重一哼，试图引起大家伙儿的注意。结果只有褚曜理她，祈善还在编竹篾，看得出来是一个造型精致的竹筐。

"五郎，怎的叹气？"

"在外被欺负了。"

祈善"扑哧"一声，被逗乐了："你被欺负？"一剑封喉，血不沾衣的沈小郎君不去欺负别人就是日行一善了。

沈棠哀号着一拍大腿，用控诉祈善的口吻嚷嚷道："我被你的老相好欺负了。"

祈善一脸疑惑。

沈棠幽幽地补充："一个姓顾的。"

祈善头也不抬地道："在下认识的姓顾的人没有一千也有八百，你说的是哪个？"

沈棠道："合着你真有姓顾的老相好？"

祈善无语。

这回轮到褚曜忍俊不禁了，一边扇着蒲扇去暑，一边放肆地嘲笑："祈元良啊，你居然让一个十一二岁的孩子套了话？"

祈善没好气地瞪了一眼褚曜，眼神暗含威胁。

可惜人家一点儿不怵他，兀自看他的笑话。

"沈小郎君，你在外遇见了谁？"眼神的威慑效果不佳，祈善果断地转移话题。

沈棠道："一个姓顾的人。"

祈善是在等沈棠详细的描述，结果就等到一句废话。

偏偏褚曜还横插一脚捣乱，跟着沈小郎君一唱一和起来："姓顾的，男的女的？"

沈棠闻弦歌而知雅意，当即也配合着揶揄："啊，老相好还能是男的？"

褚曜揶揄道："这个嘛，倒也难说。诸如月华楼这样的象姑馆能多年如一日地生意兴隆、财源广进，可见此风在当下还是很兴盛的。以祈元良少时之风流盛名，万一呢……"

沈棠咂舌："还真是男的。"

褚曜不顾祈善想将编到一半的竹筐倒扣在他头上的神情，继续作死："那人长得如何？"

祈善出声打断主仆二人的双簧。他斩钉截铁地道："没有万一！"

主仆二人也不敢揶揄得太过，免得真把人惹毛了。

褚曜继续摇着蒲扇，催促小胖墩儿练习，耳朵却暗暗支起，把大半注意力放在沈棠和祈善这边。

祈善道："说吧，究竟是谁？"

沈棠道："我真不知道他的名字。"

祈善气得牙痒痒："不知名讳，只知姓氏，你怎么张口就说是我的'老相好'？"

"就是月华楼那位先生，跟俉儿一起藏匿龚骋的文士。他说他知道你的文士之道，话里话外还有离间之意。莫非你的老相好便是你的仇人、对手，否则哪里会了解得这么清楚？好吧，我也有错，'老相好'这个词是我用词不当。"

祈善倏地变了脸色："我的文士之道？"

"我觉得这厮是不安好心，自己的把柄还在我手上，还敢挑拨离间。他的原话是这样的——"沈棠模仿顾先生的语调，刻意挤眉弄眼，甚至连一些小表情也模仿得惟妙惟肖，"在下对沈郎一见如故，是担心你才这么说的。不信的话，沈郎不妨回去问问祈元良的文士之道为何。"

祈善表情变得非常耐人寻味，唇角一反常态地噙着若有似无的笑。他问："沈小郎君也想知道在下的文士之道吗？"

沈棠如实说："扪心自问是有点儿好奇，不过答案不重要，揭秘的过程才是我想要的。你直接将答案放在我面前，会少了很多乐趣。那啥，应该不是什么读心吧？"

祈善反问："那厮的文士之道是读心？"

沈棠沉默。

祈善道："我的文士之道不是读心。"

沈棠舒了口气。

目光变得微妙，祈善道："你似乎很庆幸？"

沈棠下意识地道："自然庆幸，不然我……"

"不然你在心里如何编派我不都露馅儿了？你想说这话？"祈善感觉拳头要硬了。

沈棠的安静仿佛无声诉说着什么。

祈善微眯眼，将沈棠的表情尽收眼中："你还真编派了。"他这话用的是笃定的口吻。

沈棠无语。

插科打诨结束，话题还是要回归正轨。

"我的文士之道的确招人忌惮，与'读心'相比有过之而无不及。沈小郎君若畏惧，千万别与我这等人'同流合污'。"祈善不再"恐吓"沈棠，但神情带着几分少有的晦暗。

沈棠没有开口。

气氛凝重得令人燥热不适。

褚曜"呼呼"摇着蒲扇。

祈善编着竹篾的手指泄露了主人的情绪：下意识用力以致指节发白。

沈棠则皱眉沉思，道："这么严重？"

她这话不仅没有缓和气氛，反而将气氛推向另一个凝重的高峰，连带褚曜也悬起心来。

"我对文士之道的了解真不多，仅有的一些还是从无晦先生那边得来的。"沈棠不太明白祈善这般严肃作甚，一脸的莫名其妙，"交朋友还需要考虑对方的文士之道？你们这些人的交友门槛挺高的……"

不是说文士之道是一张关键时刻能发挥奇效的底牌，一般情况下不会对外人透露吗？

祈善反问："如果不只是交友呢？"

沈棠被这个问题彻底问住了。

倏地，她福至心灵想到了什么："你……难道你……？"

沈棠仿佛遭受了什么巨大的打击，一只手捂胸，另一只手撑着廊下的木地板飞速地后退，一副"你别过来啊"的表情。在祈善、褚曜二人疑惑的眼神下，她大声质问祈善："祈元良，我想跟你拜把子，你想上我的户口？"

祈善终于忍无可忍，将编到一半的竹筐扣到沈棠的脑袋上，咬牙切齿："不会说人话就别开口！"

沈棠怔住。

祈善大步流星地回了房间。

沈棠仍不在状态：除了拜把子或者搞成上户口，他们还能发展出其他关系？这关系还非得知道对方的文士之道？

沈棠拿下竹筐，瞪圆眼睛："说话说半截，真是不给人痛快。"

褚曜道："有些话，只可意会不可言传。"

沈棠撇嘴："想我沈棠聪明伶俐、智慧超群，但半截话让人意会也太为难我了……"

这是个有自己的主见的"引导 NPC"。

沈棠又转向褚曜求教："无晦先生知道他想要意会的内容，要不……透露透露？"

褚曜似说给沈棠听，又似自言自语："现在还不是时候，待时机成熟你自然会知道。"

沈棠一头雾水。

因为担心，她只能抱着竹筐尾随过去，对着紧闭的房门叨叨："元良？元良？元良？在不在？我有言在先啊，我真不会中什么挑拨离间之计。既然文士之道跟自身的性格或者某种特质有关，那有什么可怕的？你我相识时间虽然短，但我相信你是好人。"

只要不是读心就行，这对话痨而言跟"禁言"有何区别？

见屋内没人回应，沈棠又喊了几遍。

终于，房间的木门被人从内部拉开。

祈善看着表情十足无辜的沈棠，双手笼在袖中，斜靠着门扉，神情玩味地问："倘若我的文士之道是'弑主'呢？"

弑主？还有这种文士之道？惊涛骇浪！鲸波鼍浪！波翻浪涌！沈棠此时此刻的内心是千言万语都无法形容一二的，因为过于震惊大脑运行超负荷。

她茫然地眨了眨眼，吐槽欲爆棚："啊，这……有这文士之道很难拿到 offer（录用通知）。"

"欧……什么？"祈善被沈棠不按常理出牌的回应带偏。

"就是录用通知。不过这不重要。"她道，"恕我想象力匮乏，怎么也想不到你这文士之道有什么用武之地。谁会闲着没事找个幕僚门客来杀自己？"

祈善不发一语。

他不说话，但沈棠长着嘴啊，嘴巴就没有停歇的意思："让我想想……对了，当间谍，就是细作。将你安插到别人帐下，发动你的文士之道，敌方首领不就死得悄无声息了？"

祈善黑着脸道："这种路子都想得出来，沈小郎君，在下是不是还得夸你一句有急智？"

沈棠看到他的表情，逐渐息声。尴尬之余，她也猜到祈善口中的"弑主"跟自己以为的"弑主"不是一回事儿，安插去敌方当细作这条路是行不通的。

她下意识地坐好，摆出洗耳恭听的架势。

祈善看得哭笑不得。

他本不想细说，但看在沈小郎君如此乖巧的分儿上，胸口的郁气似随着叹气消散了七八成。他道："其实说来也不难。只要效忠的君主信任，则双赢；若君主猜忌，则'弑主'。"

沈棠道："双赢是怎样的？"

她暗想：君主信任臣下，臣下效忠君主，君臣之间本该如此。不知这文士之道是单方面约束君主，还是约束双方。不然，君主单方面付出信任而臣下心生歹意，换作谁都不放心。

祈善见沈棠的注意力在"双赢"而非"弑主"上，有些许复杂的情绪自眸底闪过。

他弯腰坐下来，姿态较之平常更加放松："文士之道会精进成长，往后如何还不知，但当下的'双赢'对我更有利。若哪位诸侯征辟我，我奉其为主，便能从他那边借用他的文心，获得一部分诸侯之道，与自身的文士之道融合获得新能力，代价是不能背主。若君主生疑，等同毁诺，君主的文心会受到反噬。"

沈棠默然。

祈善笑着问："沈小郎君没什么想说的？"

沈棠由衷地道："这文士之道可真霸道。"

祈善这边付出的代价就是忠心，在被君主猜疑前不能背刺。君主付出的代价是一旦生出猜忌就会被反噬。虽然不知道文心反噬有多严重，但既然是"弑主"了，想必不死也残。

难怪他的文士之道会被忌惮。

祈善又问："沈小郎君不觉得很恐怖吗？"

沈棠道："恐怖倒是没有。"这些都是祈善未来的主公该头痛的东西，她知不知道又不影响什么，自然不会在意。

不过，沈棠挤眉弄眼地揶揄他，一副"我发现了你的大秘密"的表情："元良很渴望他人的信任啊。"这么一说倒像是渴望被认同的孩子。

祈善倏地变脸，厉声道："你胡言！"

"我还乱语呢！先前也说了，文士之道跟文士自身的性格或者某种品质有关，而元良的文士之道又硬性要求被效忠者的绝对信任，这就很好理解。不过君臣之间最好的状态也是互相信任，你这需求也不算过分，"沈棠拍了拍他的肩膀，"就

203

是威力霸道了些，我真没觉得恐怖。"

祈善叹道："你这是事不关己。"

他觉得此事若发生在自己身上沈棠就不会这么轻松了。人心本就复杂，他却希望一个天生多疑的职业能纯粹，这个诉求从根本上就是矛盾的。

沈棠嬉笑道："本就是这个理。"

祈善哼了一声。

气氛彻底缓和下来。

文士之道的话题本该到此结束，不过，沈棠道："元良肯定还留了一手。"

"什么？"

她狡黠地道："文士之道这么要紧，藏着掖着都来不及，你会无故跟我坦白？以你的脾性，你肯定还藏了一手，必然是对你不利但对被效忠者有利的，也是你的死穴所在。"

祈善不置可否。

沈棠径自猜测："还真让我说中了？我一直觉得文士之道这种东西，有所得有所失，所得、所失应该是大致等同的。例如那位顾先生，能听他人的心声，但自身也受其折磨，形销骨立，寿数不长。元良的文士之道却如此霸道，强行约束君主，所得、所失并不平等……"

祈善目光闪了闪，似期待也似畏惧，连自己都说不清那种复杂的情绪："所以呢？"

沈棠耸肩："我就是瞎说的，不要在意。"

"弑主"以性命约束君主必须绝对信任，这是祈善的"所得"。那么"所失"是不是也是他自己的命？沈棠在内心推测，但嘴上不说。

她关注的重点总是比较偏："元良，我还好奇。"

祈善翻了个白眼："沈小郎君问就是了。"

"文士之道还能有两种能力？"

她可没有忘记，祈善说他若效忠谁，便能获得那人的诸侯之道，与自身的文士之道融合获得新能力。他说得这般笃定，可见是有过经验的。除了"弑主"，他的文士之道还有第二种能力？

"一般只有一种，特殊情况例外。"

沈棠点头如捣蒜，认真地记下。

祈善拿回编到一半的竹筐继续忙，一边编一边道："你口中的顾先生，我猜得没错的话，应该是那人了。没想到他也在孝城……"

沈棠震惊:"你真认识那人?"

祈善轻描淡写:"不算认识,至多有一面之缘,交过手罢了。天底下姓顾的文士那么多,我所知的顾姓文士也不少,但符合种种条件的也只有他。他应该叫顾池。"

沈棠却听错了:"顾驰?这个名字……"多少有些魔性。

祈善继续说道:"顾池,字望潮,也是个狠角色。我只知道他擅长窥心言灵,却没想到那就是他的文士之道……哼!"

沈棠还在纠结名字:"望潮,章鱼?"

祈善无奈:这让他以后如何直视这个名字?

"听说原先是'观潮',后来他觉得'观'不如'望'好,便改为'望潮'。此人非善类。"祈善试图将"章鱼"二字从脑海中抹除,但越这么想越抹不掉。

他抓着木门,忍笑忍得额头青筋浮现,半晌还是破功了,胸腔起伏:"噗——章鱼、望潮,沈小郎君是个妙人!"正经人从未这么想过,可见沈小郎君是真的不正经。

沈棠只觉得他笑点低、奇特:这种事情有什么可笑的吗?

"我觉得你在幸灾乐祸。"

祈善忍了忍,将笑憋了回去,道:"此非君子所为,你误解了。"

沈棠觉得信他这张嘴就有鬼了。

祈善轻咳数声,深呼吸,调整脸上止不住的笑意,又欲盖弥彰地低下头,将稍微被捏变形的竹篾恢复好:"说正经的,顾池这人,沈小郎君要防备他。且不说他的文士之道是'窥心',即便不是,他也是在下所知之人中最擅长窥心言灵的,记仇,手段也毒辣。"

沈棠道:"前面的我知道,记仇这点倒是看不太出来。我倒是觉得这人挺有意思……"

祈善给沈棠泼了一盆冷水:"日久才能见人心。你与他交谈寥寥,怎么就笃定这是个心胸宽广的人?也别觉得他有意思。这人就是条毒蛇,蛇鳞艳丽,看着是漂亮,但你若敢撩拨,张口便是见血封喉的毒!"

现在说这话会不会太迟了?她不仅撩拨了,顺便还指桑骂槐、阴阳怪气了一番。她还知道顾池的把柄,若真像祈善说的,顾池兴许还会派人暗杀、投毒,杀她灭口?

不过,输人不输阵,沈棠最擅长嘴硬:"巧了,我会抓蛇。"

祈善瞥了一眼沈棠可怜的小身板:"你抓蛇?行,回头给你买两条回来。"他觉得到时候沈棠能不被吓哭就不错了。

"炖蛇羹？元良可以尝尝，滋味确实好。"沈棠脑海中自动浮现出好几道不同做法的蛇羹，暗暗吸溜了一下口水，"我嘛，就少喝，毕竟年轻力壮、阳气旺盛，怕适得其反。"

祈善又一次想把竹筐扣在这厮头上。

兔缺乌沉，金乌渐落，夕阳的余晖只剩一条小尾巴的时候，祈善终于编好了竹筐——一只脸盆大小，精密细致，又仔细地打磨过竹篾倒刺的小竹筐，看着像水果盘。

他还缝了个小布枕，里面塞满了柔软细碎的布块，比竹筐小点儿，正好能当猫的枕垫。

沈棠觉得这大概就是猫奴的自我修养吧，为了猫主子，可以拈着绣花针，精通女红，做好精致的小窝等待猫主子临幸。

"咚咚咚——"和谐的气氛并未持续多久就被一阵急促的敲门声打破。

门外隐约还传来褚曜的声音："元良兄，快来搭把手。"

祈善上前开门，差点儿被扑面而来的酒臭味熏坏，定睛一看，这不是送小胖墩儿回家的褚曜吗？褚曜背上还背着个眼熟的壮汉，鲜血从伤口溢出浸染了衣裳，看得人眉头大皱。

"共叔武？"

整个白天没看到他，祈善还以为他是待在屋中休养伤势，却没想到他带着身酒气，烂醉如泥。伤势还未大好，他就迫不及待地跑去酗酒？

沈棠也听到动静跑了出来："他怎么喝成这样？"

"五郎，先不说这个，先进屋。"祈善帮忙搀扶共叔武。

褚曜得了自由，带上院门前还探头往外张望了数下，确信没有尾随的可疑之人才放心地合上大门，道："多半是难受了。"

下午教课结束后，褚曜把小胖墩儿送回肉铺，顺便买斤肉回来给五郎煮肉糜蛋羹，碰巧看到在酒肆外喝酒的共叔武。也不知道他在那里喝了多久，桌脚边堆满了二十多只圆肚酒坛。

他喝得眼睛泛红，泪水直下。

褚曜担心出事便将他扛了回来，还在半道弄清楚了他反常地酗酒的原因。

可那原因实在是……

"难受？"祈善内心浮现出某种猜测，"难不成他在城中遇见了被流放的龚氏之人？"

祈善担心共叔武的身份暴露。

褚曜摇头,却没直接说理由,反而用迟疑的目光看着沈棠、祈善二人,似难以启齿。

褚曜不知该不该开这个口,但最后还是说了:"不久前,城门上张贴出一张告示。"

祈善问:"告示写了什么?"

又是哪家、哪族被郑乔发配流放?只是如此也不值得共叔武当街买醉吧?还是说郑乔又作了什么妖?

"告示内容有些不堪……"

"不堪?"祈善内心隐约有些不祥的预感。

褚曜踌躇着,勉强开了口:"郑乔不是要求辛国的亡国国主禅位给膝下唯一的王姬吗?"

祈善心下一"咯噔"。但他没想到事实远比他想的更让人难以接受。

"此事我知晓。"

郑乔以辛国王室为要挟,强迫亡国国主禅位,由王姬面缚衔璧,率领百官衰经舆榇,投降庚国,宣布辛国灭国。从此往后再无辛国,只有已经属于庚国的重台。

这些要求哪一项都是奇耻大辱。

褚曜抿了抿唇,眼底泛着不忍之色:"半个月前王姬已经投降,完全是按照郑乔的要求来的。"

祈善闻言,脸色白了一分,脑海中似浮现出那幅场景,仿佛有人照着他的脸扇巴掌,每一下都发出响亮的回声。

褚曜继续道:"而在投降当日……"

祈善蓦地睁开眼:"还有其他事?"这等羞辱还不够吗?

事实证明,郑乔觉得不够。

辛国投降当日,郑乔设下宫宴,尔后说是宫宴上出现了刺客,嫌疑人直指几个辛国世家还有辛国王室。郑乔以此为借口向王姬发难,王姬辩无可辩。

第二日,郑乔提出将王姬纳入后宫。

王姬不从,但架不住上一任国主的苦苦哀求,最后还是被灌了一杯加了药的酒送了进去。

没两日便传来……

祈善捏紧了拳头:"传来什么消息?"

褚曜闭目，不忍地道："王姬秽乱宫廷，与内廷侍卫苟且，谷道破裂而亡……郑乔自诩大度，命令辛国旧臣为其以国主礼仪发丧。"

"噗——"祈善脸色倏白倏青，终于忍不住喷出一口血来，在沈棠与褚曜惊惧的目光下闭目倒下。

"元良！"

"元良兄！"

雨过山青，云收日照。

昨日半夜下了一场毫无预兆的雨，暴雨倾盆，雷鸣阵阵，第二日放晴已是碧空如洗。

"喵呜……喵呜……"奶声奶气的猫叫声在屋内响起。

窗外的光透过缝隙跳跃入屋，调皮地落在祈善浓密纤长的睫毛上。

一只不足成人巴掌大的浅色虎斑花纹小狸猫"喵呜喵呜"地叫着。它还太年幼，四肢没有足够的力气支撑它远行。

它不知何时从竹筐的枕垫上醒来，踉跄着一脚踩空来到枕头旁。它看着迷迷瞪瞪的，抬起前爪推了推挡在前进路上的"障碍物"。

"障碍物"不动，还是柔软的。

它四爪并用，费了九牛二虎之力，半个身子才爬上"障碍物"的脸。或许是好奇心旺盛，它伸出舌头舔了又舔。

触感轻柔中带着点儿痒，深陷噩梦的"障碍物"似有所感，眉心微皱。

随着睫毛的细微颤动，在猫和阳光的共同努力下，"障碍物"有了转醒的迹象。

祈善感觉自己做了一个很漫长的噩梦，醒来却不记得梦中的内容，但那种极其黑暗与窒息的感觉始终萦绕在心头，挥之不去。

他拼尽全力挣脱梦的束缚，蓦地睁开眼。

不知睡了多久，他乍一醒来无法适应屋外明媚的晨光，眼眶不受控制地溢出生理性水雾。他闭上眼睛缓了缓，等待不适感消失。

随着感知逐一归位，他也感觉到喉咙发痒，胸腔里传来一阵接一阵的撕扯感，拧着眉峰将在喉间蠢蠢欲动的甜腥血液压下去。

"喀喀喀——"

"喵呜……"因为祈善偏头的动作，猫先前的努力化为乌有，似委屈般呜咽了一声，睁着那双澄澈、水绿的眸子看着近在咫尺的"庞然大物"。

祈善咳嗽的动作突然一停，他难以置信地循声转头。

一黑一绿两双眸子近距离对上。

祈善的鼻尖还能触到猫身上细软的毛。

"你怎么……？"右臂屈肘撑着床铺，祈善缓慢地坐起，用手托着猫放到被褥上，抬首环顾眼熟的环境，此时才发现屋内还有一个人，只见沈小郎君怀抱着那柄长剑，斜靠着门扉小憩，微微歪着头。

沈棠睡颜恬静，似乎睡得很熟。

但祈善一看过去，她便醒了过来。

"元良，你醒了？"沈棠站直身，收起慈母剑，慵懒地打了个哈欠，抬手揉去眼角残留的睡意，口中不忘说，"饿了没？我去东厨给你端点儿吃的来，吃完了再喝药，喝了再睡一阵……"

祈善抚摩着猫的毛。

他一醒来便想起昏迷前的一幕幕，唯有手心里这个小家伙能让他情绪稳定一些。

大概是最愤怒、最震惊的阶段已经过去，他现在再想起来那些消息，虽还是难受、堵心，但并没有恨不得灭杀郑乔十族的冲动了。

"沈小郎君这是……？"

沈棠脑子也还蒙着，以为祈善是在问自己为什么抱着剑睡觉，开口解释说："我昨天不是把顾池得罪透了吗？担心他小心眼儿会连夜派杀手过来弄死我，以防万一抱着剑睡觉。"

祈善道："在下不是问这个。"

"那你是说这只猫？"沈棠看到他手心里搭着的猫，自以为终于连上正确的频道，解释道，"因为你昨晚吐血昏迷的样子太吓人，我也不知道你什么时候醒来，担心会耽误你挑选的黄道吉日，所以呢，一早就带着你给你家狸奴的'聘礼'上门'下聘'了。元良，你总不会连这个都跟我斤斤计较吧？谁去'下聘'不一样，反正猫新娘给你接回来了，对吧？"

沈小郎君关注的重点总是将他带偏，他内心残留的痛苦也消散了七八成，更多的还是无奈和好笑。他只得"先下手为强"，免得沈棠一开口又是一大段话："你一直守在这里？"他想问的是，沈小郎君一直这么守着？

沈棠实话实说："也不是一直，跟无晦先生轮了个班，去早市买了点儿朝食。"

祈善发呆的工夫，沈棠将药和肉糜粥都端了过来。

褚曜昨天晚上做的肉糜粥还有剩的，放在东厨温着。祈善现在身体情况不太好，肠胃也不行，只能吃点儿容易消化又有营养的。

祈善没有多说，低声道了句谢，眉头都不皱一下，一口气喝完了一整碗苦药。

"我没想到你的身体这么不好……"

他昨晚怒急攻心吐血，一度气若游丝。沈棠都担心自己一眼没看到，他那口气就断了。所幸早上听到他的气息逐渐恢复强劲，她这才放心地出门吃了点儿朝食。她也是第一次意识到，人居然真的能被活活气死……

祈善却道："其实还好。"

"你撒谎也不脸红一下。"

祈善苦笑着解释："善的身体并不差，只是文士之道带来的负担太大，难免会虚弱些。"

他腰间的佩剑真的不是装饰，虽然他武力比不上喝了酒的沈棠能大杀四方，但对付寻常三五大汉也没有太大的压力，这次昏迷真是例外。

"你使用了你的文士之道？"

祈善道："当下没有，是以前留下的隐患。"

沈棠道："以前？"

祈善笑道："弑主。"

每一次都是效忠之主先毁诺，祈善倒是安然无恙，不过反噬所需的文气是他这边出的，多多少少也会造成负担。一两次没什么问题，但次数一多，他的压力自然也大。

沈棠道："那你的身体能养回来吗？"

祈善笑道："养是能养，要么隐居休养几年，要么投奔一个不会轻易毁诺的主公。"

沈棠一脸沉重地拍了拍他的肩膀："那你还是休养几年吧，这世道这么乱，一时半会儿平静不了，你什么时候出山都来得及。听我一言，身体才是最大的本钱。还有，以后少生气。郑乔这么乱来，不只辛国遗民会被逼造反，庚国百姓迟早也会忍不了他的暴行……"

最重要的是，尽管祈善没有详说，但从他轻描淡写的口吻来看，他这些年"弑主"搞死的老板估计一只手数不过来。他的文士之道也忒霸道，下一个老板还是擦亮眼睛，慎重地做选择——为了他的身体，也为了老板的命。

大病一场，祈善一跃成了瓷娃娃。

因为什么事情都不用他忙，他闲得只能抱着刚聘来的狸奴，坐在廊下晒太阳。

他还给这只狸奴取了个名字——素商。

褚曜一听这个名字，再看祈善苍白无力的模样，便道："渐觉一叶惊秋，残蝉噪晚，素商时序。素商？你没事给你家'新妇'取这么个凄凄惨惨的名字作甚？"

还不如叫槐序。"

秋色尚白即为"素"，秋日寒风凄厉与"商"同，故曰"素商"，一听就不喜庆吉利。

祈善慵懒地掀起眼皮："因为好听。"

夏日已过，秋日将来，素商就很应景。至于喜庆还是不喜庆，祈善又不信这些。

沈棠百无聊赖，正托腮看着小胖墩儿习武，主动加入二人的对话，兴致勃勃地说道："它的眼睛生得不错，取名'翠微'也可，你们说如何？"

祈善和褚曜异口同声："俗。"

话音落下，二人表情微妙地看着彼此，眉头狠狠地抽了抽，又将脸别向不同的方向。

沈棠无语：你们的默契是用在这种地方的吗？

幸好门外响起的敲门声缓解了她无处安放的尴尬。

她急忙套上木屐赶去开门，只见门外站着一熟一生两张面孔。

熟面孔还冲她打了个灿烂热情的招呼，正是翟乐："沈兄好啊。"

另一个人不消说就是翟乐的堂兄了。

沈棠内心诧异，但还是侧身让二人进来。

那位堂兄表情有些尴尬和无奈。

翟乐倒是非常自在，双手负在背后，马尾随着走动左右摇摆，似乎连头发丝儿都带着主人内心的愉悦。他自来熟地搭上沈棠的肩膀："沈兄，你今日怎么没出摊卖酒？"

沈棠道："合着你是为了买酒跑这一趟？"翟乐看着年纪不大，这酒瘾可真不小。

"自然不是，喀喀喀——还有就是为了武胆虎符的事儿。"翟乐将沈棠带到一边，余光小心翼翼地看着自家堂兄的脸色，见其脸色尚可，这才低声道，"上次不是逗他吗？"

"反应如何？"

翟乐苦着脸道："能如何？被教训了。"

关键是那伪装还挺厉害，翟乐无法将其撤掉，只能来找祈善帮忙，顺便呢，再买个酒。

另一边，翟乐的堂兄也跟祈善、褚曜二人互相见礼，道明此次的来意。

祈善苦笑连连："倘若你早来一些，我还能帮忙。"

翟乐的堂兄神情微慌："这是何意？"

祈善指了指自己，笑容里带着几分苦涩："昨日遇见点儿事情，怒急攻心，伤及肺腑，这两日得好生静养，不能再动文心。若郎君不急，改日再来；若是急，在下勉力一试。"

翟乐一听，急忙赶在堂兄开口前开口："这个不急，祈先生养伤要紧。"

翟乐的堂兄见祈善面色惨白，眼底泛青，气息时长时短、时弱时强，的确是有伤在身。翟乐也说过伪装是翟乐顽劣主动讨来的，责任在翟乐而非眼前这位文士，他们自然不好强求。于是翟乐的堂兄也道："养伤要紧，此事不急。"

顿了顿，翟乐的堂兄又道："在下略懂岐黄之术，先生若信得过，可否让在下看一看脉象、脉案？"

祈善没拒绝："有劳。"且不说此人目光真诚不似作假，即便真是假的，他的伤可是真的，一点儿不虚。

翟乐也凑了上来，大气不敢喘。

待诊脉结束后，翟乐才问："阿兄，祈先生身体如何？怎么一两日不见就病成这样了？怒急攻心，什么事情能将文心文士气成这样？"

翟乐可是跟祈善配合过的，知道祈先生的文心品阶虽不如自家阿兄的高，但实力、经验和阅历都在阿兄之上。代入角色，他无法想象自家阿兄要经历怎样的打击，才会一夜之间"怒急攻心"伤成这副病恹恹的模样。

翟乐的堂兄乜了一眼自家堂弟。

翟乐直接闭嘴。

翟乐的堂兄问："祈先生是辛国人士？"

昨日那张告示一出，孝城多少百姓在问候郑乔的祖宗十八代，反正他们俩下榻的酒楼附近都是拍桌、摔碗、各种辱骂之声。一些气性大的文人墨客也有气昏厥过去的。

这种感觉他懂。辛国再不好，好歹也是给予他们前半生安定的地方。庚国国力强，辛国走了下坡路，被灭国也是再正常不过的事情。这两百年，风光建国又狼狈灭国的，几十双手都数不过来，辛国不过是其中之一。但郑乔的操作一出来，它就成了"独一无二"——从未见过被灭国后还要遭受这般羞辱的。

百姓原先无所谓谁坐上王位，但现在都咬牙切齿地咒骂，希望哪个国家灭了郑乔这个暴君。

更有人"一针见血"地道："郑乔这佞幸，怕是想起来自己是靠什么上的位，心中愤懑又屈辱，以为让仇人的女儿也被走一走，他就清白、干净、舒畅了。哼，烂就是烂！"

祈善脸色白了一分，点头道："嗯。"

"唉。"翟乐的堂兄长叹一声。

翟乐的堂兄仔细地斟酌后，写了一张药方。

祈善也懂一些岐黄之术，仅从药方来看，这位年纪轻轻的郎君开的药方比先前的郎中开的药方还要合理许多。他便让老妇人帮忙去药铺重新抓药。

一番交谈后，他发现青年与他、与褚曜都说得来，一时相谈甚欢。

翟乐闲得无聊，拉着沈棠用木剑切磋。

相较之下，龚骋那边就没那么轻松惬意了，郎中开了重药才将他这条小命抢回来。

屋内飘着浓郁、苦涩的药味。

"云驰，若早知你反应这么大，就不该告诉你。"倌儿叹气，看着眉宇间有几分求死之意的龚骋，似怒其不争，又似怜悯同情。但他内心是怎么想的，只有他自己和一侧垂眸品茶的顾池知道。

龚骋道："迟早会知道的。"

气氛安静了会儿。

龚骋又道："翁之，何苦把我救回来？"

倌儿劝道："王姬已经……但龚氏其他族人还活着，你若没了，他们更加没倚仗……"

民间有谣言说辛国国主疼爱龚骋胜过王姬，他澄清一下，这不是谣言，是事实。他作为北漠王子，在辛国都城当质子的时候，跟龚骋等几个世家子弟玩得来，走得也近，借着龚骋的面子，偶尔会去内廷陪王姬与一干贵女打马球，也知道了一些秘闻。

例如，国主的确待龚骋更加亲近。

例如，龚骋和王姬是青梅竹马，但当龚骋试探国主的口风，问自己能不能当他的女婿的时候却被拒绝。民间的某些猜测也不是没根据。

例如，听说，郑乔曾倾慕王姬，偏偏自己又是国主榻上的男妃。

第十三章
法外狂徒欲劫"生辰纲"

龚骋痛苦地捂着脸:"我现在一个废人,又能做什么!"

佾儿抓着龚骋的肩膀,严肃地道:"连你自己都认为自己是一个废人,那你就真的是一个废人了!云驰,你看着我!听着,你能做的事情还有很多很多,千万别妄自菲薄!"

佾儿强迫龚骋看着自己的眼睛,铿锵有力的声音似有几分蛊惑之力,穿透龚骋的鼓膜,印入他的脑中,直至他的情绪逐渐稳定。

龚骋垂在膝上的双手逐渐紧握,用力,手指关节发青、发白,发出轻微的脆响。

佾儿道:"不如……你来助我。"

龚骋似听到什么可怕的话,猛地抬头看向佾儿,半晌才唇瓣哆嗦着道:"翁之,你……"

佾儿一扫眉宇间的迟疑,神色坚定地道:"对,我就是这个意思!云驰,你我认识多年,你应该知道我的尴尬地位。北漠王室之争,残酷程度与中原诸国比,有过之而无不及。"

龚骋讪讪地道:"我自然知道……"正因为知道,他才多番照顾翁之。

佾儿趁热打铁:"我被推出来当质子这么多年,各种苦楚有谁知道?倘若辛国还在,我安安心心地继续当质子也无妨,但现在庚国获胜,我留也不是,回到北漠也不是……"

龚骋道:"你怎么会回不去?"

佾儿道:"我那些个兄弟哪个是善茬?他们自己都杀得红了眼,再添我一个瓜分他们的权力地位?他们怕是最盼着我死的!所以,云驰,我现在真的很需要你的帮忙。"

龚骋震惊且迟疑:"可……"

"云驰!你我相识这么多年,我的为人脾性你是最了解的。若是让我那些个兄弟上位执掌北漠,他们对北漠的邻国以及邻国百姓,绝不会手软,烧杀劫掠一样不落。可我不一样!"

最后一句话正中龚骋的内心。

佾儿三指向天,一字一顿地发下毒誓:"若有违誓言,我图德哥必遭天谴,尸骨无存!"

他说的是他在北漠的本名"图德哥",而非来中原后取的名字"乌元,乌翁之",可见誓言的郑重。

龚骋也被他坚决的态度所震惊,半晌才缓缓地吐出一句:"你何苦发这种毒誓?"

佾儿,也就是乌元苦笑道:"只要誓言不破,管它多毒,反正我问心无愧,不是吗?"

龚骋闭上眸,太阳穴附近时不时抽动,可见此时内心的挣扎与痛苦。

与乌元交友龚骋没有任何障碍,只是协助乌元掌控北漠……

这么说吧,北漠跟庚国一个德行,后者在郑乔的率领下在辛国屠城、烧杀劫掠,北漠一到稻谷丰收的季节就集结兵马骚扰与之接壤的小国边境,抢掠了食物和女人就逃。两国从根本上并无多大差异。

不过,龚骋想:倘若翁之上位的话,或许会有所不同,自己或许也能借兵报仇。

看到龚骋的眉宇随着拿定主意而逐渐舒展,顾池便知道龚骋的选择了,在无人注意的角度勾了勾唇——毒誓这种东西,信的人自然会信,但对不信的人,不过是一句咀嚼无味的废话。

"哐当!"翟乐手中的木剑被沈棠打飞,稳稳地扎入木门,竟能"入木三分"。

他吃痛叫了声,道:"罢了罢了,不跟你切磋了!没见过像你这般的。"他不用看都知道手腕要肿了。

沈棠耍了个漂亮的剑花,持剑负背,怪叫道:"我这般怎么了?"

翟乐道:"你这人促狭刁钻!"

沈棠无语。

翟乐似乎抓住了"把柄"："你先前剑术毫无章法，还不如我呢，几回的工夫就跟我打得有来有回，这难道不是故意的？先是让了我几局，趁我得意松懈便突增攻势……"他越说越觉得自己的推测正确。

尽管翟乐并不常用剑，一直认为自己的剑术只算是平平无奇，但这要看跟谁比，跟剑术大家比肯定要被按在地上摩擦，但跟新手比，自然是乱杀！

沈棠就是那个新手。

不同于那晚醉酒时的凌厉剑术，正常状态下的沈棠剑术稚嫩，也就仗着速度和那股怪力欺负弱者。

但翟乐自身就是七等公大夫，即使不用武胆，沈棠的速度和力量也不占任何优势。

在速度和力量无优势的情况下，沈棠的劣势自然更明显。

结果几局下来，沈棠的剑术突飞猛进，完美复刻他的剑术来对付他。

这合理吗？这太不合理了！唯一的解释就是沈棠扮猪吃老虎。

于是翟乐越打越委屈，觉得自己被戏弄了！

看着翟乐控诉的表情，沈棠哈哈大笑，自恋地道："你怎么不肯信我是遇强则强，天赋异禀，根骨绝佳，百年一遇的武学奇才？"

翟乐哼道："你有这天赋凝什么文心？"还是九品下下文心。看这条件，沈棠明明走武道更加有前途。

这个她怎么知道？再说，宅女是能躺绝不坐，能坐绝不站，能站绝不蹲，能蹲绝不走，微信步数常年维持在三位数，罕有破千的时候。而跟需要苦修锻炼才能提升的武胆相比，文心更轻松一些。

嗯，一定是这个理由。

沈棠死鸭子嘴硬："自然是因为我喜欢用短板挑衅别人的长板，听着就很爽。"

疑似被挑衅长板的翟乐几乎要炸毛，原地跳起来，拔出长剑指着沈棠，气势汹汹："再来！"

因为沈棠是文士，翟乐从头到尾都没用武胆之力，仅凭肉身实力与之对打。见鬼的是沈棠进步飞速，到后来三招就能击飞他的木剑，把剑锋横在他的脖子上。这要是实战他可就没命了。

"还来不来？"

翟乐咬牙："来！"

结果自然是喜闻乐见：沈棠的剑比初始快了不止五倍，饶是眼力绝佳如翟乐，也只能捕捉到剑锋留下的残影。

"剑术不是我的强项，咱们比别的。"

沈棠问："比什么？"

翟乐道："搬石头！"

沈棠嘴角抽了抽，对这个提议有些抗拒："搬石头？"

"我在家里的练武场上都是这么练的。"其实举大鼎也行，不过农家小院哪里有鼎让他们玩？

待祈善、褚曜、翟欢三个人相谈甚欢地从屋内出来，只见院中一侧的石头被二人撅着从一头搬到另一头。二人一开始还是站着搬，之后改成倒立用腿夹着搬。二人不仅比搬石头的重量、数量，还比倒立着搬的速度。

一时间，三个人内心生出同一个念头：这么蠢的，肯定不是我家的。

看着灰头土脸、满身臭汗还笑嘻嘻的堂弟，翟欢一言难尽地闭上眼，深呼吸，暗暗告诉自己：这是自家堂弟，亲的！即便要教训也要拖回家关上门再教训。

一番心理建设后，他已经恢复常色。

他以儒雅翩翩、完美无可挑剔的姿态与祈善、褚曜二人道别。倘若他的脚步不是那么急促，活像有鬼在身后撵着的话，能更加完美。

沈棠隐约听到翟乐哀号着求饶："疼啊，阿兄，你别拖着我，我自己能走。"

翟欢低声喝道："闭嘴，丢人！"

翟乐瞬间噤声。

沈棠甚至能想象出翟乐委屈地撇嘴的模样。

只是，幸灾乐祸没多久，沈棠发现祈善、褚曜二人的目光也落在自己身上，他们定定地看着她，就这么看着。沈棠被看得浑身发毛、不寒而栗，讪讪地摸了摸鼻子："这么看着我作甚？"

祈善长叹摇头。

褚曜笑容勉强。

沈棠觉得气氛不太对，随便找了个借口回屋沐浴去了，磨磨蹭蹭一刻钟才出来。

褚曜送小胖墩儿回肉铺，顺便买点儿荤腥给祈善补补。

祈善则坐在廊下，恢复晒太阳的姿势。

听到沈棠的脚步声，他头也不抬，眼皮也不掀，道："翟氏这对兄弟，有些不简单啊。"

沈棠准备坐下的姿势一僵："什么不简单？"

祈善道："那一晚，我明确地跟共叔武说过伪装七日一续，当时翟乐也在，翟欢还是以'解除伪装'为由带着堂弟上门拜访，你说他有什么目的呢？总不至于剩下的五日都等不起。"

沈棠表情僵硬了一瞬，紧张地说道："元良是说他们有其他目的？难道是发现我们的身份了？"

祈善笑了笑，道："倒也未必。或许他们兄弟也是冲着'紫微出西北，保天下一统'来孝城的，只是知道有我这么个人，又有郎君借着酒醉大展身手，于是找个由头来一探虚实。"

"我们有什么好探的？"

"沈小郎君是对自己有什么误解吗？"祈善收敛笑意，正色坐直。

趴在他怀中小憩的素商被惊醒，"喵呜"了一声，用爪子扒了扒他的手指表达不满。

他用抚摸代替道歉，调整好姿势才继续说道："你那一夜醉酒，一个人提着一把剑将一名八等公乘杀退了！"

沈棠神情尴尬地听着这段。

她真没这段记忆，从祈善与翟乐的描述来看，她那时候还挺威风，武力值爆表呢。

想想还有点儿遗憾，这么威风的高光时刻她居然不记得了。

一看沈棠走神儿，祈善就知道沈小郎君又神游天外了，重重地咳嗽数声将沈棠的思绪拉回来，严肃道："你以为八等公乘很弱小？能与八等公乘打得有来有回还占上风的你，也很普通？"

沈棠被他这话问住了，莫名其妙地有些心虚：这些是不普通，但那是这具身体的功劳吧？她只是宅女，运动神经不发达。

思及此，她突然有些难受地皱起眉——说起来，她不记得自己原先长什么样子了，即使很努力地去回忆，浮现的也只是现在的脸。

因为沈棠一直低着头，祈善也没注意到沈棠的表情变化："八等公乘，武胆虎符可驱使四百兵，且有甲胄附身，那可比军营那些杂兵精锐得多。你知道这四百兵意味着什么吗？"

沈棠摇了摇头：她还未有这个概念。

祈善意味深长地道："意味着一个人都能占山为王！虽说八等武胆无法维持四百兵太长时间，但也足够惊人。若在战场上，八等公乘还能令至少一千士卒穿上相对精良的甲胄。"

在军营里，只有精锐士兵才能分到盔甲，大部分还是皮甲、竹甲，破损程度看运气，修修补补也不是不能穿。剩下的杂兵，一袭粗布麻衣，再给一杆削尖的长枪就让上战场了。

八等公乘，很强也很有分量。

沈棠本是文心文士，却能在八等公乘的四百人兵阵中杀进杀出，滴血不沾，这本就不合常理，不管合不合理，反正她是个人才。

"所以……"祈善半合着双眸，轻描淡写地道，"先来探一探我们的底，再看能不能结交招揽。"

沈棠把目光落在祈善脸上：好家伙！这居然是送上门的 offer！看样子元良的确抢手，即使前面死了一串老板，还是有新的老板前仆后继。

祈善一眼便看出沈棠在想什么，哼了声，傲然地道："翟欢这人是不错，看得出是个长袖善舞、八面玲珑又清醒的人，跟他谈话的确舒心顺意，没有一刻不快。可我祈元良也不是什么人都请得动的。"当然，他不想去多水的东南也是理由。

沈棠赞同地道："也是，也要看看老板的性格，公司有无发展前景。光会放嘴炮、画大饼的公司去不得。翟乐和翟欢在东南那边有基础吗？要是人招到了，开不出工资就尴尬了。"

祈善默默地看着沈棠。

沈棠也默默地看着他。

良久，他道："沈小郎君，说人话。"

沈棠识时务者为俊杰："老板就是主公，公司就是势力，放嘴炮、画大饼就是信口开河，工资就是薪俸……这样说，能理解吗？"

祈善无语：沈小郎君对黄白之物是有多执着？

不过这话也不是全然无用。话糙理不糙，想让人卖命辅佐，总得满足人家所需所求，毕竟不是什么人都只追求道义、理想的。除了光棍，谁没一家几口要养呢？

而沈小郎君现在……唯有一穷二白能形容，除了国玺，真的是一无所有。祈善又叹了一声。

"元良，你又叹气……"沈棠感觉自己都被他叹得早衰了。

祈善目光怜悯地道："善叹你穷啊。"

沈棠感觉心脏被扎了一刀，血淋淋的。

"我一人吃饱，全家不饿……穷就穷呗，每天有酒喝……不不不，不喝酒。反正吃好喝好……"她越说越心虚，越说声音越弱，最后直接说不下去，沮丧着脸道，"穷是我的错吗？"

若有暴富的机会，她愿意当个穷人吗？

祈善目光微闪："自然不是沈小郎君的错，不过，抓不住机会那就是你的问题了。"

沈棠一脸疑惑。

祈善压低声音："机会，快来了。"

沈棠嗅到了坑的气息。

"机……机会？"沈棠对此报以十二万分的怀疑。

不是她神经敏感，纯粹是越接触祈善，越清楚这厮的本质跟他的名与字相违背。

种种理由让沈棠深深怀疑祈元良口中一夜暴富的机会，是写在刑法上的？

某种程度上，她这是一语成谶。

祈善笑了，笑容里带着几分恶魔般的蛊惑，低语道："沈小郎君，我何时骗过你？说发财便是发财，还不是小财，保你两辈子都衣食无忧！如何？沈小郎君可心动？"

沈棠"咦"了一声，脑袋后仰避开他的视线，道："你是没骗过我，但也不坦诚啊。"例如说话总是说一半留一半，留的一半还都是重要信息，大坑是一个接一个地挖。

祈善脸色严肃，问道："如此一说，那笔巨财，沈小郎君是一点儿都不心动了？"

沈棠低头摸了摸鼻子："也不是不心动，只是世上哪有天降馅儿饼的好事？我不是担心大饼假，是担心这大饼太大了把我砸死。"利益越大风险越大，古往今来通用。

听了这话，祈善又恢复慵懒倚靠的姿势，双眸微眯，眉宇间带着一股惬意。

他怀中的素商也"喵呜"一声伸了个大大的懒腰，无聊地拨弄他的手指玩儿。

这一刻，祈善与素商的表情竟神奇地同步了。

沈棠觉得这一幕很有意思，道："不如你先说是什么巨财？我听一听，看看有没有前途再下手？"

钱谁不喜欢呢？摸着良心讲，她有点儿跃跃欲试。

沈棠一面担心这饼会砸死人，一边也馋祈善口中的"巨财"，正所谓"撑死胆大的，饿死胆小的"，倘若有操作空间，她就干这一票！

沈棠的话让祈善唇角微勾，连眼尾都泛着愉悦。他酝酿了一会儿，吊足了胃口才悠悠地吐出："自然是四宝郡近三年的税银。"

税银？税银！沈棠仿佛触了电，恨不得原地跳起，来一个"抱拳三连"——告辞，再见，在下退了！

紧跟着她骂骂咧咧："祈元良，你消遣我呢！"

沈棠不知道是自己傻了还是祈善傻了，居然想得出这一出，打劫四宝郡的税银？

打劫税银跟打劫运钞车有什么区别？他怎么不抱着火箭原地上天呢！

谁知祈善却笑道："善是认真的。"

沈棠感觉屁股着火，头发也冒火，嘴巴一张似机关枪："你是认真的？我不认真！先不说违法犯罪的事情我不干。就算真干了，这事有操作空间？咱们满打满算就仨人，你一个病号，我一个未成年人，无晦先生一个老人，好家伙，老弱病残就缺一个'残'就凑齐了！"

对沈棠的有些用词，祈善听不太懂，不过结合语境，望文生义也懂了大概。

他宽慰道："幼梨，莫急，我们这里不还有一个共叔武？那可是九等五大夫，本身一个人便能驱使四百五十兵马，若加上你我以文心辅助，这四百五十兵马至少能持续一个时辰。算一算，这不就有四百五十四人了？"

沈棠见他把共叔武也囊括进去，登时震惊地睁大眼睛："祈元良，你准备搞真的？"

"善一路风餐露宿来孝城，可不是没有缘由的。报复仇家不过是顺带的一桩微不足道的小事，这笔税银才是目的！"祈善看似慵懒，但神情罕见地严肃，显然不是开玩笑。

沈棠瞠目："可……可是你怎么想到打这笔税银的主意？我想不通……"

通过这些日子的相处，她清楚祈善对黄白之物并不执着。既然不贪财，他缘何去冒这个风险？

祈善微合眼眸敛住眼底泛起的深意，道："庚国攻打辛国，四宝郡足有三年的税银未缴，全部压在孝城银库里。四宝郡郡守为爬得更高，还用巧取豪夺的手段搜罗奇珍异宝准备进献给郑乔……倘若这笔税银出差错，你猜我那位仇家会如何？是腰斩，是五马分尸，还是抄家灭族，死无葬身之地？"

他的最后一句话，阴冷得令人牙根发颤。

沈棠突然想通了什么："共叔武也是你来孝城前就算好的？"

众所周知，共叔武出身于龚氏，跟郑乔以及整个庚国都有仇。这笔税银若有操作空间，他多半也会答应加入。那可是九等五大夫！

祈善摇头："善可没有这么神，不过是存了这个念想，做了多种打算而已。若能找到共叔武，将其拉入伙，自然再好不过。若是不能，还有其他法子，至多麻烦一些。"

祈善刚进入孝城,便暗中找寻共叔武的下落,只是共叔武一直没有动静,他都准备放弃这个计划了。谁知上天庇佑,运气站在他这边。若是没有沈小郎君那一次醉酒,估计共叔武就被擒拿或者截杀了,这份助力也就没了。

有了共叔武的加入,他的把握又多了几成。

"可……可你要这笔税银作甚?"

祈善道:"有用,有大用。"

沈棠又问:"用途不能告诉我吗?"劫税银都说了,还有什么不能告诉她的?

"也不是不能,只是幼梨啊,你觉得郑乔治理下的庚国能稳定多久?迟早是要乱的。作为乱世浮萍,在下只能早做打算。用这笔税银或许能弄个安身之地,多多少少也能救济其他苦命的百姓。四宝郡几年重税,既是民脂民膏,自然也该'用之于民'。幼梨以为如何?"只是用法跟一般情况不太一样而已。

"用税银救济百姓?"

祈善想了想,道:"也算是劫富济贫。"

沈棠总觉得哪里不太对劲,祈善这话似乎在避重就轻,但她一时半会儿说不出来。按照这番话中的逻辑,祈善的初心的确是好的。

她迟疑了许久。

祈善问:"幼梨在害怕什么?"

沈棠讪讪地道:"可咱们就四个人……"算上共叔武这个受伤的,勉强能凑个"老弱病残"组合,梁山好汉劫生辰纲都没这么简陋。

祈善见沈棠的态度有所松动,心情肉眼可见地好转起来,说道:"不慌不慌,都是精锐。"

这话听着像是浓缩就是精华,可她还是慌,这个坑也太深了。

四宝郡三年的税银,再加上郡守孝敬给郑乔的各式宝贝,是一笔多大的巨款?她用脚想也知道这笔钱不好打劫,风险过高。

她心里装着事情,做事儿自然也心不在焉。

沈棠的反常都被褚曜看在眼里。

"五郎可是心里有事?"

沈棠"啊"了一声,下意识地看了一眼祈善,用眼神征求意见:虽说祈善将褚曜也纳入计划,但毕竟是劫税银这种关乎身家性命的大事情,自然要经过祈善本人许可才能说给第三者。

褚曜也疑惑地看向祈善:这厮趁自己不在,跟五郎说了什么?

祈善垂着头,耐心地喂怀中的素商进食,笑道:"一桩小事,沈小郎君自己拿主意。"

沈棠扯了扯嘴角：劫税银可是凌迟起步的重罪，搁在祈元良口中居然是小事。

这让沈棠好奇他跟着前面几任老板都干了啥事情，对作死这般习以为常。

既然祈善让她自己拿主意，她便说了："元良想要效仿梁山好汉打劫生辰纲劫了四宝郡的税银。"她指了指祈善，直言这是祈善的主意，顿了顿，吐槽道，"生辰纲就是一批生日礼物，安保程度跟税银没的比。"

沈棠以为褚曜也会被吓一跳，劝他们不要作死，谁知他的态度竟是稀松平常，仿佛她说的不是劫税银而是出门买个菜。

之后褚曜将视线转向祈善，而祈善也恰好抬头与之对视。二人无声地交换了个眼色。

褚曜垂下眼睑，说道："原来是这事。"

沈棠一噎："什么叫'原来是这事'？"

合着褚曜也是知情者？沈棠将心思坦诚地写在脸上。

褚曜摇头："我也是第一次听到这消息，此前并不知情。"

沈棠又是一噎，吐槽道："第一次知道？但无晦的反应未免过于镇定，很难有说服力。"

褚曜道："在下只是觉得这是祈元良会做出来的事情，也的确是个不错的主意。"他有心理准备，所以没有惊讶的必要。

沈棠一时间有些怀疑人生。

看着沈棠几乎是飘着回了房间，祈善露出些许看热闹不嫌事儿大的笑容。

褚曜看得很堵心，道："你这是什么意思？"

祈善没装傻充愣，布下言灵"法不传六耳"，防止有人窃听："褚无晦，沈幼梨空有国玺却无根基和实力，不过是砧板上任人宰割的鱼！莫说根基了，他甚至连野心都无！在下可不就得推一把？"他强调道，"所以这笔税银很重要。"

褚曜没有阻拦，只问了一个问题："你有多大把握？"

祈善道："五成。"

这个比例已经不低了。

褚曜道："倘若不慎失手……"

祈善用手指戳着素商的粉色肉垫，不甚在意地道："那便失手。税银到不到手并不重要。以沈幼梨的诸侯之道，我们注定日后缺什么都不会缺粮少米。这世道最不值钱的就是人力，收留流民帮忙耕种，总会经营起来。而有了这笔税银，不过是节省这部分精力。"

褚曜倒是闻弦歌而知雅意，猜出祈善的真正目的：他是在试探沈棠。

褚曜道："你看五郎像是有野心的人？"

祈善道："的确，看着是没什么野心。但你看他像是安分守己的人？寻常人听到劫税银，莫说掺和，吓都吓死了，沈幼梨最担心的居然是'把握低''人手不足'，而非不能做。清酒红人面，钱帛动人心，此言非虚。只要迈出这一步，再想停手或者回头就不可能了。"

褚曜道："纵有野心，也不大。"

"是不大，那就慢慢养大。"

"若五郎不愿呢？"

祈善嘲讽地笑了笑，薄唇吐出令人不寒而栗的真相："褚无晦，你猜在下为何会换了那么多任主公？真以为他们都是主动猜忌？"

他的文士之道，规则他最清楚，他是不能主动背叛君主，但没说不能误导君主主动猜忌甚至是对他产生杀意。这是名副其实的"弑主"。

褚无晦神色黯了下，道："果真是百闻不如一见。"祈元良仇家遍地果然是有理由的。

"空有国玺却无傍身的力量，无异于稚子怀千金于闹市。有些事，由不得沈小郎君不愿意。这就好比那位王姬——袒身献降，何等奇耻大辱？常人早就自尽免遭羞辱了，但王姬能死吗？她连死的资格都不在自己手上。"

同样，沈小郎君也没选择的余地。

让他出手总好过让褚曜出手，至少他会温柔点儿，但褚曜的话——当年的"褚国三杰"之一，跟"光明正大"四个字真不沾边。

褚曜点头，算是应下这个计划，问："共叔武那边，你去游说？"

祈善是文心文士，沈棠也是，而褚曜被废了文心，共叔武就是这个计划中最重要的一环。

祈善拒绝并且甩了回来："你去。"

褚曜笑了笑，从容地起身："行，老夫去。"

祈善无语：他最不喜欢褚曜在他面前自称"老夫"，不过是比他年长十岁，仗着长得老就倚老卖老。

"喵呜——"怀中的素商用爪子扒拉他的手，显然是不满他突然不喂食了。

沈棠也不知道祈善、褚曜这俩人昨晚干了什么，第二天，看着带伤过来"开会"的共叔武，脑中似乎响起了一句"共叔武加入您的队伍"的提示音。

沈棠表示压力很大，一度怀疑自己的三观才是彻底歪的。

褚曜率先出牌："这是孝城的布防图。"

祈善也拿出一张图："孝城附近驻军的兵力，实际出入应该不大。为了保护这笔税银，郡府放出好几条假消息把水搅浑，估计还会有假税银队伍。税银的运送路线和交接路线在这里，他们出城之后很大可能会走这条……队伍由东门出，走峡谷，转官道再上水路……"

共叔武看了眼兵力数字，道："戒备森严。"

余光注意到走神儿的沈棠，祈善道："无妨，若攻不下来还有下下策。"

"下下策？"

祈善点头："嗯。"例如，一碗酒。

也不知褚曜是怎么游说的，共叔武很信任祈善、褚曜二人。共叔武道："如何确定那支税银队伍是真的？若是扑空，可就是自投罗网了。"

旁听的沈棠似小学生一般悄悄举手。

三个人默默地看着动作怪异的沈棠。

褚曜关心地道："五郎是哪里不舒服吗？"五郎看到什么脏东西了？不然为何冲着无人的地方打招呼？

因为在这个世界上，举手这个姿势更多等同于"挥手告别"而不是"老子有话要说"。

沈棠后知后觉，尴尬地放下右手，讪讪地道："我想说我知道怎么判断税银队伍的真假。"

祈善闻言，饶有兴致："沈小郎君请讲。"

沈棠道："这个问题简单，我们要先弄清楚一些情报——这批税银共有多少铜钱、多少银块、多少金块？它们加起来重量有多少？又需要多少马车装运？同等大小的金、银、铜，轻重不一。也不需要具体数目，大致估算一下再看车辙深浅、马匹速度，真假一清二楚。"

即使假队伍填装沙石，重量也是破绽。

这的确是个比较简单有效的办法，但共叔武道："这些怕是要看过账册才知道。"

即便祈善、褚曜二人有些人脉，也不可能接触到这么机密的内容，怕是要另想办法。

褚曜反而觉得这点很简单："不需要看账册，只需要翻找往年县志，我们便能知道丰年收成、荒年收成，再对比近三年的情况。至于其他税目，也取个大概数字。只不过……"

褚曜说的时候，祈善已经开始计算什么，不一会儿，将纸张上的内容摊开给三个人看，道："大差不差。"

沈棠不了解，看了也没什么感觉。

倒是褚曜和共叔武各有反应：褚曜眼底滑过一丝讥诮，而共叔武看了额头青筋直跳，咬牙切齿。

褚曜提出质疑："郑乔攻打辛国，四宝郡是率先被攻破的郡县之一，之后郑乔还纵容手下兵卒到处搜刮劫掠，四宝郡民不聊生，迄今还未恢复元气。这么多税银，如何征收上来的？"

"你不了解四宝郡郡守。"提起仇家，祈善不屑地笑了笑，轻蔑地道，"此人生性好强，最无法容忍的便是输，为了讨好郑乔，也为了彰显功绩，缴纳的税银只会比往年多，不会少。我与沈小郎君一路行至四宝郡，沿路听说了许多闻所未闻的税种，全是私下增设的。"

沈棠一脸茫然，道："有吗？"

"有。"

"我怎不知？"

祈善翻了个白眼，不咸不淡地道："谁让沈小郎君一有空便在集市上摆摊卖青梅、饴糖、大饼，一张口便将那些女郎逗得花枝乱颤，光顾着拈花惹草了，哪里还有多余的心思？"

也幸好沈小郎君年纪还小，若是年纪再大一些，好家伙，这得招惹多少桃花债？风流事迹怕是能铺满一路。

一时间，共叔武和褚曜脑中都浮现出类似的场景，对沈棠投来一言难尽的眼神。

褚曜不怀疑祈善这话的真实性：五郎那张嘴的确甜，甭管男女，张口就夸，热情健谈，三言两语便和陌生人熟络得像一家子。

沈棠道："你这话听着也太酸了。"

什么叫她拈花惹草？这是抱怨她同性缘太好，抢了他的风头，导致那一群大姑娘、小媳妇都不施舍给他眼神吗？自己单身就努力脱单，怪她作甚？

褚曜咳嗽两声，将歪掉的话题拉回来，希望这俩人能记得，他们这是严肃正经的"劫税银探讨会"，而不是唠嗑。褚曜道："有了章程便只剩下部署，我们在何处埋伏布阵？"

祈善、褚曜、共叔武三个人各抒己见，尽量完善计划，沈棠则偶尔查漏补缺（插科打诨）。

待讨论彻底结束，日头已经高悬头顶。

沈棠私下问："真不用再找几个可靠的帮手吗？元良既然有人脉，想必也有可用的人。"

"幼梨可知'谋可寡而不可众，众谋则泄'？"

人多了容易泄密，还会瓜分走利益。相较于再拉人合作增加风险，祈善宁愿风险大点儿，利益四个人独吞。同样一个坑，他栽一次就够了。

沈棠见他拿定主意，就该干吗干吗去了。

看着沈棠步伐轻快的背影，祈善不知何故长叹，逗弄躺在他怀中露出肚皮、伸展全身的素商："希望这次能如愿以偿。"

"喵呜——"素商用牙尖轻啃祈善的手指。

那力道很小，不疼，还带着点儿痒，他笑着将手指拿开："你也觉得沈小郎君可以？"

没了玩具，素商抬头看着祈善，口中"喵呜喵呜"地叫，似乎在控诉他。

祈善只得将袖子递过去："给你玩儿。"

素商找到新玩具，扒拉着他的衣袖想往上爬。

那勤恳努力的背影甚是眼熟，让祈善微微抿直上扬的嘴角，半晌，一声轻叹消散在空中。

他正准备回房间里取点儿小鱼干，文心一阵轻颤，危机感自身后传来。

他蓦地侧身闪躲。

"咚！"一支羽箭带着一纸书信深插在木柱上。

一个时辰后，沈棠午睡醒来，发现门口趴着落单的小朋友。

素商正眼睛一眨不眨地盯着它自己的尾巴，时不时还伸爪扒拉两下，抓不到尾巴就继续盯着，等待下一个出手的时机，若抓到便吓得凄厉地"喵呜"一声，原地蹦起，全身猫毛奓开，玩得不亦乐乎。

"怎么就你自己？祈元良呢？"沈棠弯腰将素商抱起来。祈善前两天走到哪里都揣着这只"冲喜"聘来的"新妇"，这会儿舍得将它自己丢在这儿？也不怕它乱跑跑丢了。

素商自然听不懂人话，在沈棠怀中不安分地扭动。

她无法，只能将它放回祈善的房间。

不只祈善不在，褚曜也不在。至于共叔武？沈棠与他不熟悉。

百无聊赖，她又出门摆摊卖酒。

这回她选了个特殊的地方：距离孝城中心的郡府不足百米的街口。

她觉得这次肯定不会再碰到意外了！

"哐当"一声，她单手将"酒"字牌插入泥地。

长凳上一字排开十几只圆肚酒坛，沈棠双手交叉抱着脖子，跷着二郎腿，头戴遮阳斗笠，上身往后一仰，靠着邻近摊主的木推车——那位摊主收了她的钱，也不介意被靠这么一下。

她的摊位好半天也没生意上门。

那位摊主笑道："小娘子生得标致，若是愿意吆喝两嗓子，或许生意就有了。"

沈棠道："姜太公钓鱼，愿者上钩。"

她当垆卖酒，也是有缘者买之。

摊主听不懂，只是笑笑。

午后日头大得很，秋老虎也烦人。金乌高悬，晒得人困乏慵懒不想动弹。

沈棠也像是一把被晒蔫儿了的菜叶子，无精打采地斜靠着微眯起眼，逐渐有了睡意。

但很快，生意上门了。

"咚咚咚！"来人屈指轻敲木凳子，语气不耐烦地吆喝："卖酒的，醒醒，你这边的酒怎么卖？"

沈棠睡意散尽，勾指将斗笠的帽檐往上掀，露出一张秾丽俊俏的脸庞。

来人看了她的脸，一扫眉宇间盘旋的不耐烦，转而直勾勾地看着她的脸，连声音都不由自主地带上了几分油腻："小娘子，这酒怎么卖？"

沈棠神情慵懒："葡萄酒一坛两斤四百五十文，其他酒一坛两斤三百文，不二价。"

看在这张脸的分儿上，来人并未因为沈棠懒得起身招呼而不悦，可一听沈棠报出的酒价，登时气得吊高了眼睛："嚯，你一走街串巷的酒贩，谁知你卖的酒里掺了多少水？这嘴巴一张就要四百五十文！还说是葡萄酒？你一个泥腿子，怕不是连葡萄都没见过！"

沈棠也不客气："要买就买，不买就走。"

来人似乎没想到沈棠会是这反应。以他以往的经验，商贩见了他都会自动矮一头，要么好言好语奉承，要么半卖半送给优惠，断没有上来就赶他的。他登时有些挂不住面子，怒气冲冲地道："你可知道老子是什么人？"

沈棠认认真真地瞧了他一眼，老老实实地摇头："不认识。"

那人一听沈棠是新来的，心气顺了点儿，道："老子可是在郡府侍奉的。"

府里负责采买的管家是他的舅舅。

沈棠点头表示自己知道了。

这人还在等沈棠的"孝敬"。在他看来，沈棠不说白送，也该买一送一，和他打好关系才能在这一片地方安稳地做生意。

结果这个愣头儿青一点儿表示都没有，还用眼神询问他：怎么还戳着？既然买不起就别挡在摊位前耽误生意。

他挂不住面子，但也不敢大闹。毕竟郡府就在不远处，他们那位郡守脾气不是很好，也不喜欢底下的人给自己惹麻烦。手下平时仗着郡府欺压普通的商贩，占点儿小便宜，郡守不会管，但若将事情闹大了，有关人等通通杖责发卖。

沈棠好笑地催道："客官还买不买？"

这人见占不到便宜，不情不愿地掏钱。

他打开其中一坛，顿时浓郁的酒香扑鼻而来。

这人在郡府伺候，偶尔府里宴请，剩菜会送到厨房，他还能喝上几口美酒、品尝几口佳肴，还是有一定品鉴能力的。若每一坛酒都是这质量，反倒是他赚，回头报账能说是十两一坛。

"你这种酒还有多少？"

沈棠道："要多少有多少。"

"好大的口气，你一家小酒作坊能有多少存货？"他轻蔑地将酒塞盖回去，动作倒是诚实，一口气将沈棠的长凳上的酒全部扫光，确信每一坛都是酒香浓郁的好酒，这才放心地交钱，算钱的时候连一毫一厘的便宜都想占，"你且在此处等消息，若主家满意，剩下的我都要了。"

沈棠问："你的主家是郡守？"

那人骄傲地哼道："不然还能是谁？小丫头，你的酒若是被看上，你日后就发达了。"

沈棠敛眸，浅笑不语。

她发不发达不知道，不过……

沈棠正欲吐槽什么，感觉一道格外不同的视线落在她身上。沈棠下意识地往那个方向看去，正好看到一扇凑巧合上的窗扇。沈棠皱了皱眉，散了多余的心思，将空酒坛装满酒继续摆摊。

与此同时，顾池站在窗侧，看着同屋之人将撑着窗户的叉竿取下，意味深长地道："居然被发现了。"

"退步了啊，顾望潮。你的文士之道，就这？"取下叉竿的人生着一张丢进人群里就找不到的面孔，连声音都是大众款的，若说有何处特殊，那就是气质了。

"祈元良，你不如化作本来面貌？这是雅间，不是光天化日之下，你何必继续遮遮掩掩，弄得像是见不得人？"听到"文士之道"，顾池脸微微发青，旋即又放松下来——他手中也有祈善的把柄，不怵。

是的，祈善。那人催动文心、抬手拂面，露出沈棠熟悉的面容，连带改变的还有声音:"习惯了,小心驶得万年船。"

先前收到顾池不怎么友好的来信,他便伪装一番出来会"友"。说是"友",其实他跟顾池没什么交情,不知对方的来意,但又怕劫税银一事横生枝节,几番犹豫还是选择"单刀赴会"。

只是他没想到,沈小郎君会在楼下不远处当垆卖酒。

说起这个,他就忍不住叹气:沈小郎君对摆摊是有多深的执念?

若非知道是巧合,他都怀疑这厮是跟踪自己来此了。

祈善更没想到沈小郎君进步飞速,能发现顾池的窥心,若非他叉竿拿得快,他们就暴露了。

"既然如此谨慎,你来孝城作甚?"

祈善回道:"这话问你,也恰如其分。"

二人面面相觑,安静无声——他们得承认,他们都是心怀鬼胎的人,谁也不比谁清白。

他们对对方都是"只闻其名"。

可他们的"名"嘛,大概是半斤对八两。

眼下的情势,他们谁也不想对上对方,若能双赢,互相避开,达成彼此的目的最好,若不能,也别斗个两败俱伤,白白让他人捡便宜。

顾池率先打破沉默:"公平起见,一人一问?"

祈善道:"可。"

话分两头。

他们这边硝烟弥漫,郡府那边也不太平。

郡守是个年轻得出人意料的中年男子,看相貌三十岁出头。他没有根基又是十乌异族,这个年纪能爬到如此高位,谁看了不说一句牛!妥妥别人家的孩子。

这会儿,这位别人家的孩子却恭恭敬敬地招待着贵客——说是贵客,此人的穿着却连郡府的仆从都不如,一袭打着补丁的粗布麻衣,眉宇间带着长途跋涉后的疲累,鬓发灰白,满面风霜,身边带着个六岁左右的男童。

男童生得粉雕玉琢,神情天真烂漫,此时乖乖巧巧地坐在贵客身边,小口专注地咀嚼着软糯的夹心糕点,仿佛那是山珍海味,一点儿不在意大人们的虚与委蛇。

郡守看得眼角微抽:这男童是天真烂漫,但狠也是真狠。

想到郡府司阍没轻没重地想将贵客推下石阶,却被男童一枪扫断腿,抵着眉心警告时,男童也是这副天真烂漫的表情,郡守心下微寒。

第十四章
城门失火，殃及池鱼

"座主，这位小友是……？"郡守勉强挤出一抹难看的笑意。

尽管今时不同往日，但看到这位往日的座主，郡守还是忍不住两股打战，口干舌燥，心慌气短。

被称为"座主"的贵客循着郡守的视线看向男童，粗糙皲裂的大掌轻抚他的头顶，温声道："他小名叫阿宴。"

听到老师喊自己，阿宴将注意力从夹心糕点上拔出，眨了眨眼，茫然地看着老师，似乎在问喊他作甚。

老者笑着指了指郡守的方向，答道："不是喊你，是你这位师兄好奇。"

阿宴歪头，看看郡守又看看老者，最后看了看盘子里的夹心糕点，淡眉轻皱。

老者与阿宴生活两年，多少摸清楚了他的思维方式，道："你师兄不爱吃这些甜点，为师也不喜欢，所以这些都是你的，不用分。"

郡守听到老者对自己的称呼，心中暗暗撇嘴：称呼老者为"座主"，不过是他念往日的情分，没想到这老东西会顺杆子往上爬，还给他弄了个劳什子的师弟。

说起"师弟"，他隐约觉得这个叫阿宴的孩子不太聪明，至少不似寻常的孩童机灵。

郡守适当地流露出关切之色："座主，师弟这里是不是……？"说着，他指了指自己的脑袋。

"阿宴很好！"谈及阿宴，老者神态突然一变，沧桑的眉宇间甚至依稀能看到当年凌厉迫人的气势。

郡守看得如坐针毡，同时又暗暗唾弃自己不争气：眼前的老家伙已经日薄西山，有甚好怕的？

所谓凌厉迫人的气势仿佛只是郡守的幻觉，老者看向阿宴的时候，眼底流淌着无限的怜惜。老者长叹一声，摸了摸阿宴的发髻："他只是命苦，自娘胎出来便有脑疾，导致心智与寻常的孩童迥异。"

郡守一时间以为自己的耳朵出问题了：他这位座主说谁天生有脑疾？

"可这孩子不是……"谁家有脑疾的孩子六岁便能凝聚武胆，兼之天生神力，一杆长枪能扫断成年男子的腿？那个倒霉司阍还在仆人的院落里躺着呢。

老者知道他要说什么，不咸不淡地道："阿宴虽有脑疾，但不是痴傻，只是心智有问题，该学的东西都能学会，理解也没问题，再加上习武根骨绝佳，凝聚武胆并不意外。"

甚至因为心智有问题，阿宴比正常人更加专注刻苦，只要是老者吩咐下去的修炼任务，从不抱怨，更不会偷懒，该是多少就是多少，百分之百专注地投入，回报自然也是喜人的。

老者不喜旁人用异样的眼光看待阿宴，特别是曾经跟他勉强有几分师徒名分的人，例如这位郡守，因为这只能证明他曾经的正常人学生，还不如一个有脑疾的阿宴。

郡守抽了抽嘴角，斟酌着挑拣了奉承的好话："心智有异？倒是看不太出来。师弟的天赋、根骨都属当世上乘。只是如今这世道混浊，若师弟能一直保持这份赤子之心，也算因祸得福，总好过学得一身本事却沦为权力的阉犬。"

以郡守对这位座主的了解，阿宴估计是其现在的逆鳞，只能夸不能揭短。毕竟他这种老学生，怎么能跟年仅六岁、粉雕玉琢、乖巧孝顺又听话可爱的"新学生"比？

郡守挑着夸了夸阿宴，又硬着头皮恭喜座主喜得佳徒。简单的寒暄后，他才不着痕迹地打探老者此番的来意。

可他那点儿功力搁在老者眼中根本不够看。对上老者看透一切的眼神，他打心眼儿里发怵。

想当初老者也是朝堂里说一不二的风云人物，用"呼风唤雨"来形容那时的老者一点儿不夸张。辛国国主能坐稳王位，一度让辛国在西北诸国中脱颖而出，老者也是出了大力气的。

遗憾的是，老者一生仕途顺遂，临了却有个不太光彩的退场，与辛国国主闹得很难看，难看到老者这一系官员都遭到申斥、打压。

当然，其中不包括那时已经崭露头角的郡守，因为他抱对了大腿，还一路青云直上。

老者被气得挂印辞官，据说隐居乡野了。

辛国国主被郑乔率大军压境的时候，也曾耗费大力气去找老者的下落，但都没收获，直到辛国被灭。郡守还以为老者死在了兵荒马乱之中，没想到这老家伙命还挺硬，今日突然登门。

正值多事之秋，郡守心里也打鼓：座主带着稚童过得落魄，他就希望这俩人是来打秋风的，用银钱便能打发；若是座主有其他目的，郡守可就头痛了，毕竟弑师不是啥好名声。

之后经过一番旁敲侧击，他悬着的心慢慢地放下。

原来老者是遭了不知名势力的追杀，走投无路了。老者自己倒是无所谓，但不能连累无辜的阿宴，便准备另谋出路，一路来到了四宝郡。

郡守一边听一边暗自哂笑连连，内心活泛开来：什么不知名势力，怕不是与郑乔有关，即便郑乔暂时没想起这位仇人，但郑乔的那些狗腿子可就未必了——毕竟当年唾骂郑乔最狠的，一个是御史台长官御史中丞，另一个就是那时即将卸任的座主，两个人堪称辛国两大"骂神"。

御史中丞骂人，好歹还有层"公事公办"的遮掩，座主则直接把郑乔和辛国国主拴在一块儿无差别炮轰，当着辛国国主的面，用各种粗鄙之语问候郑乔，随便摘一句都能让"身经百战"的姐儿脸红地窃笑。

满朝文武都不意外，甚至觉得本该如此。

文人的儒雅随和，在这位座主身上是看不到的。

这位座主早年敢与敌国在边境线谈判，谈着谈着能抄起矮桌将敌国使者的脑袋砸出血，被惹恼后，居然率兵把西北小国全打了一遍。这也导致，辛国都城住满各个势力送来的质子，辛国国主的内廷塞满了各个小国送来的王姬。

那位褚国的褚姬……似乎是最后一位"战利品"。

据闻，"褚国三杰"的分崩离析也有这位的推波助澜。

这位座主称得上战绩彪悍，也无怪郡守这么怵——即便这位已经是迟暮的老狮子，牙齿松动得咬不动猎物了，但百兽之王的余威犹在。

郡守虽然也属于郑乔的狗腿子之一，不过还不敢拿自己的座主开刀。

他好吃好喝地招待着，将二人当作来打秋风的穷亲戚，宴席结束后便命下人从库房支取两百两黄金送到客院。

老者掀开红绸，看了眼送上来的一盘子金元宝，眉尾微挑。

阿宴好奇地抓了一锭沉甸甸的金元宝。金元宝成色、分量都很足，他一只手都握不住。

阿宴没见过这东西，用疑惑、求知的目光看向老师。

老者露出一丝冷淡的浅笑，撇了撇嘴："你这位师兄真把我们师徒当成来打秋风的穷亲戚了，招待完饭菜又送来这么一盘东西，摆明了要咱们俩识趣地滚蛋。哼，倒是新鲜。"

四宝郡是什么情况，尽人皆知。他这郡守当得可真舒坦，一出手就是黄金两百两。

阿宴道："师兄，很好。"他今天吃到好多好吃的。

老者又好气又好笑，用手指轻戳他的脑门儿，问道："在你看来，谁给你吃的谁就是好人？"

阿宴将这话琢磨了两遍，坚定地点点头："嗯。"过了会儿，他又补充一句，"不过，老师是最好的。"老师不仅会给他做吃的，还会教他很多东西，尽管他也不清楚学了这些有什么用，这对于他而言却是枯燥的生活中少有的乐趣。

"嗯，老师知道。"老者重重地吐出一口浊气。虽然他没少听阿宴这么说，但每次听到都觉得心窝子暖融融的，不悦的心情好转不少。

说来可笑，想他一生仕途顺遂，门生故吏数不胜数，以他的门生自称，敬他为座主的人何其多，他最后却沦落到如此狼狈的境地。

他做梦都没想过自己会被这般"送客"。他是不是该欣慰一下，孝城这位学生还算"有点儿良心"呢？至少这位学生顾及名声，愿意用银两打发人，而不是将师徒俩交给郑乔邀功。

思及此，老者不由得摇头唏嘘——这位学生当年通风报信、落井下石，如今却优渥地款待他们，把他们"奉为上宾"，还愿意破费给盘缠。

阿宴敏锐地察觉老者此时复杂的心情。

阿宴不懂如何宽慰，只是笨拙地用小手握住老师满是岁月纹路的大掌，用满是孺慕的眸子看着他。

老者捏了捏阿宴的小脸，自嘲地笑了笑，道："不管是滚滚红尘，还是尔虞我诈的官场，向来是锦上添花多，雪中送炭少，跟红顶白才是常态……老夫如今就是个落魄的糟老头儿啊……"

面对阿宴写满疑惑的眸子，他道："阿宴现在还小，等长大一些便会知道。不过你这情况，还是与为师归隐吧。外边的世道不适合你，你若入世，必会被人剥皮拆骨。"

剥皮拆骨？阿宴眼底闪过几分惧色，将头埋在老者的膝盖上，闷声道："不要剥皮拆骨，老师，阿宴不要被吃……"

"好好好，阿宴这么可爱，不吃不吃。"老者被阿宴的童真之言逗得哈哈大笑，道，"老头子虽然没几年好活了，但将你养大还是没问题的。以后谁想吃你，你就一拳一脚地打回去。"

阿宴道："打回去？"

"对，不管是谁，打他！"

阿宴认真地听着，仿佛要将这话深深地记在脑海深处，奉若圣旨："嗯，打回去！打他！"

师徒二人正说着，门外响起敲门声。

"先生，酒买来了。"

老者道："酒？"

仆从道："是，主家吩咐买的。"

郡守当年为了打通老者的关系，下了大功夫打听老者的喜好，希望能投其所好，在老者面前多刷存在感，兴许日后入了官场还能被提携一把，即使不成，留点儿好印象也好。

郡守因为谦恭、勤奋、务实以及能力出众，从老者这边尝了不少甜头，暗地里受了不少照顾，这让他初入官场时没那么狼狈。

他一记便记了多年。

可今时不同往日。

他特地吩咐下人不用买好酒——座主聪慧，一条舌头什么好酒没有品尝过？只要尝一尝普通的廉价酒，座主就该知道他的态度了。

可他不知，老者养了阿宴后就戒酒了。

老者正要拒绝，谁知阿宴用亮晶晶的双眸看着那几只圆肚酒坛，说道："老师，糖。"

"这不是糖，是酒。"

阿宴固执地道："是糖。"

老者道："是酒。"

阿宴垂头："想吃。"

老者让仆从将酒坛端进来，打开红布酒塞，顿时浓郁的酒香扑鼻而来，似乎连衣裳都要沾上那些气味。老者微微诧然：以他对那个门生的了解，郡守送来的酒不是寡淡无味就是气味驳杂劣质，百姓花几个子儿就能打二两，但这明显是不可多得的美酒，仅凭气味就将他戒了多年的酒瘾勾起。

老者看看阿宴，又看看酒坛，很为难。

阿宴指着酒坛："是糖。"

老者好笑："你说是糖，那让你尝尝。"

阿宴眼睛亮起："好。"

说是尝，老者也就是用筷子蘸了点儿酒。

阿宴"嗷呜"一口嘬了嘬，立即被辣得小脸皱成团，眼尾殷红，狼狈地吐着舌头。

老者哈哈大笑，道："酒这种好东西，待你长大再喝。"

门生送上门的好酒，老者也不客气，直接斟满，一口气喝了两碗，嘴里还感慨："你师兄这人，哪里都好，唯独心性不可。他汲汲营营爬到这步，不知用手段弄下去多少人。本想提醒他小心你师兄，但人家视咱们师徒为洪水猛兽，咱们死皮赖脸地待着也不好……"

踩着什么上去，那就别怪被什么打下来。

"师兄？师兄？怎么会有两个师兄？"阿宴听了老师的话，不是很明白。

"喝完这些，咱们就走。"老者一脸习以为常，"为师门生故吏更多的是，虽说交情泛泛，可论起来哪个都是你师兄，在孝城有两个你师兄很稀罕吗？只是没想到啊……"

祈善与孝城郡守那点儿旧仇，当年在小范围内闹得挺大，老者也知道三分内情。当进入孝城，他下意识地开启文士之道，发现祈善就在附近，便知道他这位郡守门生要倒霉了。

老者道："你那位姓祈的师兄，最喜谋定而后动，他敢出现在仇家的地盘上，便意味着他有足够的把握一击必中，一雪前耻啊……"

阿宴表情茫然地听着。

"离他们都远点儿。"不知想起什么往事，老者笑着说道，"君非善类，岂可交乎？"

阿宴依旧一头雾水："啊？"

与此同时，祈善与顾池也掰扯清楚了，气氛不似先前那么剑拔弩张，反而有了几分故友重逢的轻松惬意。

顾池见祈善接受良好，心下皱眉。

祈善似乎比他还会读心："你这会儿是不是在好奇，我为何不惧你的文士之道？"

顾池道："有点儿。"

祈善道："因为见过更令人忌惮的。"

顾池被勾起了好奇心。他品清茶，看着袅袅升起的薄雾，眸底似泛着点点碎光，随和无害："能让你都说一句忌惮的文士之道，池倒是想会会。想必它的拥有者也不是什么无名之辈？"

祈善回答："的确不是无名之辈。"

"是谁？"

祈善道："灭你故国的人。"

半晌，顾池道："原来是他……横扫西北诸国，的确跟'无名之辈'四个字沾不上边……不过，他不是没有文士之道吗？"

文士之道不是每个文心文士都有的。它的获得与文心品阶、文士天赋都没什么关系，没有规律，非人力能影响。有些天纵之才或许一生都找不到自己的文士之道，而有些资质平庸的，或许宿醉醒来就有文士之道了。

虽说有些文士会将文士之道瞒得死死的，但也有一部分文士会选择公开，增加自身的筹码。

祈善口中的那人，就曾亲自承认没文士之道，反正有没有都不影响其成就。

"沈小郎君有句俚语说得好——文人的嘴，骗人的鬼。我当着你的面说我没文士之道，你会信？"祈善没想到顾池会相信这说辞，一个能横扫西北诸国，与各国文心谋士阵前交手，在无数次刺杀中全身而退的人怎么可能没文士之道？

西北诸国为了生存是无所不用其极，从明面上的阵前对垒，到暗地里的间谍、谋杀，一直没断过。那人更是被重点关照的对象。结果呢？没人成功过。

顾池答："我自然不信。"

祈善道："所以我也不信。"

顾池疑惑："你如何知道他有？"

那人既然有心隐瞒，肯定是这个文士之道会惹来猜忌或者别的隐患。顾池回忆情报，确信祈善跟那人就数面之缘，顶多挂着个"门生和座主"的虚名关系，上哪儿知道这种机密？

祈善端茶的手顿了顿，说道："意外。"

"那他的文士之道是什么？"担心祈善有所顾忌不肯说，顾池又道，"算算年纪，那位也该颐养天年了，不可能再出仕。听说他几年前挂印辞官后就没了下落，你透露一二应该不妨事。"

祈善道："也没什么不能说的。具体效果我也不清楚，但有一点能肯定，若他使用文士之道，不论敌友，靠近他周身一定距离，他必有感应。他的文士之道似乎还能分辨敌我……"

顾池嘴角一抽：难怪那时的西北各国打不过，只能眼睁睁地看着辛国壮大，合着己方的部署都被看得透透的，永远慢人家好几步，仗还没开打就先输一步。讲真的，要不是那老头儿年纪太大，加上辛国的猪队友拖后腿，再给他十年时间，给辛国换个靠谱儿的国主，辛国一统西北也不是梦想。

这种文士之道，说恐怖也不算恐怖，但放在战场这种地方的确会让敌人头痛。

顾池仰脖喝了一大口茶，说道："倒是可惜了。"

他觉得可惜，但更多的是羡慕，看看人家的文士之道，再看看自己的，的确不能比。那人的文士之道，让敌人畏惧胜过让自己人畏惧，而他的文士之道，也就自己人畏惧。若是派遣他去谈判，或许会有奇效，但于乱世而言，他的文士之道鸡肋都不如。

祈善无所畏惧也是这个原因。读心？哼，只要不跟顾池当自己人，他还真不用怕。

有了这种想法，祈善看顾池顺眼了许多，还大度地关心起顾池的身体。

明眼人都看得出来，这厮健康堪忧，一副早亡的痨病相，祈善猜测多半跟他那鸡肋又被人忌惮的文士之道有关。

顾池淡漠地应答："暂且还撑得住。"

自从文士之道出现到现在，他每天生活在嘈杂的环境中，被恶意包围，连夜间都不得安生，因为各种稀奇古怪的梦境也会传入耳中，没片刻停过。若非毅力惊人，他怕是早疯了。

他付出的代价远比收获大。

祈善道："我倒是有个办法。"

顾池眼睑微掀，用眼神询问是什么办法。

"废掉丹府。"

文士之道的运转也依赖文心，文心都没了，文士之道自然也没了。

若不是教养阻拦，顾池都想把没喝完的茶水泼在这厮脸上：这出的是什么馊主意？

顾池手中的茶水是没泼出去，楼下却应景地传来嘈杂声与高亢的尖叫声。

祈善心下一"咯噔"，顾不得逗人，"噌"地起身，一把将长窗推开，楼下长街上发生的事情尽收眼中。

顾池动作比祈善慢："你这么急作甚？也未必是你家那位沈郎……呃，还真是他在闹事……"

祈善无语。

倘若沈棠能听到这话，铁定大呼冤枉：什么叫她在闹事？分明是闹事的主动找上她。

"沈兄，来两坛酒。"熟悉的少年嗓音从沈棠头顶传来。

沈棠屈指钩起帽檐，看清摊位前的客人，叹道："我怎么上哪儿摆摊都能碰见你？"翟乐的鼻子是安装了定位器吧？

"这说明咱们有缘啊。"翟乐给了一角碎银，不客气地拍开红布酒塞，坐在长凳一边，仰脖就往嘴里灌，"咕咚咕咚"下去大半坛，打了个酒嗝儿，再用袖子一抹嘴，"喝得真是痛快！"

沈棠直接翻了个白眼："你怎么会在这里？"

翟乐指了指郡府方向："阿兄给郡府递拜帖，但我不想看他们你来我往地打机锋，打算待在外面等阿兄忙完，没想到就看到你在这里出摊卖酒，可见咱们之间的缘分是极深的。"

沈棠感觉像孽缘。

翟乐笑道："有空咱们出城狩猎去。"

"就孝城外的情况，我看泥巴都被百姓啃完了，还狩猎呢，能猎到什么东西？"

翟乐一听，感觉酒水都没了滋味："唉，沈兄这话也有道理。"

翟乐正在感伤，突然有一群面貌凶悍的成年壮汉气势汹汹地跑过来，目标正是沈棠、翟乐二人方向。没一会儿壮汉们就将小酒摊围了个结实。

沈棠还是一头雾水，翟乐却一副早有预料的表情。

沈棠起身抱拳："几位，你们这是……？"

那壮汉指着翟乐问："你认识？"

沈棠道："认识。"

为首的壮汉脸色一青，挥手大喝道："好，砸了这摊子！"

沈棠一脸疑惑。

"住手！你们砸我的摊子作甚？"沈棠挺身而出，制止这群大汉的暴行。

"滚开！"

现实又不是电视剧，人家也不会因为沈棠这个"勇敢"的举动而停手，反而越发愤怒。

为首的壮汉觉得沈棠碍事，伸出蒲扇大的手掌抓向沈棠的肩头，准备将人甩到一边儿去。

幸好沈棠闪得快。

只是她的酒摊子倒了大霉，被人一脚踹翻，长凳上摆着的酒坛应声而碎。

翟乐抛出酒坛砸向踹翻摊子的打手，怒道："我的酒！你们这些人可真是暴殄天物。"

随着酒水溅开，浓烈的酒香扑鼻而来。沈棠还被浇了半脸酒，被熏得头昏脑涨。

她甩了甩头，压下那股不适。

掀了摊子后，为首的壮汉大掌一挥："把这俩小白脸的腿全部打折了！"

"好！"壮汉们应声抄起木凳、木棍。

商贩们早就在这群壮汉出现的时候就收摊逃得远远的，生怕自家摊子被波及。眼见事态一发不可收拾，即将演变成暴力流血事件，胆小的路人、摊主抱头尖叫，躲的躲，逃的逃。

沈棠一脸蒙。

翟乐犹如一只黑色的穿花蝴蝶上下飞跃，闪躲壮汉们的围攻，时而腾身跃起、衣袂翩翩，时而足尖借力、舒展身姿，时而半空扭腰旋身，跟泥鳅一样滑溜。

路人看得目瞪口呆，忘我地叫好。

壮汉们连翟乐的衣角都没沾到，反而被翟乐抓住机会弄得灰头土脸，狼狈不堪。

沈棠看呆了：好家伙！你小子这是打架还是跳舞？

沈棠的吐槽很快被围攻她的人打断，毕竟她也是这伙壮汉打击的目标。奈何这些是普通人，沈棠也没搞清楚来龙去脉，不好下死手。

恶心、眩晕的感觉还在不断上涌，闪躲起来也有些勉强，但她很快想到法子："大哥们啊，你们看我，就是肩不能扛、手不能提的弱女子，当垆卖酒赚点儿小钱贴补家用……"她借墙上蹬，纵身一跃，歪身躲开迎面飞来的木块，不忘说，"你们打错人了！"

沈棠的嗓音清脆嘹亮还具有穿透性，再加上她是扯着嗓子喊，保守估计半条街的人都听到了。

二楼雅间里看热闹的祈善满是疑惑。

顾池竟笑出声："沈郎生得俊俏，男生女相，的确容易被普通百姓误认为是女郎。只是，他被人围攻不思脱困，反而假借女郎身份向这些人'乞饶'，难免有些不好看。"

祈善脸色"唰"的一下黑了：这是当着他的面诋毁沈小郎君？

"成大事者不拘小节。"祈善乜了一眼顾池，沉声道，"在下倒不觉得这是'乞饶'。若幼梨愿意，只需执剑，三五息便能杀了所有人，但他有必要这么做吗？底下哪个不是普通人？"这明明是仁善之举！你懂什么叫相貌优势？若能以相貌化解干戈，也不失为"兵不血刃"的一种。伴装女郎怎么了？这是父母赐予的长相和优势，男生女相长得多俊！一个一脸病相，走上街都被嫌晦气的痨病鬼懂什么！

顾池嘴角微动："在下听到了。"

祈善哼道："在下也知道你听到了。"

顾池无语。

所以说，读心这种文士之道也就听着恐怖。好比现在，被人在心里骂了，顾池心里清楚却不能提出来，若提出来，对方厚颜无耻地一口承认，口头上再骂一遍，他不是讨骂吗？

楼下长街。

翟乐也被沈棠的惊天发言吓到："在下竟不知沈兄还好女裳？"

沈棠无语。

好家伙，这一句"沈兄"出来，不仅打消了壮汉们对沈棠性别的怀疑，还给她扣上"女装大佬"的标签。她冷冷地盯着翟乐仿佛自带裙撑的臀，很想给这地方来一脚，看他还敢不敢胡言乱语。

担心事情闹大惊动郡府的人，引起关注，沈棠心一横，抓过翟乐的衣领拽着他跃上房顶。

底下那一伙壮汉爬不上来，没多大会儿就被甩掉了。

刚一脱险，沈棠就质问翟乐："你上哪儿惹的这帮人？"

翟乐天性乐观，好打抱不平，想到那伙壮汉抓不到人气急败坏的模样，不由得哈哈大笑起来。只是眼见沈棠的脸色越来越阴沉，他有点儿怵，打了个笑嗝儿，默默地止住笑，道："在下这不是行侠仗义嘛。"

沈棠微红着脸，语气冷冰冰的："你管这叫行侠仗义？"

翟乐讪讪地道："刚来孝城不久，看到这伙人欺负商贩，向摊主收什么'出摊税'，不给就强抢，甚至当着摊主的面调戏摊主的女儿，还推搡上了年纪的老人，在下就路见不平打了他们一顿，抢他们强征的钱还给摊主……谁知他们记性好，这都半个月了还记得我呢。"

沈棠上下打量翟乐，点头："搁我，我能记住你一个月。"

她拳头痒了：这小子惹的祸事，结果被砸摊子的却是她。她当垆卖酒，养家糊口，容易吗？

"因为在下俊朗帅气？"

沈棠冷笑："因为罕有人长得似你这般别出心裁。好看的人千篇一律，貌丑的人五花八门。"

翟乐自然不会认为自己真的丑，他对自己这张脸还是很有信心的，但也听出沈棠话中的不满和怨气，在求生欲的推动下，硬着头皮表示自己会双倍赔偿沈棠的酒摊子损失的钱，保证不让沈棠亏本。

沈棠这才勉强消火。

大概是呼吸稳了，沈棠脸上的些许薄红与肌肤完美地融合，看不出丝毫异样。她以手指虚撑着眉心："我问你，这些人除了征收什么'出摊税'，还做出过其他伤天害理的事情吗？"

翟乐疑惑："不了解。问这个作甚？"

沈棠往来时的方向走去，道："打断他们的腿！若他们有其他恶行，便将他们拖到孝城外替天行道。就你这还叫行侠仗义？将他们揍一顿就完事儿了？净给商贩、摊主惹麻烦。"

翟乐道："不打一顿，那我该怎么做？"

沈棠顿足，冷冷地道："你若没本事让他们洗心革面，不妨给他们个机会投胎重新做人！"

翟乐大惊！

长街上的热闹散去，祈善也放下了窗。

一刻钟不到，郡府方向驶出一辆灰扑扑的马车，驾马的却是个身量矮小的男童。

阿宴看着被酒水洇湿的地面，愣怔了会儿。

马车内的老者问："阿宴，发生何事了？"

阿宴摇摇头："没有。"

马车从长街路过，经过某一座酒楼时，车内的老者抬手掀开帘子，瞥了一眼二楼雅间的窗户，没一会儿又将帘子放下，闭目养神。

"找到那俩小白脸了吗？"

"头儿，这里没有。"

"这里也没有。"

"东坊这边也没有……"

随着小弟的消息一一传回，为首的壮汉脸色越发铁青，最后只能愤恨地捶打土墙来发泄内心无处撒的火气。他往墙根吐了口又浓又稠的唾沫，恶狠狠地道："撤，下次再逮！"

小弟也附和着拍马屁："就是就是，孝城可是咱们兄弟的地盘，他们一定逃不了！"

为首的壮汉脸色稍缓，道："兄弟们跑这一趟也辛苦了，我今天请大家去喝酒。"

其他混混儿听到这个好消息，神色一喜。

商户生意不景气，他们这些靠压榨商贩谋生的混混儿也不怎么好过，"出摊税"都收不上来几个钱，以前还能弄点儿下酒菜配着喝二两酒，现在嘴巴淡出个鸟。有人请客，他们焉能不喜？

说起酒，有个机灵的小弟抱来两只眼熟的圆肚酒坛，正是不久前沈棠被掀掉的摊子上摆的酒。

为首的壮汉道："没有全砸了？"

小弟机灵地道："没，趁乱抱了两坛。"

哪怕是沿街叫卖的劣质米酒，也不是想喝就能喝到的，全砸了可惜。他想占便宜，就在掀摊前偷偷地抱了两坛，现在拿出来，自然是为了讨好头儿，争取多露脸，留下深刻的印象，以后有啥好处、好活儿，兴许就轮到他了，一跃成为头儿帐下的第二马仔不是梦。

这群混混儿结伴去常去的酒肆，途经之处，商贩避道，都怕被他们盯上要"出摊税"。

酒肆的掌柜大老远就看到他们，内心咒骂晦气——这群十次里头有七次喝"霸王酒"的混混儿又来了。奈何自家生意又依仗他们的保护，酒肆的掌柜不得不端上喜悦、谄媚的笑容迎上去，夹着嗓子道："什么风把大爷给刮来了？"

为首的壮汉一屁股坐下，摆手："不用废话，给咱们兄弟端上好酒、好菜，今儿爷请客。"

掌柜一听，眼睛都亮了。这些混混儿来喝酒的次数一多，掌柜也摸出了规律——其他混混儿喜欢赊账，赊着赊着就拖成坏账，付钱的次数不多，但他们的头儿过来说"请客"，那肯定会付钱，付钱的时候还喜欢一个子儿一个子儿地拍在桌子上，扯开嗓门喊"付账"，声音洪亮，保准整个酒肆的人都能听到。

掌柜道："好嘞，这就上酒。"

说是"好酒"，实际上就是度数极低、带着些许酸涩的米酒，酒液混浊，初入口微涩，带着点儿酸甜滋味，但后调微苦。条件好一些的人家都不爱喝这种酒。

为首的壮汉喝了一口，觉得寡淡，想起他们掀摊时砸的那些酒，酒香浓郁，光是闻闻便有些醉意。

于是他拍开其中一坛酒的红布酒塞，小尝一口："好酒！"

"砰——"几乎是他拍案夸赞的同时，一张眼熟的面孔倒飞着从外面摔进酒肆里，在地上滚了数下，撞到桌脚才停下。

混混儿们听到动静，惊得看向门口。只见门口立着个纤瘦的少年，另有一名黑衣少年随行，前者还维持着右手持剑拖行，左手微提下摆的动作，正要收回踹人的脚。

很显然，踹人的正是提剑的少年。

见此，有个混混儿霍地站起身，指着沈棠道："这人好女裳！头儿，是他们没错了！"

随行的翟乐险些笑出声。

"好啊，你们还敢来找死！"为首的壮汉右手抓着一只陶碗往桌上一砸，拿起碎片起身。

其他混混儿有样学样。

酒肆内的气氛顷刻间剑拔弩张起来。

寥寥几个正常的顾客见此情形，都识趣地躲到角落里，生怕自己被波及。

酒肆的掌柜见状，慌忙地出来打圆场：打架也要出去打啊，别在他的酒肆里打！

但掌柜还未开口，迎面砸来一锭足量的银元宝，是那名黑衣少年丢的。

翟乐道："出去，要是被误伤了，别怪小爷没提醒你。"

"是是是，小的这就走！"掌柜也是机灵人，抱着银元宝跑出酒肆：酒肆内的桌椅、酒水才多少钱？哪怕全被砸光，拳头大的银元宝也够赔了。最重要的是，这种一言不合就丢钱的人，妥妥的富家出身，不能惹，自个儿见好就收，不要坏人家的兴致。

为首的壮汉不屑地啐了一口唾沫："就你们两个？"

翟乐道："准确来说，是沈兄一个。"

"对，送你们投胎重新做人，我一个就够了。"沈棠提剑指着他们，问道，"你们是一个个排着队来呢，还是手拉手同赴死？"

一众混混儿以为自己在听什么好笑的笑话：一个人打他们一群人？还想送他们去投胎重新做人？

为首的壮汉怒极反笑:"小小年纪也学游侠做派!行!既然想死,老子成全你!上,把他们俩全部打死!打不死老子要你们死!"

双手环胸在一侧看戏的翟乐闪身避开冲向他的混混儿,大叫:"为什么啊?是沈兄要一个人挑你们一群,打我作甚?"

他还未抱怨完,沈棠手中的长剑"咚"的一声,几乎是擦着他的鼻子没入他身侧的木柱,吓得他猛然后仰,后空翻越开。

而追打翟乐的混混儿差点儿没刹住车,剑锋离他的脖子仅剩半指之遥。

沈棠面无表情地屈指一勾,长剑乖顺地回到她的手中,正好横挡劈开迎面砸来的木桌、木凳、木棍。

混混儿们因地制宜,从柜台后搬来酒坛当武器,砸向沈棠。

翟乐大叫:"你们没有武德啊!"说罢,他也抄起一只酒坛砸出去。

"砰"的一声,两只酒坛在空中相撞,应声而碎,混浊的酒液泼洒一地。

翟乐抄起最大的陶片砸出去,然后靠着蛮力,踢脚挥拳,打架方式跟这些混混儿一样毫无章法。

沈棠无语。

翟乐一边打还一边"指导"沈棠:"沈兄啊,你这样提剑干架的方式是错误的。对付这种混混儿就该拳拳到肉,才是真男人、真汉子。"说着,他突然矮身,让前后两名准备夹击的混混儿猝不及防下,自己人打了自己人,他则顺势滚到一边长腿横扫,然后跳到其中一个人身上,提起硕大的拳头砸下去。

沈棠收起剑,一拳砸上一个人的鼻子。

酒肆里发出"噼里啪啦"的摔打声,动静惊动半条街的人。

酒坛碎了一只又一只,掌柜时而心疼地皱眉,时而捂着心脏哀号——残酷的现实如此冰冷,唯有怀中那锭大元宝能给他些许温暖。

不只路过的街坊忍不住顿足,伸着脖子看热闹,连邻街的百姓,听到这群混混儿被人教训,也跑过来看热闹。

随着拆迁般的动静,一个个混混儿被踢飞出来。

百姓们鼓掌叫好,胆子大的还不断凑近,希望能近距离一睹仗义游侠的真正面容。

沈棠单手捏着一名混混儿的脖子,将人从酒肆里拖了出来,丢垃圾一般随手往混混儿堆里丢。

"好!"

"大英雄!"

"英雄们做得好!"

围观人群发出雷鸣般的掌声。

翟乐像是见惯了这架势,那双含笑的桃花眼里几乎要溢满骄傲、嘚瑟。他冲着鼓掌的人群抱拳,笑盈盈地道:"乡亲们言重了,谢谢大家,谢谢。行侠仗义本是吾辈应该的……"

看着好似孔雀一般兴奋地开屏的黑衣少年,沈棠盯了三秒他仿佛自带裙撑的臀,最后顺从心意上了脚。

翟乐也不是吃素的,好似身后长了一双眼睛,灵活地躲开的同时,双手捂着险些遭殃的屁股,惊恐地道:"沈兄,你背后偷袭在下作甚?"

沈棠遗憾地收回脚,冷冷地道:"正经事还没做呢。"

翟乐慢了一拍才想起何谓"正经事",不由得道:"这种喜爱敲诈勒索的混混儿,在下见得多了,小恶是有,但要说什么伤天害理的大恶,应该没有。他们也怕手上沾人命……"有罪但罪不至死。

沈棠"哧"了一声,问:"你盘问过了?"

翟乐道:"没有,但是……"

"问都没问,凭着经验就妄下判断?真是无稽之谈!噤声!"

翟乐被沈棠堵死了话头,只得噤声。

沈棠一脚踩在混混儿头子的肩头,一手提剑抵着其眉心威胁:"如实交代,不然杀了你!"

翟乐忍不住道:"沈兄,行侠仗义……"

沈棠微掀起眼皮,冷淡地看着翟乐:"说人话!"

"行侠仗义不兴屈打成招这套。"

沈棠不说话,让他自行体会自己看傻子的眼神。

二人的对话,反倒坚定了这群混混儿对二人行事的定义——说白了就是两个乳臭未干的小子学着坊间话本中的游侠,自诩正义,行侠仗义,打击小恶,寻求刺激和成就感。

这种人反而是混混儿们最不怕的,因为这种人是纸老虎,干不出多狠的事。

沈棠叱骂:"放屁!老子就要屈打成招!"

看着状态似曾相识的沈兄,不用靠近也能嗅到沈兄身上传来的浓郁酒香,翟乐心里不由得打起倾盆暴雨般密集的小鼓——沈兄莫不是私下喝酒了?

他颤巍巍地问:"沈兄啊,你醉了?"

"没有,老子千杯不醉。"

好家伙，翟乐有九成把握沈兄醉了。但他完全想不起来沈兄是何时喝的酒，明明从被砸摊子开始他们俩都是一起行动的啊。

一想到那一夜状态格外兴奋、龙精虎猛的沈兄，翟乐一时有些头痛，担心沈兄冷不防撒酒疯，自己未必拦得住。于是他想了个点子："沈兄，你不去找被窃的珍宝了？"

他记得沈兄上回醉酒，就误以为共叔武是偷窃珍宝的窃贼，一路精准地追杀至城外。这次若可行，想必共叔武扛得住吧？应该……

谁知沈棠不按常理出牌，道："那名窃贼已经被吾拿下！"

翟乐嘴角抽了抽："珍宝呢？"

沈棠咬牙，似想起了什么讨人厌的事情："窃贼可恶，不肯交出珍宝，不过无妨，小贼落在吾之手中，珍宝总有一日会物归原主！"

翟乐觉得沈兄的醉酒的确与众不同。

沈棠一脚将试图偷跑的混混儿踢回去，将人踢得一时半刻起不了身，把长剑重新横在为首的壮汉脖子上："如实交代！"

他硬气地不肯说话。

沈棠决定给他点儿颜色看看，一脚踩在他的膝盖上，稍稍使劲儿。

为首的壮汉脸色铁青了数分，无法忍受地惨叫出声。

沈棠挪开脚。

为首的壮汉抱着腿打滚。其他混混儿看得脸都白了。

沈棠道："本来就准备把你们的腿全部打断，既然不肯说，那我就直接走流程……"说罢，她准备踩断为首的壮汉的另一条腿。

"使不得，使不得，不能对他动手啊。"围观群众中传来一个声音。

沈棠垂眸："此人有特殊身份？"

她一问，一部分围观群众倏地变脸，有些欲言又止，有些吓得悄悄地溜走。

人群里出来个白发老头儿，道："此人的诨名叫'蛇头'，此人家中有个阿兄进山当了贼，还是个二把手，惹不得！"

老头儿是走街串巷的小贩，靠着编草鞋的手艺勉强度日，担心这两个年轻人因为一时的仗义而惹上大祸，这才站出来。

沈棠眉尾微挑："嚯，还真有点儿东西。老人家，你别怕，这一伙混混儿，除了我先前说的事情，还有没有其他恶行？"

老头儿气急："你这娃，缘何不听劝？"

"老丈莫怕，我可不是某些打一顿就不管的游侠。这几个混混儿若伤天害理，

247

我送他们见阎王。若那个二把手是他们的靠山,我就去把所谓二把手也削了。售后服务质量业内领先,保证不给你们带来任何后续烦恼。"

翟乐感觉自己被嘲讽了,在"某些游侠"之列。

老头儿见沈棠固执,还抛下这样的大话,料定这个年轻后生要倒霉,无奈地叹了一声。

原来,"蛇头"仗着有当土匪的阿兄,在孝城拉了帮混混儿,靠着欺压满城的商贩赚了个盆满钵满。此事上报郡府后,郡府一开始派人把"蛇头"抓走了,但坐牢没两日他又被放了出来,听闻是他的靠山使劲儿,上下贿赂。之后再有商贩上报此事,轻则家破,重则人亡。

"蛇头"的主要业务是收"出摊税",但也有其他副业,例如逼良为娼,例如掠卖人口,例如放印子钱,例如逼债把人打死……

商贩们敢怒不敢言,乖乖地交"出摊税"了事。

沈棠似笑非笑地看着翟乐:"没有伤天害理?"

翟乐道:"有的。"

"没有沾人命?"

翟乐道:"沾了。"听这意思,那个匪窝有点儿料。

"经验主义要不得啊,翟笑芳同学。"

翟乐窘迫得整张脸都红了,生硬地转移话题:"沈兄,现在是清算在下的时候吗?这些小人如此可恶,的确该杀,一个不留!"

沈棠道:"对,拖到城外的小树林里!"

"那个什么匪窝,听着也不好。"

沈棠点头:"对,一起抄了它!"说罢,她动手将这些混混儿全部拴成一串,准备去城外善后。

翟乐见状,面露惊恐:"不……不,沈兄,不先回去找祈先生吗?实在不行,我去找我阿兄也行……就我们俩啊?"他觉得不可,尽管沈兄也是文心文士,奈何沈兄不行啊!

第十五章
斩草除根，端了那个土匪窝

沈棠用一种微妙的眼神看着翟乐。

翟乐被沈棠盯得浑身不自在，结结巴巴地道："沈兄这般瞧着在下作甚？"

孰料沈棠"倒打一耙"，似笑非笑的眸子将他从脚底打量到发顶，问："翟笑芳，你是不是不行？"

黑衣少年白皙的脸颊蓦地红透了，慢了半拍才气急败坏地跳起来，怒道："什么不行？怎么不行？如何不行？小爷哪里都行！"

沈棠道："你行？你行的话，怎么走到哪里都要带着个人？在一旁给你加油鼓劲儿啊？"

黑衣少年被气得脖颈都染上一层浅浅的绯红，不由得咬牙："走走走！你我二人足矣！"

话虽这么说，他心里却不由得打起了鼓，希望那只是个普通的土匪窝。一般规模的土匪窝，他一个人就能扫荡干净，更何况还有个醉酒发疯的沈兄，应该不会出问题。

沈棠把手指搁在唇边吹了声口哨，屈指呼道："摩托，召来！"

三息过后，无事发生。

围观百姓不明所以。

沈棠感到一丝尴尬，压低嗓子，低沉地唤道："风驰电掣，大运摩托！出来吧，我的珍宝摩托！"

与此同时，后院马厩里，共叔武正光着膀子坐在木凳上，手拿木刷，给一匹比他还高半个头的黑色骏马刷洗。这匹黑马生得极俊，前蹄雪白而通体乌黑发亮，鬃毛与马尾丝滑柔顺。

它脾气好，任由共叔武给它洗澡，再将它接近二十寸长的鬃毛编成漂亮的花样。

它脚边还放着一副雪白的马铠。

共叔武看着战马，轻叹道："老伙……"

话未尽，一人一马齐齐转头看向马厩另一侧，那里有一匹比黑色大马矮一些的雪白骡子。原先凝实的雪白骡子，此时却以极快的速度变得透明，直至消失。

共叔武疑惑不解："沈五郎作甚要将摩托喊走？"

当摩托凭空出现，围观百姓发出阵阵惊呼——他们听说这世上有些人可以变出高头大马，但从未见过，眼下长见识了！

惊呼的不只百姓，还有翟乐："沈兄，你不是文心文士？"

众所周知，文心文士是没马的，只有武胆武者才能凭空化马，武胆等级越高，化出的战马越优良，穿戴的马铠也越精良，防护越周密。

虽说眼前是一匹骡子，但除了外形，其他无一不跟战马等同。

哦，摩托没有马铠。

沈棠没开口解释，轻盈如飞鸿戏海翻上摩托的背，双腿夹紧摩托的肚子，喝道："驾！"

摩托应声而动。

被拴在一起的混混儿们挣脱不得，被拖着跟跄前行，哀号不断。

翟乐顾不得好奇，急忙催动武胆跟上："沈兄，你等等在下！"

着急之下，他差点儿忘了言灵是哪句。

武胆言灵中，化马而行的言灵有许多，每句都有特定的目的。例如"横枪跃马"，顾名思义便是持枪披甲备战，不管是马铠还是武者的铠甲一次成形，消耗大；例如"信马由缰"，则是消耗较少的化马言灵，马铠、盔甲皆无，仅有马镫、马鞍，适合单纯的短途慢行；而"秣马厉兵"则介于两者之间，马养精蓄锐，武器磨锋待用，随时戒备，一旦有敌情则迅速地进入作战状态。

"秣马厉兵！"

言灵落下，一匹墨玉白足、披挂戴甲的骏马自远处逆风而来，眨眼的工夫便由虚转实。

围观百姓又惊又奇，下意识地给那匹马让了道，生怕被它冲撞。

翟乐小跑两步，足尖一点，抬手抓住战马的缰绳，稳稳地落在马背上，猛地加速朝沈棠远去的方向追赶。

"沈兄，你我要不要赛一赛？"翟乐胯下的战马长得高壮，外貌俊朗，还有四条大长腿，爆发力极强，不一会儿就赶上沈棠，稳稳地改为慢行，翟乐向沈棠提出赛马的要求。

沈棠却无情地拒绝："不比。"

"为何不比？"这样小碎步跑着很不得劲儿，而且他太好奇沈兄的这匹骡子了。

沈棠直言不讳："你用一匹精良的战马跟我家摩托一匹骡子比速度，多少有点儿厚颜无耻。"

行军打仗，战马是冲锋陷阵的，而骡子就算能上战场，也是用来驮军资的，谁会用骡子组建骑兵营？家里有矿都禁不起这么烧。

翟乐低头看着战马，道："但是它想比。"

言灵化出的"活物"，活动所需能源都是制造者给予的，某种程度上也与制造者心意相通。翟乐明显地感觉出自家伙计跃跃欲试，想撒开腿跟身边这匹雪白的骡子比一比。

沈棠凉凉地道："让它憋着。"

翟乐又问："憋不住呢？"

沈棠扭头看了眼狼狈不堪、被迫小跑跟上、气喘吁吁的混混儿们，诚实地道："诚然，我是想替天行道除掉这些'恶'，但要是答应跟你赛马，他们两条腿怎么跟得上咱们四条腿？待你家战马尽兴，他们只剩一副骨架子了。"

翟乐只得打消念头，心下暗暗感慨：沈兄醉酒醉得有特色，理智尚存，有仁心，若不提前后反差，外人怕是看不出沈兄其实还醉着。

"咱们这么大张旗鼓，若是被土匪窝的眼线知道了，提前有了准备，可怎生是好？"

沈棠道："怕甚？强攻！"

翟乐问："强攻？"还不带个文士压阵？

沈棠面无表情地道："对头！乱杀！"

翟乐无奈。

二人大张旗鼓、气势汹汹的架势，使得城门守卫查都不敢查，直接放行。

沈棠熟门熟路地来到一片偏僻的小树林里。

翟乐下马步行，发现目的地躺着三具被动物分食，蚊蝇盘旋，蛆虫乱生，连蔽体衣物都无的残缺尸体，勉强能从尸骨判断出是两男一女，死因统一，被人大力捏断颈骨而亡。

尸臭扑鼻而来，饶是翟乐也忍不住掩鼻，眉染轻愁："不知是何人将他们杀害分尸，抛弃至此……唉，暴尸荒野，沦为豺狼鸟兽的食物……这番景象着实触目惊心……"

沈棠道："哦，我杀的。"

翟乐脸上似乎写着"沈兄，你逗我"。

沈棠皱眉思索，将被吓破胆的混混儿们丢到一边，绕着三具残躯走了一圈，说道："他们忒不干人事，我就替天行道了。不过我没把他们暴尸荒野，我挖坑埋了的，埋得还挺深，即便发大水都未必冲得出来，下葬时尸体也完整。但你看他们肢体的切口……像是……"

翟乐脸"唰"的一白，道："像是被人用钝器砍的。"

沈棠不解地歪头："难道是仇家干的？"

翟乐摇摇头，压下直冲喉咙的恶心感。

几个混混儿不知想到什么，吐了出来。

沈棠问："你们吐什么？"

翟乐白着一张俊脸，低声解释："怕是你埋尸的时候，附近有百姓看到了。所以你前脚刚走，他们后脚就过来将尸体挖出来……"

因为醉着，沈棠一时竟没有想明白："这些拿回去作甚？"

翟乐一改往日的轻松，连那双时时含笑的桃花眼也黯然三分，眼尾挂愁，说出的话却让人不寒而栗："他们太饿了，你觉得还能作甚？"他直接挑明了。

沈棠蓦地睁圆了眼睛，竟然半晌没说出话来。

"可……可那是人……"此时的沈棠看着手足无措又迷茫，无意识地原地踟蹰，口中说着，"人怎么能……？不能啊！那可是人，是同类，还是埋进地里的……"

祈善带着沈棠一路来到孝城，为了少吃苦，多打探消息，前行的路线不算偏僻，隔一两天就能遇到村落、城镇，沿途的百姓生活是很艰难，只能说勉强凑合，守住最基本的底线而已。沈棠知道有这种事情，但从未见过。

而翟乐不同。翟乐和他堂兄翟欢自东南出发，二人仗着身手好、配合默契，哪里都敢钻一钻，沿路端过几个土匪窝，杀过好几批穷凶极恶之徒，正如翟乐说的，行侠仗义、打抱不平。

恶徒好杀但肚子难填。

他与阿兄曾途经一座村落，全村仅有三十六户，多是老弱妇孺，青壮年都被征去打仗了。

那天村里有名老人寿终正寝。

他与阿兄借住在其中一户农家里，夜幕低垂，听到院外传来交谈声。他好奇，透过窗隙往外看，见那瘦得皮包骨的村正正挨家挨户地送肉汤。

仗着视力好，他也看到农妇表情苦涩。

附近能吃的树根都不多了。翟乐初时也不知那是什么汤，又好奇，便与阿兄一说。时至今日他仍记得阿兄那时的表情：半张脸被烛火染得微红，剩下半张脸隐在阴影处，影子随着微弱的火苗时隐时现。

他甚至产生可怕的错觉——暗中潜伏着满身血腥的凶戾的巨兽，它会以阿兄张口为令，跳出来将他吞食殆尽，咀嚼成肉沫。

阿兄神情漠然地道："活人永远比死人重要，死人已经死了，但活人还得活着。"

翟乐仍然不解这话的深意，直至离开村落的那天，又有一户人家办丧事。

翟乐骑马离开时，无意间扭头，看到亡者的亲属哭着将尸体埋入提前做好的坟。只是还未来得及封棺，村正便带着人过来交涉。

距离太远，翟乐听不清他说了什么，但从他们激动到险些发生肢体冲突的交流来看，双方都不愉快。最后那具尸体还是被搬了出来。

蓦地，阿兄的话在他的脑海中盘旋不去。

他才真正明白究竟发生了何事。

杀人都不眨一下眼的翟乐，那日险些摔下马背，将昨日吃进肚里的干粮都吐了出来。

"阿……阿兄……"

"类似的事情，从未少过。"

翟乐道："可是……"

翟欢神情淡漠："在你有能力帮他们远离饥饿前，永远不要指摘他们的行为，也不要去干涉，除非你有佛祖割肉喂鹰的牺牲精神，以身替之。笑芳，他们得活下去……"

翟欢的声音一如既往地温柔，也让翟乐听出了前所未有的无能为力，那是他自小奉为榜样的堂兄都束手无策的绝望。

翟乐情绪低沉地道："我阿兄说这些人比谁都想活下去，但世道比谁都想他们死。他们伤害的不是活人，只是尸体，那外人有什么资格说他们残忍、无人性？不能说……"

沈棠闻言，伫立原地，看着脚下三具严重腐烂、残缺不全的尸体，愣怔许久回不过神。

半晌，她道："也是，管夷吾说'仓廪实而知礼节，衣食足而知荣辱'，可这些百姓莫说'仓廪实''衣食足'，五脏庙都是空的，一家几口凑不齐一身体面的衣裳，谈什么礼节、荣辱？"

在这种情况下，用礼节、荣辱、伦理来评论他们的行为，岂不是最大的傲慢？

翟乐见沈棠的表情有些不对劲，抬手推了推沈棠的胳膊，试图将好似被魇住的沈棠摇醒。

沈棠深呼吸，摆手道："我没事。"

"沈兄，他们几个如何处理？全部……"翟乐看着那几个瑟瑟发抖的混混儿，抬手伸出大拇指，在脖子处利落地虚划一下。

其中几个混混儿看到这一幕，隐隐猜到自己的下场，"扑通"一声跪下来，脑袋磕得"砰砰"作响，听得人脑壳都产生了幻痛。几个人慌得两股战战，眼泪、鼻涕齐下："英雄好汉饶命啊！"

也有不信邪的，例如为首的壮汉。他不认为两个人有这胆子，明知他的靠山是土匪窝二当家的还敢杀他。至于沈棠说的挑了土匪窝，他也不认为二人能做到——土匪窝的规模多大，他心里清楚。

沈棠道："我是想杀了的。"

翟乐扬手化出一柄刀，只待沈棠一声令下，就手起刀落将这些混混儿砍了。

沈棠又道："不过全杀了也可惜。"

翟乐道："可惜？"

沈棠嗤笑道："活着还能干点儿什么，死了只能埋到土里沃土。不过，让这伙人活着我又觉得心里不舒服。笑芳，你打算怎么处理？"

翟乐道："杀了呗，又不能带着。"

今天得罪这伙混混儿的不止他们两个，还有那个站出来的白发老头儿，那些看热闹的看客也勉强能算进去。此次若纵虎归山，他们俩倒是无妨，但那些普通人可就要遭殃了。

沈棠道："你说……带着？怎么带着？"

翟乐却有了其他理解，惊诧地道："沈兄，你打算收编他们？"

杀了随处一埋，一了百了，成本近乎为零，但收编就不一样了，超级麻烦。

沈棠无语：她啥时候这么说了？

翟乐一脸为难："不是在下故意戳沈兄的痛处，只是一个人就是一张口，这里二三十号人，那就是二三十张嘴，每日的开销得多少？即便沈兄仁心收编了，他们愿不愿效忠？"沈兄自己都穷到当垆卖酒了，拿什么去收编、养这些混混儿？

沈棠脑子还是蒙的，不知道话题怎么跳到收编混混儿了：她只是顺着翟乐的话题好奇怎么"带着"而已。

"你等等，容我再想想。"

还未等沈棠想出个所以然，为首的壮汉冷笑着啐了一口唾沫，道："想让老子为小白脸卖命，做梦！待阿兄知道，你们一个个啊——"

"噗——"雪亮的剑光闪过，人头"咕噜"落了地，碗大的伤口喷的血柱溅出三四丈远。

沈棠随手甩掉剑身上沾的血，冷眼看着失去头颅倒地的身躯。黏稠、温热的血沾湿衣角，覆盖整个右脚脚背，那一瞬的触感似无数细小的爬虫在上面蠕动、挪移，而她面不改色。

她眉眼冰冷，轻启红唇，淡漠地说道："要死话还这么多，真当我不敢杀？"

翟乐知道沈兄行动力强，也知道沈兄果决，但没想到沈兄出手这么让人猝不及防。

看着滚到脚边、眼皮仍在颤动、表情定格为惊愕的头颅，翟乐"唉"了一声，将那颗头踢回去想着把脑袋连同尸体一块儿埋了吧，入土为安，落个全尸，算是最后的体面。

至于尸体会不会被人挖出来，他也不能保证。

他只管埋。

"沈兄，你下次要砍先打个招呼。"

沈棠道："打什么招呼？"

翟乐指着几个被吓破胆的混混儿："给他们点儿心理准备。你没闻到一点儿尿臊味？"

是的，胆小的混混儿已经被吓尿了，裆的位置明显被液体洇湿。

沈棠闻到了，确实又臭又臊。

她提剑上前半步。

混混儿们吓得魂儿都要飞了，急忙趴地，将头磕得"咚咚"作响，口中忙不迭地求饶，发誓一定会效忠沈棠，只求饶他们一命。

沈棠扯了扯嘴角，露出一丝讥诮来：想必他们作威作福，欺辱商户，逼得人家家破人亡的时候，没想到自己会有这下场。

视线在一众混混儿身上扫过，沈棠半晌也没下第二剑。

就在一众混混儿庆幸地以为自己安全了的时候，沈棠又提剑杀了两个人，落下两颗死不瞑目的头颅。

众混混儿看清被杀之人的面孔，浑身战栗——无他，死的是前任老大的"心腹左右手"、权威仅次于老大的马仔，更是那个土匪二当家的派来的。

二人佯装求饶，实则暗藏杀意，准备趁着沈棠放松警惕的时候突然发难——二当家的让他们保护好弟弟，结果弟弟被一个陌生的游侠杀了，他们的下场横竖都是死！既然如此，不如死前拉个垫背的。

翟乐倒是见怪不怪，浅笑着拊掌，开口就是吹嘘："沈兄慧眼如炬，这种隐患留不得！"

沈棠无语：她只是先杀两个最不顺眼、隐患最大的，剩下的混混儿再一块儿收拾，可没说要留下他们的性命……不过，翟笑芳都这么捧她了，她要是一个不留，总觉得面子上过不去。

沈棠想了想，收回了剑。

其他混混儿见状，忙不迭地磕头表忠心。

沈棠脸色不愉："你们挖坑将尸体埋了。"

众混混儿面面相觑，但还是照做，生怕自己动作慢了，那把剑就往自己的脖子上招呼——刚才那三道喷涌而出的血柱，绝对能成为他们一生挥之不去的噩梦！

只是没有挖土工具，他们只能咬牙用自己的手去挖，挖了没一会儿，就十指乌黑，指尖生疼，但谁也不敢喊疼、喊停。

一侧的翟乐瞧了，叹气上前："你们几个让一让。"这么挖，手挖废了都挖不出一个坑。

沈棠抱着剑看他下一步的动作。

众混混儿让开，却见黑衣少年腰间的墨色武胆光芒微绽，手中凭空化出一柄长刀。

翟乐蓄力，凝聚武气于刀身，气势节节拔高，墨色光芒越发浓烈，最后凝聚成近乎实质的浓雾。他喉间溢出一声大喝，蓄足力气的长刀冲着地面挥出一道墨色刀芒。

"轰"的一声巨响，地面能感觉到明显的轻颤，飞沙溅起，浓烟滚滚，气浪卷着沙石、泥土扑人一脸。

沈棠只能抬手以手臂遮面。

待烟雾散去，地面赫然出现一个大坑，莫说埋三具尸体，再加三具也绰绰有余。

翟乐连一点儿薄汗都没冒，冲着混混儿们摆手："把尸体埋了。"

混混儿们又一次看傻了。他们现在莫说思考，两条大腿都软成了草，站都站不起来，忍不住怀疑人生：他们之前为何会认为这俩人是小白脸啊？谁家小白脸能干脆利落地连砍三个人的头颅面不改色，用的还是那把窄到秀气的长剑？看看刽子手们拿来砍人脑袋的鬼头刀，哪个不是刀背宽厚、刀身阔长，锋利又轻便？用这么一把切肉都费劲儿的剑去砍人脑袋，过程丝滑无比，没遇见半点儿阻碍，由此可见，不只剑锋锋利，此人的力道也相当可怖！这位一言不合就砸出大坑的黑衣少年就更可怕了，而他们还追杀了他不止一次……

有个混混儿忍不住摸脖子，庆幸自己劫后余生，福大命大！

坑挖好了，埋尸就方便得多，把尸体扔进去，再将松软的泥土埋回，一刻钟不到就搞定了。

整个过程，沈棠都抱着那把剑，立在原地闭眸沉思，乍一看还以为沈棠站着睡着了。

"郎……郎君……埋……埋好了……"混混儿们选了个代表去回话。坑填好了，他们的心也暂时放下。

沈棠倏地睁开眸："土匪窝在什么方位？你们有谁知道？"

"俺……俺……俺……知道！"有一名混混儿急着"表现立功"，格外活跃。

"行，就你了！"沈棠挑眉，示意他带路。

其他混混儿跟上。

混混儿们此时也是心里打鼓：这是准备拉着他们上土匪窝啊。

他们生怕自个儿成了二人挑土匪窝的炮灰，但又不敢不从：跟着去，晚点儿死，可是抗议不去，呵呵，他们前头儿的尸体现在还是温的——脑袋原地起飞，尸首分离。

众人苦着一张脸，肠子都悔青了：他们怎么就招惹上这两个黑煞星了？

沈棠翻身上骡，神色淡漠："不用你们上场，上了也没用，你们在一边看着就行。只一点——谁敢逃，我一律当作土匪对待。驾！"

摩托像是知道即将去哪里，兴奋得不行，脚步都比往日欢快许多。

翟乐自然骑马跟上。

四宝郡匪患严重，土匪平日藏于深山之中，起初胆子还小，靠着打家劫舍、剥削往来的商贩为生。不过，随着四宝郡各处自顾不暇，郡守没有下决心清理，他们的胆子越发大了，胃口也跟着大了。

后院马厩里。

共叔武换了三回水才将爱马洗刷干净，用柔软的布巾擦拭水珠，重新披上那副漂亮精致的马铠。他摸了摸爱马的鬃毛，道："先回去吧，回头有时间喊你出来尽情跑一圈。"

爱马温驯地蹭他的掌心。

共叔武道："断不会食言的。"

爱马依依不舍地化为武气钻回虎符里。

看着一地狼藉，共叔武想起龚府的练武场，想起军营，想起一年前自己还能尽情杀敌，与老伙计一道冲锋陷阵，如今只能隐姓埋名，顶着一张自己都陌生的面孔躲躲藏藏……

老伙计很不痛快，他更不痛快。

一个下午都在拾掇自个儿的战马，饶是体力强如共叔武也累出一身热汗，心头烦闷再加上满身汗水，哪儿哪儿都不舒服。

见水缸里还有一小盆干净的清水，他随手抓过一条布巾浸湿，擦拭上半身。

午后的风一吹，不仅带来说不出的凉意，也吹走了几两轻愁，他起身披上衣衫，正低头系衣带，耳尖听到正院方向传来两个脚步声，一个是祈元良的，另一个很陌生。

这人脚步比祈善还虚浮！不是耽于美色、虚耗元气的草包，便是内外皆虚的药罐子。

"元良兄住在这里？"

祈善不太客气："你这不是明知故问吗？"他想翻白眼，若顾池不知道，那支带着信纸的箭矢如何射进小院的木柱里？

顾池一点儿不尴尬：不请自来与登门做客岂能一样？

进院子后，顾池第一眼就注意到共叔武。

此时的共叔武由祈善帮忙进行了伪装，除了个头儿不变，五官已经普通得丢进人海里找不出。

共叔武道："祈先生回来了。"

祈善回礼："共叔先生。"

视线落向顾池，共叔武道："这位先生是……？"

祈善笑道："望潮是善之旧友，本家姓顾，名池。望潮，这位便是共叔武壮士。"

他给二人做了简单的引见。

共叔武和顾池互相行礼算是打过招呼。

顾池不知共叔武的真实身份,只知道共叔武是几天前突然出现在祈善几个人身边的一个身手不俗的武胆武者,尽管相貌普通,但气势非凡,想来也不是什么小人物。

祈善脱下木屐,帮顾池递了一双室内用的软鞋,又道:"今儿院里这么安静?"

共叔武回道:"沈五郎出去摆摊了。"

沈棠一个人能弄出六七个人的动静,可不热闹?

祈善自然知道沈棠又跑出去当垆卖酒,还跟一群混混儿打了一场,只是这个时辰还没收摊回来,莫不是又惹上什么事情了?

顾池诧异:"沈郎还未回来?"

共叔武道:"未回,还唤走了摩托。"

"摩托?"

"沈五郎那匹骡子的名字。"

顾池敏锐地抓住问题的重点:"听二位的意思,那摩托是言灵造物?沈郎将其拴在院中?"

同种言灵造物,同一时间有且只有一只。

共叔武指了指马厩的位置:"拴在那儿。"

顾池道:"沈郎阔绰。"

当然,这个阔绰不是指沈棠有钱。谁不知道沈郎一穷二白?

众所周知,言灵造物很神奇,它们看似"活物",实则是由被炼化的天地之气凝聚而成。极少有人会像沈棠一样让言灵造物长时间存在于世,因为它们属于"活物",而非大饼、青梅、杜康酒这样的"死物",行动会产生消耗,而这些消耗都是由创造者支付的。

例如战马,体形庞大,即使安静不动也会消耗不小的能量,更别说作战状态还需穿戴沉重的马铠,驮着身穿甲胄的主人。饶是共叔武,作战状态下能让战马维系两个时辰就是极限。

因此顾池才调侃沈棠"阔绰"。

祈善拉开木门便看到不断用猫爪扒拉门框的素商,心疼又抱歉地蹲下身将它抱起,听着一声声的"喵呜",连忙说道:"哎哟,素商饿坏了吧?是吾不好,来尝尝……"说着,他从袖中摸出一包小鱼干,顺便给素商铲个屎。

屋内扑面而来的臭味将顾池熏了个够呛，偏生祈善就跟嗅觉离家出走了一般，面色不变。

"皆说'入鲍鱼之肆，久而不闻其臭'，在下倒觉得应该改为'久居狸奴之窝，不闻其臭'。"

祈善懒得听顾池抱怨，尽职尽责地帮素商铲了屎，收拾了它玩闹撕坏的东西，用叉竿开窗再点上香炉，异味很快便散干净了。

此时夕阳西斜，褚曜也忙碌完回来，准备洗手给五郎准备食物。

沈棠还未回家。

褚曜和祈善脸色都有些不妙：五郎/沈小郎君不盯着真不放心。

相较之下，共叔武倒是比较淡定：他是见过沈棠那夜大杀四方的，这种身手，即使真有人出事，大概率也是旁人出事。

"二位先生无须太担心，沈五郎聪慧机灵，真遇见麻烦也能脱身，兴许明儿一早便回来了。"共叔武顿了顿，又道，"这个年纪的少年在外过夜，也实属正常。"

别忘了孝城最大的特色产业。少年人嘛，好奇心总是比较旺盛。

祈善明白共叔武的暗示，脸色不见好转，反而更黑了——直觉告诉他，沈小郎君又去惹事了。

他再一想下午那场沈小郎君与混混儿的冲突……

褚曜道："出去打听打听。"

祈善点头："嗯。"

其实用不着特地打听，那伙在孝城坊市作威作福的混混儿团体被两个游侠一锅端的消息，早传得沸沸扬扬。农舍的老妇人出门买个菜就听了七八个版本。

祈善一听就知道说的是沈棠。

祈善问："坊间可说两个游侠去哪儿了？"

老妇人道："据说他们要将土匪窝也端了。"

祈善、褚曜、顾池皆无语。

共叔武一拍大腿："大丈夫，当如是！"沈五郎实在对他的脾气！若非沈棠酒量不行，二人当浮一大白！

祈善、褚曜无奈：这种时候添什么乱！

虽然顾池想留下看热闹，但也知道不是时候，若将祈善惹恼了，自己客场作战，危矣。

不用主人发话，顾池主动提出告辞。

顾池还听到身后祈善将后槽牙磨得"嘎吱嘎吱"响，一字一顿地道："两个人去端土匪窝？他沈幼梨何不直上云霄与日比肩？"

褚曜意味深长地说道："是我等低估他了。"这叫没野心？那有野心该会如何闹腾？

沈棠自然没有上天，但她上山了。

上的哪座山？连她自己都不知道。因为领路的混混儿带路到一半就带不下去了——他们只知道这附近有土匪窝，大致方向还是前任头儿醉酒得意之时透露的，具体怎么走却不知道。匪窝位置若尽人皆知，剿匪不就容易了？

沈棠也知其中的曲折，没刻意为难。

那名混混儿如蒙大赦，感激涕零：他还以为沈棠会误会他故意带错路杀了他，脖子凉飕飕的，没想到峰回路转捡回一条小命。

"再过不久天就黑了，行动多有不便，我们得尽快找到土匪窝在哪里。"

翟乐对此兴致缺缺，更关心另外的事——沈兄这酒究竟醒了没？

"笑芳可有办法？"

被点名的翟乐笑了笑："倘若还是白日，咱们人手充裕，搜山总能将他们搜出来。但眼下仅有你我二人，对地形两眼一抹黑，此法不可取。为今之计只能等……"守株待兔，引蛇出洞。

沈棠道："可惜了……"

"为何沈兄突然发出此种感慨？"

"我在后悔，那个二把手的弟弟埋得早了，应该不埋，让这些人扛着，拎着他的脑袋大摇大摆地上山。土匪谨慎，肯定会派出眼线盯梢各处，消息不就传回二把手耳中了？"

到时候大鱼自动上门，省了她找上门的功夫。

翟乐愣了下：沈兄看着斯斯文文，行事倒是狠辣果决。扪心自问，这的确是个速战速决的办法，就是太拉仇恨，还是不死不休那种。

沈棠无奈地道："先上山转一圈。"

混混儿们不敢不听，只得依言而行。

待众人行至半山腰，金乌已落。唯一幸运的是天色不错，天幕群星璀璨，玄兔皎洁明亮，又有沈棠、翟乐二人在前引路，混混儿们不至于两眼一抹黑，瞪大眼睛还是能摸着黑走路的。

沈棠百无聊赖地摸出几个饼子："笑芳，吃不？"

翟乐还没用过饭，加之武者消耗大，容易饿，五脏庙早就有造反的苗头了。沈棠递来大饼无异于"雪中送炭"。只是他少年心性，喜欢"得寸进尺"："有饼无酒,可惜。"

沈棠冲他摊开手,招了招:"酒囊拿来。"

此处虽无酒坛,但翟乐带了酒囊。

今日翟乐似乎特地打扮过,虽还是一袭黑衣,但衣裳所用的布料精致柔软,衣缘还有低调华美的暗纹,连腰间原来那条粗布腰束都换成了一根黑色皮革材质的,镶嵌黄金、白玉的蹀躞带。蹀躞带上挂满了琳琅满目的小零碎,小刀、火石、装着毽子、夹剪的小木盒、香囊、钱袋、玉佩、墨色武胆虎符……以及两个一看就是成套的精致的酒囊。

翟乐经沈棠提醒,喜上眉梢,二话不说摘下一个酒囊。

沈棠道:"光你喝,我不喝?"还是两个人共用一个酒囊?

翟乐讶道:"你还喝酒?"

"我说了我千杯不醉。"

翟乐无语。

一个不胜酒力的醉鬼再喝酒,究竟是会醉得更厉害,还是毫无变化?他好奇了。

最后他还是将第二个酒囊交出去。

沈棠将其中一个酒囊灌满丢回去,自己则一仰脖,灌了一大口兰陵酒。

余光看到翟乐没喝,还暗中小心翼翼地盯着自己的脸,她纳闷儿:"我脸上有东西?"

翟乐摇头,心下纳罕得不行:沈兄刚才豪饮的架势,说"千杯不醉"还真有几分可信——前提是他不知道这人本就是个醉鬼。

那几个本就很饿的混混儿听到轻微的咀嚼声,更是双腿虚软得走不动道,五脏庙敲锣打鼓地开始造反,只能努力地吞咽唾沫试图缓解饥饿。就在这时,有一片阴影从天而降。

一个混混儿下意识地伸手去接,只觉得这东西是柔软的,圆圆的,带着些许麦香,居然是一个饼子!

不一会儿又有饼子从天而降,精准地落入其他人手中。

前方,那黑煞星冷笑了声,道:"吃吧,别饿死了。你们饿死了,谁给老子干活?"

混混儿们来不及思索沈棠哪里来的这么多饼,也顾不上嘴干,混合着唾沫将饼吃得干干净净。或许是饼用料足,平日吃两三张才饱的他们,这次吃一张就有明显的饱腹感。

有个混混儿揉了揉肚子，觉得真好，真要死了也不是饿死鬼了。

翟乐喝酒喝了个尽兴，抬头一瞧，隐约发现远处有点点火光，拍打沈棠的肩膀："沈兄，你看那里有火，有人！"

难道是土匪？

沈棠表情严肃："追，其他人跟上！"

翟乐左手在空中做了个抓握的手势，一张通体墨黑的长弓出现，他持弓严阵以待。

他们这边的动静不小，那边的人显然也发现了他们的踪迹，远远地大喝道："站住！"

沈棠抬手示意众人停下，喝道："尔等何人？"说着，她手中长剑在手。

一旁的翟乐冷着脸，四指抓弦，四支墨色尾羽的箭矢若隐若现，大有那边回应不对，便放箭杀人的意思。

过了会儿，那边有人大喊："我们是凌州林家的护卫，护送家眷南下投亲。"

沈棠跟翟乐互相对视一眼：居然不是土匪？

二人失望之余，气氛也没先前那么紧绷了。翟乐收回箭矢，长弓负背。沈棠则将长剑挂在摩托背着的褡裢上，道："我们兄弟是孝城本地人士，白日带家仆出来狩猎，不慎在山中迷路。"

翟乐眼神一言难尽：这个理由，人家真会信吗？

双方互报家门。

自称凌州林家护卫的中年男人上前交涉，见沈棠、翟乐二人年少，穿着干净体面，翟乐腰间的那条蹀躞更是价值不菲，怎么看都不似土匪，似松了口气。

"二位小兄弟莫怪，在下听说这一带土匪横行，前不久又与一帮土匪恶战，虽侥幸脱身，但死了不少兄弟，这才不得不谨慎对待。"中年男人歉然地道。

沈棠暗中观察，男人面上有未干涸的血迹，手臂上扎着的纱布被鲜血渗透，身后或站或坐的护卫警惕地盯着他们，且大多负伤在身，的确像是经历过一场恶战。

她对男人的警惕表示理解，斯文有礼地扯谎："我与阿兄在山中迷路，火种、干粮不慎遗失，正愁今夜该怎么熬过去，壮士行行好，能不能借点儿火种和水粮？待明日下山，府里家丁寻来，必有重谢。"

翟乐面上傻笑着点头附和，内心却很震惊：这是醉鬼该有的思维逻辑吗？

中年男人并没有一口应下，推说要与其他人商议。

沈棠仗着绝佳的听力听到中年男人回去后跟几个同行的人低头说了两句话，

那些同行的人也有相同的担心，不过沈棠让"家丁"都远远地等着，只身过来借火石和水粮，看着没什么威胁，所以最后的商议结果是帮这个忙。

中年男人回身冲沈棠、翟乐二人招了招手，朗声招呼："二位小兄弟过来吧。"

沈棠挂上一副不谙世事的天真笑颜，对着几个人抱拳道："多谢各位壮士，你们真是帮了大忙。虽说现在还未入秋，但山上夜冷风大，我们兄弟穿得少，真担心会冻病……"

中年男人听了只觉得这俩人娇气：少年人阳气旺盛，现在也不是寒冬腊月，只在野外待上一夜怎么会轻易冻病？

中年男人心里这么想，但面上不显，带着翟乐去取火种和水囊、干粮。不久前与土匪的一场苦战，害得他们丢了不少物资，因此这会儿能匀出来的干粮、水囊也不多，只有两三人份。

中年男人一脸尴尬和为难地道："唉，只有这么多了，还请小兄弟不要嫌弃。"

翟乐自然不会嫌弃：他们这么多伤员，还愿意对萍水相逢的人伸出援助之手，已极为难得了。

翟乐正想着怎么拖延着留下来，一扭头便看到沈棠坐在篝火堆旁与几个受伤的护卫有说有笑。沈兄那双眼睛里写着纯粹的崇拜、欣赏与好奇，让人下意识地将其年纪再往下降降。沈兄的年纪本就不大，十二岁还不到，还未开始长个头儿，满脸的稚气再配上过于天真单纯的眸子，乍一看还以为未满十岁。谁会对一个五尺之童有过多的戒备呢？只会觉得他童稚、可爱罢了。

翟乐一直以为自己挺能说话了，连阿兄那样的性格，有时都会忍不了他，让他噤声图个清静。直到看见眼前的沈兄，他才知人外有人，天外有天。

翟乐过去的时候，沈棠冲他招呼："阿兄，快坐下听故事。"

翟乐恍惚了一瞬，倘若不是记得自个儿与沈兄不是兄弟关系，相识也没几天，仅凭沈兄热络的态度、熟稔亲近的口吻、黏糊糊的一句"阿兄"……他真怀疑自己有个这么大的弟弟！阿兄跟他是真兄弟都没这么亲热过！

不过，作为善抓机会的人，他还是极其自然地顺势坐下，笑道："什么故事？"

无人注意的时候，中年男人脸色微僵。

"这位壮士跟我说他村里有人雨夜深山遇狸奴妖，还是只雄性狸奴妖！"沈棠一脸的好奇与向往，说到激动处还忍不住手舞足蹈，"为报恩，送恩人豪宅、良田还以身相许……"

简单来说就是个好吃懒做的农家子，家徒四壁，穷得吃土，靠砍柴为生，一日被大雨困在山上，偶然救下狸奴妖。狸奴妖为报恩，不仅给男人娶娇妻，送豪宅、金银珠宝，还以身相许给男人当妾，又因人妖殊途被迫分开，从此日日思君不见君。

故事又俗又假，但因为讲故事的人说这是发生在同村人身上的，又口才极佳，便具备了几分可信度。再加上听故事的孩子没什么见识，自然听得津津有味、如痴如醉。

翟乐笑了笑——如果这个故事是真的，多半是农家子刨了谁的坟，拿了墓主人的随葬品发了财，又怕被盯上，于是自导自演弄了这么一出"狸奴报恩"，面上仍配合沈兄表演。

沈棠缠着人听故事，时不时拍马屁夸奖，即便是枯燥的故事，也能一惊一乍，满足说故事之人的成就感。那些伤员护卫被拍马屁拍得飘飘然，感觉自个儿的伤口都没那么疼了，哪里还记得将人赶走？

类似的妖精鬼怪故事他们讲了七八个。沈棠也适当地配合他们的套话，将自己的"家底"抖了个精光，总结精髓就是几个标签——"钱多人傻""败家子儿富家子儿""纨绔天真还好骗"。

沈棠也从他们无意间泄露的情报中发现了一些有意思的地方：他们的确是凌州林家的护卫，估计这个林家还是富裕之家，因为战乱举家南下，准备投奔某个在当地有权势的亲戚。何处有意思？有意思之处在于，沈棠、翟乐二人来了这么久都没有看到所谓家眷，全是沾血的护卫。

当然，这也可能是队伍人员和随行物品太多，主家的亲眷在别的地方，不跟这些护卫混在一块儿。可沈棠、翟乐二人惹的动静不小，主家不可能没看到，出于礼貌也应过来见见，结果也没有。

沈棠仗着年纪和相貌优势，"叽叽喳喳"地跟这些护卫交谈，声音不算小，也没有护卫或者伺候的丫鬟、仆从来提醒小声点儿……

虽有疑虑，但沈棠并未提出，一来怕打草惊蛇，二来也担心是自己误会了。

于是，她心下一转，主动将话题引到那群土匪身上。

众人说起那群土匪，可有话说了，一个个恨得咬牙切齿，恨不得生啖其肉。

沈棠似乎被他们吓得瑟瑟发抖，用带着哭腔的口吻抱着"阿兄"的手臂哭诉："阿兄，匪徒这般可怕，我们不会倒霉碰上他们吧？阿兄，阿棠好想下山，早知如此，还进山狩什么猎啊。想阿爹、阿娘了，呜呜……"

翟乐浑身僵硬，表情紧绷。

不过这并不影响沈棠表演。

在外人看来，这就是沈棠被土匪吓到，担心晚上丢了性命。

于是沈棠白着一张俊脸，努力放软生硬的声音，低声下气地恳求护卫，让他们兄弟在附近歇脚——他们加起来人数多，土匪看到了也会掂量一二，总好过分开被土匪一一击破。

这个要求让护卫们迟疑了一瞬。

但沈棠、翟乐二人，特别是沈棠先前的表现过于深入人心——两个毛头小子能掀起啥风浪？即便有诈也不惧！再加上沈棠也的确讨喜，护卫们便答应了。

得了允许，二人长舒一口气。

因为天色已黑，沈棠困乏地打了个哈欠，寻了棵树靠着，抱臂睡觉。

翟乐离沈棠不远。

二人看起来竟然一点儿防备也无。

护卫们见此，彻底相信他们无害，继续守夜的守夜，聊天的聊天。

看似睡着的沈棠，借着调整姿势的动作仔细地留意四周。

她方才听到极其轻微的"咚"的一声，似乎有什么在敲击木板，仔细一听还有衣料与木料摩擦的动静。

她把眼皮微睁开一条小缝儿，视线快速地扫过那几个被护卫保护着的大木箱。

声音是从其中一个木箱中传出的。

这里面绝对装了人！果然有问题。

第十六章
林下之风，唤你"林风"如何？

月上中天，玄兔皎洁。

时而有夜枭的啼鸣自远处传来。

篝火静静地燃烧，时不时传来一两声爆鸣。

确信沈棠、翟乐二人皆已熟睡，那名颇有地位的中年男人召集其他护卫围着篝火，群策群力，商议下一步路该怎么走。

"还能怎么走？"有个脾气躁的直接抢话，眉眼狠厉地比画了个杀人的手势，"咱们都做到这一步了，干脆一不做二不休……"

"是啊，咱们不都说过有福同享，有难同当吗？既然这个世道让咱们活不下去了，倒不如直接占山为王，一块儿落草得了……"说这话的人看着有些斯文，像是念过几年书。

又有护卫说道："有了这些宝贝，下半辈子吃喝不愁，何苦给人当阍犬？"

护卫们七嘴八舌地发表了想法，有人希望一块儿落草为寇，也有人希望能就地分赃，拿着自己的那份钱财回去当富翁。

沈棠探听到的情报是真的，他们的确是凌州林家的护卫，不过有些情报被他们刻意隐瞒了。例如，南下投亲，沿路危险，他们刚上路就出现折损，阵亡者越来越多，他们半路便想打退堂鼓。例如，他们看到一个个木箱内装着的金银珠宝、文玩古董，那是他们所有人几辈子都赚不到的巨财，于是他们见财起意，准备谋财害命。

最重要的是，被他们护送的都是老弱妇孺，几乎没有自保能力，现在世道又乱，这些人在半道上出了意外不是很正常？待真相大白，他们早就带着金银财宝远走高飞了。

除了见财起意，他们还有其他理由。例如主家为赶时间，对牺牲护卫的尸体，一部分草草掩埋，连个墓碑都来不及弄，另一部分连坟都捞不着——因为队伍被敌人追得紧，死者只能被丢下，或暴尸荒野，或尸骨无存。主家给的抚恤银子也是象征性的，普通百姓觉得多，但跟林家的这批钱财相比九牛一毛！他们何苦为了这点儿钱把命赔上？倒不如反了，阵亡兄弟的亲眷也能得到妥善安置。

谋划了一阵，他们私下达成一致。原计划是在孝城附近动手，谁知道跳出来一帮土匪打乱了他们的计划，混战之中还有不少装着金银珠宝的箱子被土匪劫走了。

脱困之后，他们清点人数，发现又折损了二十多个兄弟，剩下的人也都受了不同程度的伤。

这时有个林家家眷发现了他们的异常，还提了出来。他们心虚，也担心东窗事发，于是一不做二不休将人全杀了抛下山。但他们还未来得及休整，沈棠、翟乐二人又来了。

"这样吧……"中年男人看着篝火沉默了许久，终于开腔。

众人齐刷刷地看向他，等待他拿主意。

他道："回头清点一下一共多少财宝，分成一百五十份。有人想走就拿走一份……"

他刚说完，有人有不同意见了："凭啥一百五十份就只能拿走一份？俺们这里就六十来个人了，应该分成六十来份！"

中年男人喝道："死掉的兄弟就不分了？"

一名护卫道："俺跟茅大、王三、赵四都是同乡同村的，他们那一份让俺带回去给嫂子、弟妹总行吧？就这么留下来，也不知道你们哪年哪月能回去一趟，他们的爹、娘、婆娘、崽儿咋办？"

中年男人脸色微沉："你什么意思？"

"俺没啥意思。"

中年男人气得梗着脖子道："你觉得我会贪他们的钱？"

"俺可没这么说。"

中年男人气得额头青筋直冒。

这时其他几个表示想拿了钱回去当富翁的，也陆陆续续说了几个已故兄弟的名字，表示会将他们的抚恤银子带回去给他们的家人。其中固然有真心的，但更多是打着贪钱的主意的。

这样的声音越来越多，足有七八个人。

中年男人咬死牙关不肯松口，只说这样不放心，自己会将兄弟们的抚恤银子统一送回去。

有跟他不对付的护卫讥嘲了句："漂亮话谁不会说？你摸着自己的良心说说，这话连你自己都不信，怎么让俺们相信？"

这时又有护卫发出第三种声音：他们拼死拼活才弄来的钱，为啥要分给早早就死了的人？不应该分给活着的人？

这声音道出了不少人的心声。他们还要脸，这话说出来显得太不仗义，所以都憋着没说，现在有人提出来，自然得到了一致的附和。

中年男人脸色阴沉得能滴出墨汁。

"闭眼睡觉"的沈棠一乐：哎哟，这就开始分赃不均啦？

闭眼睡觉的翟乐真快睡着了……

三种声音意味着三拨儿人。

三拨儿人相持不下，原先还算融洽的气氛满是凝重、肃杀，充斥着火药味。甚至有人暗中将手放在刀柄上，只待有人打破僵局，砍下第一刀！

就在这千钧一发之际……

"咚！"声音不响，但在此时显得格外清晰。

沈棠一听这动静就暗道不好——大木箱里那位什么时候动不好，偏偏这个时候动？

"什么声音？"中年男人大喝一声。

众人将视线转到沈棠、翟乐二人身上，逐渐起了杀意：即便刚才的动静不是他们弄出来的，这俩少年也留不得了，还有他们的"家丁"也要全部干掉，争取不留下一点儿线索，免得惹祸上身。

中年男人面上闪过狠意，低喝道："杀了！"

谁知他的话音刚落，护卫们还没来得及下毒手，原先睡得好好的两个人竟同时睁开眼！

翟乐将水囊向上一抛，脚踩树干飞身跃起，左手化出墨色长弓，同时右手四指抓弦，一声嗡鸣，一支箭矢精准地穿过水囊，炸开的液体全数泼洒在篝火上。剩下的篝火也被他几箭炸开。

周遭恢复黑暗，唯有清冷的月光默默地倾泻。

这一切发生在电光石火间。

护卫们被打了个措手不及，出现慌乱。

翟乐出手，沈棠岂有不跟的道理？她右手从虚空中一抽，化出长剑，脚下踩着灵活的步伐，身轻如燕，手中的长剑划破夜空，直袭敌人的喉咙要害，毫无阻碍地划破数个喉咙。

几个护卫还未反应过来，脖颈已凉，喷涌而出的鲜血洒了大片衣襟。

中年男人最先反应过来，又惊又骇，更多的还是面临灭顶之灾的愤怒！螳螂捕蝉，黄雀在后。黄雀还未得意几息，盯着黄雀屁股的弹弓出手了！他谨慎多年，今日居然在两个黄口小儿手中吃了大亏！

混混儿们第无数次懊悔惹上沈棠、翟乐二人，同时也又一次庆幸没有彻底得罪二人，还侥幸捡回了小命。他们不知道沈棠、翟乐二人想干啥，听到指令让他们原地待着，只能不情不愿地顺从，几十号人围在一处，时不时抬手打个吸血的蚊子，或者发呆打发时间……

等了一个多时辰，那两位黑煞星也没回来，反而跟那些来历不明的护卫聊得开心，最后干脆在那边睡着了，混混儿们面面相觑，谁也没敢动。

直到有人按捺不住："逃吧？"那两位黑煞星都不关注这边了，多好的逃跑机会！

"要是逃了被抓回来咋办？"

"还能咋办？逃了就死命逃，找个地儿躲起来，他们俩还能将俺们都找出来？"一个混混儿觉得不太可能，待这阵风头过去他们就安全了。

也有比较理智的人提出一个现实问题："天这么黑，俺们怎么下山？"

看不清山路跌下山摔死还是比较痛快的死法，怕就怕碰到饿得眼睛发绿的野狼或者其他毒虫、猛兽，活生生看着自己被分尸。

一听这话，不少屁股准备离地的混混儿又默默地坐回原位，小心翼翼地瞄着沈棠、翟乐二人的方向，生怕自己想逃跑的动作被发现，丢了小命。

山间气温低，夜风冷，混混儿们顾不上彼此身上的异味，尽量凑近，互相汲取温暖和安全感。其中不少人更是抱着膝盖埋头睡觉。

然后，他们突然被分派出去守夜的混混儿摇醒。

"别睡了，都起来，出事了！"

"快醒醒，快醒醒！"

"醒来，出大事了！"

"出……出什么大事了？"

被摇醒的混混儿们一脸迷茫。当他们顺着同伴所指的方向看去，却发现那边一片漆黑，瞪大眼睛借着月色才能勉强看到一些黑乎乎的跳动的影子，神经瞬间绷起："狼来了？"

"狼你奶奶！"同伴没好气地道，"火啊，那边的火突然没了，你听是不是还有……"

他们这才想起来那个方向是那两个黑煞星待的地方，但那两个黑煞星不是跟那伙陌生的护卫处得很好吗？有人眼力稍微好点儿，看到有什么东西反射月光，黑乎乎的人影紧跟着喷血倒地。

过了几息，他们又听到令人胆寒的惨叫声。

一个混混儿两腿发软，叫道："定是土匪来了！"难道是土匪窝的二当家的知道他们的前任头儿被人杀了，所以派人来替弟弟报仇？那会不会杀了他们？

当即就有混混儿想不顾一切地下山。

奈何他们的行动没有沈棠的声音快。

"你们做什么？"沈棠冷冷地扫过他们。

只见沈棠手持一柄"滴答滴答"滴着血的剑，从黑暗中走出，恰逢这时遮蔽玄兔的阴云也逐渐散去，皎洁的月光照出她的身影，竟是半身的血迹！

准备逃跑的混混儿双腿一软"扑通"跪地，瑟缩着磕头求饶。

沈棠将剑上的血甩掉，淡漠地道："跟上来。"

众混混儿再不情愿也只能跟上，有些互相搀扶，有些只能连滚带爬地跟着。

林间的夜风卷着血腥味扑了他们一脸。

待看清林间的凶案现场，混混儿们被吓得膝盖发软，当场跪地。

只见一具具尸体横在地上，致命伤不是颈间的血口子，便是太阳穴或者眉心的血洞。这些人刚咽气，尸体还热乎，连刚流出的血都是温热的。

泥土吸饱了血，变得黏稠，一脚踩下去，留下一个脚印形状的"血"洼，不知情的人还以为此处下了一场雨。

沈棠努了努嘴，道："去，搬尸体。"

混混儿们准备去做。

这时翟乐走过来，左手提弓，右手举着火把，脸上仍挂着灿烂的笑。

奈何他脸上有未干涸的热血，看到这一幕的人只会觉得他可怕。

"全部搞定了，一个活口都不剩。"

这些护卫，除了那个中年男人是二等上造，其他的都是堪堪摸到感知天地之气的门槛，筋骨只比普通人强劲一些，欺负老弱妇孺不成问题，但面对沈兄和他就不够看了。

翟乐起初还以为沈棠会留些活口——杀几个杀鸡儆猴，把其他的全部收编。谁知沈兄下手极快，招招毙命，根本不打算留他们。

翟乐初时不解，但略一思忖就明白了：那些混混儿能震慑、能收编，日后当普通劳力使用，但这些护卫见财起意、残杀主家，又习过武，勾结在一起指不定要闹出什么事情，还不如杀了，一了百了。

殊不知混混儿们的脸都青了。

这俩黑煞星……才是真的土匪？刚刚打入护卫中间就是为了找机会下手，杀人夺财？混混儿们越想越觉得猜测是对的。

沈棠喝道："愣着做甚？去挖坑、搬尸！"

混混儿们忙不迭地道："这……这就去！"

他们不敢看那些装着金银珠宝的箱子，埋头干活。

翟乐觉得好笑，点燃几支火把递给他们照明。沈棠则径直走到先前发出动静的大木箱子前，抬手挥剑，劈开上面虚挂着的铜锁，抬脚将箱盖踢开。

如此，箱内蜷缩着的人便暴露在她的视野内。

翟乐凑上前，显然也知道木箱子里藏了人，道："这是林家家眷吧？居然还有活口……"

他口中的林家家眷，此时吓得两排牙齿上下打战，抬起头，露出一双近乎绝望的眸子。

翟乐好奇地凑近一点儿细看，惊呼道："哇，好俊俏的女郎……哎哟！"

他话还未说完就被弹了后脑勺儿，疼得他双手抱头，抱怨道："沈兄这是作甚？"

沈棠用剑身敲了敲木箱子，道："登徒子，离远点儿。"

翟乐嘟囔："我怎么就成了登徒子？长得好看夸两句都不行啦？咦，她怎么不说话？莫不是在箱子里憋傻了？或者被那些护卫吓傻了？"

沈棠觉得也有可能是被他们俩吓傻了。

沈棠蹲下来，视线与坐在木箱中的女郎平齐，道："此处已经安全，你可以出来了。"

箱中的女郎的确是个美人坯子，看着也就八九岁的样子，扎着双环灵蛇髻，发髻以穿着珍珠的绳子捆绑固定，头戴一顶歪斜的小巧的黄金发冠，生了一张讨喜富贵的鹅蛋脸，五官精致可人，双目圆滚有神。只是此时她那点儿喜庆气质被恐惧冲散了，看着十分惹人怜爱。

翟乐双手抱臂，撇嘴："缘何我凑近就是登徒子，沈兄凑近嘘寒问暖就没事?"沈兄怕不是"见色忘友"!

沈棠不说话,反手一剑插向翟乐脚边。

翟乐夸张地大跳倒退,那双含情的桃花眼里写满了对损友的控诉,叫道:"好你个沈幼梨!"

"你……你们别过来!"小丫头吓得回过神,双手哆嗦拿着一支并没有什么威胁能力的金簪冲着二人。大概她也意识到这点,把簪头一转抵着自己的下巴。

金簪顶端做过打磨,深陷肌肤也只留下一点儿红痕,不管是拿来威胁人还是自尽都不好用。

沈棠道:"我不过去,你出来。"

小丫头惨白着脸摇头:"不!"说着,她盈满恐惧的眸子滚下晶莹的泪珠。

她眨了眨眼,试图让被泪水模糊的视线重新清晰,结果泪珠滚落得更加密集,从圆润奶气的脸颊滚到下巴,汇聚之后颗颗滴落。不得不承认,美人垂泪的确令人心软。

翟乐站在一旁嘲笑:"沈兄,你被嫌弃了。"

遭逢大难的女郎需要温柔的宽慰,说话硬邦邦的只会吓到人。

沈棠歪头想了想,以迅雷不及掩耳之势出手,一把抓住小丫头的衣领将她从箱子里拎出来。

小丫头倒是倔脾气,尽管已经恐惧到极点也不放弃挣扎,手指哆嗦着抓紧那支金簪。

翟乐凑近,桃花眼中的笑意似涟漪般漾开:"女郎好,在下与沈兄俱是好人。"

小丫头才不信这鬼话,忍着打战的牙根!

翟乐又问:"女郎姓林?"

小丫头往后缩了缩,视线无意间扫过躺在地上的几具尸体,本来就圆滚滚的眼睛因为震惊又张圆一圈。她甚至顾不得沈棠、翟乐二人还在,抓着那支金簪,踉跄着靠近尸体。

她死死地盯着那具温热的尸体,本该清澈的眸子里多了几分名为"仇恨"的东西,顾不得血迹肮脏,徒手抹掉尸体脸上的血,还用袖子擦拭便于辨认。确认无误后,她突然发狠,将金簪插进尸体的眼眶里。

翟乐倒吸一口冷气,抬手捂眼。

靠着那股火烧火燎般的强烈的恨意,她一连插了上百下,直至尸体的俩眼窝都被金簪插成了烂渣,眼球被捣成了血沫,才力竭般向后一坐。

两个在一旁等待搬尸体的混混儿瑟瑟发抖,几乎要跳起来拥抱彼此。

过了许久，小丫头才回过神，死死地咬住后槽牙，压下在她内心凿开一个无底洞的恐惧，起身整理衣摆、袖子，冷着那张圆润的鹅蛋脸——明明一脸稚气，却故意挤出几分成熟稳重，上前两步，冲着沈棠叉手，深深地道了两个万福："多谢恩人为我林氏上下二十四个人报仇。"

一侧的翟乐挑了挑眉，拊掌笑道："女郎好勇气。"

小丫头本就没什么血色的脸越发惨白。

沈棠抬脚要踹翟乐："你没事吓人作甚？"

翟乐跳开："哪有吓唬？分明是夸赞。"

尽管不清楚内情，但他也猜得出两三分，一个八九岁的孩子看着亲人被家中的护卫屠杀干净，抛尸深山，侥幸生还，又遇一拨儿不知善恶的人，能做到这种程度实属不易，至少勇气可嘉。

沈棠将木箱的盖子踢回去，当作凳子："你是何方人士？先前发生了什么？可还有其他亲人？为什么会恰好躲在木箱里？"

翟乐提醒："问得委婉点儿。"

沈棠一记眼刀甩过去。

翟乐一瞬间有被阿兄翟欢瞪的错觉，下意识地选择噤声。然后他反应过来，不对啊，明明他才是"阿兄"！

见沈棠暂时没恶意，小丫头稍稍放松绷紧的神经，抓着那支金簪，指甲几乎要嵌入手心的肉里，强迫自己回答："小女子姓林，祖籍凌州，与重慈、家慈、庶母、小叔、兄弟姊妹以及一干丫鬟、婆子，南下投亲。谁知路上家丁生出贼心，杀人夺财……"

加上她，林家一共二十五个人。

"这么多女眷在外行走，就一个男丁跟着？这可真是……"翟乐闻言皱眉：世道这么乱，要防外敌也要防内贼，只派一个长辈"小叔"护送，外加不知年龄的"兄弟"，林家主事者心太大。

小丫头咬着下唇，低垂着头，眼睛泛红：谁能想到用了七八年的护卫会突然反水？护卫首领还对家主有过救命之恩，备受信任。

"因顽皮，与姊妹玩闹，躲入木箱里，才逃过一劫。"她经常与家中姊妹打闹，偶尔会藏身于木箱中躲避寻找，长辈担心，便将她那两个木箱开了暗孔，方便透气。

从木箱里醒来，她还疑惑怎么还没人找到她，用那个孔偷偷往外瞧，就看到家丁向她的亲人举起屠刀，老弱妇孺连还手之力都没有，连同受了重伤的小叔在内，全部罹难。她唯一能做的就是捂住嘴，咽下哭声。

但她知道自己最后肯定会被找出来，越发绝望。

谁知峰回路转。

"其他人都已经……只有小女子一个人活着……呜呜……"她擦掉眼泪，努力吸鼻子，免得鼻涕淌下来，又抿嘴试图将情绪咽回去，结果越憋越酸涩，终于还是忍不住，眼泪全线崩溃，似断了线的珍珠一颗接一颗往下掉，好不可怜。

沈棠垂眸思忖片刻："除了南下要投奔的那家亲戚，你还有其他亲眷能投靠吗？最好近一些……"

小丫头立在原地摇摇头，神情迷茫：她现在真不知道该怎么办，能依靠的人都没了。

翟乐叹道："真可怜啊！要不也收了吧。"

沈棠想提剑给他身上戳几个孔："收什么收？她才多大？"

翟乐猛地跳脚，声音上扬七八度："在下是说让你将她收在身边当个丫鬟使使，好歹也是条活路，日后若有机会再寻亲啊。沈兄，你想到哪里去了？你莫不是以为是那个'收'吧？"

沈棠不由得捂脸：好吧，是她思想不健康。

沈棠调整好情绪，轻咳一声缓解尴尬，道："你也听到了吧？你要不要先跟我回家？待时局稳定，再联系你的其他家人或者南下寻亲。你太小，一个人在外活不下去的。"

小丫头垂头想了很久，满面泪水地用力点头："多谢恩人。"

只是她仍欲言又止，似有为难。

沈棠猜到她想说什么，道："等天亮！大晚上的，摸黑找太危险，你就祈祷那些野兽没有饿疯了，或者留下完整的尸骨也行。"

这个时代八九岁的孩子都能当成大人看待了，亲人惨死也知收敛尸骨，入土为安。

"多谢恩人。"小丫头又深深地行了一礼，无比感激，又道，"奴家小名阿囡。"

"没取大名？"

小丫头不言。

沈棠道："那我僭越取一个？喊小名不太方便。你姓林的话，不如取名为'风'，林风。"

翟乐道："林风？这也太男儿气了。"

沈棠翻白眼："你懂什么叫'林下之风'？"

翟乐道："林下之风？那就更不合适了。"

沈棠好奇："如何不合适？"她觉得这名字挺好，挺有寓意的，除了听着不似个姑娘名儿，其他都行。

翟乐欲言又止。

如今的世道，连一些王室都自身难保，典型的如辛国王室，更别说普通人了。女郎的亲属是什么情况尚不可知，也许很快能联系上，人家也愿意照拂亲人遗孤，给她个遮风避雨的地方。但若亲戚没良心，她不啻踏入另一个火坑里。不过，更大的可能是找不到，毕竟乱世之下，人命比草贱。

翟乐凑近沈棠低语，不让小丫头听到："女郎跟在沈兄身边，不管未来有什么造化，眼下肯定是丫鬟身份。'林下之风'这个名字太大，在下是怕她扛不起来，薄命夭折。"

沈棠好笑地道："笑芳还迷信这个？"

翟乐道："宁可信其有，不可信其无。"

沈棠却跟他唱反调："我倒是不赞同笑芳这个看法。这般凶险必死的局面，她都能捡回一条命，可见是天不绝人。常言又说'时过于期，否终则泰'，焉知往后不是一片坦途？"

翟乐见沈棠坚持，也不再泼冷水。

沈棠拍板："行，以后就叫林风。"

小丫头情绪已经稳定许多，深深一礼，低首垂眸，轻声道："林风见过郎君。"

沈棠道："至于字嘛，以后再取。"

此言一出，翟乐和林风都错愕地看着沈棠。

"这么看着我作甚？我哪里说错了吗？"

林风小手绞紧了衣袖，抿唇不语。

翟乐无语地道："及笄取字，女郎还年幼呢。"

"二十而冠，你不也没二十岁就有字？"

翟乐道："这不一样。"

这个世界男子能凝聚文心、武胆，而作为其标志之一，文心花押印和武胆虎符会刻印主人的名讳以昭示身份。也不知道是谁先开的头，认为早取字有助于文心、武胆的修炼，因此这两百余年，不管年纪多小，只要能感应到天地之气，并且顺利地引导天地之气进入经脉、开辟丹府，便可以取字。一般是父母、师长赐字，也有特殊情况——自己取。

女子的字则不一样。如果十五及笄还未许嫁，便是父母给取。如果及笄之前已经许嫁或者已经嫁人，一般是夫婿给取。

沈兄肯定不是女郎的父母，由其取字，多少就有点儿不合适，不合乎礼仪。如果沈兄对女郎有意，则另当别论。

翟乐觉得自己似乎看透了沈兄的用心，嗯，还是险恶用心！

不知是不是错觉，沈棠觉得脊背发凉。

混混儿们已经将尸体都搬到一片地方，目光不住地在翟乐身上打转，隐隐带着几分期盼——翟乐挖坑，不仅能节省时间，挖出的坑还又深又大又宽敞。

翟乐一向乐于助人："行，看我的。"

"挖坑不着急。"沈棠出手拦住他，问混混儿们，"尸体都搜过了？有用的、值钱的玩意儿都别落下，蚊子再小也是肉，不可浪费。"

穷到摆摊卖酒的沈棠深谙勤俭持家之道："哪怕只是一小块碎银也不可放过。"

翟乐无语。

混混儿们除了搬尸、搜尸，还得搬林家的那些木箱子。每一个箱子都死沉，有些散落在地上，有些则堆在马车上。有些装着金银珠宝，有些装着文玩古董，有些则是女眷个人的"行李箱"。

沈棠举着火把一一看过去。

林风用手指绞着袖子，垂头跟在沈棠身后。

箱子大大小小一共二十七个，若算上被土匪抢走的，说不定能有五十个。

从箱内装的东西也看得出来，这林家多半是大富之家，家境富裕且有底蕴。若非沈棠、翟乐二人镇着，这些混混儿都能扑上来将东西洗劫一空。

沈棠吩咐林风："你来收拾这些箱子。"

林风猛地抬头看着沈棠，欲言又止。

翟乐替她说了："这不太妥当吧……"按理说这些都是战利品，但在不久之前还属于人家女郎及其家人的，现在其家人死光只剩她一个，沈兄又让她去收拾这些东西……不妥当，不妥当。

沈棠翻了个白眼："有哪里不妥当？大部分是女眷用的东西，你让这些臭男人去弄？做个人吧！好歹给人留个清白身后名。再说了，明日还不知道能不能找到尸体，若是找不到，她们的衣裳还能留着建衣冠冢。"

翟乐一怔，没想到沈棠是这个考虑。

沈棠也不管林风惊愕的表情："至于你的东西，你自己收着，也算有点儿傍身之物。"顿了顿，她又叮嘱林风，"至于令堂她们的东西，你也挑拣一两件留当念想，日后也好睹物思人……怎么好好的你又要哭了？"

红丝未退又添晶莹的水雾，欲坠不坠。林风抹泪，发自内心地感激道："多谢郎君。"

拿了人家的钱还被唯一幸存者数次感谢，沈棠脸皮再厚也有些挂不住，只得尴尬地揉了揉她的发顶，不自然地道："莫说什么谢，去吧。"

待林风转过身，沈棠单手捂脸。

翟乐喟叹，赞美道："沈兄乃真君子！"是他以小人之心度君子之腹了，羞惭，羞惭。

沈棠改为双手捂脸，闷声道："别说了。"没看到她很尴尬吗？

翟乐一脸疑惑。

耗费了小半个时辰，东西才算收拾好。箱子被重新整理装入马车里，明日便能运下山。

沈棠让混混儿们整理"营地"，准备在这里将就一晚上。

因为天降横财，沈棠也大方了不少，允许混混儿们吃那些护卫准备的干粮：让人干活也得让人吃饱不是？

至于年纪尚幼的林风……林间蚊虫多，沈棠让她进车厢里，特地叮嘱："待会儿不管发生什么，待在车里别乱跑。"

林风闻言，抬头担心地看着沈棠，又越过沈棠看了看那些混混儿。

沈棠明白她的意思，解释说："不是这些混混儿，他们没胆子作妖，是土匪。这山里有个土匪窝，之前应该就是他们抢劫的你们。难得路过个冤大头，开张就能吃三年，他们怎会让到嘴的肥鸭子飞了？他们对山形地势熟悉，刚才这里又闹出那么大的动静，他们不可能没发现。最迟下半夜，他们绝对会来偷袭。"

听到"土匪"二字，林风明显地瑟缩了一下。她轻咬下唇，眉尾染上化不开的愁，犹豫地道："可……土匪人多势众，且武者数量未知，郎君何必以身犯险？不如趁夜下山，明日再议？"

她眼前的郎君实在太年轻，看外貌比她大不了两岁。另一位倒是年长些，但仔细一看也稚气未脱，应是还未及冠的富家少年郎。林风先前躲在箱子里，视角有限，能看到的画面不多，但也知道是护卫们各个负伤，两位郎君占了"出其不意"的优势。把二人与那些凶神恶煞的土匪放在一块儿，好比两只兔子与一群流着涎水、凶神恶煞的凶犬，悬殊的差距看得人替他们捏一把汗。

沈棠没直接否定，只问："为何？"

林风垂着头，说道："我……奴家先前躲在箱中睡着了，不知头一回来了多少土匪，但林家的护卫付出人人负伤的代价才能杀出包围，可见那群土匪实力不俗。

他们回去重整旗鼓后，再来必会带足人手，兴许还是倾巢而出。"

她生得稚气可爱，说话却有着这个年纪的孩童所没有的稳重，条理清晰，倒也算言之有物。

沈棠笑道："借你吉言。"

林风不解地眨眨眼："借……奴家吉言？"

"对啊，希望他们真的倾巢而出，还省了我爬山、搜山，挖出他们老巢的麻烦。"

林风越听越惊愕，甚至忘了闭上嘴巴："可……郎君……"

"在绝对的力量面前，强弱与人数无关。"

林风闻言也不再担心，只是视线下意识地落在沈棠腰间，似乎在找什么东西，但扫了好几圈也没找到。

沈棠好笑地拿起那枚文心花押印，道："你是在找这个吗？大晚上不太好找。"

沈棠的文心花押印精致小巧，透明澄澈，翟乐的武胆虎符则是一块墨色虎头玉璧，他今天还穿着一袭黑衣，再加上夜晚光线暗淡，哪怕双眼裸眼视力 5.0 都很难找到它们。

林风顿时放下一半的心。

"早些睡，过一两个时辰还有的忙。"

忙什么？自然是忙着清点土匪窝的战利品啊，真正实现空手出门，暴富归家。

林风乖顺地道："是。"

混混儿们埋好尸体随便找了个地儿睡回笼觉，只有沈棠、翟乐二人还在加夜班。

为了占得先机，二人都没待在树下，而是选择上树，藏身于树冠中，借着高度优势观察敌情，必要的时候还能先发制人。

不过，翟乐这边也有一个疑问："他们要是下半夜不来呢？"

沈棠蹲坐在树枝上，左手大饼，右手杜康酒，吃夜宵吃得津津有味："不来？不来我们明早杀上去！"放鸽子让她喂一整晚蚊子，岂能原谅？

"蚊子怎么不叮你？"沈棠又拍死两只蚊子，回头却看到翟乐完全不受干扰，蹲着一动不动。

翟乐道："叮啊，怎么不叮？"

他可招蚊子喜欢了，每逢夏季都要被叮得满身包，最后还是他阿兄告诉他，若将武胆习到武气外放的程度，蚊子就奈何他不得。功夫不负有心人，他在箭法都没练好的年纪，先学会了武气外放，耗费两年时间将其凝成薄薄的一层贴着周身肌肤，隔绝蚊虫的侵扰。自此之后，冬暖夏凉，寒暑不侵，蚊子叮断口器都吸不到他的血。阿兄果然不会骗他。

沈棠气得浑身发抖！又是武胆专属，可恶，歧视文心吗？文心文士什么时候才能站起来！

沈棠面无表情，离沈棠两棵树的翟乐却觉得脊背微寒，摩挲手臂才将激起的鸡皮疙瘩压下去。

沈棠这一喂蚊子就喂了……啊，不，等了一个时辰，算算时间接近丑时了。

树下，混混儿们的鼾声此起彼伏。

树上，沈棠耐心耗尽，冷着一张脸，把慈母剑擦得锃亮，眼底是即将溢出的杀意。

就在这个时候，一阵轻微的"窸窸窣窣"声响起，乍一听像是夜风吹动草木发出的响声，仔细地辨认却能听到些许怪异的呼吸声。

翟乐目光微凝，给沈棠打了个西北的手势——这伙土匪是从那个方向慢慢靠拢过来的。

凝神听一会儿，他又比了一个"百"，意思是人数过百。有些人脚步沉重，应该是普通人，但有些人脚步较为轻盈，明显是练过武的，甚至可能是凝聚了武胆的武者。哪怕其只是个末流公士，也非普通人能抵挡。

他们离此处还有些距离。

沈棠低声道："不确定土匪手中有无弓箭，不能让他们靠得太近，不若主动出击。"虽然她不在意树下那些混混儿的生死，但既然收编了他们，他们即便是死也该死得有点儿价值，而不是睡着大觉被人砍成肉酱。

翟乐笑道："应该没有弓箭。"

沈棠问："缘何这么确定？"

翟乐道："因为我们营地的篝火都熄了。"

沈棠一点就透，点头表示明白——篝火熄灭，视线昏暗，敌人连他们在哪里都难以找到，若想用弓箭偷袭造成大伤亡，得好几百名弓箭手齐射两三轮，不然就十来把弓箭，扎到人要靠运气。

土匪窝里能拉出几百名弓箭手吗？显然不可能，一共才来了百余人。而且箭矢属于耗材，一把弓的造价也不便宜，有这个钱搞弓箭，还不如多弄两把大砍刀。

"以防万一，需要先下手为强！"翟乐左手化出长弓，右手四指抓弦，缓缓拉开弓弦，凭着听力判断敌人大致的位置，"留不留活口？"

沈棠道："看他们的运气。"

这就是让他掂量着来的意思？翟乐悟了。

土匪们怎么也没想到，暗中潜伏的黑煞星已经磨刀霍霍，盯准了他们脆弱的脖颈。

一道道黑影正悄悄靠近。

倘若沈棠在这里，便会发现他们之中居然有好几张熟面孔——押解龚氏族人前往孝城的差役，为首的正是那名官差首领！

"确定是这里？"

"头儿，确定。"

没一会儿，前去探消息的喽啰回禀："头儿，听声音都睡了，睡得还挺死，个个打鼾。"

为首的土匪闻言拧紧了眉峰：睡得如此没防备，连守夜的都没安排吗？

"这非常不对劲。"首领道。

下属便问："头儿，这有什么不对劲的？"

首领闻言，没好气地瞪了眼没啥长进的下属，道："你脖子上那东西是当摆设的？你们白日与他们交过手，啃了人家不少肉下来，他们大晚上被困在山中无法下山，且不说咱们还会杀回来，即便不杀回来，野兽、猛禽也够他们喝一壶了。现在他们睡得这么沉，你觉得正常吗？"

下属一听，也觉得是这个道理。

首领看了一眼营地方向，猜测道："附近应该有埋伏，等着咱们上钩送命呢。"

下属迟疑："那咱们还动不动手啊？"

首领鼻子里溢出一声哼笑，不屑地道："来都来了，哪有空手而回的道理？出其不意，攻其不备的埋伏才能叫埋伏，被人看穿的埋伏就是个笑话。你，带着六名兄弟从这里过去。你和你，带十名兄弟从那里上……老九和老马带人……剩下的人后方跟上！"

他没选择让所有人冲进去，而是选择分散包围。按底下人传回的消息看，这伙商队护卫只剩四五十号人，还都是挂了彩的伤员。在这种劣势之下，护卫们只能选择抱团集中有限的力量，利用地势判断偷袭的方向，也就是在营地侧面的山道上集中武力设下埋伏。少部分人伪装成在睡觉，鼾声震天，借此降低敌人的警惕性，令敌松懈，剩下的人埋伏在暗中，只待目标出现，杀敌人一个措手不及。首领为保险起见，选择分散武力，派出多支队伍分散进攻——只要有一路试出埋伏的方位，所有人便能合力围杀，反将护卫们包个饺子。

正常情况下首领这个法子是切实有效的，但架不住真实情况跟他以为的情况出入太大。营地里的鼾声是真的鼾声，那些混混儿此起彼伏地打了一个多时辰，唯一的埋伏——沈棠和翟乐蹲在树上喂蚊子，哦，不对，只有沈棠在喂蚊子。

当然，首领分散进攻的法子还是给他们造成了一定的困扰。正在听声辨位的翟乐微拧眉峰，与沈棠低声交流："他们选择分散行动了，这可不太好，咱们的动作一定要快……"

土匪们若能集中在一处，他就算在夜晚射箭准度不够也不至于落空，沈兄提着剑杀人也不用来回跑。这会儿土匪们四散分开，仅凭二人就想短时间内拿下所有的土匪，难度高了不止一点儿。

沈棠仰头喝了一口杜康酒："莫慌。"说着她用袖子抹去嘴角上残余的酒液，笑道，"吾十步杀一人！"

她提剑率先跃下树冠，汇聚文气于剑身，气势瞬间飙升至顶峰，用力一挥，无形的剑气带着刺耳的声音从上至下轰向地面。

"轰！"土地炸裂，数丈长的剑痕横在土匪们的脚下。

去路被拦截，灰尘激扬数丈高，似阴云遮天蔽月。一道白影如流星般冲破尘雾，近乎实质的杀意扑面而来。一切发生在电光石火间，首领心下大骇："是谁？！"

他催动武胆，手中化出一杆十字长戟，近一丈长的长戟戟尖破空划出，直袭来者的面门，却被看似薄如蝉翼的长剑轻松地挡下。

戟尖与剑身相撞，磅礴的力量震得首领虎口发麻。这股力道也给他带来一种莫名其妙的熟悉感，但一时半会儿想不起来。

直到沈棠在应付他的空隙还把他的几个土匪小弟一剑封喉，剑身反射着泠泠的月光，他才猛地想起来，瞳孔随之紧缩："居然是你！"

"是我。"沈棠初时诧异，待看清那杆长戟，记忆如潮水般卷来。

真是冤家路窄，她冷嘲道："来者即客，不如将命留下！"

首领怒极反笑："今日才是你的死期！"

"是吗？你不妨瞪大了眼睛看看，现在谁才是劣势的那一个！"沈棠对这种又弱又喜欢放狠话的人就一个态度——往死里打！

首领闻言，心下生寒。

此时他又注意到高处有人放冷箭，一次至少四支箭！每支箭矢都能精准地命中目标，黑夜并未影响弓箭手的发挥，有些箭精准地洞穿眉心，一箭毙命，有些箭虽没射到要害，但箭矢带来的力道大得惊人，轻松地穿过人身，没入泥地里，若那人再战，下一箭瞄准的就是脑袋。

几乎每一息都有人倒在冷箭之下。首领心下又惊又骇。

暗中的人棘手,明面上这个也麻烦。他明明记得此子数月前还只能在他手底下勉力支撑,饶幸捡回一条命,这次交手他却奈何人家不得。后者明显没将他放在眼中,应付他的进攻的同时,还有余力收割其他土匪的性命。

即便他将近一丈的长戟舞得滴水不漏,或横击,或直刺,十八般本事都用了出来,对方依旧应对自如,他的戟尖甚至连人家的衣角都没沾到……对方从容不迫,宛若闲庭信步,哪里还有先前左支右绌、狼狈逃窜的影子?

此子仅凭一人一剑,再加上暗中的弓箭手,便将他们百余号人拦在此处,令他们寸步难行。

沈棠似乎看穿了他的疑惑,霍地欺身上前。首领手中的长戟过长,回援根本来不及,当机立断弃长戟化为短刃。

他短短的一瞬便将丹府内的武气压榨到极限,汇聚于刀身上,近距离劈出一刀。这么近的距离闪躲是来不及的——根据他以往的经验,这刀气能轻轻松松地将人从中劈成两半!

但首领万万没想到刀气与突兀地出现的、交错成茧的黑白文气相撞,好似拍打礁石的海浪,碎了个彻底,爆发出的气浪将人吹飞数丈远。对方毫发无损,而他倒飞滚地,天旋地转地滚了数圈才停下,胸腔里气血激荡,嘴角又溢出一口血。

沈棠道:"意外吗?"

虽然她提剑就干的作风挺像武胆武者,但她腰间的文心花押印则默默地昭示众人——她是文士!一个文士,怎么能不会"明哲保身"?

翟乐蹲在树上,没错过亮了一瞬的文气,委屈地撇了撇嘴——他可没忘记沈兄说的"不打辅助位",合着沈兄会文心言灵啊。

沈棠看着站都站不起来的首领,准备去补一剑,收了这个人头。

谁知首领突然抬手,含着口中的血大喊:"停,是我败了!"

他带来百余人,死了三十多号,伤了三十多号,剩下几十号负责策应,早被这一幕吓得屁滚尿流,连滚带爬地往反方向逃命。胜负毫无悬念。

沈棠心下冷哼。

你说停就停,我不要面子的吗?沈棠紧了紧剑柄。

这时不远处接二连三地传来一声声密集的惨叫。

她与那名首领俱是一惊:那个方向?出事惨叫的莫不是那几十号逃兵?